JONATHAN KELLERMAN

Todesmahl

GOLDMANN
Lesen erleben

Buch

Selbst nach Hunderten gelöster Fälle gehen Detective Milo Sturgis die ungelösten sehr nahe. Fälle wie der von Katherine Hennepin, einer jungen, allseits beliebten Frau, die in ihrem Haus brutal niedergestochen und erwürgt wurde. Der Mörder hat einen perfekt gedeckten Tisch mit einem Dinner für zwei am Tatort zurückgelassen, doch Katherines Exfreund, ein Koch, hat ein wasserdichtes Alibi. Aber Sturgis und Delaware haben schon den nächsten Fall auf dem Tisch – die reiche Ursula Corey wird erschossen in einer Tiefgarage aufgefunden. Hauptverdächtige sind ihr Exmann und ihr Scheidungsanwalt. Doch gerade als Sturgis und Delaware meinen, dem Täter auf der Spur zu sein, findet man in Ursulas Wohnung einen perfekt gedeckten Tisch mit einem unberührten Dinner für zwei. Und es soll nicht das letzte Abendmahl für ein Mordopfer bleiben …

Weitere Informationen zu Jonathan Kellerman
sowie zu lieferbaren Titeln des Autors
finden Sie am Ende des Buches.

Jonathan Kellerman

TODESMAHL

Ein Fall für Alex Delaware

Übersetzt
von Kristiana Dorn-Ruhl

GOLDMANN

Die amerikanische Originalausgabe erschien 2015
unter dem Titel »Motive« bei Ballantine Books,
a Penguin Random House Company, New York.

Dieses Buch ist auch als E-Book erhältlich.

MIX
Papier aus verantwortungsvollen Quellen
FSC® C014496
FSC www.fsc.org

Verlagsgruppe Random House FSC® N001967

1. Auflage
Deutsche Erstveröffentlichung August 2016

Neumarkter Str. 28, 81673 München
Umschlaggestaltung: UNO Werbeagentur, München
Umschlagmotiv: FinePic®, München
Redaktion: Sandra Lode
MR · Herstellung: Str.
Satz: DTP Service Apel, Hannover
Druck und Bindung: GGP Media GmbH, Pößneck
Printed in Germany
ISBN: 978-3-442-48446-1
www.goldmann-verlag.de

Besuchen Sie den Goldmann Verlag im Netz

Natürlich für Faye

1

Mein engster Freund ist Detective bei der Mordkommission. Wenn man ihn fragt, in wie vielen Mordfällen er schon ermittelt hat, verweigert er die Aussage, weil er findet, dass Nostalgie etwas für Schwächlinge ist. Ich schätze, er kommt etwa auf dreihundert.

Die meisten davon waren eine Verquickung banaler unglückseliger Umstände.

Zwei Volltrunkene, die sich gegenseitig den Rest geben, während gleichermaßen abgefüllte Zeugen um sie herumstehen und sie anfeuern.

Ein fehlgeleiteter Messerstich oder Gewehrschuss, der einen Streit nachhaltig beendet.

Feuerwaffen in den Händen von oft milchgesichtigen Bandenkids, angefangen von Kleinkaliberknarren, die in der Hand explodieren, bis hin zu halbautomatischen Waffen, mit denen sie aus den offenen Fenstern ramponierter Kleinwagen ballern.

Es sind nicht diese Fälle, die Milo Sturgis zu mir führen. Es sind die »anderen«.

Der Mord an Katherine Hennepin hätte ohne Probleme in die Kategorie der »anderen« gepasst, dennoch hatte Milo ihn mir gegenüber nie erwähnt. Nun stand er um neun Uhr morgens in meinem Wohnzimmer, in einer staubgrauen Windjacke und braunen Polyesterhosen aus einer anderen Ära, in seiner Pranke seine olivgrüne Vinylaktentasche. Blass, pockennarbig, übergewichtig, das schwarze Haar schlaff und ungepflegt, sah er aus wie ein Nilpferd, das gerade vom Alphamännchen der Herde besiegt worden war.

»Doktor«, brummte er. Meinen Titel benutzt er nur ironisch oder wenn er deprimiert ist. Damit ist schon ziemlich viel abgedeckt.

»Guten Morgen«, erwiderte ich.

»Wenn du meinst.« Er zockelte hinter mir her in die Küche. »Entschuldige bitte.«

»Was denn?«

»Das große Glas schales Bier, das ich dir gleich anbiete.« Nach einem kurzen Halt vor dem Kühlschrank sank er auf einen Stuhl, rieb sich das Gesicht, schlug die Zähne aufeinander und öffnete seine grüne Aktentasche, ohne mich dabei anzusehen. Zutage kam einer dieser blauen Hefter, von denen ich schon so viele gesehen hatte.

Der Fall *Hennepin, K. B.* war zwei Monate zuvor eröffnet worden.

»Ja, ja,«, sagte er, immer noch ohne Blickkontakt zu mir. »Dachte, ich muss dich nicht damit behelligen, weil es vollkommen offensichtlich schien.« Er brummte. »Börsentipps solltest du von mir nicht annehmen.«

Er wartete, während ich las.

Katherine Belle Hennepin, dreiunddreißig, angestellt in einer kleinen, familienbetriebenen Steuerberatungskanzlei in Sherman Oaks, war im Schlafzimmer ihrer Wohnung in West Los Angeles aufgefunden worden, mit Würgemalen und Stichwunden. Ihr vergrößertes Führerscheinfoto zeigte eine Frau mit schmalem Gesicht und fein geschnittenen Zügen, schulterlangem hellbraunem Haar, süßem Lächeln und Sommersprossen, die selbst im erbarmungslosen Licht der Behördenkamera liebenswert wirkten. Ihre Augen blickten traurig, fand ich, aber vielleicht war ich auch schon voreingenommen.

Mir war klar, warum Milo das Foto dazugelegt hatte: damit ich sie als Mensch betrachtete.

Und damit er sich ebenfalls daran erinnerte.

Rötungen und winzige Blutaustrittsstellen um die Würgemale, dafür viel weniger Blut und Geschmier, als man bei sechsunddreißig Stichwunden erwarten würde, deuteten darauf hin, dass der Täter zuerst gewürgt und dann gestochen hatte.

Ein paar Blutstropfen und ein eingedrückter Bereich auf dem Teppich ließen annehmen, dass die Tat im Flur vor der Küche begonnen hatte und Katherine Hennepin anschließend in ihr Schlafzimmer geschleppt worden war.

Der Mörder hatte Katherine auf ihr Bett gelegt, mit dem Gesicht nach oben, ein Kissen unter dem Hinterkopf. Man fand sie vom Scheitel bis zur Sohle bedeckt mit einem Leintuch, das aus ihrem Schrank stammte.

Die Pose, die der Täter gewählt hatte – die Arme an ihre Seiten gepresst, die Beine geschlossen –, sah nach friedvoller Ruhe aus, wenn man einmal von dem Blut absah. Sexuelle Gewalt schien keine Rolle gespielt zu haben, was auch die Autopsie bestätigt hatte. Milo und sein Kollege Sean Binchy hatten die Wohnung mit gewohnter Gründlichkeit durchsucht und keinen Hinweis auf einen Einbruch gefunden.

In einem Messerblock in der Küche mit hochwertigen Klingen aus Deutschland war der Schlitz für das schwerste

Schlachtermesser leer. Die Maße passten zu dem, was der Coroner über die Mordwaffe gesagt hatte. Trotz sorgfältiger Suche in der Wohnung und Müllcontainern in der Umgebung tauchte das Messer nicht auf. Eine Befragung in der ruhigen, gutbürgerlichen Gegend, in der das Opfer zwei Jahre lang zur Miete gewohnt hatte, ergab ein ebenso enttäuschendes Resultat.

Es gab keine Fingerabdrücke außer denen von Katherine Hennepin. Ebenso wenig fremdes Blut; Messermörder, vor allem wenn sie in Rage töten, rutschen oft an blutverschmierten Griffen ab und schneiden sich. Doch obwohl dieser Täter ganz offensichtlich wild zugestochen hatte, war er nicht abgerutscht.

Ich blätterte um und blickte auf weitere Fotos.

Der Tisch in der Küche war für zwei Personen gedeckt: zweimal grüner Salat, angemacht mit Essig und Öl, wie sich später herausstellte, zweimal Lachsfilet gegrillt mit Pilawreis und grünen Bohnen. Eine entkorkte Flasche Pinot Noir mittlerer Qualität stand neben der kleinen Blumendeko. Zwei Gläser enthielten je ein Achtel Wein.

Alles an diesem Tatort – keine Spuren von Einbruch, Diebstahl oder Vergewaltigung, postmortaler Gewaltexzess, ein in Laken gehülltes Opfer, die Mordwaffe vom Tatort – deutete darauf hin, dass der Mörder dem Opfer wohl bekannt war und dass er von glühendem Zorn getrieben war.

Milos Befragung von Katherine Hennepins Arbeitgebern, Maureen und Ralph Gross, Steuerberater, beide über achtzig, enthüllte eine stürmische Affäre mit einem Koch namens Darius Kleffer.

Jemand, der ausgezeichnet mit Messern umgehen konnte.

Ich las weiter.

Katherine wurde von Mr und Mrs Gross als »reizend«, »süß« und »schüchtern« beschrieben. Ralph Gross nannte Darius Kleffer einen »verdammten Irren«, und seine Frau pflichtete ihm bei. Zweimal sei der Ex in das Büro »eingefallen« und habe »die arme Katherine beschimpft«. Beim ersten Mal habe er Folge geleistet, als ihn die Gross zum Gehen aufforderten, beim zweiten Mal nicht, da habe er Katherine bedrängt und versucht, sie zum Mitkommen zu überreden. Die Gross riefen die Polizei, doch der »Irre« verschwand, ehe die Streife eintraf.

Ein genauerer Blick auf Kleffer ergab zwei Festnahmen in Clubs in Hollywood wegen tätlichen Angriffs auf Saufkumpane. Beide Verfahren waren eingestellt worden. Seine Impulsivität, das Bild vom Koch, der ein Dinner für zwei zubereitet, und der Umstand, dass er ganz in der Nähe in North Hollywood gewohnt hatte – all das passte zusammen, und ich verstand, warum Milo an eine rasche Aufklärung geglaubt hatte.

Er war zu Kleffers Wohnung gefahren, doch der war dort schon seit drei Monaten nicht mehr gesehen worden und hatte keine Nachsendeadresse hinterlassen. Als Milo ihn nach einer Woche immer noch nicht aufgespürt hatte, war er überzeugter denn je, auf der richtigen Spur zu sein.

Alle Puzzleteile passten zusammen.

Doch dann tauchte ein neues auf.

Ich stand auf und schenkte mir den dritten Kaffee ein. Die ersten beiden hatte ich morgens um halb sieben mit Robin getrunken, ehe sie mit unserem Hund in ihr Atelier im Garten ging, um einen Gitarrendeckel zu schnitzen. Ich bot Milo einen Becher an.

»Nein, danke.«

»Plötzlich so enthaltsam?«

»Bei Katholiken ist das angeboren«, erklärte er. »Buße muss zumindest versucht werden.«

»Buße für welche Sünde genau …?«

»Versagen.«

»Ich hätte bei Hennepin genau die gleichen Schlüsse gezogen.«

»Schon möglich.«

»Ich verarbeite Fakten genauso wie du.«

Er sagte nichts.

»Du kannst dich noch so geißeln, aber Kleffer sah aus wie der Lehrbuchmörder.«

»Und dann plötzlich doch nicht mehr.«

Ich deutete auf den blauen Hefter. »Hier steht nicht drin, warum du ihn von der Liste gestrichen hast.«

»Habe den Papierkram noch nicht erledigt.« Sein Lächeln war trauriger als Tränen. »Okay, ich fasse zusammen … weil Beichten ja gut fürs Gemüt ist und so. Ich suche also überall vergeblich nach ihm, dann springt mir plötzlich sein Name bei Google ins Auge. Ein Video, Pilotfilm zu einer Kochshow, die dann nie gelaufen ist, namens *Mega-Chef*, um ein chinesisches Kochgenie mit Michelin-Stern und sein Team, aufgenommen in Lower Manhattan. Kleffer hat zu dem Zeitpunkt schon mehrere Monate in New York gelebt. Wie ist er von dort weggekommen? Sein Name steht bei keiner Fluglinie auf der Passagierliste. Auch die Autoverleiher kennen ihn nicht. Er kann sich natürlich einen Wagen von einem Freund geliehen haben, aber auch darauf habe ich keine Hinweise gefunden. Amtrak wäre eine Möglichkeit, falls er seine Bahnfahrkarte bar bezahlt hat. Nur: Fünf Tage vor dem Mord bis drei Tage nach dem Mord war er nachweislich im Filmstudio. Übernachtet hat er in dem Hotel, wo auch die Showkandidaten untergebracht waren. Die alte Geschichte von den Zimmergenossen, die ihn nicht mögen, aber trotzdem für ihn bürgen. Ebenso wie der Produzent der Show und alle anderen, mit denen ich gesprochen habe. Der Typ hat eine Armee von Leuten, die sein Alibi bestätigen.«

»Hast du mit Kleffer persönlich gesprochen?«

»Habe ich versucht, aber nie einen Rückruf erhalten. Ich weiß, das klingt komisch – seine Freundin wird gemeuchelt, und ihn interessiert es nicht die Bohne. Aber solange die Gesetze der Physik gelten, ist er nicht mein Mann.«

»Gibt es befreundete Bösewichter? Jemand in Los Angeles, der ihm einen Gefallen tun würde?«

»Daran habe ich auch gedacht, aber bislang ist noch niemand aufgetaucht, der infrage käme. Es gibt niemanden, der sich als Kleffers Freund bezeichnet. Der Mann ist nicht gerade super beliebt.«

»Stinkstiefel und Profi-Messerwerfer«, sagte ich. »Wie oft hört man von sechsunddreißig Messerstichen, ohne dass sich der Täter selbst schneidet?«

»Ich weiß, ich weiß … sonst noch irgendwelche Ideen?«

»Selbst wenn Kleffer nicht der Mörder war, lohnt es sich, den Tatort noch mal genauer anzuschauen.«

»Es gab noch jemanden, den sie kannte.«

»Mit dem sie zu Abend essen wollte. Weißt du, ob sie das Essen selbst zubereitet hat?«

»In der Wohnung deutet nichts darauf hin, dass dort gekocht wurde, doch es kann ja jemand aufgeräumt haben. Du meinst, sie stand auf Köche, und Kleffers Nachfolger war wieder ein psychopathischer Küchenmeister?«

»Oder einer von diesen Typen, die Frauen mit ihren Kochkünsten beeindrucken wollen. Ein neuer Mann in Katherines Leben könnte erklären, warum Kleffer wutentbrannt an ihrem Arbeitsplatz aufgekreuzt ist.«

»Ein heimlicher Liebhaber? Ich habe die Nachbarn mehrmals befragt, aber Kleffer ist der einzige Mann, der je gesehen wurde. Binchy und ich haben uns die Gegend angesehen, und du weißt, wie penibel Sean ist. Wir haben keinen Hinweis auf eine Romanze gefunden.«

»Wann hat sie zum letzten Mal mit Kleffer telefoniert oder E-Mail-Kontakt gehabt?«

»Lange vor dem Mord – er ist sechs Monate zuvor nach New York gegangen, und sie haben schon davor nicht mehr miteinander gesprochen. Ansonsten geben ihre Daten nicht viel her. Die meisten ihrer E-Mails waren geschäftlich und gingen an ihre Arbeitgeber – oft nach Feierabend. Das arme Ding war äußerst gewissenhaft, sie liebten sie wirklich. Alle übrigen Anrufe und E-Mails gingen an die Familie. Immer fröhlich, Geburtstagswünsche, Jahrestage. Sie stammte aus einer großen Familie in South Dakota. Eltern, Großeltern, eine Urgroßmutter, fünf Geschwister, Nichten, Neffen. Der halbe Clan kam angereist, um sich um den Leichnam zu kümmern und sich von mir ins Bild setzen zu lassen. Und da stand ich dann, vor mir ein Haufen wohlerzogener, anständiger Leute, und hatte nichts, was ich ihnen geben konnte. Und das Schlimmste daran war, dass sie es mir nicht mal übel nahmen.«

Er hob den Arm und ließ die Faust Richtung Tisch sausen. Ehe sie auftraf, hielt er abrupt inne und ließ seine Finger Millimeter über der Platte schweben. »Wenn es keinen geheimnisvollen Freund gibt, hast du vielleicht recht, und ein Kumpel von Kleffer hat sie im Auftrag zerschnippelt.« Er stand auf. »Na denn, danke für den Kaffee.«

»Du hast gar keinen getrunken.«

»Die Absicht zählt.« Er drehte ein paar Runden und blieb dann stehen. »Was meinst du, könnte der gedeckte Tisch post mortem inszeniert worden sein? Als eine Art kranker Scherz?«

Ich dachte darüber nach. »Sicher, warum nicht? Wenn Kleffer den Mord delegiert hat, könnte er damit dem Ganzen seinen Stempel aufgedrückt haben.«

»Ich habe für dich gekocht, du hast mich sitzen lassen, jetzt bist du Hackfleisch.«

»Du kannst einfach mit Worten umgehen.«

Er rieb sich das Gesicht, als würde er sich ohne Wasser waschen, stapfte zur Kaffeemaschine, goss sich einen Becher ein, trank einen Schluck und schüttete den Rest in die Spüle. »Hat nichts mit dem Kaffee zu tun. Mein Magen ist völlig im Eimer.«

»Wie viele Ave Marias für die Koffeinverschwendung?«

»Ritz es mit ins Kerbholz. Wie geht's Robin?«

Das klang nach höflicher Floskel.

»Prima.«

»Und der Flohquaste?«

»Charmant wie immer. Wie geht's Rick?«

»Seit ich an Hennepin arbeite, muss er meine miese Laune ertragen.« Er ließ die Akte in seine grüne Tasche gleiten und verließ die Küche. An der Eingangstür blieb er noch einmal stehen. »Ich hätte früher zu dir kommen sollen. Keine Ahnung, warum ich das nicht gemacht habe.«

»Mir ist jetzt auch nicht viel dazu eingefallen«, wandte ich ein.

»Vielleicht, wenn du am Tatort gewesen wärst …«

»Das bezweifle ich.«

»Was soll's. Bis dann.«

»Hoffentlich ergibt sich was Neues.«

Es ergab sich nichts.

Zwei Wochen später rief er an, um mir zu sagen, dass der Fall offiziell zurückgestellt worden sei, nachdem es keinerlei Indizien gäbe, die Katherines Tod mit Darius Kleffer oder anderen Verdächtigen in Verbindung brachten.

Danach hörte ich wieder fast drei Wochen lang nichts von ihm, bis er ganz aufgeregt anrief.

»Fortschritt bei Hennepin?«

»Ein neuer Fall, Amigo. Und diesmal bist du von Anfang an dabei.«

2

Tatort war die unterste Etage einer Tiefgarage im Century-City-Bezirk. Das achtzehnstöckige Gebäude in der Avenue of the Stars stammte aus einer Zeit, als die Bauunternehmer das Stadtplanungsamt noch nicht davon überzeugt hatten, dass echte Wolkenkratzer in einer erdbebengefährdeten Gegend durchaus sinnvoll sind.

Von meinem Haus oben in Beverly Glen war es nicht weit, doch als ich ankam, war die Leiche bereits mit einem weißen Tuch abgedeckt, und die Spurensicherung war fast fertig mit ihrer Arbeit, die darin bestand, Fotos zu machen und Proben von den roten Flecken zu nehmen, die sich unter dem Tuch ausbreiteten. Ein Betonpfeiler links von dem silbernen Jaguar des Opfers war ebenfalls rot gesprenkelt.

Auf dem Boden neben der Leiche lagen eine weiße Krokoledertasche und ein Bund Schlüssel, von denen einer das Logo mit der fauchenden Wildkatze trug. Reifenspuren zogen sich kreuz und quer über den Beton, ein Gewirr, das keinerlei Rückschlüsse zuließ. Alle Kreise und Schleifen sahen trocken und angegraut aus. Kein einziger frischer Ölfleck, keine Schleuder- oder Bremsspuren.

Etwas abseits der forensischen Betriebsamkeit stand Milo, in braunem Anzug mit schmaler schwarzer Krawatte und Gummihandschuhen. In einer Hand hatte er ein kleines weißes Rechteck, mit der anderen hielt er sich sein Handy ans Ohr.

Es roch nach Benzin. Die eiskalte staubige Luft aus den Lüftungsschlitzen verwandelte den unterirdischen Raum in ein großes Tiefkühlfach. Ich stand herum, bis Milo seinem unsichtbaren Gesprächspartner am anderen Ende der Leitung zunickte, zur Leiche trat, in die Knie ging, das Tuch hob und es langsam zurückzog.

Bitte schön, mach dir selbst ein Bild.

Die Frau war vorwärts zu Boden gestürzt. Ihr Haar war dunkelblond, zu einem Pagenkopf mit freier Nackenpartie geschnitten, die einen langen geschmeidigen Hals offenbarte. Wahrscheinlich war sie stolz darauf gewesen.

Die Rückseite ihres schlanken, hochgewachsenen Körpers wies keine Verletzungen auf. Sie trug enge Jeans mit Verzierungen an den Nähten, eine rote Lederjacke, die bis zu den Hüften reichte, und halbhohe weiße Pumps. Ihr rechtes Bein war grotesk verdreht, sodass der Schuh vom Fuß abstand und einen Blick in sein Inneres freigab. Manolo Blahnik.

An je zwei Fingern ihrer Hände schimmerten Platin und Gold. Das mir zugewandte Ohr schmückte eine ziemlich große rotgoldene Scheibe, die von winzigen Rubinen gesäumt war.

Milo deutete auf einen der Kriminaltechniker, der aussah wie ein Zwölftklässler, Typ introvertierter Streber, der sich freiwillig fürs Sprachlabor meldet. »Kann ich sie ein Stück weit umdrehen?«

Der Junge sagte: »Der Coroner war schon da, wir sind auch fertig, also von mir aus können Sie sie auch ganz umdrehen.«

Milo drehte die Frau, damit ich ihr einst bildhübsches Gesicht mit herzförmigen, vollen Lippen und einem klar konturierten Kinn sehen konnte. Ihr Make-up war professionell, versuchte jedoch nicht, die feinen Fältchen zu verbergen, die das Leben gezeichnet hatte. Ich schätzte sie auf Anfang, Mitte vierzig. Extrem gepflegte Erscheinung.

Unter der roten Jacke trug sie eine schwarze Seidenbluse. Um ihren glatten Hals lag ein Goldkettchen, dessen Glieder alle zweieinhalb Zentimeter von einem kleinen quadratischen Brillanten unterbrochen wurden. Wo das Kettchen ihr Schlüsselbein berührte, war ein Einschussloch. Ihre linke Wange, etwa zwei Zentimeter unterhalb des Auges, zeichnete eine weitere Schusswunde, die ihre Miene zu einem schwer zu definierenden Ausdruck hatte erstarren lassen: Verwirrung, Hilflosigkeit, tödliches Entsetzen.

Leichte Schmauchspuren um die Löcher wiesen darauf hin, dass der Schuss aus einer Entfernung von fünfzehn bis sechzig Zentimetern abgegeben wurde. Zwei saubere Treffer in Luftröhre und Hirn verrieten, dass der Tod wahrscheinlich rasch eingetreten war. Das Fehlen von Austrittswunden ließ auf Kleinkaliberkugeln schließen, .22 oder .25, die das Gewebe in ihrem Innern zerfetzt hatten.

»Hülsen?«

Milo schüttelte den Kopf. »Wenn da welche waren, hat jemand sie mitgenommen. In ihrer Handtasche sind tausend Dollar in bar sowie eine defekte Damen-Rolex. Vielleicht wollte sie sie zur Reparatur bringen. Außerdem jede Menge Platin-Kreditkarten und der ganze Tand, den sie an sich trägt. Musst du noch mehr sehen?«

Ich musterte für einen Augenblick ihr Gesicht. Die ganze sorgfältige Pflege und dann so ein Ende. »Nein.«

Er rollte die Leiche zurück und deckte sie wieder zu. »Irgendwelche Ideen?«

»Wahrscheinlich wurde sie zu Fuß verfolgt. Es sei denn, du hast frische Reifenspuren entdeckt, die mir entgangen sind.«

»Nein.«

»Wie viele Sicherheitskameras gibt es?«

»Ob du's glaubst oder nicht: Auf den Parkdecks gibt es gar keine.«

»Du machst Witze.«

»Schön wär's. Es gibt eine über jeder Aufzugtür sowie eine am Haupteingang zum Grundstück, außerdem je eine an Vorder- und Hinterausgang des Gebäudes.«

»Warum hier unten nicht?«

»Sag du's mir.«

»Wer hat sie entdeckt?«

»Eine Frau auf dem Weg zu ihrem Auto. Das arme Ding war so erschüttert, dass ich ihr den Mercedes aus der Parklücke fahren musste. Es dauerte eine ganze Weile, bis sie sich so weit beruhigt hatte, dass sie eine Aussage machen konnte. Deshalb war es auch so still hier, als du kamst. Die Attacke ist frontal erfolgt. Was hältst du davon?«

»Sie von hinten zu erschießen wäre einfacher gewesen«, sagte ich. »Also vielleicht wollte der Täter, dass sie weiß, wer sie umbringt. Oder er hatte vor, sie von hinten zu erwischen, doch dann hörte sie Schritte und drehte sich um. Wer ist sie?«

Er reichte mir das kleine weiße Rechteck.

Ein kalifornischer Führerschein, ausgestellt auf Ursula Corey, Alter: 47, Haarfarbe: blond, Augenfarbe: blau, Größe: 1,75 m, Gewicht: 59 kg. Eine Adresse in Calabasas.

»Ich hab's mir auf der Karte angeschaut«, sagte Milo. »Pferdeland. Der passende Ort für eine reiche Lady.«

»Irgendeine Idee, was sie hier gemacht hat?«

»Um ehrlich zu sein, ja. Ich habe gerade mit ihrer Haushälterin telefoniert. Señora Ursula hatte einen Termin mit ihrem Anwalt, das Mädchen wusste nicht genau, wie er heißt, irgendwas mit F, Feldman oder Fellman oder so. Fällt dir sonst noch was ein? Sonst geh ich mir jetzt nämlich die Anzeigentafel anschauen.«

Die Eingangshalle des Gebäudes war so groß wie ein halbes Footballfeld, grauer Granit und brauner Marmor unter einer zehn Meter hohen Decke, in deren Mitte ein venezianischer Glaslüster mit zwei Meter Durchmesser hing, vier Aufzüge auf jeder Seite. Leute in Anzügen oder lässiger Businesskleidung eilten hin und her. Manche Gesichter ernst und schwer, doch ansonsten überwiegend professionell gute Laune – Lächeln, Scherze, wippende Schritte. Die Nachricht vom Mord war noch nicht aus dem Untergeschoss nach oben gedrungen.

Ich überlegte, ob Ursula Corey bei ihrer letzten Fahrt im Aufzug aufgekratzter Stimmung gewesen war.

Die meisten Namen auf der Tafel waren Anwaltskanzleien, die übrigen klangen, als würden sie zum Spaß und für satte Gewinnmargen Geld herumschieben. Hunderte, vielleicht Tausende von Anwälten. In Los Angeles verklagen die Leute einander so beständig, dass man leicht eine ganze Stadt mit Anwälten bevölkern könnte. Man musste schon ein Masochist sein, um zur Polizei zu gehen oder gar zur Mordkommission.

Milo und ich überflogen die ‚F's. Es gab einen Feldman und einen Feld, die beide Business-Manager waren.

»Vielleicht ist für die Haushälterin jeder, der ein Büro hat, ein *abogado*«, sagte Milo und schrieb die Suitenummern in sein Notizbuch. Dann ließ er den Blick weiter nach unten wandern und hielt inne, um auf die Stelle zu deuten, an der ich auch gerade angelangt war.

Grant Fellinger, Kanzlei der Rechtsanwälte Weintraub, Harrow, Micziewski & Fellinger. Der gesamte Südflügel im sechsten Stock.

»Bester Treffer, was, Kumpel?«

»Absolut«, erwiderte ich. »Trauen wir der Haushälterin zu, dass sie weiß, wer ein *abogado* ist und wer nicht.«

»Wieder mal typisch für dich«, sagte Milo. »Einmal Optimist, immer Optimist.«

Der Aufzug war luxuriös, praktisch geräuschlos und entließ uns schon Sekunden später in einen Flur mit einer Glastür, hinter der eine mit schwarzem Schiefer verkleidete Wand aufragte. Der Name der Kanzlei war so zurückhaltend eingraviert, dass man ihn kaum lesen konnte. Vielleicht nach dem Motto: *Wenn du fragst, weiß man gleich, dass du nicht dazugehörst.*

Die junge Frau hinter dem Empfangstresen war eine hübsche Latina mit leuchtenden Augen in einem geschmackvollen schwarzen Kleid und Perlenkette, ernste Miene, perfekte Haltung. Den ganzen Tag so gerade zu sitzen verriet Selbstdisziplin. Beim Anblick von Milos Dienstmarke verzog sie keine Miene.

»Was kann ich für Sie tun, Officers?«

»Ist Ursula Corey Mandantin von Mr Fellinger?«

»Eine Sekunde bitte.« Ihre Finger huschten so flink über ein Tastenfeld, dass ich gar nicht folgen konnte. Handys und Smartphones haben vielleicht die Aufmerksamkeitsspanne verkürzt, aber bei der Feinmotorik haben sie Wunder vollbracht.

Eine halbe Minute später erschien ein großer Mann zwischen dreißig und vierzig in Jeans mit aufgekrempeltem Saum, weißem Hemd mit Minikragen und einer roten Paisley-Krawatte. Sein halblanges dunkles Haar war so gekämmt, dass es lässig aussehen sollte. Die schwarz umrandete Brille und rotbraune Oxford-Schuhe ließen ihn eher wie einen Hipster als wie einen Anwalt aussehen.

Er sprach leise, als wollte er auf keinen Fall jemandem zu nahe treten. »Ich bin Jens Williams, Mr Fellingers Assistent. Wie kann ich Ihnen helfen?«

Milo wiederholte seine Frage.

Jens Williams sagte: »Hm, darf ich fragen, warum Sie fragen?« Dem Akzent nach stammte er aus Neuengland.

Milo lächelte. »Das nehme ich als Ja.«

Jens Williams lächelte schief. »Okay, ja, Sir. Ms Corey ist unsere Mandantin. Ich habe nur nicht die Befugnis …« Er zuckte mit den Schultern. »Sie war gerade erst hier.«

»Wann genau?«

»Ich würde sagen … vor einer Stunde etwa. Warum?«

»War sie hier, um mit Mr Fellinger zu sprechen?«

Kurze Pause. »Das zu beantworten übersteigt meine Gehaltsstufe. Ähm, würden Sie mir verraten, worum es geht?«

»Ms Corey wurde tot in der Tiefgarage aufgefunden.«

Jens Williams' Hand schnellte zu seinem Mund. »Oh mein Gott, wurde sie überfahren?«

»Was ist denn Mr Fellingers Fachgebiet?«, wollte Milo wissen.

»Familien- und Handelsrecht – mein Gott, ich habe sie gerade noch gesehen.« Williams sah die Empfangsdame an. Sie drehte mit einer Hand ihre Perlen. Ihr Unterkiefer war herabgesunken, und ihre Haltung war dahin.

»Wir müssen mit Mr Fellinger sprechen«, sagte Milo.

»Ja, ja, natürlich«, beeilte sich Jens Williams zu erwidern, »ich sage ihm Bescheid, bitte warten Sie.«

Er eilte davon.

»Das ist schrecklich«, sagte die Empfangsdame. »Sie war gerade noch hier.«

Milo wandte sich ihr zu. »Tut mir leid, dass wir schlechte Nachrichten bringen müssen.«

Sie schüttelte den Kopf. »Dieses Haus ist wahnsinnig gefährlich.«

»Die Tiefgarage?«

»Sagen Sie nicht, dass Sie's von mir haben, aber die ganzen Kurven, wo man nicht um die Ecke sehen kann? Machen Sie Witze?«

»Unheimlich«, sagte Milo.

»Ich kann Ihnen gar nicht sagen, wie oft ich auf dem Angestelltendeck schon fast überfahren worden wäre.«

»Welches Deck ist das?«

»Das zweitunterste.«

Eines über dem Todesdeck.

Die Empfangsdame fuhr fort: »War die Person noch da, oder war es Fahrerflucht?«

»Keine Spur vom Täter«, sagte Milo.

»Gott, das ist so übel! Vielleicht tun sie jetzt endlich mal was.«

»Sie?«

»Die Verwaltungsgesellschaft.«

»Was sollen die denn tun?«

»Zum Beispiel … ich weiß nicht. Irgendwas. Ich meine, man sieht ja, was passiert.«

Eine Stimme sagte: »Die Herren?« Jens Williams stand drei Meter hinter dem Empfangstresen und krümmte den Daumen nach links.

Wir folgten ihm durch einen langen Flur, dessen Wände beliebige abstrakte Kunst zierte. Auf halbem Weg durch den Flur trat ein kleiner, untersetzter Mann aus einer Tür und blieb mit verschränkten Armen stehen. Er war um die fünfzig und trug ein rosa Hemd zur blauen Nadelstreifenhose, die von geflochtenen Lederhosenträgern gehalten wurde, eine mintgrüne Krawatte mit orangefarbenen Waldhörnern, dazu braune Kalbsledertrotteurs.

Das schwarze zurückgekämmte Haar – wahrscheinlich gefärbt – lichtete sich am Oberkopf, auf der fliehenden Stirn prangten buschige Brauen. Sein Gesicht erinnerte an einen Affen, eher Schimpanse als Pavian. Rasiert, wobei schon jetzt am späten Vormittag ein bläulicher Schatten seine Kinnpartie überzog.

»Mr Fellinger«, sagte Jens Williams, »das sind die Polizeibeamten …«

Grant Fellinger unterbrach ihn mit einer unwirschen Handbewegung. Eine tiefe Stimme mit einem eigenartigen Echo drang zwischen seinen ebenso wulstigen wie schmalen Lippen durch: »Tun Sie mir einen Gefallen, gehen Sie runter in die Cafeteria, und besorgen Sie mir einen weißen Jasmintee. Und sehen Sie zu, dass die Blume drinbleibt.«

»Wie immer, mit Süßstoff?«

»Ohne Süßstoff. Mir ist unter den gegebenen Umständen nicht eben nach süß zumute.«

Schlechte Laune, aber keine Angst.

»Wird gemacht«, hauchte Williams und eilte davon. Vielleicht gehörte das Aerobic-Training zu seinem Job.

Grant Fellinger hielt die Arme verschränkt, während er uns in Augenschein nahm. Alles an ihm war plump und grobschlächtig – die platte Nase, die beinahe ebenso breit war wie die wulstigen Lippen darunter, Ohrmuscheln wie Tennisschläger, aus denen ein paar schwarze Haare sprossen, Stiernacken, feiste Handgelenke, Stummelfinger, hängende Schultern.

Eine Tonfigur, die noch nicht ganz ausmodelliert war.

Milo stellte sich vor.

Fellinger nickte. »Ursula ist überfahren worden? Nicht zu fassen, gerade war sie noch hier.« Er nagte an seiner Lippe. »Noch vor fünfundvierzig Minuten war sie auf Wolke sieben. Und jetzt das.«

Er wischte sich mit einem Finger den Augenwinkel. »Verdammt. Haben Sie den Mistkerl, der das verbrochen hat? Falls er nicht den Anstand hatte zu warten, sollte es trotzdem nicht schwer sein, ihn zu finden; schließlich ist über der Ausfahrt eine Überwachungskamera.«

»Ms Corey ist also vor fünfundvierzig Minuten von hier weg?«, hakte Milo nach.

»Fünf Minuten hin oder her«, sagte Fellinger. »Wenn Sie die Videoaufzeichnungen in dem Zeitraum überprüfen, haben Sie Ihren Missetäter sofort.«

»Danke für die Auskunft, Mr Fellinger. Leider wurde Ms Corey nicht überfahren.«

»Nein? Was denn dann?«

»Sie wurde erschossen.«

Grant Fellingers Kopf stieß vorwärts, als wollte er wortwörtlich der Realität die Stirn bieten. »Erschossen? Jens meinte, es sei ein Unfall gewesen.«

»Wir haben ihm keine Einzelheiten genannt, also hat er es angenommen.«

»Großartig«, sagte Fellinger. »Das macht er oft – voreilige Schlüsse ziehen. Ich sage ihm das immer wieder. Dabei hat er in Yale studiert. Erschossen? Von wem?«

»Das wissen wir noch nicht, Mr Fellinger.«

»Erschossen«, wiederholte Fellinger. »Erschossen? Ursula? Um Himmels willen.« Seine fleischigen Arme sanken herab, und er hieb mit einer behaarten Faust in die Handfläche der anderen Hand. »Das haut mich glatt aus den Schuhen.«

»Alles, was Sie uns dazu sagen können, Sir …«

Seine Wangen wurden hohl, weil er Speichel einsog, was ein blubberndes Geräusch erzeugte. Er warf die Hände in die Luft. »Sie kommen besser rein.«

Sein Büro war erstaunlich bescheiden. Durch das Fenster war ein schmaler Streifen östlicher Himmel zu sehen. Die Einrichtung bestand aus einem schlichten Holzschreibtisch mit passendem Sideboard, einem viel zu großen Lederschreibtischstuhl und drei funktionalen Stühlen. An der Rückwand bildete ein Tweedsofa mit einem gläsernen Tisch einen Besprechungsbereich. Fellinger ging hinter seinen Schreibtisch und deutete auf die unbequem aussehenden Sitzgelegenheiten. An der Seegrastapete über dem Sideboard prangten Unizeugnisse und Juradiplome, außerdem Fachzertifikate für Familien- und Schiedsrecht. Schief hängende Fotos zeigten Fellinger mit einer attraktiven Brünetten und zwei Jungen in verschiedenen Entwicklungsstufen. Auf den jüngsten Aufnahmen trugen die Söhne missmutige Teenagermienen zur Schau. Seine Frau war deutlich gealtert.

»Ihr Fachgebiet ist Familienrecht«, sagte Milo. »War Ms Corey in einen Scheidungskrieg verwickelt?«

»Jede Scheidung kann zum Krieg ausarten«, erwiderte Grant Fellinger. »Dazu braucht es nur zwei entscheidende Faktoren.«

Er wartete.

»Kinder und Vermögen«, warf ich ein.

»Volltreffer. Ursula und Richard hatten beides, wobei die Kinder kein Problem darstellten, weil sie schon fast erwachsen sind. Es ging nur um das Geld. Es dauerte fünf Jahre, diese Scheidung abzuwickeln, drei davon nach dem Urteil.«

»Sie wollten immer mehr.«

»Feinabstimmung«, sagte Fellinger. »Irgendwann haben wir eine einvernehmliche Vereinbarung gefunden, ich und der Anwalt von Richard Corey.«

»Wer ist das, Sir?«

»Earl Cohen. Einer von der alten Schule.«

»Wollte da jemand eine Revanche?«, fragte ich.

»Beide wollten Revanche. Etwa einmal im Jahr. Es war seltsam. Manchmal kamen sie an, als wären sie die besten Freunde, und wollten alles tun, damit die Sache problemlos abläuft. Wenn sie dann gingen, herrschte eitel Sonnenschein. Da fragte ich mich dann, warum sie sich überhaupt hatten scheiden lassen.«

Fellinger neigte sich vor. »Es lag nicht daran, dass wir Anwälte unbedingt weiter an dem Fall verdienen wollten.

Earl und ich haben beide genug zu tun. Es hätte die eine Ausnahme sein können – geschmeidige Trennung, echte Freundschaft, Schlussstrich und ein schönes Leben noch.«

»Aber die Coreys waren anderer Meinung«, sagte ich.

»Sie zogen einen Schlussstrich, ja. Aber dann verschanzten sie sich. Was das Ganze so mühsam machte, war, dass Earl und ich sie beim Wort nahmen und entsprechend vorgingen. Mehrere Tausend gebührenpflichtige Stunden später bekamen wir dann wutentbrannte Anrufe, alles wurde infrage gestellt, und man zog sich wieder in die Schützengräben zurück. Diese Umschwünge kamen immer völlig unerwartet. Und wenn die beiden hier erschienen, wirkten sie nie, als wären sie sauer aufeinander. Es war, als hätten sie Kraft für eine neue Schlacht getankt. Die letzte Runde ist jetzt ein Jahr her.«

»War da jemand wütend beim Abschied?«, fragte Milo.

Fellinger starrte in die Luft. »Ob Richard zu so etwas in der Lage wäre? Um Himmels willen, ich hoffe nicht. Ich meine, das wäre entsetzlich. Das würde mich an meiner Menschenkenntnis zweifeln lassen. Nein, Lieutenant, da war keine Wut. Um ehrlich zu sein, wirkten sie, als wären sie sich aufrichtig einig.« Er hob die Augenbrauen. »Ist sie beraubt worden? Sie liebt ihren Schmuck, und heute trug sie jede Menge davon.«

»Kein Hinweis auf Diebstahl«, sagte Milo.

»Sind Sie sicher? Ich habe ziemlich viele Diamanten an ihr gesehen, vielleicht hat etwas gefehlt.«

»Wir haben Folgendes abgenommen und katalogisiert: drei Ringe, eine Halskette, zwei Armkettchen sowie ein Paar goldene Ohrringe mit Rubinen. Außerdem war eine teure Armbanduhr in ihrer Handtasche.«

Fellinger bewegte nachdenklich seine Wulstlippen. »Das passt. Sie halten also Richard für verdächtig? Ich denke, der Ehemann ist immer derjenige, bei dem man anfängt, und ich habe, weiß Gott, genügend Ehegatten kennengelernt, die ich im Falle eines Falles sofort verdächtigen würde. Aber Richard? Ich weiß nicht. Das passt nicht zusammen.«

Ich war schon viele Male als Sachverständiger bei Scheidungsprozessen dabei, doch dass ein Anwalt seinen Gegenmandanten verteidigt, habe ich noch nie erlebt.

»Richard ist ein guter Mensch«, sagte ich.

»Meine ehrliche Meinung?«, fragte Fellinger. »Er ist nicht unbedingt ein sympathischer Mensch, doch er wirkte immer ehrlich und anständig auf mich. In fünf Jahren kann man einen Haufen Dreck aufwühlen, und glauben Sie mir, ich habe im Dreck gewühlt. Ebenso wie Earl in Ursulas Dreck gewühlt hat. Letztes Jahr sind wir sogar mal zusammen was trinken gegangen und haben uns darüber amüsiert. All die vielen Stunden, die wir damit verbracht haben, den Mandanten des anderen in ein schlechtes Licht zu setzen – ohne jeden Erfolg.«

»Trotzdem hörten die beiden nicht auf, sich zu streiten.«

»Streit war das nicht«, widersprach Fellinger. »Wie gesagt, es ging um die Feinabstimmung. Da wurde nie die Stimme erhoben. Die wollten nur ihr Vermögen sauber unter Dach und Fach bringen.«

»Warum war denn Ursula hier, wenn die Scheidung längst erledigt war?«, wollte Milo wissen.

»Das bringt uns zurück zum Schmuck«, sagte Fellinger. »Deshalb habe ich vermutlich daran gedacht. Ursula hat jede Menge Glitzerkram, teures Zeug, das sie über die Jahre hinweg angeschafft hat. Nachdem die Scheidung abgehakt war, fing sie an, sich Gedanken zu machen, welche ihrer Töchter was bekommen sollte. Ich mache nicht mehr oft Nachlasssachen, aber ich habe zugesagt, unter der Prämisse, dass es nicht zu kompliziert wird. Es war dann wirklich simpel: zwei Mädchen, halbe-halbe. Für Ursula war es wichtig, das schriftlich festzuhalten.«

»Als Nachtrag zu ihrem Testament«, sagte Milo.

Fellinger sah ihn an. »Ob sie geahnt hat, dass was passieren wird? Für mich sah es nicht so aus. Eher im Gegenteil. Sie war bester Laune. Reiche Leute tun solche Dinge, Detective. Sie machen sich Gedanken über ihr Spielzeug und drehen Schräubchen, immer im Bestreben, das Optimale herauszuholen.«

»Woher kam denn der Reichtum?«

»Richard und sie haben zusammen ein Unternehmen aufgebaut. Import-Export.«

»Von was?«

»Ramsch«, sagte Fellinger. »Ihre Worte, nicht meine. Kennen Sie diese Gummisandalen, die man für zwei Dollar in Chinatown kaufen kann? Sie haben sie palettenweise aus Vietnam herschaffen lassen, für zehn Cent pro Paar.«

»Hübsche Gewinnmarge«, fand Milo.

»Da kamen noch zwanzig, fünfundzwanzig Cent pro Paar Versand und Transport dazu, verkauft haben sie sie dann en gros für fünfundsiebzig Cent bis einen Dollar. Ich nenne das eine fantastische Gewinnmarge.«

»Wie sah die Zusammenarbeit aus?«

»Ursula hat den Einkauf gemacht. Sie kannte sich mit Fernost aus, ihr Vater war wohl so eine Art Diplomat gewesen. Richard war für Buchhaltung und Tagesgeschäft zuständig. Außerdem hat er erfolgreich ihr Geld angelegt.«

»In was?«

»Blue-Chip-Aktien, Vorzugsaktien, Anleihen.«

»Konservativ.«

»Extrem konservativ«, bestätigte Fellinger. »Es gibt auch eine Immobilie in Oxnard am Jachthafen.«

»Wie groß ist ihr Vermögen?«, fragte Milo.

Fellingers Brauen krümmten sich erneut wie zwei aufgeschreckte Raupen. »Ist das denn wichtig?«

»In dieser Phase ist alles wichtig.«

»Tja … ich nehme an, Sie könnten jederzeit die Gerichtsakten einsehen, die Zahlen wurden fünf Jahre lang hin und her geworfen.« Fellinger lehnte sich zurück und legte die Hände auf seinen prallen Schmerbauch. »Nach letztem Stand betrug ihr Nettovermögen zwischen vierzehn und fünfzehn Millionen Dollar, ohne nennenswerte Schulden.«

Milo pfiff durch die Zähne.

»Lassen Sie mich das ein bisschen relativieren, Detective. Dreieinhalb Millionen entfallen auf die Hauptimmobilie, ein großes Anwesen im West Valley. Die Töchter stehen auf Pferde. Das wurde Ursula zugerechnet. Richard bekam ein Doppelhaus in einer Wohnanlage in Oxnard, von dem er eine Hälfte selbst bewohnt. Der Schätzwert ist wesentlich geringer, liegt bei circa anderthalb Millionen, deshalb hat Richard noch mal zwei Millionen in Aktien und Anleihen bekommen. Alles Übrige wurde gleichmäßig aufgeteilt.«

»Einschließlich Ursulas Schmuck?«

»Nein, entschuldigen Sie, der wurde auch Ursula zugerechnet, aber das war nicht so viel, vielleicht fünf-, sechshunderttausend. Auch kein Pappenstiel, aber gemessen an Immobilien dieser Dimensionen dann doch Peanuts.«

»Gibt es geschäftlich genutzte Gebäude, die der Firma gehören? Lagerhäuser, Büros?«, fragte ich.

Fellinger schüttelte den Kopf. »Urrick, Ltd. – so heißt die Firma, der Name ist eine Verschmelzung ihrer Vornamen – ist ein Musterbeispiel für Effizienz; sie besteht nur aus Richard und Ursula, es gibt nicht einmal eine Sekretärin oder Rezeptionistin. Wenn die Papierberge zu hoch werden, engagieren sie einen Schreibdienst, ansonsten arbeiten sie beide von zu Hause aus. Wenn Ware im Hafen von San Pedro ankommt, ist einer von ihnen dort, um die Lieferung gleich an die Kunden weiterzuleiten. Wenn tatsächlich etwas zwischengelagert werden muss, mieten sie Raum in einem Lagerhaus östlich der Innenstadt – auf Basis eines Superdeals, den sie während der Wirtschaftskrise abgeschlossen haben. Richard hat ein Gespür für Schnäppchen. Das ist das Schöne an ihrem Geschäft – sie müssen nie lange lagern, sie sind nur Vermittler, lassen sich dafür bezahlen, Ware von A nach B zu bringen.«

»Worüber wurde fünf Jahre lange gestritten?«

»Über den Wert der Firma, falls sie je beschließen sollten, sie aufzulösen. Ursula hat sie immer als wertvoll betrachtet, Richard dagegen hatte seine Bedenken.«

»Wie weit lagen sie denn auseinander?«

»Das war von Mal zu Mal unterschiedlich«, sagte Fellinger. »Meist um die zwei Millionen. Was das Ganze aber absurd machte, war, dass sie nie daran dachten, die Firma zu teilen oder zu verkaufen. Sie redeten immer nur hypothetisch darüber, zumal letztes Jahr ihr bestes Geschäftsjahr überhaupt war – sie stiegen nämlich groß ins religiöse Geschäft ein, mit brennbarem Goldpapier.« Er lächelte. »Nie davon gehört, was?«

Milo und ich schüttelten die Köpfe.

»Ich bis dahin auch nicht. Anscheinend ist es so: Wenn sich Buddhisten etwas von ihrem Gott wünschen, verbrennen sie ein Pappmodell davon auf einem Altar. Wenn sie sich Geld wünschen, nehmen sie so etwas wie Monopoly-Scheine. Wenn es ein Auto ist, verbrennen sie ein kleines Papierauto. Und so weiter. Letztes Jahr haben Ursula und Richard groß in Goldpapier investiert und viel Geld damit verdient.«

»Was denken Sie, warum die beiden immer wieder hierherkamen?«

»Ob es finanzielle Gründe hatte?«, sagte Fellinger. »Das haben sie zumindest behauptet. Ehrlich gesagt, glaube ich eher, dass sie es nutzten, um sich außerhalb der Arbeit sehen zu können, ohne es zugeben zu müssen.«

»Alte Liebe rostet nicht.«

»So was in der Art.«

»Hatte einer von ihnen irgendwelche Laster? Drogen, Glücksspiel?«, erkundigte sich Milo.

»Nie.«

»Was ist mit Affären? Eifersucht?«

»Es ging ihnen immer nur ums Geld, Lieutenant.«

»Sie tauchten also rund einmal im Jahr auf, um nachzuverhandeln, und in der Zwischenzeit liefen die Geschäfte?«

»In voller Harmonie. Ich sage Ihnen ja, es war absurd.«

»Wer hat die Scheidung eingereicht?«, fragte ich.

»Selbst da waren sie sich einig.« Fellinger warf zum dritten Mal die Hände in die Luft. »Wenn ich objektiv sein müsste, würde ich sagen, sie hatten wirklich nicht alle. In den meisten Fällen machen sich die Parteien gegenseitig fertig. In diesem Fall machten sie Earl und mich fertig.« Er lachte und hielt dann inne. »Und jetzt ist Ursula tot. Ich nehme an, Sie werden Richard und die Mädchen informieren. Ich habe darauf nämlich wirklich überhaupt keine Lust.«

»Wir kümmern uns darum, Mr Fellinger«, sagte Milo. »Außerdem bitten wir Sie, über dieses Gespräch und generell über den Mord Stillschweigen zu bewahren.«

»Klar, verstehe.«

»Wie lauten Richards Adresse und Telefonnummer?«

Fellinger bemühte seinen Computer und ratterte die Informationen herunter.

»Die beiden Töchter sind die einzigen Kinder?«

»Ashley und Marissa.«

»Wo können wir sie erreichen?«

Ehe Fellinger antworten konnte, klopfte es an der Tür. »Ich bin beschäftigt!«, rief er.

Von draußen hörte man: »Ihr Tee, Mr Fellinger.«

»Ach ja. Gut. Bringen Sie ihn rein.«

Jens Williams kam mit einem kunstvollen Zinntablett in der Hand herein, auf dem ein Teeglas mit Silberhenkel stand. Es enthielt eine cognacfarbene Flüssigkeit. Am Grund lag eine anemonenartige Blüte.

»In der Cafeteria gibt es Teegläser?«

»Die hier gehören uns. Ich benutze sie anstelle der Styroporbecher.«

Fellinger musterte den Tee. »Mickriges Blümchen. Was anderes hatten sie nicht?«

»Leider nicht«, sagte Williams.

»Na gut. Besorgen Sie mir Adressen und Telefonnummern der Corey-Töchter.«

»Soll ich das persönlich überbringen oder über die Sprechanlage durchgeben?«

»Bringen Sie's einfach rein.«

»Okey dokey.« Williams verschwand.

»*Okey dokey*«, äffte ihn Fellinger nach. »Als wären wir beste Kumpel. Er hatte kaum hier angefangen, da musste ich ihm schon klarmachen, dass er mich nicht beim Vornamen zu nennen hat. Aber verglichen mit seiner Vorgängerin ist er Einstein. Die war beim Bewerbungsgespräch ganz anständig erschienen, doch schon an ihrem ersten Arbeitstag kam sie mit Riesenausschnitt und freiem Rücken daher, sodass man ihre Pospalte sehen konnte. Diese jungen Leute kapieren wirklich gar nichts.«

»Die Zeiten ändern sich«, sagte ich.

»Ob das besser ist, als wenn alles gleich bleibt? Manchmal frage ich mich das schon.«

Es klopfte wieder. Jens Williams eilte herein und reichte Fellinger ein Blatt Papier. »Die Jüngere ist auf dem College, Sir, die Nummer ihres Wohnheimzimmers ist nicht in unseren Unterlagen. Die Ältere wohnt zu Hause, hier ist die Adresse.«

Fellinger krümmte einen Daumen Richtung Tür. »Wie sieht's draußen in der realen Welt aus?«

»Ein paar Rückrufe zu Gerichtsterminen, aber nichts Außergewöhnliches.«

»Gut. Sobald die Herren gegangen sind, kümmere ich mich darum.«

3

Die Steuerungs- und Sicherheitszentrale des Bürogebäudes befand sich im Erdgeschoss, gleich neben der Cafeteria und den öffentlichen Toiletten. Der Raum war fensterlos und enthielt drei unbesetzte Arbeitsplätze, die Rückwand war voller Überwachungsmonitore und Aufnahmegeräte. Metallstühle standen bereit. Flackernde Bildschirme zeigten graue Menschen und Fahrzeuge.

Der Sicherheitschef war ein Afroamerikaner namens Alfred Bayless in schwarzem Blazer, grauer Hose und weißem Rolli. Er war am Tatort erschienen, als wir gerade gehen wollten.

Milo bat ihn um Mitschnitte der Kameras.

»Es ist ein Desaster«, sagte Bayless. »Okay, gehen wir in mein Büro.«

Auf dem Weg nach oben fuhr er fort: »Ich war sechzehn Jahre lang beim Dezernat Autodiebstahl in Hollenbeck und hatte mich auf einen ruhigen Lebensabend gefreut.« Er sah mich an.

»Das ist Dr. Alex Delaware, unser psychologischer Berater«, stellte Milo mich vor.

»Sie denken, das war ein Verrückter?«

»Ein gewöhnlicher Mord ist es jedenfalls nicht. Möglich ist alles.«

Sobald wir in seinem Büro angekommen waren, fing er

an, mehrere CDs zu kopieren und in Umschläge zu stecken, die er uns reichte.

»Danke. Welche Zeitspanne decken die Aufnahmen ab?«

»Von sieben Uhr morgens, wenn die Garage aufmacht, bis kurz bevor Sie mich angerufen haben.«

Bayless führte uns zu seinen Monitoren und fummelte an einem der Rekorder herum. Ein schwarzer Bildschirm in der unteren Reihe sprang an und zeigte eine beständige Reihe einfahrender Autos. Bayless drückte einen Knopf, und die Ansicht wechselte auf den ausfahrenden Verkehr. Die Fahrzeuge waren klar zu erkennen, nicht aber die Fahrer. Fuhren die Autos langsam genug, konnte man möglicherweise das Nummernschild entziffern.

»Das ist alles?«, sagte Milo.

»Ja, ich weiß, von den Parkdecks gibt es keine Bilder.« Bayless schüttelte den Kopf. »Ein Desaster. So was hat es noch nie gegeben.«

»Hoffentlich wird es so etwas nie wieder geben.«

»Sie arbeiten bei der Mordkommission und haben immer noch Hoffnung?«

»Die Hoffnung stirbt zuletzt, sagt man.«

»Ach ja, wie wahr«, meinte Bayless.

»Hören Sie, ich will Sie das eigentlich nicht fragen, aber ich muss …«

»Ja, ja, warum gibt es auf den Parkdecks keine Kameras?« Bayless führte uns aus dem Raum, ging ein paar Schritte den Flur entlang, der an einer Tür mit der Aufschrift *Technikraum* endete, und blickte sich um.

»Werden Sie denn auch überwacht?«, fragte Milo.

Bayless lächelte. »Man weiß nie. Zu Ihrer Frage: Wollen Sie den offiziellen oder den wahren Grund?«

»Wie wär's mit beiden?«

»Offiziell sind wir hier mit Hightech-Überwachungstechnik ausgerüstet. Hard- und Software ebenso wie Personal auf dem neuesten Entwicklungsstand. In Wirklichkeit aber sind wir Provinzliga. Als ich vor acht Monaten hier angefangen habe, war das Erste, was ich vorgeschlagen habe, Kameras auf den Parkdecks zu installieren. Ich meine, wo passiert denn was? Nicht an der verdammten Ein- und Ausfahrt.«

Er blickte den Flur entlang. »Doch die weisen Männer, die dieses Haus führen, sahen keinen Grund, dafür Geld auszugeben. Schließlich ist das hier Century City, niemand kommt nach Century City, um was anzustellen.«

»Ein Hort der Tugend – bei all den Anwälten?«

»Die Anwälte fallen in Ihr Ressort.« Bayless brachte ein schnaubendes Lachen zustande. »Mir bleibt nur die Hoffnung.«

Wir kehrten in die Tiefgarage zurück. Ich hatte meinen Seville auf dem obersten Deck geparkt. Mein Name auf einer Liste gewährte mir Zufahrt zu einem Bereich, der von einem uniformierten Polizisten bewacht wurde. Vier Plätze weiter parkte Milos Zivilwagen, ein ausgebleichter grüner Impala.

Wir standen neben meiner Fahrertür, als er Moe Reed anrief und ihm sagte, er solle die CDs zur Polizeistation bringen, alles kopieren und sich jede Sekunde davon ansehen. »Die Ausfahrt dürfte kurz nach der Tat erfolgt sein, aber die Einfahrt könnte jederzeit gewesen sein. Überprüfen Sie jedes Nummernschild, das Sie lesen können. Achten Sie auf alles, was irgendwie auffällig ist.«

»Wird gemacht, Lieutenant.«

Milo beendete das Gespräch und legte die Hand auf die waldgrüne Motorhaube des Seville. »Der glänzt vielleicht. Hast du ihn polieren lassen?«

»Habe ich letzten Sonntag selbst gemacht.«

»Das nenn ich Hingabe. Meiner könnte auch ein bisschen Politur gebrauchen«, sagte er. »Du darfst fahren, ich komme später zurück und hole meinen ab.«

»Wohin fahren wir denn?«

»Zum Exmann Schrägstrich Hauptverdächtigen. Und wenn wir ihn nicht finden, dann zu den Töchtern.«

»Du hast Fellinger nicht abgekauft, was er über Mr Coreys blütenreinen Charakter erzählt hat, was?«

»Für den Gegner die Hand ins Feuer legen? Ja, das war mal ganz was Neues.«

»Genau wie Fellingers freundliche Worte über Richards Anwalt.«

»Eine große glückliche Familie. Nur dass die Coreys fünf Jahre lang Anwaltsgebühren geblecht haben und nun einer von ihnen ins Gras gebissen hat. Nein, ich kauf ihm gar nichts ab. Ich denke, Fellinger hat uns einen Mordsbären aufgebunden, und ich würde gern wissen, warum.«

»Vielleicht solltest du mit Richards Anwalt reden, um zu sehen, ob die Zuneigung auf Gegenseitigkeit beruht.«

»Noch bevor wir Corey und die Mädchen heimsuchen?«

»Wenn er in der Nähe ist und Zeit hat.«

»Klar, warum nicht?« Milo suchte die Adresse der Kanzlei von Earl Cohen heraus: Roxbury Drive, Ecke Wilshire Boulevard, Beverly Hills. Zehn Minuten mit dem Auto.

Er rief an. Cohen schnappte nach Luft, als er von dem Mord hörte. Als Milo fragte, ob er Zeit habe, sagte er sofort zu.

Das Messingschild an der Nussbaumtür wies Earl Cohen, Esq., als Seniorpartner der Drei-Mann-Kanzlei aus. Zweiter in der Hierarchie war Beverly Cohen, Nummer drei ein Rajiv Singh.

Die Kanzlei war kleiner als die Fellingers, aber ähnlich angeordnet, einschließlich der steinernen Wand hinter dem Empfang, die in diesem Fall aus Travertin bestand.

Die Empfangsdame tippte und musste ihren Schreibfluss nicht für uns unterbrechen, da Earl Cohen vor ihr stand und uns hereinwinkte.

Richard Coreys Anwalt war um die achtzig, dünn und schmalschulterig und trug einen wunderschönen mokkabraunen Anzug, dazu ein blaues Hemd mit einem hohen, gestärkten Eton-Kragen und eine gelbe Krawatte, die nach Hermès aussah. Die geflochtenen Slipper bewegten sich farblich zwischen Orange und Braun und ließen eine Spur von blau-orange karierten Burlington-Socken durchscheinen. Sein zurückgekämmtes Haar war dicht, lang und schneeweiß. Die rechte Seite seines Halses war ausgehöhlt, Hinweis auf die Entfernung eines Speicheldrüsentumors. Seine hellblauen Augen waren an den Rändern zu Grau verblasst.

»Hallo, die Herren Polizisten. Bitte kommen Sie herein«, begrüßte er uns mit leiser, rauer Stimme.

Cohens Büro war riesig, Eichenvertäfelung an den Wänden, der Boden mit hochflorigem burgunderfarbenem Teppich ausgelegt. Grant Fellinger ließ seine Besucher auf harten Stühlen sitzen, Earl Cohen verwöhnte sie mit bequemen Ledersesseln.

Der Schreibtisch des alten Herrn hätte vom Speicher

des Weißen Hauses stammen können – geschnitzt, georgianischer Stil, ausgemustert, weil zu groß für das Oval Office. Ein Messingwagen hielt Kristallkaraffen mit silbernen Schildchen an silbernen Kettchen bereit, auf denen *Gin*, *Whisky* und *Brandy* stand. Die Sicht auf den Roxbury Drive wurde durch Eichenschlagläden und geraffte Brokatvorhänge behindert, die aussahen wie aus einem Aubusson-Gobelin herausgeschnitten. Gedämpftes Licht drang aus einer blau-goldenen Deckenlampe mit Libellenmuster, die wahrscheinlich eine echte Tiffany war.

Cohens Diplom stammte aus Harvard. Seine Zeugnissammlung teilte sich den Platz an der Wand mit Fotos von ihm mit Senatoren und sämtlichen kalifornischen Gouverneuren seit Ronald Reagan, außerdem hingen da zahlreiche Bilder einer blonden Frau, die aussah wie eine Schauspielerin aus der Zeit, als Reagan noch Schauspieler war. Ein Kind tauchte wiederholt auf, eine blonde Tochter, die ihrer Mutter ähnlich sah. Auf einem Foto überreichte ihr Cohen ein Zeugnis, beide in bordeauxroter Robe und Doktorhut.

»Bitte setzen Sie sich«, krächzte er und nahm umständlich Platz. Die Haut an seinem Hals trug den Schimmer alter Narben; der Eingriff musste also schon länger zurückliegen. Was ihm aktuell Beschwerden bereitete, musste etwas anderes sein.

Neben seinem Füllerset stand ein Humidor aus Ebenholz, dem er drei Claro-Zigarren entnahm. »Rauchen Sie?«

»Nein, danke.«

»Dann werde ich es auch lassen«, sagte Cohen. »Vielleicht verlängere ich damit mein Leben um fünf Minuten.« Er sah Milo an. »Mit Ihnen habe ich telefoniert.«

»Ja, Sir.«

»Und Sie sind …«

»Alex Delaware.«

»Den Namen kenne ich«, sagte Cohen. »Ungewöhnlich. Indianische Abstammung?«

»Angeblich ist so was mit drin.«

»Es gibt einen Psychologen dieses Namens, der Sorgerechtssachen macht.«

»Das bin ich.«

Cohen sah mich lange und anerkennend an. »Wie klein ist doch die Welt. Sie sind mir erst kürzlich empfohlen worden als jemand, der sich von Winkeladvokaten keinen Bären aufbinden lässt. Zum Glück konnte der Fall abgeschlossen werden, ohne dass ich diese Behauptung überprüfen musste.«

»Ein Glücksfall«, sagte ich.

»Allerdings«, meinte Earl Cohen. »Zu Beginn meiner Laufbahn habe ich jeden Fall angenommen, der mir in die Quere kam, so viel Niedertracht, so viel Gift. Als ich fünfundsechzig wurde, beschloss ich, nur noch Mandate zu übernehmen, bei denen nicht mit Feindseligkeit zu rechnen ist.« Sein Lachen war lautlos, ein verpuffendes Staubwölkchen. »Alle anderen überlasse ich meiner Tochter. Sie ist jung, ihr Herz-Kreislauf-System kann das vertragen.«

»Die Coreys stellten also keine Gefahr dar.«

»Sie reden nicht lange um den heißen Brei herum, was?« Cohen wandte sich an Milo. »Darf ich fragen, warum Sie einen Psychologen mitgebracht haben?«

»Dr. Delaware berät uns hin und wieder«, erklärte Milo.

»Hier geht es nicht um kindliche Psychologie. Die Corey-Töchter sind schon älter. Eine davon ist bereits volljährig.«

»Wir konsultieren Dr. Delaware in ungewöhnlichen Fällen.«

»Verstehe. Oder, ehrlich gesagt, verstehe ich nicht.«

Milo sagte nichts.

»Okay, es bringt nichts, noch mehr Zeit zu verschwenden; Sie sind schließlich hier, um etwas über die arme Ursula zu erfahren. Sie war nicht meine Mandantin, aber trotzdem eine einfach reizende Person. Elegant wie sonst keine. Briten einer gewissen Schicht beherrschen Manieren, die wir gar nicht mehr lernen.«

»Sie vertreten ihren Mann …«

»Und habe trotzdem Gutes über sie zu sagen? Das ist genau das, worauf ich hinauswill, meine Herren. Ich betrachte mich selbst als Vermittler, nicht als Krieger, und die Coreys passten in dieses Bild. Sie hatten hin und wieder Probleme auszutragen, doch es ging immer darum, Lösungen zu finden, statt Messer zu wetzen.« Er zwinkerte. »Eine unglückliche Wortwahl. Was für ein Desaster. Wie sind Sie auf mich gekommen?«

»Ms Corey wurde in der Tiefgarage ihres Anwalts getötet.«

»Bei Fellinger?«, sagte Cohen. »Hat er Sie zu mir geschickt?«

»Wir haben ihn befragt, und er hat uns Ihren Namen genannt, Mr Cohen.«

»Lassen Sie mich raten: Grant hat es so dargestellt, dass er und ich beste Freunde sind und demnächst zusammen auf Kreuzfahrt gehen.«

»Er spricht sehr positiv von Ihnen, Sir.«

»Schauen Sie«, sagte Cohen, lehnte sich zurück und legte die verschränkten Hände auf seine Gürtelschnalle. »Ich möchte nicht unhöflich wirken, aber die Wahrheit ist, dass ich Grant ertragen habe, solange er erträglich war.«

»Fünf Jahre lang.«

»Das trifft es nicht ganz, Lieutenant. Es ist richtig, dass die Akte Corey gegen Corey vor fünf Jahren aufgeschlagen und nach zwei Jahren geschlossen wurde. Doch der Hauptteil der Verhandlungen fand innerhalb des ersten Jahres statt. Wir standen ja nicht fünf Jahre lang ständig vor Gericht.«

»Immer nur hin und wieder ein Termin.«

»Zur Feinabstimmung. In homöopathischen Dosen kann ich Grant ertragen. Und ganz ehrlich, dass Ursula seine Mandantin war, hat die Sache auch erleichtert. So eine reizende Person. Darf ich erfahren, wie sie umkam?«

»Schussverletzung.«

»Ach du liebe Zeit. In der Tiefgarage? Ein Überfall?«

»Keine Hinweise auf Raub.«

»Was dann?«

»Das ist es, was wir herauszufinden hoffen, Mr Cohen.«

»Erschossen. Schrecklich. Es ist schwer, sich vorzustellen, dass Ursula nicht mehr unter uns ist. Sie war so voller Energie und so kreativ – sie war die kreative Kraft des Unternehmens.«

»Erzählen Sie uns etwas über die Feinabstimmung, Sir.«

»Was das angeht«, sagte Cohen, »bin ich an die Schweigepflicht gebunden. Mein Mandant lebt ja noch.«

Er drehte die Zigarre zwischen den Handflächen. Das Gleiche machte Milo mit seinen billigen Panatelas. »Ich möchte Sie etwas fragen, Lieutenant: Was hat Grant Ihnen darüber erzählt, worin seine Arbeit für Ursula besteht?«

»Die Coreys haben sich scheiden lassen, aber weiterhin

in gutem Einvernehmen miteinander gearbeitet. Hin und wieder gab es finanzielle Streitigkeiten, meistens im Zusammenhang mit dem Wert von Urrick, Ltd.«

Cohen blieb stumm.

»Sehen Sie das auch so, Mr Cohen?«

»Habe ich etwa widersprochen, Lieutenant?«

»Das muss eine eigenartige Situation gewesen sein, Sir.«

»Was?«

»Exeheleute, die weiterhin Geschäftspartner sind.«

»Das kommt öfter vor, als Sie ahnen«, sagte Cohen.

»Geht das oft gut aus?«

Cohen balancierte die Zigarre zwischen seinen Fingerspitzen. »Normalerweise nicht, nein. Unter idealen Umständen kann ein Unternehmen gerecht aufgeteilt werden, sodass die Parteien ungehindert ihre eigenen Interessen verfolgen können. Manchmal bekomme ich das hin. Sofern die Interessen voneinander unabhängig sind.«

»Bei den Coreys waren sie ineinander verwoben. Sie brauchten einander.«

Cohen lächelte. »Hat Fellinger Ihnen erklärt, was sie machen?«

»Import-Export von Ramsch aus Asien.«

»Blumen des Orients«, sagte Cohen. »Genau. Nippes.«

»Und jetzt bekommt Ihr Mandant alles, vom Stängel bis zur Blüte.«

»Wie poetisch«, meinte Cohen. »Aber die Wahrheit ist, dass ich gar nicht sicher bin, ob Richard allein weitermachen kann.«

»Weil Ursula die kreative Kraft war.«

»Genau. Ohne Ursula wird das Geschäft vermutlich nicht funktionieren.«

»Ihr Mandant hat also kein Motiv.«

»Soweit ich das sehe, nein.«

»Mr Fellinger sagte, den letzten Konflikt habe es vor rund einem Jahr gegeben«, warf ich ein.

Cohen zuckte mit den Schultern.

Ich fuhr fort: »Mr Fellinger sagte außerdem, er sei optimistisch gewesen, dass die Streitigkeiten diesmal endgültig beigelegt worden wären.«

Cohen lachte.

»Sie sind nicht dieser Ansicht?«, fragte Milo.

»Ich bin ein alter Mann, Detective. Meine prophetischen Fähigkeiten haben nachgelassen. Warum hat sich Ursula heute mit Grant getroffen?«

Milo lächelte.

»Was soll's.« Cohen legte seine Zigarre auf einen Onyx-Aschenbecher. Die Hände schwer auf den Schreibtisch gestützt, stand er schwankend auf. Mit einem tiefen Atemzug sagte er: »Natürlich werden Sie mit Richard sprechen, falls Sie das nicht schon getan haben. Er kann selbst bestimmen, was er Ihnen erzählt. Ich kann nichts weiter dazu sagen.«

Er hielt uns die Tür auf. »Eine bildschöne, elegante Frau. Wie haben die Töchter es aufgenommen?«

»Sie wissen es noch nicht.«

»Sie werden sie aber bald in Kenntnis setzen.«

»Gehört zum Job, Mr Cohen.«

»Ich beneide Sie nicht. Werden Sie auch Richard informieren? Mir wäre es lieber, wenn ich das nicht tun müsste.«

»Uns auch, Sir. Bitte rufen Sie ihn nicht an, und sprechen Sie mit niemandem über den Mord.«

»Mord«, sagte Cohen. »Ein Fingerstreich, und wir sind ausgelöscht.« Schwankend griff er nach dem Türrahmen und atmete mehrmals tief durch. »Wenn das alles ist, meine Herren, bitte, ich habe gleich einen Arzttermin.«

In der Eingangshalle sagte Milo: »Ursulas Anwalt steht zu Richard, und Richards Anwalt schwärmt von Ursula. Als Nächstes rechne ich mit einem VW-Bus voller Hippies, die Gänseblümchen verstreuen.«

»Friede, Freude, Eierkuchen«, erwiderte ich. »Unterdessen ist Ursula in einem Transporter auf dem Weg zum Leichenschauhaus.«

Er sah mich an. »Ist Zynismus nicht *mein* Ding?«

»Ein bisschen Abwechslung hat noch niemandem geschadet.«

»Weißt du, was Oscar Wilde über Zyniker gesagt hat?«

»Ein Zyniker ist ein Mensch, der von allem den Preis und von nichts den Wert kennt.«

»Wie konnte ich auch fragen. Was ist das Atomgewicht von Molybdän?«

»Keine Ahnung.«

»Man muss sich auch mit kleinen Siegen zufriedengeben.«

4

Nachdem ich den Seville auf einem überwachten Parkplatz in Beverly Hills abgestellt hatte, suchte ich unwillkürlich nach Kameras. Ich fand ein paar, doch es blieben immer noch genügend tote Winkel.

Ich wies Milo darauf hin.

»Ursulas Mörder hat sich vor der Tat gut umgesehen?«

»Ich würde das tun.«

Er lachte.

Ich ließ den Motor an. »Wohin jetzt?«

»Nächste Etappe ist dort, wo wir die Überwachungsvideos abliefern, anschließend Richards Wohnung ...« Er studierte seine Notizen. »Jamestown Way, Mandalay Bay, Oxnard. Sofern ich Daddy nicht sofort festnehme, muss er es übernehmen, die Töchter zu informieren.«

Milo rief Moe Reed an, und der junge Detective mit den muskulösen Armen, die fast sein Hemd sprengten, erwartete uns schon vor der Polizeistation, um die CDs in Empfang zu nehmen, blond und rosig wie immer.

»Viel Spaß damit, Moses.«

»Kinoabend?«, sagte Reed. »Vielleicht sollte ich mir eine Pizza bestellen.«

»Und Bier dazu«, schlug Milo vor. »Falls Sie nichts finden und schlechte Laune bekommen.«

»Daran bin ich gewöhnt, Lieutenant. Aber Bier ist trotzdem eine gute Idee.«

Von West Los Angeles aus braucht man mindestens eine Stunde, um die Küstenorte nördlich von Malibu zu erreichen. Den Stau auf dem Freeway 405 vor dem Übergang auf den 101 machte ich mit Bleifuß auf der restlichen Strecke wieder wett und schaffte es in fünfundsechzig Minuten. Milo verschlief den Großteil der Strecke. Als ich nach Oxnard hineinfuhr, setzte er sich auf, rieb sich stöhnend die Augen und murmelte etwas von Surfen.

»Hast du das mal ausprobiert?«, fragte ich.

»Machst du Witze? Haie fressen Walrösser.«

Oxnard ist eine der rauesten Gegenden von Ventura County, ein überwiegend ärmlicher Ort, der in landwirtschaftliche Betriebe und Lkw-Parkplätze ausfranst. Der nächste Ring besteht aus Trailerparks für die Erntehelfer und einfachen Siedlungen, die von Arbeitergroßfamilien bewohnt werden. Ornamentale Graffiti zeugen von der Präsenz einer mächtigen Latinobande. Die Verbrechensrate gehört zu den höchsten der Region.

Ganz anders präsentiert sich der Ort, wenn man nach Westen Richtung Meer fährt, kilometerweit an Hightech-Industrieparks entlang. Sobald man den Hafen erreicht, eröffnet sich eine ganz andere Welt: Luxushotels, Piers für Touristen, an denen Fisch und Meeresfrüchte und Whale-Watching-Touren angeboten werden, und eine Marina voller schlanker weißer Jachten, die hin und wieder ihre Liegeplätze verlassen.

Entlang der verzweigten Anlegepiers reihen sich Luxuswohnanlagen wie Mandalay Bay: eine ruhige blaue Wasserstraße, gesäumt mit neu aussehenden Einzelhäusern oder Apartmentblocks, die zum Großteil mit Docks und Liegeplätzen ausgestattet sind.

Als wir uns dem aprikotfarbenen Doppelhaus näherten, in dem Richard Corey wohnte, rauschte ein Schwarm Pelikane über uns hinweg, und salzige Luft stieg mir in die Nase. An der nördlichen Hälfte des Hauses hing ein Schild mit der Aufschrift »Corey, R./Urrick Ltd.«.

Der Mann, der uns öffnete, war hochgewachsen und hatte eine Glatze. Aus einem spitzen Kinnbart ragten widerspenstige Haare. Er trug ein verblichenes dunkelblaues Poloshirt, gelbe Shorts mit Paisleymuster und war barfuß. Seine Arme und sein Gesicht waren gebräunter als seine Beine. Eine halbmondförmige Brille klemmte tief auf seiner langen, fleischigen Nase. Seine Augen waren klein, braun und wässrig. Sein Gesicht um den Kinnbart herum zierte ein Dreitagebart.

»Ja?«

»Richard Corey? Lieutenant Sturgis vom Los Angeles Police Department.«

»Los Angeles?« Corey rückte seine Brille zurecht und las Milos Karte. »Mordkommission? Ich verstehe nicht.«

»Dürfen wir bitte hereinkommen?«

Corey wurde blass. »Eines der Mädchen? Oh Gott – bitte nicht!«

»Ihre Exfrau.«

Corey schwankte, und die Karte glitt ihm aus den Fingern. Er machte keine Anstalten, sie wieder aufzuheben. »Ursula? Unmöglich. Ich habe heute Morgen noch mit ihr gesprochen.«

»Mein Beileid zu Ihrem Verlust …«

»Mein Verlust?«, sagte Corey. »Was ist mit den Mädchen … wir haben zwei Töchter.« Er schnappte nach Luft. »Wissen sie Bescheid?«

»Noch nicht, Mr Corey. Dürfen wir hereinkommen?«

»Um Gottes willen, wie soll ich ihnen das beibringen? Ursula? Wie ist es passiert?« Corey stockte der Atem. Sein Mund stand offen und verströmte sauren Atem. »Wie konnte das passieren? Und wo?«

»Dürfen wir reinkommen, um darüber zu sprechen, Sir?«

»Reinkommen? Natürlich, klar, Sie müssen reinkommen. Mein Gott!« Corey trat zur Seite. Tränen liefen ihm über die Wangen.

Polizeiarbeit läuft oft übers Telefon. Manche Detectives übermitteln sogar Todesmeldungen am Telefon. Milo war persönlich erschienen, weil er unter anderem Richard Coreys erste Reaktion sehen wollte. Psychopathen sind zwar geschickt darin, ihre Mitmenschen zu manipulieren, doch es fällt ihnen schwer, Gefühle zu dosieren. Und so scheitern sie oft grandios bei dem Versuch: entweder indem sie völlig übertreiben oder weil sie nur stoische Kälte zustande bringen.

In meinen Augen verriet Richard Coreys Verhalten gar nichts. Auf dem Weg ins Haus sah ich Milo an und erkannte nur stoische Detective-Kälte in seiner Miene.

Corey folgte uns, ehe er an uns vorbei vorauseilte, um auf einem durchgesessenen braunen Wildlederimitat-Sofa zusammenzubrechen, das Gesicht in den Händen vergraben. Das Haus war geräumig und gut geschnitten – alles offen, die Küche Hochglanz mit Chrom und Teak, hohe Decken,

Fenster statt Wände, wo immer es möglich war, die herrliche Ausblicke auf Marina und Meer gewährten.

Doch obwohl seit seiner Scheidung schon Jahre vergangen waren, hatte Corey seine Junggesellenbude noch immer nicht vernünftig eingerichtet. Die Räume, für die er anderthalb Millionen Dollar hingelegt hatte, wirkten spartanisch und traurig wie die Übergangsbleibe eines Mannes, der erst kürzlich wieder zum Single geworden war: leere Wände und Holzböden, kein Sitzmöbel außer dem Sofa und zwei schwarzen Plastikklappsesseln, ein Vierzig-Zoll-Plasma-Fernseher, der auf Ziegelsteinen stand, und im Flur Richtung Schlafzimmer ein klappriges Laufband.

Die untere Hälfte des Traumpanoramas – hinter Glasschiebetüren, die auf eine leere Terrasse führten – verdeckte ein provisorisch aussehender Sperrholzschreibtisch mit einem Laptop, einer Handystation und einem Laserdrucker. Verdrehte Kabel wanden sich zum Boden. Stapel von Papier bedeckten gut ein Drittel des Parketts.

Es roch nach Meer, schalem Essen und Trägheit.

Wir standen um Richard Corey herum, während er auf seinem einzigen Stück Polstermöbel saß und leise weinte.

Irgendwann murmelte er »Entschuldigen Sie bitte« und sah auf. Schniefend ging er in die Küche, zog mehrere Schubladen auf und kam dann mit einer Stoffserviette wieder, mit der er sein Gesicht trocknete. Seine Knie schlugen aneinander. Er zupfte an seinem Kinnbärtchen. »Was um alles in der Welt ist passiert?«

»Ich muss Ihnen leider mitteilen, Sir«, begann Milo, »dass Mrs Corey in der Tiefgarage ihres Rechtsanwalts erschossen wurde.«

»Bei Fellinger? Das ist in Century City. Ein Überfall? Wollte jemand den Jaguar stehlen?«

»Sieht nicht so aus.«

»Was dann?«, fragte Corey. »Das ist doch absurd!«

»Deshalb sind wir hier, Sir.«

Corey verharrte stumm und regungslos. Wir setzten uns auf die Klappstühle.

»Fellinger«, wiederholte Corey. »Sie hat mir erzählt, dass sie einen Termin mit ihm gemacht hat. Heute Morgen am Telefon.«

»Wann war das genau, Sir?«

»So gegen acht. Wir hatten geschäftliche Probleme – wir führen ein Unternehmen zusammen, und eine Lieferung ist in Thailand stecken geblieben. Bei der Gelegenheit sagte sie, dass sie zu Fellinger gehen würde. Aber nicht wegen der Scheidung, das hat sie extra noch mal betont.«

»Hat sie erwähnt, warum sie sich mit Fellinger treffen wollte?«

»Sie wollte ins Testament aufnehmen, welches der Mädchen was von ihrem Schmuck bekommt. Ich sagte ihr, dass ich das makaber fände, sie sei doch jung und gesund.«

Richard Corey keuchte auf. »Was wusste ich schon? Oh Gott.« Er begann zu schluchzen, fing sich dann aber wieder. »Also, was genau ist passiert …« Panik ließ seine Miene erstarren. »Oh nein, ich muss es den Mädchen bald sagen.«

»Sir, wenn wir …«

»Wie soll ich das denn machen? Sie sind doch die Experten. Wie erzählt man seinen Kindern so was?«

»Wir können Ihnen dabei helfen. Aber zuvor möchten wir uns ein bisschen mit Ihnen unterhalten.« Milos Blick wanderte zu mir. *Deine Aufgabe, sofern du sie übernehmen willst.*

Richard Corey schaukelte hin und her. »Das ist widerwärtig.«

»Mrs Corey hat Ihnen also heute Morgen gesagt, dass sie sich mit Mr Fellinger treffen würde«, setzte ich an.

Er nickte.

»Sie wollte nicht, dass Sie befürchten …«

»Wir haben uns vor drei Jahren scheiden lassen, haben aber dann noch einmal neu verhandelt. Sie wollte nicht, dass ich denke, es würde noch einmal zu so etwas kommen.«

»Klingt, als wären Sie immer noch Freunde gewesen.«

»Freunde?«, sagte Corey. »Wir haben uns rechtlich getrennt, aber nicht spirituell. So sehe ich das zumindest. Oh Mann, ich muss was trinken.«

Er eilte wieder in die Küche, nahm eine halb volle Flasche Bombay Sapphire Gin aus einem Schrank, goss zwei Fingerbreit in ein Saftglas und leerte die Hälfte davon noch an der Küchentheke. Nachdem er das Glas wieder aufgefüllt hatte, ließ er sich zurück auf die Couch sinken. Gin spritzte auf sein Knie. Er nahm die Tropfen mit einem Finger auf und leckte ihn ab.

»Mrs Corey und Sie …«

»Nicht Mrs, immer Ms, Ursula wollte immer unabhängig sein. Sie ist klug, kompetent, eine tolle Mutter … was um Gottes willen soll ich den Mädchen sagen?«

»Das ist nie leicht, aber wir können Ihnen dabei helfen, wenn Sie möchten.«

»Ja, bitte«, sagte Corey, sank in sich zusammen und legte die Hände vors Gesicht. »Ich weiß überhaupt nichts mehr.«

»Gleich, Sir, aber ich habe noch ein paar Fragen.«

Corey sah auf. »Ja, natürlich, für Sie ist das hier Routine. Schön. Was möchten Sie wissen?«

»Ms Corey und Sie sind vor drei Jahren geschieden worden, doch spirituell fühlten Sie sich weiterhin verbunden.«

»Ich meine das metaphorisch. Von hier gesprochen.« Er klopfte auf das Polospieler-Logo auf seinem Hemd. »Wir hatten eine besondere Verbindung. Ich habe nie aufgehört, Ursula zu lieben, und ich glaube, sie hat auch nie aufgehört, mich zu lieben. Das war so, seit wir uns kennengelernt haben.«

»Wo haben Sie sich kennengelernt?«

»Vor vierundzwanzig Jahren auf einem Business-Seminar in Scottsdale. Ein paar Wall-Street-Heinis, die erklärten, wie man zu Reichtum kommt. Totaler Schwachsinn. Ursula und mir wurde das recht schnell klar, und wir fanden uns in unserer Skepsis. Nachdem wir uns über unseren Background und unsere Fähigkeiten ausgetauscht hatten, beschlossen wir, dass wir versuchen sollten, uns zusammen selbstständig zu machen. Alles andere kam später.«

»Der persönliche Teil«, sagte ich.

Corey nickte. »Wir sind nicht Warren Buffett, aber wir haben ein großartiges Unternehmen aufgebaut. Und ja, es wurde bald ziemlich persönlich zwischen uns. Nach etwa einem halben Jahr.«

Er blickte auf das Wasser hinaus.

»Was war denn Ihr Background?«

»Ich war im Großhandel für Oberbekleidung tätig. Von der Ausbildung her bin ich Buchhalter.« Seine Schultern sanken herab. »Im Grunde nichts anderes als Erbsenzählen auf hohem Niveau; die Firmen, für die ich gearbeitet habe, waren alle erfolgreich. Ursula hatte an der London School of Economics studiert – sie ist Britin und hat schon überall auf der Welt gelebt, hauptsächlich aber in Asien. Ihr Vater war als Militärattaché häufig versetzt worden. Als ich sie kennenlernte, hatte sie keinerlei Erfahrung in Unternehmensführung, doch sie war kreativ und wusste, wie der asiatische Teilmarkt hier in den USA läuft. Wir waren ein fantastisches Team.«

»Was genau machen Sie?«

Corey verzog das Gesicht. »Ohne Ursula … ich habe keine Ahnung. Können wir irgendetwas tun?«

Milo wartete.

»Was war die Frage?«, sagte Corey.

»Ihr Unternehmen …«

»Wir importieren Verbrauchsgüter, zumeist aus Vietnam und Thailand. Ursula wählt alles sorgfältig selbst aus. Ich war noch nie in Asien, Ursula bestimmt schon fünfzig, sechzig Mal, sie weiß, wie es läuft, sie entdeckt Schnäppchen, die wir dann an den Einzelhandel weiterverkaufen – wer zum Henker tut meinem Mädchen so was an!«

Er leerte sein Ginglas und machte Anstalten aufzustehen.

Milo trat vor und stellte sich ihm in den Weg. »Sir, wir würden uns gern mit Ihnen unterhalten, ohne dass Sie noch mehr Alkohol im Blut haben.«

Corey sah ihn betreten an. »Ich habe mich voll im Griff.«

»Davon bin ich überzeugt, Sir …«

»Schön. Sie tun nur Ihren Job, ich beneide Sie nicht.« Corey sank zurück. »Was wollen Sie sonst noch von mir wissen?«

»Bitte nehmen Sie es mir nicht übel, Sir, aber ich muss Sie das fragen. Wo waren Sie heute Vormittag zwischen neun und zwölf Uhr?«

»Hier. Ich habe Bürokram erledigt.«

»Hat Sie jemand gesehen?«

»Machen Sie Witze? Nein, wahrscheinlich nicht. Okay, ich verstehe, ich habe auch genügend Krimis gesehen, der Ehemann ist immer der erste Verdächtige, kapiert, ich nehm's Ihnen nicht krumm. Leider habe ich kein Alibi. Was ich hätte, wenn ich ein Verbrechen geplant hätte, oder? Ich meine, das Letzte, woran ich heute Morgen beim Aufwachen gedacht habe, ist ein Alibi. Wie gesagt, Ursula hat mich gegen acht angerufen. Ich war schon online, um mit Bangkok zu klären, warum die Lieferung hakt. Danach bin ich weiterhin hier gewesen, um daran zu arbeiten. Wenn Sie's genau wissen wollen: Ich habe die Bude seit Tagen nicht mehr verlassen. Okay?«

»Okay, Sir. Vielen Dank.«

»Und was jetzt?«, fragte Corey. »Bin ich ernsthaft verdächtig? Kein Problem, machen Sie nur, ich habe nichts zu verbergen. Aber Sie verschwenden damit nur kostbare Zeit für Ihre Ermittlungen.«

»Ich bin sicher, Sir …«

»Moment«, sagte Corey und hielt einen Finger hoch. »Mir ist gerade was eingefallen.« Er lachte grimmig. »Vielleicht habe ich doch ein Alibi. In den Krimis sagen sie immer, man könne Handys nachverfolgen. Über die Sendemasten. Stimmt das?«

»Wir können genau bestimmen …«

»Dann legen Sie mal los. Wenn ich nicht am Computer war – auch das können Sie überprüfen –, war ich am Handy. Die Sendemasten werden Ihnen verraten, dass ich meinen Hintern nicht von hier wegbewegt habe.«

Er griff hinter sich und kratzte sich den erwähnten Körperteil. Dann kratzte er sich den Bart. Schuppen rieselten auf seine Brust.

»Das würde helfen«, sagte Milo. »Wenn Sie uns Zugriff auf Ihren …«

Corey sprang auf, ging zu seinem Billigschreibtisch und berührte den Bildschirm seines Laptops. »Kommen Sie rüber.«

Er öffnete sein E-Mail-Programm und fing langsam an zu scrollen. In den betreffenden drei Stunden sahen wir sechzig bis siebzig Mails, die fast alle geschäftlich zu sein schienen: All Star Fashion Imports, Yamata Home Decorating, Paradise Gifts of Chinatown, zwei Seiten Korrespondenz mit Bang-Buck Superior Goods und Lading of Bangkok, Ltd.

Ich sah nur eine Ausnahme: ashleycee@westrnmail.net hatte zweimal geschrieben.

»Meine jüngere Tochter«, sagte Corey und öffnete die erste Mail.

Hi Daddy, hatte keinen Unterricht, bin zu Sydney raus. Alles klar wegen Abendessen nächsten Do? LG A.

»Sydney ist ihr Pferd.« Corey stöhnte und schloss das Programm.

»Da hatten Sie ja ganz schön zu tun heute Vormittag«, sagte Milo.

»Nicht mehr als sonst. So sieht mein Alltag aus«, erklärte Corey. »Ursula ist die Künstlerin, ich erledige den langweiligen Kram, und davon jede Menge. Können wir das Thema Alibi damit zu den Akten legen?«

Leute in seiner Steuerklasse machten sich oft die Hände nicht selbst schmutzig. Dass er zu Hause gearbeitet hatte, schloss nicht aus, dass er einen Killer angeheuert haben konnte.

»Tut mir leid, wenn wir Ihnen zu nahe getreten sind, Sir, aber wir müssen heikle Fragen stellen.« Milo deutete zum Sofa. Corey schien nicht recht folgen zu wollen, zuckte dann aber mit den Schultern und sank in seine frühere Depression zurück. Die Hände auf den nackten Knien saß er steif da und starrte geradeaus.

»Ich weiß, dass das nicht leicht für Sie ist, Mr Corey …«

»Sparen Sie sich die Einleitung. Fragen Sie, was Sie fragen wollen.«

»Wir haben bereits mit Mr Fellinger und Mr Cohen gesprochen, die uns einen Überblick gaben, aber keine Einzelheiten nennen konnten. Ms Corey und Sie haben sich wohl erneut an Ihre Anwälte gewandt, um finanzielle Streitigkeiten zu klären …«

»Zur Feinabstimmung, Streitigkeiten gab es nicht«, sagte Corey. *Feinabstimmung.*

»Könnten Sie uns eine Vorstellung davon geben, was Sie und Ms Corey feinabstimmen wollten?«

»Einzelheiten, winzige Details.«

»Zum Beispiel?«

Corey seufzte. »Ich verstehe nicht, was das in diesem Zusammenhang soll, aber schön. Wir waren uns manchmal nicht einig, was der Laden wert ist. Falls wir jemals verkaufen und die Einnahmen teilen sollten. Was wir nicht vorhatten. Aber wir waren beide echte Korinthenkacker. Ein Grund, warum wir so verdammt erfolgreich waren. Und jetzt? Oh Gott, jetzt kann ich wahrscheinlich einpacken. Ausgerechnet jetzt, wo es mit der Wirtschaft bergauf geht.

Ist das nicht absurd? Ich meine, alles sah nach Aufschwung aus, Ursula und ich rechneten mit dem besten Jahr unserer Unternehmensgeschichte. Jetzt? Verdammt, was ist nur passiert?«

»Gibt es jemanden, der Ms Corey etwas antun wollte?«

»Absolut nicht – die beiden haben Ihnen also einen allgemeinen Überblick gegeben, was? Ich meine Fellinger und Cohen.«

»Mr Fellinger. Mr Cohen hat sich auf seine Schweigepflicht berufen.«

»Wie schön«, sagte Corey mit rauer Stimme. »Haben sie Ihnen auch erzählt, dass sie mit Ursula geschlafen haben?«

Milo zwinkerte. »Sir?«

»Fellinger ganz sicher. Bei Earl kann ich es nicht genau sagen, aber ich könnte darauf wetten. Heutzutage können sich ja sogar Mumien Viagra besorgen.«

»Sie sagen also, Sie glauben, dass …«

»Ich glaube nicht, ich weiß es.« Corey kicherte irre. »Ursula versuchte es nicht einmal zu verheimlichen. Vor zwei Jahren, wir hatten uns gerade mal wieder mit den Anwälten getroffen – in Fellingers Büro, um genau zu sein –, da bemerkte ich ein gewisses Prickeln. Fellinger saß zu dicht neben ihr, sein Blick war irgendwie persönlich. Als ich eine flapsige Bemerkung machte, Fellinger würde ihr wohl Rabatt geben, tat sie, als wäre sie beleidigt und wollte mich gleich ohrfeigen. Doch dann prustete sie los, und wir lachten uns zusammen kaputt. Sie meinte, nackt würde er wie ein Affe aussehen.«

»Also sie …«

»Ja, so war das. Typisch Ursula. Sie nahm kein Blatt vor den Mund. Nahm sich ihre Freiheit. Nicht solange wir verheiratet waren. Glaube ich zumindest. Doch danach? Es war, als wollte sie aufholen, was sie verpasst hatte.«

»Hat Sie das nicht gestört?«

»Habe ich das etwa behauptet? Natürlich hat mich das gestört, ich habe sie geliebt. Die Vorstellung, dass sie mit diesem Affen … Nun ja, fand ich nicht so toll, aber was sollte ich denn tun? Ehrlich gesagt, dass Ursula so offen damit umging, machte das Ganze … weniger dramatisch.«

»Dass es ihr emotional nichts bedeutete«, bemerkte ich.

»Genau«, bestätigte Corey.

»Sie glauben also, sie hat auch mit Earl Cohen geschlafen?«

»Mit dem alten Sack? Sie hat es nie zugegeben, aber ich war immer ziemlich gut darin, ihre Körpersprache zu interpretieren. Einmal waren wir bei Earl, da spürte ich plötzlich deutlich, dass er viel lieber sie vertreten würde als mich. Nachdem wir gegangen waren, machte ich eine Bemerkung dazu, aber sie lachte nur. Trotzdem … ich glaube, sie hat nach der Scheidung nichts anbrennen lassen.«

»Wissen Sie von weiteren …«

»Nicht namentlich, aber meine Töchter haben angedeutet, dass sie ständig Verabredungen hatte.«

»Was empfanden Sie denn …«

»Am Anfang hat es wehgetan, doch dann wurde mir klar, dass das irrational ist. Wir waren geschieden, ich hatte keinen Anspruch mehr auf sie. Statt mich deswegen zu zerfleischen, habe ich gelernt, damit zu leben. Ich sagte mir, es ist, wie wenn man lernt, mit einem Alkoholiker oder Drogensüchtigen oder Messi zu leben, der einem etwas bedeutet. Ich meine, mal ehrlich, jeder hat seine Macken. Das war eben ihre.«

Er betrachtete den Boden seines leeren Glases. »Ich weiß, Sie denken schlecht über uns, aber ich habe sie geliebt und wollte, dass sie glücklich ist. Mir ist egal, ob Sie mir glauben oder nicht.«

»Haben Sie auch weiterhin mit Ursula …«

»Hin und wieder.« Coreys Lider flatterten, schlossen sich, öffneten sich halb. Mit einem sehnsüchtigen Blick in sein Glas sagte er: »Mit mir war es Liebe, mit allen anderen reiner Sex. Ich konnte damit umgehen, nachdem ich es nicht mehr als Betrug ansah, sondern mehr als Lunch mit Freunden.«

Er stellte das Glas ab. »Das klingt jetzt brutal, aber waren Sie bei Ursulas Autopsie dabei? Detectives tun so was, oder?«

»Dafür ist es noch ein bisschen früh, Sir.«

»Nun ja«, meinte Corey, »ich sage Ihnen jetzt voraus, was Sie erwartet: Wenn man Ursulas Kleidung entfernt – enge Jeans, stimmt's? –, wird man feststellen, dass sie keine Unterwäsche trägt. Woher ich das weiß? Weil Ursula mir nach der Scheidung ihr neues Lebensmotto verraten hat: ›Allzeit bereit.‹«

»Abenteuerlustig«, bemerkte ich.

»Wie die Kugel im Colt, kurz vor dem Schuss.«

Es war nicht zu sagen, ob ihn die Metapher erschreckte. Er begann, das Glas zwischen den Händen zu drehen. »Glauben Sie mir, das ist des Rätsels Lösung: Sie hat es übertrieben und mit dem falschen Kerl geschlafen. Irgendein Drecksack, den sie glaubte, voll im Griff zu haben. Ich meine, heißt es nicht: Wer sich in Gefahr begibt, kommt darin um?«

»Warum haben Sie beide sich scheiden lassen?«, fragte Milo.

Corey schlug seine dünnen Beine übereinander. »Weil Ursula es wollte und ich zu dem Zeitpunkt kein Argument mehr dagegen hatte.«

»Sie hat also schon früher davon gesprochen«, sagte ich.

»Ständig. Wenn sie schlecht gelaunt oder gestresst war, gab es nur drei Themen für sie: irgendwo an einen abgelegenen Ort ziehen und ein ruhiges Leben führen, nach Asien zurückgehen, weil sie, obwohl sie nicht gläubig war, die Buddhisten bewunderte und ihre Fähigkeit, Dinge hinter sich zu lassen.«

Er nahm das Glas wieder in die Hand und blickte zur Küche.

»Was war das dritte Thema?«, fragte ich.

»Wie bitte?«

»Sie sagten, es gab drei Themen für Ursula, wenn sie …«

»Scheidung«, erwiderte Richard Corey. »Und zwar, dass sie sie wollte, je früher, desto besser. Ohne Grund, ohne Vorwarnung, ohne dass ich irgendwas getan hätte. Ich schätze, es lief immer auf das Gleiche hinaus: Sie fühlte sich gefangen und wollte raus. Ob das wehtat? Am Anfang schon, aber dann redete sie wieder nicht mehr davon. Ich hörte ihr schließlich gar nicht mehr zu.«

»Wann änderte sich das?«, wollte ich wissen.

Corey verlagerte sein Gewicht. »Ich muss darüber reden, oder?«

Milo und ich saßen unbewegt da.

»Also gut, es änderte sich, als ich dachte, *ich* hätte jemanden gefunden. Als Ursula dann zum x-ten Mal damit anfing, sagte ich, okay, dann machen wir das. Das traf sie wirklich unerwartet. Sie dampfte stinksauer ab. Vielleicht dachte sie, ich bluffe, als sie mir am nächsten Tag erzählte, sie hätte Fellinger engagiert. Ich sagte, klingt gut und engagierte Cohen, und der Rest ist, wie man so sagt, Geschichte.«

»Die Streitpunkte, die Sie erwähnt haben …«

»Kleinigkeiten, die leicht zu beheben gewesen wären. Ich bin sauer, weil sie ihre Bestellformulare nicht alle geschickt hat, sie ist sauer, weil ich sie nicht über Außenstände informiert habe. Lächerliches Zeug, wir zanken uns, versöhnen uns, fertig. Aber diesmal war es anders. Ich hatte jemanden getroffen. Eine Frau, mit der ich mir mehr vorstellen konnte. Als Ursula also wieder mit ihrer Scheidungsleier anfing und ich mich nicht mehr sträubte … da war es plötzlich nicht mehr aufzuhalten. Ob das idiotisch war? Wahrscheinlich. Doch Ursula und ich sind Freunde geblieben, und ganz ehrlich, das war immer das Beste an unserer Beziehung, die Freundschaft. All den anderen Kram abzustoßen war im Grunde fast eine Erleichterung. Und das Geschäft lief weiter. Besser denn je. Nach der Scheidung begann es erst richtig zu florieren.«

»Apropos«, sagte Milo, »wo ist Ihr Geschäftssitz?«

»Sie stehen davor«, antwortete Corey. »Wir haben beide von zu Hause aus gearbeitet. Das spart Kosten, und man kommt sich nicht in die Quere.«

»Die Person, die Sie gefunden haben …«, hakte ich nach.

»Ist nicht mehr aktuell«, sagte Corey. »Das wurde mir bald danach klar.« Er lachte. »Eine Buddhistin. Das ist doch mal Ironie des Schicksals, oder?«

»Haben Sie diese Frau geschäftlich kennengelernt?«

Er sah mich an. »Gut geraten. Aber bitte ersparen Sie mir weitere Fragen über sie; sie ist ein guter Mensch, ich möchte ihr nicht das Leben ruinieren. Möchten Sie noch mehr über Ursula wissen? Ich weiß nämlich immer noch nicht, wie ich es meinen Töchtern beibringen soll, dass ihre Mutter nicht mehr lebt.«

Er war plötzlich ganz geschäftsmäßig. Seine Augen trocken wie die Sahara.

»Wir können es ihnen auch sagen, Sir«, schlug Milo vor.

Keine Antwort. Coreys Miene verlor jeden Ausdruck.

»Sir?«

»Ja, bestimmt. Tun Sie wirklich so was? Bei Kindern?«

»Wenn es nötig ist, Mr Corey.«

»Ich möchte nicht, dass sie glauben, ich würde mich drücken …«

»Das liegt ganz bei Ihnen, aber wir können ihnen sagen, dass wir darauf bestanden haben, sie selbst zu informieren, weil wir offen ermitteln.«

Corey kratzte sich den Bart. »Meinen Sie? Okay, gut.«

»Sobald wir fertig sind, rufe ich Sie an, dann können Sie vorbeikommen.«

»Denken Sie, das macht es für die beiden leichter?«

»Leichter wird es nicht, aber wir sind routiniert im Überbringen schlechter Nachrichten. Leider.«

»Da verlasse ich mich also auf Profis … genau wie wenn ich Lieferanten oder Fahrer engagiere … gut, machen wir's so. Ganz ehrlich, Ihren Job möchte ich nicht geschenkt haben. Nehmen Sie's mir nicht übel.«

»Keineswegs, Sir. Können Sie uns noch irgendetwas sagen, das uns helfen würde, Ms Coreys Mörder zu finden?«

»Wenn ich die Namen der Typen kennen würde, mit denen sie sich getroffen hat, würde ich sie Ihnen nennen. Es muss einer von ihnen gewesen sein.«

»Das werden wir uns ansehen«, erwiderte Milo. »Wenn Ihnen noch etwas einfällt, melden Sie sich bei uns.«

Wir standen auf. Es folgte markant-männliches Händeschütteln rundherum. Coreys Handflächen waren so trocken wie seine Augen.

An der Tür sagte Milo: »Ach, eins noch, Sir. Sie sprachen davon, dass Sie uns den Zugriff auf Ihre Telefondaten erlauben wollten. Könnten Sie uns das bitte schriftlich geben?«

Coreys Augen verengten sich. »Ernsthaft? Sie verdächtigen mich immer noch?«

»Darum geht es gar nicht, Sir. Wir arbeiten gern nach dem Ausschlussverfahren. Sobald wir Sie vollständig entlastet haben, können wir zum nächsten Punkt übergehen. Aber wenn das ein Problem für Sie ist, verstehen wir das natürlich.«

»Das ist kein Problem für mich, warum denn?« Corey kehrte zu seinem provisorischen Schreibtisch zurück, kritzelte etwas auf ein Stück Papier und drückte es Milo in die Hand. »Okay?«

Milo las. »Wenn Sie bitte noch Datum und Unterschrift hinzufügen könnten.«

»Oh je.« Er kratzte sich wieder. »Hier.«

Corey nahm sein Glas, ging in die Küche und schenkte sich drei Fingerbreit Gin ein. Während wir uns allein zum Ausgang begaben, setzte er mit dem Rücken zu uns das Glas an die Lippen.

Wir gingen um Coreys Haus herum zur Hafenseite. Das Terrassengeländer war voller Vogelmist und brauchte dringend einen neuen Anstrich. Enten schwammen an Coreys Anlegestelle vorbei. Kein Boot. Möwen über uns zeigten kreischend ihr Revier an. Wir kehrten zum Seville zurück.

»Komischer Typ, dieser Corey. Erst heult er, dann ist

er auf einmal ganz … ich weiß nicht, nüchtern? Vielleicht auch ein bisschen paranoid? Beide Anwälte sollen Ursula gebumst haben? Es sei denn, es stimmt tatsächlich, und er hat nur gelernt, der Wahrheit ins Auge zu blicken.«

»Indem er sie eine Kugel im Colt nennt?«

»Ja … trotz seines Alibis ist er für dich immer noch genau so verdächtig wie vor unserem Gespräch.«

Ich lachte.

»Dachte mir, dass du das sagen würdest.«

5

Ursula Coreys Adresse am Lobo Canyon war dreißig Fahrminuten von Richard Coreys Bleibe in Oxnard entfernt.

»Über den Freeway bequem zu erreichen. Die zwei haben sich getrennt, doch Richard hat sich ganz in der Nähe niedergelassen.«

»Vielleicht sagt er ja die Wahrheit, von wegen Freundschaft und so.«

»Vielleicht sieht auch nur er es so.«

»Du meinst, er hat geklammert?«

»Wäre nicht das erste Mal, dass ein Ex nicht loslassen kann.«

Während ich über den 101 brauste, sah Milo aus dem Fenster. »Ich muss immer daran denken, wie er ihr Liebesleben beschrieben hat. Seltsam.«

»Seltsam, voyeuristisch und ambivalent«, fügte ich hinzu.«

»Liebe sie wie wahnsinnig, die dreckige Schlampe.«

»Erst ist er total verzweifelt, dann erzählt er uns, dass sie keine Unterwäsche trägt, weil sie allzeit bereit sein wollte.«

»Wollen wir mal sehen, ob er recht hat.« Er rief in der Pathologie an. Die Leiche war schon eingetroffen, aber noch nicht untersucht worden.

»Was ich besonders eigenartig finde, ist, dass er uns erzählt, dass sie mit beiden Anwälten schläft. Das hätten wir nie herausbekommen. Sofern es nicht seiner Paranoia entspringt.«

»Frauchen besorgt es dem Affenmann.«

»Dass er sich darüber lustig machte«, erläuterte ich, »war vermutlich seine Art, Ursulas Sexleben zumindest zum Teil unter Kontrolle zu behalten. Es war nicht so, dass sie sein Bett für einen anderen Mann verließ, sondern sie lieferte Unterhaltung.«

»Vielleicht ist er einer dieser Typen, die heiß werden, wenn die Alte es mit einem anderen treibt.«

»Vielleicht, aber das ist immer ein Risiko. Prioritäten ändern sich, und plötzlich will die Darstellerin selbst Regie führen. Vielleicht war das der wahre Grund für die Scheidung.«

»Ursula wurde zu unabhängig«, meinte Milo. »Er hat zugegeben, dass sie ihm ständig mit Scheidung gedroht hat.«

»Doch auch da war er auf Kontrolle aus: indem er Ursulas Drohung auf cholerischen Schwachsinn reduzierte und behauptete, dass die endgültige Entscheidung von ihm ausgegangen sei.«

»Indem er es darauf ankommen ließ. Daraus spricht doch die reine Abneigung. Je mehr ich darüber nachdenke, umso mehr bekomme ich das Gefühl, dass wir gerade mit einem extrem wütenden Mann gesprochen haben.«

»Und wenn gar nicht er entschieden hat, sondern Ursula ihre Drohung schließlich wahr gemacht hat? Sein Alibi hat nicht viel zu bedeuten – Leute mit seiner Kragenweite delegieren. Ein paar Millionen Dollar extra, das ist auch nach Abzug von Erbschaftssteuer immer noch ein hübsches Motiv.«

»Das würde bedeuten, dass Ursula ihm ihren Anteil vermachen wollte.«

»Als Exfrau wollte sie das vielleicht nicht, doch als Geschäftspartnerin hatte sie möglicherweise gar keine Wahl. Dazu passt, dass die beiden immer wieder versucht haben, den Wert der Firma neu zu definieren. Wenn die Partnerschaft je beendet würde, wären beider Interessen geschützt. Doch selbst wenn Ursula ihre Töchter als Alleinerbinnen eingesetzt hat, ist Richard wahrscheinlich der Meinung, dass er ihre Anteile kontrollieren sollte.«

»Daddy weiß, was das Beste ist«, sagte Milo. »Sie lassen ihn den Laden führen und freuen sich über die Gewinne. Klar, klingt logisch. Der einzige Haken an einem finanziellen Motiv, den ich sehe, ist, dass sowohl Fellinger als auch Richard uns erzählt haben, dass das Geschäft nur mit beiden Coreys funktioniert.«

»Wie gesagt, Prioritäten ändern sich. Ursula kannte die asiatischen Märkte und war kreativ, doch was, wenn Richard jemanden kennengelernt hat, der sie ersetzen konnte? Geschäftlich *und* privat.«

»Seine buddhistische Freundin«, sagte Milo und drehte den Kopf hin und her. »Ich werde sehen, was ich über sie herausfinde. In der Zwischenzeit sehen wir uns an, wie Ursula gelebt hat. Und wir haben Glück, wir lernen die Nachkommenschaft dieser großartigen Verbindung kennen.«

Der Lobo Canyon war eine sanfte Hügellandschaft, die Gipfel nebelverhüllt, gesprenkelt mit Wäldchen aus kalifornischen Eichen an den trockenen Stellen, mit grünem Gras überall dort, wo bewässert wurde. Herausgeputzte Villen, eingerahmt von gepflegten Dressurplätzen mit anmutigen Pferden. Ein pastorales Idyll, überspannt von einem wolkenlosen blauen Himmel.

Diese atemberaubende Landschaft war vor Jahrtausenden von Gott oder der Natur – oder wem immer man es zuschreiben mag – geschaffen und über mehrere Jahrzehnte erschlossen und zergliedert worden. Zum großen Teil war das durchaus klug gemacht worden, mit dem Fokus auf Erhaltung. Doch die Ruhe hatte ihren Preis: Wenn man einmal so weit von der Stadt entfernt war, kam man kaum noch dort weg.

Als ich noch regelmäßig Patienten hatte, sind mir häufig gelangweilte Jugendliche aus dem West Valley begegnet, die in allerlei Unfug und gelegentlichen Verbrechen ihre Anregung fanden. Ich fragte mich, wie die Corey-Mädchen wohl im Garten Eden zurechtgekommen waren.

Und wie sie jetzt zurechtkommen würden, wo ihre Welt zusammenbrach.

Das Haus, das Ursula und Richard Corey einst gemeinsam gehört hatte, lag zehn Kilometer vom Freeway entfernt hinter einer bewachten Einfahrt. Auf dem linken Torpfosten verkündeten eiserne Lettern: *Rancho Lobo Estates – Privatanwesen.*

Das Tor selbst war mehr Symbol denn Barriere, ein Holzrahmen mit einem X aus Metall und so großen Lücken, dass ein großer Mann hindurchpasste. Die Straße dahinter, die sich recht schnell außer Sicht schlängelte, ein enges S aus Granitkies im Schatten von einheimischen Platanen und aus Australien eingewandertem Eukalyptus, der in Kalifornien inzwischen Duldungsstatus erlangt hatte.

Die Frau im Wärterhäuschen war mittleren Alters, mollig und trug ein blaues Western-Jeanshemd mit Perlmuttdruckknöpfen. Während wir neben ihr hielten, las sie ungerührt in ihrer Zeitschrift weiter. *Die moderne Reiterin*. Ich bewunderte Milos Geduld.

Irgendwann räusperte er sich geräuschvoll.

Die Frau zwinkerte, ohne jedoch den Blick von der Seite zu nehmen. »Zu wem wollen Sie?«

Sie sah auf und blickte auf Milos Dienstmarke, die er ihr vor die Nase hielt. »Gibt es ein Problem?«

»Nicht auf dieser Seite des Tors.«

Sie wartete. Er fixierte sie, bis sie wegsah.

»Das ist gut«, sagte sie schließlich und drückte auf einen Knopf.

Zehn Meter weiter mahnte ein Holzschild Schritttempo an. Ich wagte es, mit fünfundzwanzig Stundenkilometern über den Kiesweg zu fahren, sodass die Reifen des Seville sinfonisch knirschten, während wir an großzügigen bis riesigen Anwesen vorbeirollten.

Die meisten trugen Namen: *La Valencia*, *Cloudburst Ranch*, *El Nido*, *Straight Walker Farms*. Rasenflächen grünten saftig, blanke Erde war einheitlich cremefarben und ordentlich glatt gerecht, die Zäune waren weiß gestrichen oder aus gehobelter Kiefer.

Die Flanken der herrlichen Tiere auf den Reitplätzen schimmerten samtig, und ihre Mähnen und Schweife sahen aus, als wären sie mit dem Fön in Form gebracht worden.

Die dazugehörigen Zweibeiner waren ausschließlich Frauen – ob im Sattel, zu Fuß mit Pferd am Zügel oder mit Pflege und Zuwendung beschäftigt. Alle trugen enge Jeans und maßgeschneiderte Blusen, bis auf eine, die in bordeauxroter Dressurjacke im Galopp ihre Runden drehte. Die meisten ritten klassisch englisch, Westernsättel waren praktisch nicht zu sehen. Überall gestählte Körper und Schmuck an den gleichen Stellen wie an Ursula Coreys Leichnam. Ich stellte sie mir vor, lebendig und in Topform, wie sie hier ritt, ein Pferd durch das Viereck führte oder einfach nur die friedliche Ruhe genoss.

Ihr Heim war das neunte Anwesen hinter der Toreinfahrt und eher großzügig als riesig zu nennen. Das Grundstück war vielleicht einen Hektar groß, darauf standen ein flaches Haupthaus im spanischen Retrostil und drei Außengebäude im gleichen Stil, darunter ein zweistöckiger Pferdestall.

Ein Großteil des Grundstücks erstreckte sich vor dem Haus, und so war der Blick frei auf weite, terrassenartig angelegte Rasenflächen, von Ligusterhecken gesäumte Blumenbeete, wogende Wiesen und sauber angelegte Dressurvierecke. Ein Traumgrundstück, auf der Rückseite begrenzt von einer Granitwand, die hoch genug war, um Sichtschutz zu den Nachbarn zu gewährleisten.

Zwei Pferde waren im Viereck, beides edle Tiere, braun mit schwarzen Mähnen und Schweifen und weißen Fesseln, die an Sportsocken erinnerten. Gemessen bewegten sie sich durch die Bahn, im Sattel schlanke junge Frauen, die dem Dresscode nicht gehorchten. Sie trugen eng anliegende T-Shirts, in den Bund ihrer Jeans gesteckt, die eine ein rotes, die andere ein gelbes. Ihr Haar von der Farbe geklärter Butter flog im Wind. Durch die trockene Luft drang Lachen zu uns.

Noch störten wir die Idylle nicht. Lautlos rollten wir unter einem weiß getünchten Torbogen mit der Aufschrift *Aventura* hindurch und auf eine asphaltierte Fläche mit vier weiß eingezeichneten Autostellplätzen, von denen ich einen wählte.

Die Mädchen parierten ihre Pferde durch.

»Und los geht's«, sagte Milo. »Scheiße.«

Die Corey-Schwestern trennten zwei Jahre, doch sie hätten Zwillinge sein können. Groß, langbeinig, von Natur aus gertenschlank, mit sonnengebräunten ovalen Gesichtern und symmetrischen Zügen. Schmale Hüften, enge Taille und breite Schultern verrieten, wie sportlich sie waren. Das Haar des Mädchens im roten T-Shirt war glatt und blond und reichte ihr bis zum Gürtel, ihrer Schwester im gelben T-Shirt fielen üppige Locken auf die Schultern.

Beide sahen vom Sattel aus auf uns herab, als wir uns der Einfassung des Vierecks näherten, die hübschen Münder waren energisch geschlossen, die blauen Augen aufmerksam.

»Ashley und Marissa?«, fragte Milo.

»Ich bin Marissa, sie ist Ashley«, sagte Lockenkopf mit kratziger Stimme. »Wer sind Sie?«

»Lieutenant Sturgis, Los Angeles Polizei. Wir müssen mit Ihnen sprechen.«

»Polizei? Aus Los Angeles?«, fragte Ashley in noch rauchigerem Ton. Bestimmt hatte ihre Mutter auch eine solche Stimme gehabt.

»Der Sheriff von Agoura County ist hier zuständig«, sagte Marissa Corey, »und wir haben ihm schon gesagt, dass wir nichts damit zu tun haben.«

»Mit ...«

»Lauras Auto. Wir hatten keine Ahnung davon, und der Sheriff hat uns geglaubt, jetzt muss nur Laura vor Gericht, und ich verstehe nicht, was Sie jetzt hier ...«

Ashley drückte ihrer Schwester den Arm. »Fellinger hat gesagt, du solltest gar nicht mit ihnen reden, Rissy.«

»Freut mich, dass sich die Sache mit Laura geklärt hat, aber deshalb sind wir nicht hier«, sagte Milo. »Wenn Sie nun bitte absitzen würden, die Damen.«

»Aber wir trainieren«, wandte Marissa ein.

»Und wir hören nicht auf, nur weil Sie das sagen«, fügte Ashley hinzu.

»Es ist wichtig. Wirklich.«

Ashley warf ihre Mähne zurück, runzelte die Stirn und formte lautlos einen Fluch, doch sie fügte sich. Als ihre Stiefel die Erde berührten, folgte ihre Schwester nach. Während die beiden Pferde von einem heraneilenden mexikanischen Stallknecht übernommen wurden, verließen die beiden das Viereck, und Ashley schloss das Tor. Die beiden jungen Frauen in ihren polierten Reitstiefeln – Schlangenleder bei Ashley, so etwas wie Elefantenhaut bei Marissa – waren über eins achtzig groß. Auf ihren T-Shirts stand *Schau mal – ein geschenkter Gaul* über einem Cartoonbild von einem weit geöffneten Pferdemaul.

Marissa verschränkte die Arme vor der Brust. »Okay. Worum geht's?«

»Ich muss mit Ihnen über Ihre Mutter sprechen.«

»Mom?« Am Ende der Silbe war ihre Stimme um eine Oktave gestiegen.

Ashleys Augen verengten sich. »Was ist mit ihr?«

Milo gab sich alle Mühe, behutsam vorzugehen, doch es war unmöglich, die Schreckensnachricht abzumildern und nicht wieder einmal als schlimmste Erinnerung eines Hinterbliebenen zu enden.

Ashley und Marissa Corey kreischten gleichzeitig los und riefen dann rhythmisch versetzt *nein, nein, nein*, bis sie in einer Trauerstarre verstummten.

Marissas Arme sanken herab, und sie begann sich auf die Brust zu trommeln. Ashley rang die Hände und schlug sich auf die Stirn. Tränen strömten.

Die Mädchen schlugen aufeinander ein und klammerten sich schließlich verzweifelt aneinander fest.

Milo nagte an seiner Wange, wippte mit dem Fuß und fuhr sich so fest mit der Hand übers Gesicht, dass zwischen Auge und Schläfe ein rosa Fleck zurückblieb.

Wir sahen weiter hilflos zu, während Ursula Coreys Töchter schluchzten und Laute von sich gaben, die sich wie *jujujuju* anhörten.

Es dauerte lange, bis der Ausbruch allmählich zu Schniefen und unkontrolliertem Zittern abebbte. Milo stand mit Kleenex bereit, wurde aber nicht beachtet.

»Nein, nein, nein«, brachte Marissa heraus und strich sich die Locken aus dem tränenüberströmten Gesicht.

»Warum sollte ihr jemand etwas antun wollen?«, fragte ihre Schwester.

»Das wissen wir noch nicht, Ashley.«

»Wann ist es passiert?«

»Heute Morgen.«

»Daddy war das nicht«, sagte Ashley. »Das kann ich Ihnen versichern.«

Ihre Schwester sah sie an. Es verstrich eine Sekunde, ehe sie ihr beipflichtete: »Verdammt, nein, Daddy war das nicht.«

»Gehen wir ins Haus, um uns zu unterhalten«, sagte Milo.

Laut weinend stolperten die Mädchen auf das Haus zu. Milo und ich folgten ihnen in vier Schritten Abstand.

Trauernde gehen immer voran.

Als sie das Haus erreichten, stieß Ashley eine der doppelflügeligen gekalkten Eichentüren an, sodass sie geräuschlos aufschwang.

Unverschlossen. Die Corey-Mädchen waren im Gefühl von Sicherheit aufgewachsen.

Von jetzt an würden sie sich nie wieder vollkommen sicher fühlen.

Milo und ich folgten ihnen, während sie schluchzend weiterstolperten, unbeholfen aneinander festgeklammert, durch eine geflieste Rotunde, in deren Mitte ein schmiedeeiserner Lüster hing. Die Lampe war mit wunderschön geschmiedeten Singvögelfiguren geschmückt und trug falsche Kerzen mit LED-Birnen. In einer Wandnische rechter Hand stand eine von unkundiger Hand gefertigte Muttergottesfigur, wie man sie gleich jenseits der mexikanischen Grenze in Tijuana bekommt. Die Mädchen gingen weiter in einen weitläufigen Raum mit hoher Decke und großen Fenstern, dessen Wände mit grob behauenem Granit verkleidet waren. Das Mobiliar war teuer und gekonnt lässig platziert: eine durchgesessene Wildledergarnitur aus Dreisitzer- und Zweisitzercouchen, Tische aus Glas und Stahl, Kelim-Sofakissen, Strohstühle in der Farbe von sommerlichem Salbei.

Die Corey-Schwestern sanken nebeneinander auf die Dreisitzercouch.

Marissa Corey nahm ein Kissen, drückte es sich an die Brust, ließ den Kopf sinken und stieß traurige leise Grunzgeräusche aus. Ihre jüngere Schwester saß ganz dicht neben ihr, mit geradem Rücken und leerem Blick, die Hände auf den Knien. Seit sie von dem gemeinsamen Schicksalsschlag erfahren hatten, hatten sie eine sonderbare, widersprüchliche Veränderung durchgemacht; einerseits verjüngt, beinahe kindlich in ihrer Hilfslosigkeit, waren ihre Augenpartien durch den ultimativen Vertrauensverlust zugleich um Jahrzehnte gealtert.

»Es tut uns so unendlich leid«, sagte Milo.

Ashley legte ihren Arm um die Schultern ihrer Schwester. Marissa barg ihren Kopf an Ashleys Brust. Zwei Jahre älter und doch weniger selbstständig? Vielleicht war deshalb sie diejenige, die zu Hause wohnen geblieben war, während die Schwester auszog.

»Oh mein Gott, Daddy!«, rief Ashley aus, als hätte sie ihn nicht gerade noch erwähnt. »Weiß er Bescheid?«

»Wir haben ihn vorhin informiert.«

Die Mädchen sahen sich an. »Er hat uns nicht angerufen«, sagte Ashley.

»Er ist ziemlich fertig mit den Nerven«, erklärte Milo. »Wir haben ihm angeboten, zuerst mit Ihnen zu reden und dass er hierherkommen soll, sobald wir fertig sind.«

»Er ist unser Vater«, sagte Marissa. »Er sollte hier sein.«

»Er kommt schon. Armer Daddy.« Ashley seufzte und weinte ein wenig. »Es wird das erste Mal seit der Scheidung sein.«

»Dass er hierherkommt?«, fragte Milo.

»Hm-hm.«

»Mommy wäre es wahrscheinlich egal gewesen, sie haben sich ja gut verstanden. Aber Daddy meinte, es wäre besser, wenn er erst mal sein Leben wieder in den Griff bekommt.«

»In seiner Wohnung«, sagte Milo.

»Hm-hm.«

»Sind Sie öfter dort?«

»Eigentlich nicht«, erwiderte Ashley. »Eher selten.«

»Ich muss mich übergeben«, sagte Marissa, rappelte sich auf und rannte aus dem Raum.

Ashley wandte sich Milo zu: »Und jetzt?«

»Unser einziges Ziel ist es herauszufinden, wer Ihrer Mutter etwas antun wollte. Das bedeutet, dass wir Fragen stellen müssen, die zum Teil abwegig scheinen, Ashley. Also wenn wir irgendetwas fragen, das …«

»Zum Beispiel?«

»Na ja, zum Beispiel, was Sie vorhin gesagt haben. Dass es nicht Ihr Vater war. Mich würde interessieren, warum Sie das gesagt haben.«

»Weil er es nicht war, auch wenn Sie das vielleicht denken.«

»Warum sollten wir das denken?«

»Weil die Polizei das immer denkt, oder? Es wird immer zuerst der Ehemann verdächtigt, das weiß ich aus den Krimis.«

»Schauen Sie oft Krim…«

»Dad schaut so was immer, und wenn ich dort bin, sehe ich sie eben auch.«

»Dann wollten Sie nur sichergehen, dass wir nicht …«

»Geben Sie's doch zu, Sie haben ihn verdächtigt«, sagte Ashley lauter. »Und ich wollte das gleich klären, okay? Die beiden waren geschieden und trotzdem befreundet – sie haben zusammengearbeitet und hatten keinerlei Probleme.«

»Ist schon gut«, beschwichtigte Milo.

Ashley streckte einen rot lackierten Fingernagel aus. »Selbst wenn ich glauben würde, dass Dad zu so etwas imstande wäre, was ich nicht tue, weiß ich, dass er es nicht getan hat, weil er nämlich nicht da war, zu dem Zeitpunkt, als es passiert ist. Er war zu Hause.«

Gleich zu Anfang hatte sie nach dem Tatzeitpunkt gefragt. War sie vielleicht doch nicht so von der Unschuld ihres Vaters überzeugt, wie sie uns glauben machen wollte?

Ich hakte nach. »Dass er zu Hause war, wissen Sie, weil …«

»Ich habe ihn heute Morgen angerufen, er war da, und dann musste er einen geschäftlichen Anruf aus Übersee entgegennehmen, deshalb meinte er, ich sollte ihm mailen. Was ich auch getan habe, und er hat mir sofort geantwortet. Zweimal.«

Wir hatten die E-Mails gesehen, das stimmte also alles, war aber irrelevant, wenn ein Auftragsmörder im Spiel war.

»Danke, dass Sie das geklärt haben, Ashley«, sagte Milo. »Und ich möchte darauf hinweisen, dass wir augenblicklich noch niemanden verdächtigen, auch nicht Ihren Vater.«

»Ich habe mich übergeben«, verkündete Marissa Corey und trat hinter der Ecke hervor. Sie setzte sich wieder, wischte sich den Mund mit einem Papiertaschentuch ab und legte eine Hand auf ihren flachen Bauch. »Da kam gerade alles auf einmal raus.«

»Alles okay mit dir?«, erkundigte sich Ashley.

Marissa streckte die Zunge heraus und verzog das Gesicht. »Bäh, schmeckt das eklig.«

»Ich sagte gerade, dass Daddy und Mommy sich gut verstanden haben.«

»Hm-hm.« Marissa schloss die Augen und lehnte den Hinterkopf gegen die Stützrolle auf der Rückenlehne.

»Ich weiß, das ist jetzt nicht der richtige Moment«, sagte

Milo, »aber hat eine von Ihnen eine Idee, wer Ihrer Mutter etwas antun …«

»Niemand«, unterbrach ihn Ashley. »Bestimmt wollte sie irgendein Krimineller ausrauben.«

»Sie hat ihre ganzen Klunker getragen«, ergänzte Marissa. »Ich habe sie heute Morgen gesehen, als ich beim Frühstück saß.«

»Mommy war die Glitzerkönigin, sie liebte ihren Schmuck. Deshalb ist sie auch losgezogen. Sie wollte, dass der Schmuck gerecht unter uns aufgeteilt wird. So hat sie uns das gesagt. Uns war das ganz unangenehm, aber wenn sie sich was in den Kopf gesetzt hatte …«

»Fifty-fifty, Mädchen«, sagte Marissa mit britischem Akzent.

»Mommy ging es immer um Gerechtigkeit«, fügte Ashley hinzu.

»Raub wäre ein gutes Motiv«, sagte Milo. »Leider hatte Ihre Mutter ihren gesamten Schmuck noch am Leib. Ebenso ihr Geld und ihre Kreditkarten.«

Die jungen Frauen schnappten nach Luft.

»Na und?«, sagte Ashley. »Irgendein Penner hat versucht, sie zu bestehlen, geriet in Panik und …« Sie schüttelte den Kopf. Mehr Tränen flossen.

»Ich glaube, ich muss noch mal kotzen«, sagte Marissa, blieb jedoch sitzen.

»Was Sie sagen, klingt durchaus vernünftig, und wir werden uns auf jeden Fall in dieser Richtung umsehen. Gibt es sonst noch etwas, das wir beachten sollten?«

»Woher sollen wir das wissen?«, fragte Ashley.

»Sie standen ihr nahe.«

»Na und? Wenn es mit ihrem Schmuck zu tun hatte …«

»Das stimmt, aber vielleicht gab es ja noch andere Motive. War Ihre Mutter mit jemandem zusammen?«

Beide schüttelten den Kopf.

»Es gab keinen Mann?«

»Das Geschäft hat sie immer auf Trab gehalten«, erklärte Ashley. »Sie war viel auf Reisen.«

»Also kein fester Freund.«

»Nein.«

»Hat sie je davon gesprochen, dass jemand sie verfolgt?«

»Ein Stalker oder so was?«, fragte Ashley. »Nein.«

»Vielleicht ein geschäftliches Problem?«

Leere Blicke. Dann sah Marissa ihre Schwester vielsagend an. Doch was immer sie ihr zu verstehen geben wollte, drang nicht durch. Ashley schaute weiterhin abwesend drein. Sie sank in sich zusammen und rieb sich die Augen.

»Ist Ihnen etwas eingefallen, Marissa?«, wollte ich wissen.

»Nein.« Dann leise zu Ashley: »Nicht einmal Phyllis, oder?«

Ashley starrte sie an. »Phyllis? Du spinnst ja.«

Der logische nächste Schritt wäre, nach Phyllis zu fragen. »Erzählen Sie uns von dem Ärger mit Laura«, bat Milo stattdessen.

»Die blöde Kuh«, schnaubte Marissa. »Also, wir wollten alle in die Stadt, ins *House of Blues*, Chainsaw Waltz hat gespielt. Laura meinte, sie fährt. Sie kann überhaupt nicht gescheit fahren, das hätten wir wissen sollen, aber sie hatte das Auto von ihrem Dad und wollte damit angeben.«

»Was Besonderes?«, fragte ich.

»Keine Ahnung. Ist ein Bentley Speed.«

»In der Woche davor hatte sie ihren Audi an einen Pfosten gesetzt«, erzählte Ashley. »Der war in Reparatur, deshalb ließ ihr Dad sie den Bentley fahren. Sie meinte so: ›Kein

Problem, die parken da sowieso für uns, wir werden den ganzen Abend wie Ehrengäste behandelt, und vielleicht kommen wir sogar in die Privaträume rein.‹ Wir dann also: ›Okay‹. Aber statt auf den 101 zu fahren, nimmt sie irgendwelche Seitenstraßen, weil sie protzen will, ohne gleich die Highway-Polizei auf den Fersen zu haben. Und dann winkt sie ein Sheriff raus, und wir müssen alle den Idiotentest machen.«

»Den Idiotentest?«, fragte Milo.

»Alkoholtest«, erklärte Marissa. »So auf einer geraden Linie laufen, an die eigene Nase fassen und so.«

»Wir haben bestanden«, ergänzte Ashley, »aber Laura nicht. Wir wussten nicht, dass sie vorher schon ein paar Bier getrunken hatte. Der Sheriff ist also keine große Hilfe, und dann meint er: ›Ich schau mir jetzt Ihr Auto an‹, und Laura nur so: ›Okay‹, statt nach einem Durchsuchungsbefehl zu fragen. Er durchsucht den Wagen und findet eine Tüte Gras im Handschuhfach, und Laura meint, die würde ihrem Dad gehören. Was schon sein könnte, er ist ein Musikmanager, mit Pferdeschwanz und so. Dann kommt noch ein Polizeiwagen, und wir werden alle zur Polizeistation mitgenommen, wo wir Mommy anrufen, doch sie nimmt nicht ab. Irgendwann meldet sich dann Lauras Dad, kommt vorbei und wird stinksauer, als er rausfindet, dass Laura ihn wegen dem Dope verpfiffen hat. Daraufhin sagt er zu den Cops: ›Nur zu, ihr könnt meiner Tochter mal eine ordentliche Lehre erteilen.‹«

»Total kalt«, meinte Marissa. »Normalerweise ist er eher locker. Mehr so der Kumpeltyp.«

»Klingt nicht so, als hätten Sie beide da noch irgendwas zu befürchten gehabt«, sagte ich.

»Das dachten wir auch«, erwiderte Ashley. »Doch die haben uns festgehalten und gesagt, wir müssten trotzdem vor Gericht. Irgendwann haben wir dann Mommy erreicht, die hat Fellinger angerufen, der hat uns rausgeholt und alles hingebogen, sodass wir nicht vor Gericht müssen. Laura muss, aber immerhin hat sich ihr Dad wieder beruhigt und einen Anwalt engagiert, der den Verfahrensbeginn immer wieder aufschiebt. Wir dachten zuerst, Sie sind deswegen hier, um uns zu überreden, Laura zu verpetzen oder so was.«

Sie sog Luft ein und ließ den Kopf hängen. »Jetzt wünschte ich, das wäre wirklich der Grund, warum Sie hier sind.«

Die Mädchen hielten sich wieder aneinander fest, schaukelten mit zugekniffenen Augen stumm vor und zurück.

Milo nahm sein Handy heraus. »Mr Corey? Hier Lieutenant Sturgis. Ihre Töchter brauchen Sie. Gut, werde ich ihnen ausrichten.«

Ashley öffnete die Augen, Marissa ein paar Sekunden später ebenfalls.

»Ihr Vater ist auf dem Weg.«

»Okay«, sagte Ashley. Ihre Stimme war ausdruckslos, ihr Blick stumpf.

»Sie wohnen also im Studentenwohnheim und Sie, Marissa, hier?«, fragte ich.

»Äh, nicht wirklich.«

»Wir wohnen zusammen«, sagte Ashley und lief hinter den Ohren rot an.

»Studieren Sie?«

Zögern. Langsames Kopfschütteln. »Ich habe abgebrochen. Hätte studieren können, aber es wäre totale Zeitverschwendung gewesen. Ich will Unternehmerin werden wie meine Eltern.«

»Auch Import-Export?«

»Nein, vielleicht was mit Mode.« Sie zwirbelte eine lange blonde Strähne. »Ich überlege noch.«

»Ich auch«, fügte Marissa hinzu.

»Sie sind also heute hier, weil …«

»Sydney und Jasper brauchen uns. Wir kommen so drei, vier Mal die Woche, um die beiden sauber zu machen, zu füttern und ein bisschen mit ihnen zu arbeiten. Sonst bauen sie Muskulatur ab und werden krank.«

»Und an den anderen Tagen?«

»Da kümmert sich Mom … oh Gott!«

»Was wird aus Sydney und Jasper werden?«, rief Marissa aus.

Ich ging in die weitläufige Küche, fand Eiswasser in einem der beiden Kühlschränke und goss für die Mädchen zwei Gläser ein, die ich ihnen brachte. Sie fingen mit kleinen Schlucken an und tranken schließlich gierig.

»Danke, dass Sie sich Zeit genommen haben«, sagte Milo. »Gibt es noch etwas, das Sie uns sagen möchten?«

Liderflattern. Synchrones Schütteln benebelter Köpfe.

»Wir bleiben auch gern hier, bis Ihr Vater kommt.«

Synchrones »Hm-hm«.

»Sicher?«

»Wir würden wirklich gern allein sein«, sagte Ashley.

Marissa nickte.

»Ich verstehe«, meinte Milo, und wir standen auf. »Passen Sie gut auf sich auf – ach, wer ist denn eigentlich Phyllis?«

»Phyllis Tranh«, antwortete Ashley. »Sie war Mommys Freundin, und dann war Daddy mit ihr zusammen.«

»Nach der Scheidung?«

»Natürlich danach«, sagte Marissa. »Daddy ist doch kein Ehebrecher.«

»Aber nicht lange«, ergänzte Ashley. »Vielleicht wurde es unangenehm.«

»Phyllis Tranh«, wiederholte Milo. »Klingt vietnamesisch.«

»Ja. Mommy kennt sie geschäftlich. Phyllis hat einen Laden.«

»Mommy und sie haben sich immer zusammen die Nägel machen lassen«, erzählte Marissa. »Wenn Mommy nach Beverly Hills gefahren ist.«

»Alle Nagelstudios in Beverly Hills sind in vietnamesischer Hand«, ergänzte Ashley.

»So wie überall«, sagte Marissa.

»Phyllis geht dahin und kann mit denen in ihrer Sprache sprechen, und dann bekommen sie und Mommy eine Sonderbehandlung.«

»Hat sich das geändert, nachdem Phyllis mit Ihrem Vater zusammen war?«, wollte Milo wissen.

»Weiß ich nicht«, erwiderte Ashley. »Darüber hat nie jemand gesprochen.«

»Ich weiß es auch nicht«, sagte Marissa. »Ging mich sowieso nichts an.«

6

Als wir aus dem Haus traten, wieherte eines der Pferde, und die anderen blickten herüber.

»Ein Königreich für ein sprechendes Ross«, erklärte Milo, »aber bitte nicht Mr Ed, die alte Quasselstrippe.«

Er fing an, auf seinem Handy zu tippen, während wir zum Seville zurückgingen.

Phyllis Tranh war Finanzchefin von Diamond Products & Sundries, deren Boss Albert L. Tranh war. Mit Sitz in der Santee Street, östlich der Innenstadt, verkaufte die Firma Produkte im Internet, aber auch in Läden und fungierte außerdem als Vermittler zwischen Importeuren und Großhändlern. Die Website war auf Englisch, Spanisch, Chinesisch, Thai und Vietnamesisch.

Milo stieß einen Pfiff aus.

»Die haben alles von Hefe bis Zubehör fürs Aquarium. Einschließlich Produkte für Katholiken, Protestanten und Buddhisten. Wie du sagtest: Eine Frau mit diesem Background wäre ein passender Ersatz für Ursula.« Er lockerte seine Krawatte. »Immer die gleiche alte Geschichte. Die Freundin der Frau als Geliebte. Okay, lass uns feststellen, wo die Dame lebt. Aber ehe wir uns auf den Weg begeben, brauche ich dringend noch einen Kaffee. Mein Kopf platzt gleich.«

Wir verließen Rancho Lobos Estates auf demselben Weg, wie wir hereingekommen waren. Das Wärterhäuschen war leer, doch das Tor ließ sich per Knopfdruck öffnen.

Während wir zurück auf die Lobo Canyon Road fuhren, suchte Milo Phyllis Tranhs Adresse.

»Da haben wir sie schon: North Maple Drive in Beverly Hills. Lebt mit Albert Tranh zusammen.« Er blickte zu mir. »Sie ist verheiratet, das eröffnet ganz neue Möglichkeiten … sieht aus, als hätte keiner der beiden Vorstrafen. Wie schade. Und weiter geht's zur Zulassungsstelle … Mist, ich habe noch gar nicht nach Richards Karre gesehen.«

Die Info war rasch zur Hand: Corey fuhr einen zwei Jahre alten schwarzen Range Rover, Phyllis Tranh einen drei Jahre alten grauen Maserati und Albert Tranh einen sieben Jahre alten Lincoln Town Car.

Milo rief Moe Reed an und bat ihn, auf den Videos der Sicherheitskamera nach diesen Modellen Ausschau zu halten.

»Ein bisschen Abwechslung wäre nett, Lieutenant«, sagte Reed. »In der letzten Stunde habe ich praktisch nur deutsche Autos gesehen. Man könnte meinen, niemand fährt mehr etwas anderes als BMW, Mercedes und Audi.«

»Noch nichts Auffälliges?«

»Nein. Zwei Fahrer von Lieferbetrieben sind vorbestraft, aber nichts, was auch nur in die Nähe von Mord kommt.«

»Wie nah?«

»Der eine saß vor sechs Jahren wegen Urkundenfälschung eine kurze Haftstrafe ab, der andere ist wegen Drogen verurteilt worden.«

»Schauen Sie sich beide an, Moses. Es sei denn, es taucht irgendwas richtig Handfestes auf.«

»Ms Maserati oder Mr Range Rover.«

»Man darf ja wohl noch träumen«, erwiderte Milo.

In einer kleinen Ladenzeile an der Kanan Road südlich des 101 entdeckte ich eine vielversprechende Aufschrift: *Tiroler Spezialitäten – Köstliche Backwaren und Gourmetkaffee.* Drinnen empfingen uns süße Aromen und ein peinlich sauberer Fußboden, dazu eine lange Theke mit reichhaltigen Verführungen.

Zum Sitzen gab es nur zwei kleine Tische. Bis auf eine Frau um die sechzig hinter der Theke war der Laden leer.

Sie strahlte uns an. »Was kann ich fürr Sie tun, *Sörrs*?«

Milo studierte die Auslagen und entschied sich dann für eine Kopfschmerztherapie in Gestalt eines Stücks Himbeertorte, das die Ausmaße eines mittleren Alpengipfels hatte, sowie ein Stück Karottenkuchen mit ähnlichen Dimensionen.

»Und Sie, *Sörr*?«, fragte die Frau.

Die Kuchen sahen so lecker aus, dass ich mir auch einen bestellte. Wir setzten uns mit Kaffee und Kalorien an einen der Tische. Milo sah grinsend auf meinen Teller.

»Was ist?«

»Adonis nimmt tatsächlich Nahrung auf? Bin ich jetzt doch auf einmal ein schlechter Einfluss?«

»Du bist immer ein schlechter Einfluss. Ich habe nur zufällig mal Hunger.«

Er leerte seinen Teller, ging wieder zur Theke, brachte die Frau zum Kichern und kehrte mit einem mit Sahne gefüllten Etwas zurück. Mit einem Bissen verschwand ein Drittel davon. Er wischte sich den Mund ab. »Echte Sahne, nicht dieses Sprühzeug. Mal probieren?«

Ich hatte noch ein halbes Stück vor mir. Der Kuchen war überraschend sättigend. »Nein, danke.«

»Ach Quatsch.« Er trank, aß, stieß einen zufriedenen Seufzer aus. Diese Abfolge wiederholte er ein paar Mal.

Irgendwann hielt er für einen längeren Atemzug inne. »Für Richard war Ursula also Lana Libido, doch die Töchter haben nichts von Männern mitbekommen. Sie wirkten auch nicht, als hätten sie zwischen ihr und Fellinger etwas bemerkt. Also wer weiß, ob da was dran ist.«

»Die Mädchen haben nicht bei Ursula gewohnt, und die meisten Eltern besprechen ihr Sexualleben nicht mit ihren Kindern.«

»Aber auch nicht mit Ehegatten, ob aktuell oder verflossen. Ich frage mich also, ob Richard tatsächlich paranoid und durchgeknallt ist oder nur das Blaue vom Himmel runterlügt, um von sich abzulenken. In jedem Fall bleibt er erst mal ganz oben auf der Verdächtigenliste. Zusammen übrigens mit Phyllis Tranh. Sie muss die Freundin sein, von der er uns erzählt hat.«

»Das sehe ich genauso. Ich fand interessant, dass Ashley meinte, ihr Daddy sei es auf keinen Fall gewesen.«

»Zu viel Inschutznahme vom Töchterchen?« Zu viel Kuchen im Mund machte seine Aussprache undeutlich.

»Es war ihr erster Kommentar auf die Nachricht. Manchmal sind das die aufrichtigsten Aussagen. Und dann war da noch Marissas Reaktion, als du nach geschäftlichen Problemen gefragt hast. ›Nicht einmal Phyllis, oder?‹«

»Richard und seine neue Liebe. Tief im Innern ist den Mädchen diese neue Beziehung unheimlich, doch das können sie nicht äußern, und so sagen sie das Gegenteil. Deine Zunft hat doch dafür einen Fachausdruck, oder?«

»Reaktionsbildung.«

»Ich denke, es ist ein bisschen wie bei politischer Korrektheit«, sagte er. »Sobald irgendein beschränkter Laberkopf allzu leidenschaftlich gegen Rassismus, Sexismus oder Homophobie wettert, will ich unter seinem Bett nach Ku-Klux-Klan-Kutten suchen. Ms Tranh lohnt auf jeden Fall einen Blick, und Beverly Hills ist kein großer Umweg. Zeit für einen spontanen Ausflug zum Maple Drive?«

»Klar.«

Er füllte seinen Kaffeebecher nach, zog seine Jacke aus und fächelte sich mit einer Hand Luft zu. »Was ist mit den Töchtern?«

»Was soll mit ihnen sein?«

»Kommen die dir irgendwie verdächtig vor?«

»Nein«, sagte ich. »Denkst du an die Menendez-Brüder?«

»Ich kann mir nicht leisten, irgendwas zu übersehen. Lyle und Erik waren verzogene Faulpelze, die absahnen wollten – warum sollten nicht zwei verzogene reiche Mädels beschließen, sich ihr Erbe vorzeitig unter den Nagel zu reißen? Sie wussten genau, wo ihre Mutter heute Morgen war.«

»Die Menendez-Brüder haben ihre Eltern selbst erschossen und tonnenweise Spuren hinterlassen. Ich kann mir nicht vorstellen, dass diese Mädchen clever genug sind, um einen zuverlässigen Auftragsmörder zu engagieren.«

»Du hast bestimmt recht.« Er schwieg einen Moment. »Weißt du noch, Katherine Hennepin? Wie sich alle meine Hypothesen in Wohlgefallen aufgelöst haben? So was nagt am Selbstwertgefühl.«

»Ruf doch Fellinger an und versuch herauszufinden, wo Ursulas Geld jetzt hingeht.«

Er drückte die Kurzwahl, die er für die Kanzlei einprogrammiert hatte, winkte der Frau hinter der Kuchentheke zu, und verschwand mit dem Handy nach draußen. Als er mit dem Telefonat fertig war, bedeutete er mir, ihm zu folgen. Ich zahlte, und wir kehrten zum Auto zurück.

»Was bekommst du von mir?«, fragte er und griff in seine Hosentasche.

»Geht auf mich.«

»Ach was.«

»Hat dir Fellinger über Ursulas Testament etwas verraten?«

»Im Vertrauen. Der Nachlass wird in vier Teile geteilt: fünfunddreißig Prozent gehen an Richard, weil das der Anteil ist, der nach drei Jahren zähem Verhandeln von Fellinger und Cohen herauskam. Weitere fünfundzwanzig Prozent gehen an eine Reihe wohltätiger Vereine, die Ursula ausgewählt hat, und die übrigen vierzig werden gleichmäßig auf Ashley und Marissa verteilt. Aber sie sind in Treuhandfonds angelegt, das heißt, es vergehen Jahre, bis sie überhaupt dran können.«

»Wer ist der Treuhänder?«

»Nicht Richard. Ein Anwalt aus Fellingers Kanzlei.«

»Fellinger hat das nicht selbst übernommen?«

»Der andere ist Spezialist für Treuhand- und Nachlassangelegenheiten. Fellinger meinte, er wollte, dass alles korrekt gemacht wird.«

»Und über wie viele Jahre Verzögerung reden wir?«

»Die Mädchen bekommen ab sofort eine Grundversorgung, haben aber keinen Zugriff auf das große Geld, bis sie dreißig sind. Wenn sie fünfunddreißig sind, wird der Fonds aufgelöst, und sie bekommen alles ausbezahlt.«

»Kennen die beiden die Details?«

»Soweit Fellinger weiß, nicht. Sowohl Richard als auch Ursula hätten ihm gegenüber zum Ausdruck gebracht, dass ihre Töchter an Finanzdingen nicht interessiert seien.«

»Richard bekommt also den Löwenanteil.«

»Wie schön für ihn«, meinte Milo. »Schauen wir mal, was seine Exfreundin dazu zu sagen hat. Und vielleicht auch deren Mann.«

Es war viel Zeit vergangen, seit ich am Morgen die Leiche von Ursula Corey in der Tiefgarage gesehen hatte. Als wir Beverly Hills erreichten, war es bereits dunkel. Die Adresse der Tranhs lag im 600er-Abschnitt des North Maple Drive, ein einfaches, zweistöckiges Haus im spanischen Stil, lachsrosa verputzt, mit sauber gemähtem Rasen und einem bescheidenen Beet mit Palmen und Begonien. In der Nachbarschaft standen Villen unterschiedlicher Verwitterungsgrade. Verglichen mit ihnen wirkte das Haus erst recht unspektakulär.

Ein älterer asiatischstämmiger Mann öffnete auf unser Läuten. Er war nur knapp über einen Meter fünfzig groß, trug ein makellos weißes Hemd, dazu eine cremefarbene Leinenhose und blaue Samtpantoffeln mit aufgestickten Löwen. In einer schmalen knochigen Hand hielt er eine eingerollte Ausgabe des *Forbes Magazine*.

»Ja, bitte?« Seine Stimme war leise und seltsam jungenhaft.

»Lieutenant Sturgis vom Los Angeles Police Department.«

Die Augenlider des Mannes flatterten. »Ist etwas mit dem Geschäft?«

»Nein, Sir. Wir wollen zu Phyllis Tranh.«

»Das ist meine Tochter. Sie ist zurzeit im Ausland. Darf ich fragen, worum es geht?«

»Könnten wir bitte hereinkommen, Mr …?«

»Albert Tranh. Darf ich bitte Ihre Marke noch mal sehen … ja, natürlich können Sie hereinkommen.«

Der etwa zehn auf sechs Meter große Raum war vollständig im spanisch-amerikanischen Kolonialstil eingerichtet, und die meisten Möbel stammten sogar original aus der Zeit. Albert Tranh schlug ein Zinnglöckchen mit Goldgriff, woraufhin eine Hausangestellte in einer blauen Uniform erschien.

»Irma, bitte meinen Kaffee. Und für Sie, Gentlemen …?«

»Nichts, danke«, lehnte Milo ab.

»Bringen Sie ein paar Süßigkeiten, Irma«, sagte Albert Tranh mit kaum wahrnehmbarem Akzent. Die exakte Diktion verriet, dass er hart an seiner Aussprache gearbeitet hatte.

Als das Mädchen gegangen war, deutete Albert Tranh auf ein pflaumenfarbenes Seidenbrokatsofa und wartete, bis wir uns gesetzt hatten, ehe er selbst auf einem gelben Chippendale-Stuhl mit Seidenbezug Platz nahm. Ein einziges dominantes Element im Raum bildete einen Stilbruch: Jasper Johns Ölbild »Flagge«.

Die übrige Kunst an den Wänden bestand aus gerahmten Stickbildern, die längst vergangene Paradieslandschaften um den Hudson River zeigten, sowie steife Porträts von puritanisch gekleideten Personen mit strengen Mienen. Bezirksstaatsanwalt John Nguyen hatte mir einmal erzählt, dass seine Familie und ihre vietnamesische Gemeinde Amerika so sehr liebten, dass selbst die Töchter der Amerikanischen Revolution dagegen blass aussehen würden.

Milo informierte Albert Tranh über den Mord an Ursula Corey. Die freie Hand des alten Mannes flatterte wie ein trockenes Blatt, ehe sie auf seiner Brust zur Ruhe kam. Das *Forbes Magazine* knickte im festen Griff seiner zerbrechlich wirkenden Finger. »Das ist ja schrecklich. Was ist passiert?«

»Kannten Sie Ms Corey gut?«

»Oh ja, sehr gut, wir haben zusammen Geschäfte gemacht. Sehr viel. Dürfen Sie mir nicht sagen, was passiert ist?«

»Sie wurde erschossen, Sir.«

»Gute Güte. Wo?«

»In Century City.«

»Century City? Im Einkaufszentrum?«

»In einer Tiefgarage.«

»In einer Tiefgarage«, sagte Tranh. »Ein Raubüberfall? Autodiebstahl?«

»Scheint weder noch gewesen zu sein, Sir.«

»Ja, natürlich«, meinte Albert Tranh. »Sie wären nicht hier, wenn es Raub gewesen wäre, nicht?« Er runzelte die Stirn. »Darf ich fragen, was Phyllis dabei für eine Rolle spielt?«

»Ursulas Exmann hat uns von ihrer Freundschaft mit Ursula erzählt.«

»Das hat Richard gesagt«, meinte Tranh. »Tatsächlich.«

»Das scheint Sie zu überraschen.«

»Hat Richard Sie auch informiert, dass Phyllis und er eine Beziehung hatten?«

»Eine Affäre?« Milo ging sofort darauf ein.

»So weit würde ich nicht gehen, Lieutenant. Richard und Phyllis waren nur kurz zusammen. Aber ganz offen, denn das war lange nach Richards und Ursulas Scheidung. Ich war trotzdem nicht dafür, Geschäftliches und Privates zu vermischen. Doch Phyllis ist ein Mädchen mit starkem Willen. Bitte entschuldigen Sie mich für einen Moment …«

Binnen fünf Sekunden war er zurück, ein gerahmtes Foto in der Hand, das er Milo reichte. Sein »Mädchen« war eine schöne Mittvierzigerin mit locker hochgestecktem ebenholzschwarzem Haar, großen Augen voller Belustigung und einem spitzen Grübchenkinn.

»Mein einziges Kind.« Tranh legte die Stirn in Falten. »Sie ist verheiratet, aber nur auf dem Papier. Ihr Mann lebt seit siebzehn Jahren in Kambodscha und hat noch weitere Frauen, von denen mindestens zwei bestätigt sind.«

»Klingt nach Traumprinz.«

»Norbert Lam ist ein Gauner.«

»War Phyllis zuvor schon einmal verheiratet?«, fragte ich.

»Nein. Sie hatte eine große Hochzeit.« Seine Miene verriet, dass er die Erfahrung lieber nicht wiederholen wollte. »Ursula wurde ermordet, ich kann es immer noch nicht glauben. Sie sind also hier, um von Phyllis mehr über sie zu erfahren?«

»Warum haben Phyllis und Richard Schluss gemacht?«

»Tja.« Tranh seufzte. »Wahrscheinlich wird es mir sofort leidtun, wenn ich jetzt etwas sage.«

»Wir sind dankbar für jeden Hinweis.«

»Hm … warum haben sie Schluss gemacht? Phyllis hat mir nicht viel erzählt, nur so viel, dass Richard wohl immer noch sehr an Ursula hing und dass sie ihm am Ende … den Laufpass gegeben hat. So sagt man, glaube ich, oder?«

Milo lächelte. »Ja, Sir.«

»Ich habe Englisch und amerikanische Geschichte in Saigon gelehrt und ein paar Semester an der Universität von Illinois in Urbana studiert. Das Wichtigste an Sprachen sind die Idiome. Aber es ist schwierig dranzubleiben.«

»Könnten Sie uns von Ihrer Geschäftsbeziehung mit Ursula erzählen?«, bat ich.

»Mit Ursula und Richard. Sie haben auch nach der Scheidung noch zusammengearbeitet. Wissen Sie über ihre Firma Bescheid?«

»Urrick Ltd.«

»Wir sind Kunden.«

»Was kaufen Sie denn?«

»Das ist nicht so leicht zu beantworten«, sagte Tranh. »Wir verkaufen stark preisreduzierte Ware, zumeist heimische Übervorräte oder günstige Importe aus Asien. Es ist ein wechselndes Angebot, basierend auf sorgfältigen Marktstudien.«

Das Mädchen, Irma, brachte ein Silbertablett mit Kaffeekanne, Tassen aus feinem Porzellan und einem Teller Waffelkekse. Sie schenkte Tranh zuerst ein und gab uns dann die Chance, es uns anders zu überlegen.

»Nein danke«, sagte ich.

»Eine halbe Tasse«, sagte Milo.

Es war kaum vorstellbar, dass sein Verdauungssystem noch Kapazitäten frei hatte, doch vielleicht gehörte es auch zum guten Ton, zwei Kekse zu nehmen, und ich war derjenige, der sich nicht zu benehmen wusste. Ich sah ihm zu, wie er energisch kaute und nach einem dritten Keks griff.

Als Albert Tranh seine Tasse auf die Untertasse stellte, sagte ich: »Das klingt nach hohem Risiko.«

»Es ist riskant, aber auch spannend, weil wir immer wieder mit neuen Herausforderungen zu kämpfen haben«, meinte Tranh. »Und es gibt auch Fiaskos.« Er lächelte. »Sie hätten nicht rein zufällig Interesse an 10.536 ausgestopften roten Minikrokodilen, die sich auflösen, wenn sie nass werden, und dann stinken wie ein zehn Tage alter Schmorbraten?«

»Hm, ich werde mal in der Verwandtschaft herumfragen«, sagte Milo.

Tranhs Lächeln wurde breiter, erlosch dann aber. »Das Entscheidende ist, dass man viel mehr Wetten gewinnt als verliert. Zu einem großen Teil ist uns das gelungen, und ich muss sagen, Ursula und Richard haben uns dabei sehr geholfen.«

»Inwiefern, Sir?«

»Ursula hat einen fantastischen Riecher für Produkte. Vor Jahren sind Phyllis und sie zusammen auf Einkaufsreisen gegangen. Die Märkte in den meisten asiatischen Städten sind riesig, da reihen sich auf einem Abschnitt von anderthalb Kilometern schon mal rund tausend Stände aneinander. Phyllis meinte, Ursula habe immer mehr Energie gehabt als sie und Dinge entdeckt, an denen sie einfach vorbeigegangen wäre. In gewisser Weise war Ursula irgendwann nicht mehr nur Großhändler für uns, sondern eine kostenlose Einkaufsagentin.«

»Sie machen den Einkauf nicht selbst, weil …«

»Wir sind Einzelhändler. Wir verstehen nichts davon.«

»Was ist mit Richard? Hat er Ihnen auch geholfen?«

Kurze Pause. »Richard ist ehrlich und tüchtig und liefert, was er verspricht, in gutem Zustand und pünktlich. Er verhält sich nicht so arrogant wie andere Großhändler, wenn sie sehen, dass wir nicht Kmart sind.« Er beugte sich vor. »Wenn es kein Raubüberfall war, was war es dann?«

»Wir wissen es nicht, Sir«, sagte Milo. »Können Sie uns etwas über die Persönlichkeit der beiden erzählen?«

»Ursula war eine reizende Person. Charmant, kultiviert, einfach reizend.«

»Und Richard?«

»Sie fragen, weil ...«

»Wenn wir mit Ermittlungen beginnen, stellen wir viele Fragen, Mr Tranh, in der Hoffnung, dass uns die Antworten einen Weg aufzeigen. Ein bisschen wie Sie, Sir, wenn Sie in neue Waren investieren.«

»Nun denn, gut, Lieutenant. Was kann ich über Richard sagen ... er war immer ehrlich und zuverlässig, aber er ist kein unterhaltsamer Gesprächspartner.«

»Eher ein Einzelgänger?«

»Wie soll ich das ausdrücken?«, sagte Albert Tranh. »Hm ... also gut: Er unterhält sich zwar mit einem, aber man spürt sofort, dass es ihm keinen Spaß macht. Ich nehme an, er ist einfach nicht sonderlich kontaktfreudig.«

»Anders als Ursula«, sagte ich.

»Ursula.« Er seufzte. »Ursula hatte diese Herzenswärme. Das hat ihr in Vietnam sehr geholfen. Wir sind ein friedfertiger Haufen.« Seine Stimme brach bei den letzten beiden Worten. »Phyllis wird so traurig sein – oh nein, die Töchter, Ursula hatte zwei Töchter, wissen sie es schon?«

»Ja, Sir.«

»Wie geht es ihnen?«

»Den Umständen entsprechend, Mr Tranh. Kennen Sie die Mädchen persönlich?«

»Ich bin ihnen nur einmal begegnet. Bei einem Familien-Barbecue, vor der Scheidung. Nette Kinder. Meistens waren sie reiten.«

»Wie lange ist Ihre Tochter schon im Ausland?«, erkundigte sich Milo.

»Seit sechs Wochen.«

»Wann kommt sie denn wieder?«

»Ich bin nicht sicher … wenn Sie möchten, könnte ich versuchen, sie zu erreichen.«

»Das wäre wunderbar, Sir.«

Tranh schob einen Ärmel hoch und offenbarte eine goldene Rolex, von der er das Datum ablas. »Heute ist sie, glaube ich, noch in Bangkok, dort ist es jetzt wie spät … nun, sie müsste wach sein.«

Er läutete sein Glöckchen. Irma erschien und brachte ihm eilends ein schnurloses Festnetztelefon. »Phil? Paps hier. Ich habe leider ganz schlimme Nachrichten für dich … nein, nein, mir geht's gut … Ursula ist ermordet worden.«

Milo und ich saßen da, während Tranh lange zuhörte und nur hin und wieder ein Wort des Trostes einflocht. Nach einer langen Sprechpause sagte er: »Okay, meine Liebe, du musst dich jetzt zusammennehmen, dann gebe ich dir den Detective.«

Milo nahm den Apparat und hörte lange nur zu.

Als er fertig war, gab er den Hörer an Tranh zurück, der sagte: »Okay, Liebes, es tut mir so leid … ja, tu das, du brauchst Ruhe. Bis bald.«

Zu uns sagte er: »Sie sagt, sie will wieder schlafen gehen, aber ich bin ziemlich sicher, dass sie mich gleich noch mal anruft, weil sie meinen väterlichen Rat braucht.«

Es war zu spät, um Milos Wagen in der Tiefgarage in Century City abzuholen, und so fuhr ich direkt zur Polizeistation.

»Um deine noch ungestellte Frage zu Phyllis zu beantworten, sie hat fast die ganze Zeit geweint, und zwar wie ein Geysir.«

»Total übertrieben?«

Er zuckte mit den Schultern. »Ich fand, es klang echt, aber ohne nonverbale Zeichen kann man es nicht genau sagen. Sie rückte auch sofort damit heraus, dass sie kurz mit Richard zusammen war und dass Ursula ›unglaublich großzügig‹ gewesen sei, dass sie aber mit ihm Schluss gemacht habe, weil ihr die Freundschaft mit Ursula viel mehr bedeutet habe als ›irgendein Typ‹. Also, falls ich nicht einer bühnenreifen Vorstellung aufgesessen bin, sehe ich das Kapitel ›Eifersuchtsdrama‹ praktisch als abgeschlossen an.«

»Vielleicht war es für Phyllis zu Ende«, wandte ich ein. »Doch was, wenn Richard Ursula die Schuld dafür gab, dass Phyllis die Beziehung beendet hat? Dann hätte sie ihn nicht nur selbst sitzen lassen, sondern auch ihre Freundin dazu gebracht, dasselbe zu tun.«

Er überlegte. »Klingt logisch. Aber zurück zu unserem Märchenprinzen. Du kannst ihn wirklich gut leiden, was?«

»Er ist das Beste, was du im Moment hast.«

»Danach habe ich nicht gefragt.«

»Ich kann ihn gut leiden«, sagte ich. »Allein das Habgiermotiv spricht für ihn. Was steht morgen an?«

»Ein hochspannendes Drama, Amigo; ich werde Richards Telefonverbindungsnachweise und seine Finanzen durcharbeiten, nachdem ich ja jetzt seine Erlaubnis habe – allerdings brauche ich noch eine richterliche Anordnung, um Ursulas Haus nach Kalendern oder Computeraufzeichnungen ihres Soziallebens durchsuchen zu dürfen. Besten Dank, dass du dir Zeit genommen hast. Ich werde zusehen, dass ich dir einen Erstattungsantrag schreibe, für den du tatsächlich was ausgezahlt bekommst.«

Das war meine mehr oder minder offene Verabschiedung von dem Fall, denn wenn eine Frau ermordet wird, ist der Ehemann immer der Hauptverdächtige, und zwar meist aus gutem Grund.

Ob Milo sich an den Gedanken gewöhnte, dass dieser Fall vielleicht doch ein ganz gewöhnlicher war?

Von mir aus gern.

7

Zehn Tage später rief Milo mich an. »Was ist das Gegenteil von einem Fortschrittsbericht – ein Rückschrittsbericht?«

»Kein Glück bei Ursula?«

»Die Überwachungsvideos von dem Gebäude haben nichts ergeben, ebenso wenig wie Richards Finanzdaten. Ich habe einen Ermittler vom Bezirksstaatsanwalt eingeschaltet, der auf Finanzprüfung spezialisiert ist. Keine verdächtigen Zahlungen an niemanden. Die Hausdurchsuchung bei Ursula hat zwei Vibratoren in ihrer Unterwäscheschublade und einen Date-Kalender zutage gefördert. Sie war ein ziemlich beliebter Single, seit der Scheidung hatte sie dreiundzwanzig Liebhaber, deren Namen und Telefonnummern alle aufgelistet waren. Einige davon hat sie auf einer Dating-Website für attraktive, finanziell unabhängige Singles mittleren Alters gefunden. Die meisten hat sie in edlen Cocktailbars oder Restaurants aufgegabelt.«

»Die ganz normale Aufreißnummer.«

»Nur mit Martini. Ich habe mit allen gesprochen, und sie stützen Richards Aussage, dass sie ein heißer Feger war. Aber einer mit Stil – mehrere Männer haben genau diesen Ausdruck gebraucht. Einziger Einwand war, dass sie alle nach drei Verabredungen abgesägt hat, wenn auch diplomatisch. Es sei nichts Persönliches, sie müsse verreisen und wäre lang weg.«

»Diplomatie hin oder her«, sagte ich, »verletzter männlicher Stolz ist ein großartiges Motiv.«

»Ja, und ob, Kriege wurden deswegen geführt. Zu dumm nur, dass alle diese Clowns ein wasserdichtes Alibi haben.«

»Dreiundzwanzig wasserdichte Alibis?«

»Nicht so unwahrscheinlich, wie es klingt, weil die meisten davon nicht von hier sind und nachweisen können, dass sie sich zur Tatzeit in einer anderen Stadt aufgehalten haben.«

»Sie hat also Reisende aufgerissen.«

»Für mich sieht es so aus, als hätte sie sich von Reisenden *aufreißen lassen*«, sagte er. »Von den sechs Einheimischen, die sie über die Website kennengelernt hat, waren drei ebenfalls auf der Durchreise. Die letzten drei arbeiteten allein – ein Drehbuchautor, ein freiberuflicher Finanzberater, ein Bildhauer –, aber selbst die hatten Augenzeugen, die sie zu Hause gesehen haben.«

»Hat sie auch Bekanntschaften von ihren Asienreisen notiert?«

»Nein.«

»Vielleicht ist sie in Übersee an den falschen Typen geraten.«

»Der dann um die halbe Welt gereist ist, um sein Missfallen zu bekunden? Das wäre reizend, mein Freund, aber in den Zeiten, wo sie gereist ist, quillt das Buch über vor Geschäftsterminen, und zwar von morgens bis abends, Besuche auf Märkten, bei Lieferanten, Herstellern, sogar bei Bauern, wegen Bambus und solchen Dingen. Da blieb wirklich nicht viel Zeit für Spaß, und das hat mir auch Phyllis Tranh bestätigt, mit der ich gestern noch mal telefoniert habe, in ihrem Hotel in Hongkong. Auf Geschäftsreisen habe Ursula nie etwas anderes gemacht, als geschäftliche Termine abzuarbeiten, so fokussiert sei sie gewesen.«

»Dreiundzwanzig Männer«, sagte ich. »Ashley und Marissa haben behauptet, sie hätten nichts davon mitbekommen.«

»Ich habe mich noch zweimal mit Ashley und Marissa zusammengesetzt, und es überrascht mich nicht, dass sie keine Ahnung haben. Die wohnen in ihrer eigenen Bude und kommen hauptsächlich vorbei, um mit ihren Pferdchen zu spielen. Ursula war manchmal auch da und hat in ihrem Arbeitszimmer gesessen, doch meistens war sie gar nicht da.«

»Arbeiten die Mädchen?«

»Außer an ihrer Sonnenbräune? Negativ. Ja, sie sind zwei verzogene reiche Gören, aber das allein ist noch kein Verbrechen.«

»Jungs?«

»Nein, nur eine alte Clique von der Highschool, mit der sie immer noch befreundet sind. Wenn da überhaupt im Entferntesten etwas kriminell ist, dann diese Laura Smith, die mit Daddys Bentley Le Mans gespielt hat. Sie ist in den letzten drei Jahren zweimal mit Gras erwischt worden. Ihr Daddy ist Imago Smith, dieser berühmte Hip-Hop-Produzent, der bekanntermaßen gern feiert. Ich schätze, sie kommt problemlos an das Zeug ran.«

»Wie geht's den Mädchen?«

»Die wirken immer noch ernsthaft durcheinander. Ashley meinte, sie überlege, sich in Therapie zu begeben. Cohen, der greise Anwalt, hat mich angerufen, um zu erfahren, wann ich Ursulas Haus freigeben wolle. Anscheinend denkt Richard daran, es zu verkaufen und sein Erbe aus dem Erlös zu nehmen, statt Ursulas Aktien und Obligationen abzustoßen. Ich hatte keinen guten Grund, es unter Verschluss zu halten, also habe ich es heute freigegeben. Und damit ist die Geschichte zu Ende, liebe Jungen und Mädchen, es sei denn, euch fällt noch was ein.«

»Das Einzige, was ich mir vorstellen kann«, sagte ich, »ist ein Liebhaber, den Ursula nicht in ihr Buch geschrieben hat. Vielleicht weil es nicht gut lief. Oder jemand hat sich in ihre dicht gepackten Geschäftsreisen nach Asien gequetscht und sich von der Entfernung nicht abschrecken lassen.«

»Dunkle Geheimnisse des Orients?«, meinte Milo. »Hey, ich weiß, ich werde den Boss bitten, eine Reise dorthin zu bezahlen, vielleicht lässt er sich sogar auf einen Business-Flug ein. Andererseits sollten wir ein bisschen realistisch bleiben. Ich könnte zum Beispiel als Model bei *Project Runway* anheuern.«

Zwei ungeklärte Fälle hintereinander. Ich konnte mich gar nicht erinnern, dass so etwas je vorgekommen war, und hatte keine Ahnung, wie Milo damit klarkommen würde.

Zwei Tage später aß ich mit Robin mittags an unserem Gartenteich Sandwiches, die ich nach dem Abschluss zweier psychologischer Gutachten zusammengeklatscht hatte. Blanche, unsere französische Bulldogge, ging hechelnd und rülpsend zwischen unseren Füßen in Stellung, das Maul halb offen, um herabfallendes Manna sofort aufzufangen.

Robin hatte lange gearbeitet, und ich hielt es für eine gute Tat, sie aus ihrem Atelier zu holen. Zuerst hatte sie sich geweigert, mit dem Hinweis auf einen Liefertermin. Eine Viertelstunde später hatte sie dann doch zugesagt, ohne jedoch ihre Nervosität abzulegen. Erst als ich die Kois fütterte und sie zusah, wie sie blubberten und schlürften, schien sie in die Gegenwart zurückzufinden.

Sie nahm ein Sandwich. »Roastbeef. Du kannst Gedanken lesen, Schatz.«

»Ehrlich?«

»Nein, aber wenn ich an Essen gedacht hätte, wäre mir wahrscheinlich irgendwann Roastbeef in den Sinn gekommen.«

In meiner Hosentasche klingelte mein Handy.

»Willst du nicht rangehen?«

»Nicht jetzt.«

Sie zuckte mit den Schultern und küsste mich auf die Wange.

Neunzig Sekunden später zirpte es erneut in meiner Jeans.

»Du kannst gern rangehen«, sagte Robin.

Ich sah auf das Display. Jemand rief meine Privatnummer an, nicht die Geschäftsdurchwahl, die an einen Telefondienst weitergeleitet wurde. Anrufer unbekannt. Ich ließ die Mobilbox rangehen. Sekunden später klingelte es erneut.

Robin lachte. Ich nahm ab. »Dr. Delaware.«

»Wir könnten Sie hier gebrauchen, Doc«, sagte Moe Reed. »Bei Corey zu Hause.«

»Welchem?«

»Bitte?«

»Seinem oder ihrem Zuhause?«

»Oh. Ihrem. Der Lieutenant möchte wissen, ob Sie sofort kommen können.«

»Warum ruft er mich denn nicht selbst an, Moe?«

»Moment, ich will mal ein Stück vom Tatort weggehen.«

»Wieder ein Mord?«

»Nein, das hier ist … vielleicht sogar noch merkwürdiger. Warum er nicht selbst anruft, Doc? Weil, um ehrlich zu sein, Doc, er ist irgendwie … ich weiß nicht, paralysiert ist wahrscheinlich das richtige Wort. Ich habe ihn noch nie so gesehen.«

Er erklärte, warum.

»Ich komme, so schnell ich kann.«

Robin packte die Sandwiches ein. »Fahr vorsichtig.«

»Das sagst du sonst nie.«

»Weil ich immer annehme, dass du es auch so tust.« Sie küsste mich erneut. »Aber heute, mein Schatz, siehst du ein bisschen … hektisch aus.«

Ich erzählte ihr, was los war.

»Das ist ja Wahnsinn«, sagte sie. »Aber wer könnte Wahnsinn besser bewältigen als du?«

8

Diesmal war das Wärterhäuschen von Rancho Lobo Estates mit einem nervös wirkenden jungen Mann besetzt. Ich stellte mich vor. Noch ehe ich »Delaware« zu Ende gesagt hatte, öffnete sich bereits die Schranke.

Der Viererparkplatz auf der Nordseite von Ursula Coreys Haus war voll, und weitere Fahrzeuge parkten am Straßenrand. Die vier auf den eingezeichneten Plätzen waren Milos Chevy Impala, zwei andere Zivilfahrzeuge und ein roter 3er BMW. Ich stellte den Seville hinter eine weiße Infiniti-Limousine, einen bronzefarbenen Jaguar S-Type mit personalisiertem Nummernschild, auf dem »RE MIK« stand, und einen weißen Transporter mit dem Logo des kriminaltechnischen Labors. Die Pkw waren leer, doch im Transporter saßen zwei Mitarbeiter der Spurensicherung mit Kopfhörern.

Die Pferde waren nicht zu sehen, doch der Geruch von Mist lag noch in der Luft. Die Haustür stand offen, und Detective Sean Binchy stand in der achteckigen Eingangshalle, wie gewöhnlich im dunklen Anzug, dunkelblauem Hemd, schwarzer Krawatte und Doc Martens. Sein rotes Haar war kurz geschoren, und sein glattes sommersprossiges Gesicht mit dem breiten Kiefer glühte.

»Doc!«, rief er und strahlte, als würde ihn mein Auftauchen überglücklich machen.

Vor Jahren hatte Sean eine Metamorphose durchgemacht, indem er vom Surfer zum Punk-Ska-Bassisten und schließlich Polizeiermittler mutiert war. Vielleicht ist es sein Glaube, der ihn bei Laune hält, vielleicht ist es einfach seine Natur, aber er ist nie gelangweilt oder enttäuscht, und er hat die Aufmerksamkeitsspanne eines Zwangsneurotikers, nur ohne die Angst und die lästigen Angewohnheiten.

Wenn man sein Nervenkostüm klonen könnte, würde man ein Vermögen machen.

Er nahm meine Hand und sagte: »Das wird Sie interessieren, Doc. Es ist richtig *psychologisch.*«

»Bin sehr gespannt, Sean.« Ich ging an ihm vorbei und traf Detective Moses Reed am Eingang zum Hauptraum. Reed hatte wahrscheinlich schon im Kindergarten Polizist gespielt. Sein Halbbruder war einmal ein Star beim Los Angeles Police Department gewesen, und das Leben seines Vaters hatte aus Militärdienst und Polizeieinsatz bei der Central Division bestanden und zu einem frühen gewaltsamen Tod geführt.

»Doc«, sagte er und bedeutete mir mit dem Daumen weiterzugehen.

Milo saß auf der großen Ledercouch. Von Ashley war nichts zu sehen, doch Marissa saß neben ihm und sah aus wie das Opfer einer Naturkatastrophe.

Rechts von ihnen saßen auf Stühlen ein Mann und eine Frau. Er war um die vierzig, dunkelhaarig, hatte ein akkurates dreieckiges Kinnbärtchen unter seiner wulstigen Unterlippe und trug einen grauen Anzug und grüne Krokolederslipper ohne Socken. Sie war Mitte dreißig, hübsch und pummelig und trug ein braunes Seidentop über schwarzen Leggings. Sie sah mich an und dann wieder zu Milo.

Ich überlegte, wie er mich wohl vorstellen würde. Gar nicht. »Okay«, sagte er und stand auf.

Kinnbärtchen fragte: »Sind wir fertig?«

»Noch nicht ganz«, erwiderte Milo.

Kinnbärtchen sah auf seine Armbanduhr.

»Ich werde mich beeilen, Mr Ballou«, versprach Milo.

Mr Ballous Unterlippe vernahm die Nachricht nicht gern, doch er blieb sitzen.

Milo führte mich in die weitläufige Küche, wo ich Wasser für die Corey-Schwestern geholt hatte. Diesmal sah ich sie mir genauer an.

Auf geschätzten hundert Quadratmetern erstreckte sich eine dieser »catererfreundlichen« Schaufensterküchen, in denen außer der Mikrowelle selten irgendwas benutzt wird.

Milo ging an dem doppeltürigen Traulsen-Profikühlschrank vorbei, an dem neunflammigen Wolf-Gastronomie-Gasherd, den vier Spülen, einem Schrank mit Wärmeschubladen, Konvektionsöfen, einer kommerziellen Spülmaschine und Geräten, die ich gar nicht identifizieren konnte. Alles war aus gebürstetem Edelstahl, schwarzem Holz und weißem Marmor.

Der Raum hallte, als Milo das entfernte Ende erreichte, wo sich ein Frühstücksbereich anschloss. Ein grob behauener Tisch mit Stühlen stand in einem achteckigen Erker mit Glasfront, der einen guten Blick auf Rasen, geschickt platzierte Pflanzbeete und die Berge bot.

Die Aussicht war hübsch, doch viel spannender war, was es *im* Raum zu sehen gab.

An den Tisch passten acht Personen, gedeckt war er für zwei. Das Menü des Tages bestand aus zweimal gemischtem und inzwischen welkem Salat, einem strohfarbenen

Getränk in Weingläsern, halb voll, Wasser in einem Kristallkrug und präzise angeordneten Hauptgerichten auf ockerfarbenen Tellern.

Gegrillte Hühnchenbrust, blanchierter Fenchel, Taler aus kleinen runden Dingern, wahrscheinlich Linsen. Auf kleineren Tellern thronte etwas aus getrockneten Früchten, in Form gepresst wie Sand in einem Kindereimerchen.

Auf einem Sideboard in der Nähe stand ein Körbchen mit Trauben, Pfirsichen und Pflaumen.

»Bon appétit«, sagte ich.

»Verdammt noch mal«, fluchte Milo. »Ich werde nie wieder Hunger haben.«

Ebenso wahrscheinlich würde der Messias nach Reno zum Würfelspielen fahren.

Wir gingen in den Hauptraum zurück. »Bitte wiederholen Sie, was Sie mir vorhin gesagt haben, Mr Ballou«, bat Milo.

Ballou konzentrierte sich auf sein neues Ein-Mann-Publikum und winkte kurz mit den Fingern. »Mick Ballou, West Valley Premium-Immobilien. Ich habe die Exklusivrechte für den Verkauf dieses Traumanwesens. Von außen sieht es fantastisch aus, aber wir wollten es auch innen ein bisschen herrichten. Es soll edel, aber auch bewohnt aussehen, verstehen Sie?«

Marissa Corey machte ein würgendes Geräusch und fing an, sich wie wild die Augen zu tupfen.

Überrascht von ihrer Reaktion starrte Mick Ballou sie für einen Moment stumm an, ehe er weitersprach. »Wie gesagt … ich kam heute Morgen gegen zehn mit Candy hierher, um das Ganze ein bisschen in Szene zu setzen.«

Die Frau im braunen Seidentop sagte: »Candace LaGuardia, Firma Bijou Ausstattungen.« Leise Stimme, Desinteresse.

»Jedenfalls …«, fuhr Ballou mit seinem Bericht fort, »Candy kam mit einem Transporter voller Sachen, doch wir wollten uns erst einmal alles ansehen. Und siehe da, jemand hatte die Frühstücksnische schon hergerichtet. Dachten wir zumindest. Unser erster Gedanke war, das muss ein Missverständnis sein, und wir riefen unseren Kunden an, aber er war nicht erreichbar, weil unterwegs. Unter der alternativen Nummer, die wir hatten, meldete sich Marissa.«

»Daddy hat mir nicht gesagt, dass er dem Makler meine Nummer gegeben hat«, erklärte uns Marissa. »Ich hatte keinen blassen Schimmer, von was die Rede ist.«

Ballou wand sich. »Jedenfalls … Marissa wollte herkommen, um selbst zu sehen, was los war. Als sie sah, was wir entdeckt hatten, regte sie sich ziemlich auf.« An Marissa gewandt ergänzte er: »Es tut mir leid, aber ich hatte keine Ahnung.«

Marissa sah mich an. »Ich habe mich so aufgeregt, weil ich erst gestern Nachmittag hier war, um nach Sydney und Jasper zu sehen, und da war noch alles ganz normal.«

»Wann genau war das?«, fragte ich.

»Von etwa zwei bis etwa sechs. Ich bekam Durst, deshalb ging ich nach drinnen, um mir Saft zu holen; ich war also in der Küche, und das Zeug war da noch nicht da.«

»Jemand kam nach sechs«, schlussfolgerte ich.

Marissa grinste spöttisch. »Ach tatsächlich.«

»Wer hat denn einen Schlüssel?«

»Ashley, ich und er.« Sie deutete auf Ballou.

»Und Ihr Vater, schließlich ist er unser Kunde«, sagte Ballou.

»Von mir aus.«

Candace LaGuardia sagte: »Ich habe keinen Schlüssel, ich bin zum ersten Mal hier.«

»Ich habe Ashley und Daddy angerufen, und beide fanden das hier völlig absurd. Wer kocht denn ein Essen, deckt den Tisch und lässt alles stehen? Das ist doch voll pervers. Erst einbrechen und dann so tun, als wär's seins.«

Wie wahr, wie wahr.

»Und dann«, fügte Marissa hinzu, »hab ich ihn angerufen, weil ich das so komisch fand.« Ihr Blick wanderte zu Milo, und alle anderen folgten ihr langsam.

»Nachdem Sie dann sagten, dass wir nichts anfassen dürften, passierte nichts mehr.« Mick Ballou sah erneut auf seine Uhr.

»Die haben das ziemlich gut hingekriegt mit dem Dekorieren«, fand Candace LaGuardia. »Außer dem Essen. Das macht man nie, weil Lebensmittel einfach viel zu schnell verderben.«

9

Ich tat so, als würde mich die Körpersprache von Ballou, La Guardia und Marissa Corey gar nicht weiter interessieren. Alle drei wirkten ziemlich eingeschüchtert. Ich nickte Milo zu, woraufhin er sagte: »Vielen Dank für Ihre Geduld. Wir kümmern uns um den Rest.«

Wir begleiteten Ballou und LaGuardia nach draußen und blieben neben seinem bronzefarbenen Jaguar stehen, während LaGuardia zu ihrem weißen Infiniti ging. Marissa Corey war als Erste davongestürmt und wirbelte beim Ausparken ihres BMW viel Staub auf. Schlingernd schlug sie den Weg zur Straße ein und raste dann mit durchdrehenden Reifen auf das Wärterhäuschen zu.

»Wow, Formel 1 ist nichts dagegen«, sagte Ballou. »Können wir mit dem Dekorieren denn weitermachen, Lieutenant?«

»Noch nicht, Sir.«

»Wann denn?«

Milo deutete auf den Transporter der Spurensicherung. Die zwei Männer waren ausgestiegen und kamen mit ihren Taschen, die sie aus dem Laderaum geholt hatten, auf uns zu.

»Wow. CSI?«, staunte Ballou.

»Ja. Genau wie im Fernsehen«, sagte Milo.

»Glauben Sie denn, hier ist tatsächlich was Schlimmes

passiert? Ich meine, das war doch nur ein gedeckter Tisch. Vielleicht ein alberner Streich.«

»Schon möglich, aber wir müssen das überprüfen.«

»Können Sie mir denn wenigstens einen Anhaltspunkt nennen?«

Als die Spurensicherer, zwei Männer Mitte zwanzig, zu uns traten, sagte Milo: »In der Frühstücksecke am Ende der Küche. Ich komme gleich rein und sage euch, was ihr machen sollt.«

»Können Sie mir ungefähr …«, setzte Ballou wieder an.

»Nein, Sir.«

»Candy ist ziemlich ausgebucht.«

»Ich werde das im Hinterkopf behalten.«

»Auf einem fluktuierenden Markt ist Zeit alles, Lieutenant.«

»Einen schönen Tag noch, Sir.« Milo öffnete die Fahrertür des Jaguars.

»Verdammt«, sagte Mick Ballou. »Ich dachte, das hier würde ein Spaziergang werden.«

Als er losfuhr, meinte Milo: »Willkommen im Club, Blödmann.«

Auf dem Rückweg zum Haus kamen uns Binchy und Reed entgegen, und Milo sagte ihnen, sie könnten gehen. Den Kriminaltechnikern trug er auf, die Frühstücksecke zentimeterweise abzusuchen und sich dann die gesamte Küche vorzunehmen. Der eine war einen Meter fünfundneunzig groß und dünn, der andere einen Kopf kleiner und noch dünner. Beide hatten ein stoppeliges Kinn und trugen Brillen.

»Das ist ja riesig hier«, sagte Bohnenstange. »Ich habe nichts gegen arme Opfer in Einzimmerbuden.«

»Ich sehe kein Opfer«, meinte Shorty. »Alles, was wir hier haben, ist Essen.«

Bohnenstange sah an ihm vorbei. »So groß, wie das ist, sind wir hier den ganzen Tag beschäftigt.«

»Wenn ihr Hunger bekommt«, schlug Milo vor, »lass ich was zu essen kommen.«

»Sehr witzig«, meinte Shorty. »Ich bin für mexikanisch.«

Bohnenstange ergänzte: »Ich bin dafür, dass wir bis zum Abendessen fertig sind.«

Milo und ich gingen wieder nach draußen. Er lehnte sich an den Zaun des verwaisten Reitplatzes, rieb sich das Gesicht und blickte hoch in den hübschen Himmel.

»Du weißt es, und ich weiß es«, sagte er. »Was sind wir doch für Glückspilze.«

Pause.

»Hennepin 2.0?«

Er fluchte. »Wie zum Henker kann das sein, Alex? Will mir da jemand ans Leder?«

Plötzlich trabte er zu seinem Wagen, schlug so fest auf den Kofferraum, dass seine Hand ganz rot wurde, und kam dann mit einer Miene zurück, als würde er gleich etwas Schreckliches tun.

»Erst Lachs, dann Hühnerbrust?«

»Gerichte, die ein Mann als typisch weiblich ansehen könnte«, mutmaßte ich.

»Soll heißen?«

»Fettarm, ballaststoffreich, kleine Portionen.« Ich war nicht sicher, ob ich damit einen Witz machen wollte. Milo jedenfalls nahm es bierernst.

»Komm schon, Alex, ehrlich? Jemand, der es auf mich

abgesehen hat? Die arme Ursula war nur ein Bauernopfer? Ich meine, wie konnten die das wissen?«

Ich musste an Milos Lieblingsautoaufkleber denken: *Auch Paranoide haben Feinde.* »Vielleicht hängen Hennepin und Corey auch irgendwie zusammen.«

»Eine Erbsenzählerin und eine Großunternehmerin?«

»Großunternehmer brauchen Erbsenzähler. Wer hat das für Ursula gemacht?«

Sein düsteres Lächeln war beängstigend. »Du denkst wahrscheinlich, mit der Frage erwischst du mich kalt, aber Tatsache ist, dass ich die Antwort parat habe, weil ich nämlich eine verdammte Woche lang ihre und Richards Finanzen durchforstet habe. Nein, Hennepin hat nicht für sie gearbeitet, sondern nur für die Gross. Und nein, die Steuererklärung für Urrick macht eine der schicken Kanzleien in Fellingers Gebäude.«

»Tatsächlich.«

»Was meinst du?«

»Nur so eine Idee, aber vielleicht ist das Gebäude die Verbindung«, sagte ich. »Was, wenn Hennepin dort war – weil sie vielleicht für die Gross etwas zu erledigen hatte – und derselbe Täter, der Ursula nachstieg, hat auch ihre Fährte aufgenommen?«

»Also, alles, was ich für Ursula ausgetüftelt habe – das Habgiermotiv, Richard, ein unglücklicher Liebhaber –, war totale Zeitverschwendung, und in Wahrheit war es irgendein Psychopath von der Avenue of the Stars, der wahllos auf Beute aus war?«

Es ist nie wahllos. Ich sagte nichts.

»Super, das ist fantastisch, ganz wunderbar. Das Phantom des Büroturms? Selbst wenn ich das für realistisch halten würde, warum sollte er ein Opfer erdrosseln und dann mit dem Messer bearbeiten, um anschließend erst einmal über vier Monate zu warten, bis er das nächste Opfer per Schusswaffe erledigt?«

»Na ja …«

»Als Nächstes sagst du, es geht um das Markenzeichen, nicht um die Vorgehensweise, oder?«

Ich lächelte.

»Aber was ist sein Markenzeichen? Die Freude am Kochen?«

»Marissa hätte es vor ein paar Minuten zufällig entdecken können. Besitzerstolz.«

»Er kocht, um seine Opfer zu besitzen? Und warum genau? Hat ihm seine Mami in der Wiege nicht genug zu essen gegeben? Zu früh abgestillt?«

Er ging zum zweiten Mal weg, diesmal bis zur Mitte der Straße, und blieb dort stehen, die Arme vor seiner breiten Brust verschränkt. Als wollte er ein Fahrzeug damit herbeiprovozieren.

Es kam keines. Außer Vogelgezwitscher war nichts zu hören. Ein herrlicher Ort. Ursula Corey war am Morgen weggefahren, in der Erwartung eines wunderbaren Tages, versüßt durch einen Akt des Altruismus zugunsten ihrer Töchter. Stattdessen hatte sie auf öligem Asphalt ihr Leben gelassen.

Als Milo zurückkam, sagte ich: »Es müsste gar nicht jemand sein, der regelmäßig in dem Gebäude ist. Menschen kommen und gehen. Gelegentliche Besuche wären genug. Das könnte erklären, warum vier Monate zwischen den Taten liegen.«

»Reed hat sich die Videoaufnahmen angesehen. An dem

Morgen, als Ursula ermordet wurde, war nichts Verdächtiges zu sehen.«

»Definiere ›verdächtig‹.«

»Bei einem Auto wäre das ein Nummernschild, das zu einem Vorstrafenregister führt. Bei einem Fußgänger gaffen, herumlungern, sich ganz allgemein unheimlich oder seltsam verhalten, jede Art von scheinbar sinnfreiem Benehmen.«

Ich erwiderte nichts.

»Okay, es war Zeitverschwendung«, sagte er. »Fällt dir was Besseres ein, Einstein? Oh, entschuldige, du bist wirklich der Letzte, an dem ich es auslassen sollte. Aber es ist einfach Wahnsinn. Nie im Leben hätte ich mit so was gerechnet.«

»Ebenso wenig wie ich.«

»Gott, ich hoffe nur, es ist nicht das Gebäude. Schon allein eine Aufstellung von Mitarbeitern und Personal zu machen wäre so gut wie unmöglich, bei der Menge an Menschen, die da arbeiten.«

Er wandte sich zum Haus. »Einstweilen habe ich ein gruseliges Dinner-Diorama da drin. Hühnchenbrust … und rate mal, wo auch keine Kamera ist?«

»Im Haus.«

»Im Haus nicht, klar, aber auch nicht an der Einfahrt zu dieser verdammten Anlage. Warum sie da überhaupt ein Tor hingebaut haben, ist mir sowieso ein Rätsel. Die Leute, die da arbeiten, haben keine Erfahrung, jeder kann da durchgehen. Genau das ist ja offensichtlich passiert. Wahrscheinlich abends im Dunkeln. Irgendein Arschloch mit Picknickkorb. Konnte einfach reinmarschieren. Zu Fuß.«

»Er musste aber irgendwie ins Haus gelangen«, wandte ich ein. »War die Alarmanlage an?«

»Marissa kann sich nicht erinnern, das heißt vermutlich, nein. Es gibt keine Einbruchsspuren, was nur bedeuten kann, dass eine Tür unverschlossen war. Von wegen sichere Gegend und so.«

»Wenn er über die laschen Sicherheitsvorkehrungen Bescheid wusste, hat er sich vorher hier umgesehen. Im Moment ist ein Wärter draußen. Wann hat der seinen Dienst angetreten?«

»Um acht Uhr. Zwischen zwanzig Uhr und diesem Zeitpunkt war das Tor unbesetzt. Logisch, oder? Ich habe Sean und Moe losgeschickt, um die Nachbarn nach Eindringlingen, ungewöhnlichen Fahrzeugen oder Passanten auszufragen. Nada.«

»Die Häuser sind so abgelegen, wenn es dann noch Nacht ist, muss man schon bewusst Ausschau halten, um jemanden zu entdecken. Gibt es Hinweise darauf, dass das Essen im Haus zubereitet wurde?«

»Genau wie bei Hennepin, alles blitzblank, wobei er Teller und Besteck, die vor Ort waren, benutzt hat. Das heißt, entweder hat er seine Leckerbissen schon fertig mitgebracht, oder er hat geputzt wie ein Zwangsneurotiker.« Er fluchte leise. »Ich kam, sah und deckte den Tisch.«

»Marissa meinte, Richard hatte keinen Schlüssel, doch Ballou hat dem widersprochen. Wäre wahrscheinlich sinnvoll herauszufinden, wie Richard an einen Schlüssel gekommen ist.«

»Um ehrlich zu sein, mein Freund, kann ich dir das sogar schon sagen, weil ich nach Marissas Anruf bei Richard angerufen habe. Er hat mir erzählt, dass er, nachdem er beschlossen hatte, das Haus zu verkaufen, hergekommen ist und einen Schlüssel geholt hat, der an einem geheimen Ort versteckt war, den Ursula und er bestimmt hatten, falls sie sich mal ausschließen.« Er deutete mit dem Finger in eine Richtung. »Dort drüben im Stall. Doch freu dich nicht zu früh, Richard war zwei Tage in San Diego. Und ich habe ihm das nicht einfach so abgekauft, sondern im Manchester Grand Hyatt nachgefragt. Nach deren Schlüsselkartendaten war er gestern Abend zwischen 19.30 und 22.00 Uhr nicht auf seinem Zimmer, doch seine Bar- und Restaurantbelege stammen von 20.30 beziehungsweise 21.30 Uhr.«

»Mit wem hat er gegessen?«

»Mit Kunden. Ich habe das Hotelrestaurant angerufen. Richard und mehrere asiatische Herren.«

»Einsamer Stubenhocker auf Geschäftsreise«, sagte ich. »Das ist doch mal was Neues.«

»San Diego ist zwar nur zweihundert Kilometer entfernt und nicht Phnom Penh. Aber es stimmt, es ist was Neues, Corey hat das auch angesprochen, er müsse jetzt mehr Kontakte pflegen, seit Ursula nicht mehr da sei. Natürlich kann es sein, dass er mich reingelegt hat, Alex, aber er klang nicht eben begeistert. Eher überfordert.«

»Was sagt er denn zu dem, was hier passiert ist?«

»Er fand es Wahnsinn. Ich denke, da sind wir mal absolut einer Meinung.«

Wir sprachen mit den Kriminaltechnikern. »Bislang nichts, Lieutenant«, sagte Shorty. »Da hat jemand superpenibel aufgeräumt.«

»Hinweise auf Essenszubereitung?«, fragte Milo.

»Nicht in letzter Zeit«, erwiderte Bohnenstange. »Wenn ich so wohnen würde, würde ich jeden Sonntag Barbecue machen.«

»Wenn du so wohnen würdest«, sagte Shorty, »hättest du jemanden, der für dich kocht.«

»Nein«, widersprach Bohnenstange. »Reich zu sein heißt nicht unbedingt, dass man faul sein muss.«

»Wer sagt das?«

»Ich.«

»Super«, meinte Shorty. »Und ich dachte, ich hätte heute mal was Neues gelernt.«

Als wir bei den Autos angekommen waren, sagte ich: »Ich würde trotz allem versuchen herauszufinden, ob Kathy Hennepin mal in diesem Bürogebäude war.«

Milo angelte sein Handy aus der Tasche und rief im Büro der Gross an. Als der Anrufbeantworter ansprang, legte er auf. »Zu kompliziert, das jetzt auf Band zu sprechen. Sonst noch was?«

»Hennepins kochender Freund Kleffer hatte ein wasserdichtes Alibi, aber jetzt haben wir zwei Dinnerszenen.«

»Darius Verschwindibus kehrt zurück? Mit ihm nicht zu reden war ganz schön schlampig, was? Vielleicht passe ich nicht mehr genug auf.«

Er nahm meine Hand und schüttelte sie heftig. »Danke.«

»Wofür?«

»Wenn ich nicht aufpasse, falle ich irgendwann. Manchmal bist du mein Sicherheitsnetz.«

10

Am nächsten Morgen rief Milo an und fragte, ob ich mir Hennepins Akte nicht noch einmal ansehen wolle. Ich sagte: »Klar«, und sechs Minuten später stand Sean Binchy vor meiner Tür, um den blauen Hefter abzugeben.

Die Anfrage per Telefon war reine Formalität gewesen. Ein echter Freund macht so was eben.

Nachdem Robin ins Atelier gegangen war, zog ich mich in mein Büro zurück, um mich der Akte zu widmen und dabei zu versuchen, Verbindungen zwischen Katherine Hennepin und Ursula Corey zu finden.

Das Einzige, was sie gemeinsam zu haben schienen, war ein gewaltsamer Tod, gefolgt von einem gruseligen Tischlein-deck-dich-Szenario. Ich las alles noch einmal. Beim vierten Mal kam es mir vor, als hätte ich Sanskrit-Zeichen vor mir.

Wenn man nicht mehr weiterkommt, sollte man einen anderen Weg versuchen. Ich beschloss, einen Schritt zurückzutreten, um statt der Details das große Ganze zu betrachten.

Milos erste Reaktion auf die Dinnerszene bei Ursula war, die Sache persönlich zu nehmen. Verständlich, er war frustriert und überfahren. Doch vielleicht hatte er zumindest teilweise recht, und die Morde waren Ausdruck eines Machtspiels gegen Recht und Gesetz?

Die Polizei lächerlich zu machen, indem man Tatorte schuf, die in die Irre führten, weil Detectives sich vom Offensichtlichen leiten ließen. Wie wir alle.

Wer im Dunkeln auf der Straße eine Achtzigjährige sieht, die ihm entgegenhumpelt, wird kaum Veränderungen bei Blutdruck, Puls und Atmung bei sich feststellen.

Wenn es sich jedoch um einen groß gewachsenen jungen Mann handelt, der da entlangstolziert, wird das Nervensystem sehr wohl anspringen.

Die Analyse beruht auf Äußerlichkeiten und ist alles andere als umfassend. Natürlich kann sich die alte Frau auch als Kerl in Verkleidung herausstellen, der eine Knarre zieht, dann hat man mit seinem beschränkten Denkvermögen Pech gehabt. Doch meistens sind die Dinge tatsächlich so, wie sie scheinen, und wir verlassen uns alle darauf.

Versuchen Sie mal, sich von diesen Denkmustern zu befreien, und Sie werden sehen, wie weit Sie kommen.

Bei Ermittlungsarbeit wird eine Einschätzung häufig sehr früh getroffen, manchmal schon in den ersten Momenten beim Besuch des Tatorts. Das kann zu Tunnelblick und vorschnellen Beurteilungen führen. Meist jedoch haben routinierte Detectives mit ihren Interpretationen recht. Es gibt Muster, und diese zu ignorieren wäre fahrlässig und dumm.

Ein kluger Ermittler hält sich immer ein Türchen offen. Milo ist einer der klügsten, und doch war seine Interpretation gerade pulverisiert worden.

Er würde sich so schnell nicht verzeihen, doch ich kam allmählich zu dem Schluss, dass er Absolution verdiente. Der Mord an Katherine Hennepin war in der Tat ein Lehrbuchbeispiel für ein Messermassaker, ausgeführt von jemandem, den das Opfer gut kannte. Und die Erschießung von Ursula Corey sah aus wie ein Auftragsmord aus Geldgier, Eifersucht oder beidem.

Zwei Lehrbuchfälle, die sich allen Interpretationsversuchen zu widersetzen schienen. Zwei offensichtliche Hauptverdächtige mit nachweislichen Alibis.

Die Wahrscheinlichkeit ad absurdum zu führen – war das der große Kick für den Unhold, der in diesen Gewaltinszenierungen Regie führte, choreografierte und gleichzeitig die Hauptrolle spielte?

Waren die Morde nichts weiter als Bühnenshows? Die Dinner für zwei nur Kulissen und Requisiten?

Aber warum diese beiden Frauen? Die Wahl der Opfer hatte etwas zu bedeuten. Die Opfer haben immer etwas zu bedeuten.

Also noch einmal von vorn …

Ich setzte Kaffee auf, trank zu viel davon, wanderte im Haus herum und dann in den Garten und zurück, bis ich heftige Kopfschmerzen bekam, die ich jedoch seltsam beruhigend fand.

Dinner für zwei. Hatte er sein erstes Werk so toll gefunden, dass er es wiederholen wollte? Weil er beim Anrichten einer gemütlichen Tischszene einen Steifen bekam und sein geistloses Hirn von lebhaften Erinnerungen überschwemmt wurde?

Oder war es nur Eigenwerbung? Eitle Selbstinszenierung?

Mord aus Prahlerei?

Wenn es so war, wie viele Frauen würden diesem wuchernden Ego noch zum Opfer fallen müssen?

Hatten wir es mit jemandem zu tun, der nie richtig erwachsen wurde, weil er missbraucht oder vernachlässigt worden war? Oder mit einem dieser Mutanten, die sich jeglicher Beschreibung entziehen?

Wenn ich mit meiner These richtiglag, dass er die Polizei lächerlich machen wollte, war es wahrscheinlich, dass er mit dem Gesetz schon in Konflikt geraten war und den Kürzeren gezogen hatte.

Ein Versager, der seine Intelligenz überschätzte und sich einredete, dass an seinem Scheitern andere schuld waren.

Der trotz allem clever genug war und harmlos genug wirkte, um sich Zutritt zu Katherine Hennepins Wohnung zu verschaffen.

Um Ursula Corey in einer Tiefgarage zu verfolgen, sodass sie erst misstrauisch wurde, als es längst zu spät war.

Sie ins Gesicht zu schießen passte zu einem amoklaufenden Ego.

Schau mich an, schau mich an, schau mich an.

Aufmerksamkeitsjunkies gab es genug in Los Angeles. Showbiz, Modebranche und Politik würde es ohne sie gar nicht geben. Doch Präsidenten, Filmstars und Supermodels dürfen sich in aller Öffentlichkeit produzieren. Unser Junge konnte das nicht.

Oder er hatte es versucht und war gescheitert.

Woraufhin er sich wie eine giftige Schnecke in ihr Haus verkrochen hatte, in den Schutz der Anonymität?

Ein Typ, den man nicht fürchtete, wenn man ihm auf der Straße begegnete.

Sofern man ihn überhaupt wahrnahm.

Sehr tiefsinnig, Delaware. Sie werden hiermit zum Großmeister der Küchenpsychologie ernannt.

Nachdem ich Katherine Hennepins vergrößertes Führerscheinfoto kopiert hatte, duschte ich, verzichtete jedoch aufs Rasieren. Dann zog ich Jeans, T-Shirt und Sneaker an und fuhr nach Century City.

Ich stellte den Seville auf dem kostenpflichtigen Parkplatz des gegenüberliegenden Bürogebäudes ab und erklomm die breiten Stufen zu dem Bau, in dem Ursula Corey gestorben war.

Statt hineinzugehen, blieb ich etwas links vom Eingang stehen und beobachtete den Besucherverkehr.

Keine Menschenmassen, nur ein dünner, aber beständiger Strom von Passanten mit entschlossenen Mienen.

Ich gab mir alle Mühe, möglichst planlos zu wirken. Meine unpassende Kleidung sollte den Eindruck verstärken. Tatsächlich nahm mich niemand zur Kenntnis. Der Strom teilte sich vor mir und schloss sich hinter mir wieder; ich hätte ebenso ein Pylon sein können.

Unsichtbar. Fühlte *er* sich immer so?

Vielleicht half es, wenn ich mich etwas bizarr benahm. Ich fing an, mit dem Kopf zu wippen und dabei so zu tun, als betrachtete ich den Boden. Ein Einzelgänger, gefangen in seiner eigenen kleinen Welt.

Als ich damit keine Aufmerksamkeit erregte, hob ich den Kopf und verzerrte mein Gesicht zu einem Schniefen ins Universum.

Das fiel ein paar Leuten auf, und sie machten mit gerunzelter Stirn einen größeren Bogen um mich, ohne jedoch ihre Schritte zu verlangsamen. Ein Pylon voller Hundekacke.

Irgendwann staksten zwei brünette junge Mädchen in

Miniröcken und Stilettos vorbei und murmelten etwas, das nach einer Beleidigung klang.

Dann war ich wieder unsichtbar.

Es passte schon zusammen: Abnormität wirkt abstoßend, und schon als Kinder lernen wir, nicht zu starren.

Aber vielleicht war es auch mehr als das. Weil wir trotz aller sogenannten sozialen Netzwerke und den vergänglichen Familien, die sie schaffen (die Yoga-Gemeinschaft, die Joghurt-Gemeinschaft, die Yogi-Berra-Gemeinschaft), am Ende auf uns allein gestellt sind. Das kann zu Selbstfixierung führen.

Zumal in Kalifornien, wo das beständig schöne Wetter und das ewige Versprechen Hollywoods vom Happy End selbst bei leidenschaftlichen und paranoiden Menschen jedes Gefühl von Bedrohung verpuffen lässt.

Ich hatte mir gerade selbst bewiesen, wie schwer es war, Aufmerksamkeit zu erregen. Ob das dem Täter geholfen hatte?

Mit Schmuck behangen war sie aufgekratzt zu ihrem Jaguar gegangen, im sicheren Vertrauen darauf, dass sie reich, charismatisch und sexy war und ihr deshalb die Welt gehörte. Außerdem voller Euphorie, weil sie gerade erst ihren Töchtern einen Haufen Glitzerkram vermacht hatte, wie glücklich würden die sein. Vielleicht würden sie heute Abend zu dritt essen gehen, um zu feiern, ganz spontan, sie würde es ihnen sagen, sobald sie wieder in Calabasas war.

Das Letzte, woran sie dachte, war …

Dass sie ein leichtes Opfer wäre.

Zufrieden stellte ich fest, dass es hier für mich nichts mehr zu tun gab, und wandte mich zum Gehen, als mich ein Finger so fest an die Schulter tippte, dass es wehtat.

»Kann ich Ihnen helfen, Kumpel?«

Ich drehte mich um und stand Alfred Bayless gegenüber. Er trug das gleiche Outfit wie beim letzten Mal, schwarzer Blazer, graue Hose, weißer Rolli, und hatte sich viel zu nah vor mir aufgebaut. Der Sicherheitschef des Gebäudes roch nach Aqua Velva und Zorn. Seine Nasenflügel bebten. Seine Pupillen waren geweitet. Dann erkannte er mich.

»Oh, Doc, entschuldigen Sie. Ich habe Sie hier herumhängen sehen, konnte aber auf die Entfernung nicht sehen, wer Sie sind. Was ist los?«

»Ich habe ein paar Beobachtungen angestellt.«

»Was für Beobachtungen?«

»Wie die Leute auf einen Außenseiter reagieren. Sie sind der Erste, der mich überhaupt ernsthaft zur Kenntnis nimmt.«

Er runzelte die Stirn. »So, Sie testen also das Sicherheitssystem? Tja, ob Sie's glauben oder nicht, ich habe Sie sofort auf dem Monitor gesehen und beschlossen, Sie eine Weile zu beobachten, um sicherzugehen, dass Sie tatsächlich ein Spinner oder Schnorrer sind und kein reicher Schnösel in billigen Klamotten, der auf einen der Staranwälte wartet. Schließlich ist das hier Los Angeles, nicht wahr? Ich meine, nichts für ungut wegen der Klamotten.«

»Es hatte nichts mit Ihrem Sicherheitssystem zu tun«, sagte ich. »Ich wollte sehen …«

»Vielleicht weil der Typ, der die Lady erschossen hat, hier herumgestanden hat? Die Zeit hätten Sie sich sparen können, Doktor, wenn Sie gleich zu mir gekommen wären. Die Leute sehen gar nichts. Die sind wie Schafe.« Er lächelte kalt. »Ist also noch nichts rausgekommen, was?«

»Noch nicht.«

»Sturgis muss inzwischen Magengeschwüre haben.«

Drei wohlbeleibte Männer in Maßanzügen verließen das Gebäude. Einer davon, mit Silberhaar, ganz in Schwarz, sah zu Bayless herüber, der ihn bereits ins Visier genommen hatte.

Man maß sich mit kaltem Blick und grüßte knapp.

Bayless zog die Mundwinkel nach unten und sah ihnen nach, wie sie aus unserem Blickfeld verschwanden.

»Sie bilden anscheinend eine Ausnahme«, sagte ich.

»Wie meinen Sie das?«

»Sie wurden gerade bemerkt.«

»Das kommt daher, weil ich so gut aussehend bin«, erwiderte Bayless. »Nein … ganz ehrlich? Das waren welche aus der obersten Topliga. Der im schwarzen Seiden-Brioni leitet Projekte für die Leute, denen das Gebäude gehört. Die anderen arbeiten für ihn. Sie sind heute Morgen erst mit dem Flieger angekommen, zu einer Sicherheitskonferenz.«

»Hört sich nach großem Spaß an.«

»Oh ja.«

»Irgendwelche Fortschritte?«

»Was die Sicherheitsvorkehrungen angeht?« Bayless lachte. »Geplant ist, dass sie zu ihrem obersten Chef zurückkehren, der sich dann höchstpersönlich mit dem Herrgott berät. Anschließend gibt es ein Meeting darüber, dass ein Meeting einberufen werden muss, dann wird das Thema zu den Akten gelegt, die dann irgendwann wieder geöffnet werden, und vielleicht, nach mehreren weiteren Meetings, wer weiß, Doktor, alles ist möglich … Es gibt also nichts Neues zu Ms Corey?«

»Leider nicht.«

»Nun«, sagte er. »Sagen Sie Sturgis, dass ich ihn nicht vergessen habe. Die geben mir vielleicht keine Kameras, aber ich konnte ihnen zwei neue Mitarbeiter aus den Rippen schneiden. Mindestlohn, keinerlei Joberfahrung, aber ich lasse sie die Parkdecks überwachen.«

»Ich werde das weiterleiten.«

Bayless fuhr mit einem Finger unter seinen Rollkragen. »Ich muss immer an diese arme Frau denken. Habe mir die Bänder selbst noch ein paarmal angesehen. Seien Sie ehrlich zu mir, Doc: Sind Sie hier, weil Sie glauben, dass so etwas hier bald wieder geschieht?«

»Nein. Ich versuche nur herauszufinden, wie der Bösewicht vorgegangen ist.« Ich zog Katherine Hennepins Foto heraus. »Haben Sie diese Frau hier schon mal gesehen?«

Er musterte das Bild. »Nein. Wer ist sie?«

»Auch ein Opfer. Sie wurde woanders ermordet.«

Bayless' Augen weiteten sich. »Derselbe Täter?«

»Schon möglich.«

»Sie glauben, sie war hier?«

»Es gibt nichts, das sie mit diesem Ort verbindet«, sagte ich. »Ich versuche nur, die Möglichkeit auszuschließen.«

»Keine Verbindung?«

»Null.«

»Sie sind sehr gründlich, Doktor. Das Gleiche habe ich auch von Sturgis gehört. Mr Zwanghaft. Denkt, er braucht jemanden wie Sie fürs Psychologische.«

Ich lächelte.

Er betrachtete das Foto noch einmal, diesmal länger. Gründlichkeit war auch ihm nicht fremd.

»Nein, hab sie nie gesehen. So was hat mir gerade noch

gefehlt. Ein Irrer, der in der Lüftungsanlage lauert. Ich bin in New York aufgewachsen, da gab es auch mal so einen Fall, als ich ein Kind war, ist jetzt etwa vierzig Jahre her. Eine Geigerin wurde in der Met vergewaltigt und ermordet. *Im* Gebäude. Das reinste Labyrinth. Mein Dad hatte einen Schuhpolierstand im Lincoln Center. Er redete ständig von diesem Fall, bis sie ihn endlich gelöst hatten. Der Täter war ein Bühnenhelfer. Er ist mit ihr im Aufzug gefahren.«

Er wischte sich Schweiß von der Stirn. »Ich hatte eine Heidenangst deswegen, Doc. In Harlem waren Drogenschießereien an der Tagesordnung, aber dass dort, wo die Reichen hingingen, so kranke Dinge passierten? Sollte das vielleicht erstrebenswert sein? Da habe ich beschlossen, zur Polizei zu gehen. Um wenigstens bis zu einem gewissen Grad Herr der Lage zu sein.«

Er lächelte. »Ich gerate ins Plaudern. Muss jetzt zur Arbeit zurück.«

»Haben Sie was dagegen, wenn ich kurz reingehe?«

Sein Lächeln verschwand. »Ist ein freies Land. Ich kann Sie nicht aufhalten. Aber wozu?«

»Ich will nur ein Gefühl entwickeln.«

»Ich habe jetzt ein komisches Gefühl, Doc. Vorhin haben Sie mir noch erzählt, es ist unwahrscheinlich, dass das alles etwas mit dem Gebäude zu tun hat, und jetzt sagen Sie, Sie wollen ein Gefühl entwickeln.«

»Das macht der Frust.«

»Was?«

»Dass ich mir besonders viel Mühe gebe.«

Bayless wippte auf seinen Sohlen. Seine riesigen Hände waren zu Fäusten verkrampft. »Das kann ich gut nachvollziehen, aber tun Sie mir einen Gefallen, und machen Sie keinen Wind, okay? Die sind vielleicht alle Schafe, doch am Ende kommt doch einer und meldet ein Problem, und Probleme landen tendenziell immer bei mir.«

11

Ich betrat die Eingangshalle gleich hinter Bayless, ließ mich dann aber zurückfallen, während er in der Menge verschwand. Nachdem ich mich vergewissert hatte, dass er nicht mehr in der Nähe war, ging ich zu der Anzeigentafel und fotografierte mit dem Handy die Namen der Mieter auf Grant Fellingers Stockwerk.

Viele waren es nicht; ein weiteres Anwaltsbüro und ein Unternehmen für Finanzmanagement.

Da die meisten mittags in umliegenden Restaurants essen gingen, war die Schlange an der Imbisstheke kurz. Ich wartete, bis gerade niemand anstand, und ging dann hinüber, um mir einen Kaffee zu kaufen, nur wenige Meter von Bayless' Büro entfernt. Ich gab zwei Dollar zu viel und sagte: »Kannst den Rest behalten«, während ich dem pickligen jungen Mann hinter der Theke Katherine Hennepins Foto hinhielt.

Wenn man von einem Typ in T-Shirt und Jeans ein Foto vor die Nase gehalten bekommt, fragt man erst einmal nach. Doch der Junge sah nur darauf und antwortete: »Nein. Hat sie was geklaut?«

»Kommt das denn oft vor?«

Der Junge lächelte verschlagen. »Als ob Sie das nicht wüssten. Als Drogenfahnder.«

»Ich?«, sagte ich und grinste.

Er grinste zurück. »Wollen Sie jemanden hochnehmen?«

»Wenn es sich ergibt. Du kennst sie also nicht?«

»Nein.«

»Wird hier häufig geklaut?«

»Soll das ein Witz sein? Kaum dreht man sich um, fehlt die Hälfte der Zuckerpäckchen. Dreht man sich wieder um, ist der Ketchup weg.« Er schnaubte. »Reiche Leute sind Geizkrägen.« Ein dritter Blick auf Hennepin. »Ja, sie sieht auf jeden Fall verdächtig aus.«

Ich mischte mich wieder unter die Menge und ließ die Menschen um mich herumströmen.

Bayless hatte etwas gesagt, das mir immer noch durch den Kopf ging. Der Mord in der Oper.

Er ist zu ihr in den Aufzug gestiegen.

In diesen Aufzügen hier gab es keine Kameras. Wo könnte man besser ungestört auf die Jagd gehen?

Ich trat näher an die Fahrstühle heran und sah zu, wie sich Türen öffneten und schlossen und Menschen mit hungrigen Gesichtern entließen. Manche hatte Zigarettenschachteln in der Hand. Der Geräuschpegel stieg. Vielleicht war es auch nur der Lärm in meinem Kopf.

Es gab hier nichts mehr zu tun, und es war nicht sinnvoll, Bayless noch mehr zu provozieren. Ich strebte auf den Ausgang zu, als ich plötzlich ein Prickeln im Nacken verspürte.

Beobachtete mich jemand? Wahrscheinlich hatte ich nur zu viel Koffein zu mir genommen und zu wenig Erfolg bei meinen Unternehmungen.

Ich wandte mich halb um und sah erst einmal nichts. Und dann doch.

Eine schnelle Bewegung, jemand, der sich rasch zwischen den Menschen hindurchschob.

Ich erkannte ihn gerade noch, ehe er verschwand: Grant Fellingers gedrungene Gestalt versuchte, sich einen Weg zu den Aufzügen zu bahnen.

Ob er mich gesehen hatte? Selbst wenn es so war, konnte es eine einfache Erklärung dafür geben, dass er es eilig hatte, von mir wegzukommen: Er hatte mich erkannt, war aber nicht in der Stimmung, sich jetzt mit Polizeiangelegenheiten zu befassen.

Ich setzte meinen Weg zur Tür fort, wandte mich dabei jedoch noch einmal halb um.

Fellinger hatte sich auch umgedreht. Seine Miene war versteinert. Vor Angst? Wut? Einer Kombination aus beidem?

Eine Sekunde lang blickten wir uns in die Augen. Dann drehte er sich rasch zurück und zeigte mir seinen Rücken.

Doch kcin Phantom? Sondern ein Mann, der hier arbeitete, der guten Grund hatte, sich im Gebäude aufzuhalten?

Jemand, der eine geschäftliche Beziehung zu Ursula Corey gehabt hatte? Oder sogar viel mehr als das, wenn man Richard Glauben schenken durfte.

Wer würde einer Frau in einer Tiefgarage weniger verdächtig vorkommen als ihr eigener Anwalt? Zumal sie ihn zuvor in seiner Kanzlei besucht hatte?

Wie groß musste dann die Überraschung gewesen sein, als der Mann ihr eine Waffe vors Gesicht hielt?

Weder die hübsche Empfangsdame im schwarzen Kleid noch Fellingers Assistent hatten erwähnt, dass Fellinger an dem Morgen, als Ursula ermordet wurde, sein Büro verlassen hatte. Doch Chefs meldeten sich nicht ab oder zurück, und angenommen, die junge Frau war zwischendurch von ihrem Platz weggegangen?

Schafe. Die Beschreibung war respektlos, doch zutreffend, wie ich gerade feststellen musste.

Ich verließ das Gebäude und telefonierte bereits, noch ehe ich die Straße überquert hatte.

Rechtsanwalt Earl Cohen war bereit, mich in seinem Büro zu empfangen, wenn ich bald käme, doch als ich dort eintraf, erklärte mir die Sekretärin, er sei bereits zum Mittagessen gegangen. »Ins Café Europa, gleich nebenan.«

Das »Café« entpuppte sich als ein Mini-Imbissstand in einem der benachbarten Ärztehäuser. Zwei junge Frauen in Krankenschwesternuniformen warteten an der Theke auf abgepackte Salate. Am einzigen Tisch in der Ecke saß Earl Cohen.

Im hellen Licht sah der alte Mann aus wie eine Wachsfigur im Maßanzug. Sein Mittagessen war von mönchischer Einfachheit: Naturjoghurt mit Plastiklöffel und ein Glas Wasser.

Ich setzte mich. Cohen wartete, bis die Schwestern gegangen waren, ehe er zu sprechen begann. »Und jetzt, Dr. Delaware?«

»Wie ich schon beim ersten Mal sagte, Grant Fellinger hat von Ihnen in den höchsten Tönen gesprochen. So was habe ich bei einem gegnerischen Anwalt noch nie erlebt.«

Cohen grinste. »Vielleicht habe ich die Lobeshymnen ja verdient.«

»Zweifellos«, meinte ich. »Aber Sie waren umgekehrt nicht so begeistert.«

»Wie respektlos von mir.«

»Alles, was Sie mir über Fellinger erzählen können, wäre hilfreich.«

»Verdächtigen Sie ihn, dass er etwas mit Ursulas Tod zu tun hat?« Keine Spur von Überraschung.

»Von Verdacht kann keine Rede sein, aber ich finde ihn interessant.«

»Warum?«

»Erstens, weil wir gehört haben, dass er mit seiner Mandantin geschlafen hat.«

Cohen lächelte. »Welcher Mandantin genau?«

Ich lächelte zurück. »*So* ist das also?«

»Nun ja«, sagte Cohen. »Mir ist nicht bekannt, ob Grant auch auf Männer steht, aber mehrere weibliche Mandanten sollen seinem Charme anheimgefallen sein.«

»Ein Don Juan unter den Anwälten.«

Cohen lachte. »Schwer zu begreifen, aber so wurde es mir zugetragen.«

»Das ist also eine allgemein bekannte Tatsache unter Ihren Kollegen.«

»Allgemein bekannt würde ich nicht sagen. Das Thema kam ein paarmal auf, inoffiziell, und so sollte es auch bleiben. Auch was dieses Gespräch angeht, Doktor. Ich bin zu alt für Komplikationen.«

»Ist er jemals wegen sexueller Belästigung angezeigt worden?«

»Nicht dass ich wüsste«, sagte Cohen und tauchte den Löffel in seinen Joghurt. »Vielleicht ist er einfach gut in Liebesdingen und macht die Mädels glücklich.«

»Was genau haben Sie gehört?«

»Genau? In meinem Alter ist Genauigkeit kein Thema mehr. Ungefähr? In Anbetracht dessen, dass die arme Ursula tot ist? Da ist alles möglich. Solange es inoffiziell bleibt.«

Er hob eine Löffelspitze Joghurt an und gönnte sich eine

halbe Kalorie. »Inoffiziell bedeutet, dass Sie es für sich behalten.«

Ich schüttelte den Kopf. »Inoffiziell bedeutet, dass Ihr Name nicht in offiziellen Akten auftaucht. Doch alle relevanten Informationen werden an Lieutenant Sturgis weitergeleitet.«

»Nun ja«, meinte Cohen. »Danke für Ihre Offenheit. So was kommt in meiner Branche nicht oft vor.«

Er fummelte an seiner Krawatte. »Sie sagen, Sie verdächtigen Fellinger nicht, trotzdem wollen Sie in seinem Privatleben herumstochern.«

»Sofern es mit Ursula Corey zu tun hat.«

Er legte den Löffel hin. »Ich weiß nicht, warum ich mich darauf eingelassen habe, Sie zu sehen. Ich bekomme den klaren Eindruck, dass Sie ein junger Mann sind, der Komplikationen sucht.«

»Im Gegenteil, Mr Cohen. Ich bin stets darauf aus, Dinge zu vereinfachen.«

Er musterte mich. »Wenn Sie eine Frau wären, würde ich Sie eine Tratschtante nennen.«

»Wichtigtuer ist auch okay«, erwiderte ich. »Und es ist dazu geschlechtsneutral.«

Cohen lachte so laut, dass der Mann hinter dem Tresen herübersah. Er verstummte keuchend und rieb dann den Bereich an seinem Hals, der ausgehöhlt war. »Für einen Psychologen sind Sie ganz schön direkt. Geht es denn in Ihrer Branche nicht vor allem um die Nuancen?«

»Was ich bei Ihnen heraushöre, ist, dass sich Ihre Gefühle durch emotionale Faktoren erklären ließen, andererseits …«

Er lachte wieder. »Ein Schlaumeier! Hören Sie, ich bin ein alter Knacker und habe zwei verschiedene Krebsarten hinter mir. Was soll mir schon noch passieren? Also, bitte schön: Eines Tages bemerkte ich, wie Grant seine Wurstfinger nach Ursulas wohlgeformtem Hintern ausstreckte, als er sich unbeobachtet fühlte.«

»Wo war das?«

»Im Aufzug seines Gebäudes. Wir waren auf dem Weg nach unten nach einer Besprechung – Richard, Ursula, Grant und ich.«

»Fellinger hat sie angetatscht, obwohl Richard dabei war?«

»Ich könnte mir denken, das hat den Kick erhöht.«

»Wie hat sie reagiert?«

»Kaum merklich gelächelt.«

»Sie waren in Fellingers Büro, doch er ging danach auch.«

»Er kam mit, um Ursula *zu begleiten*«, sagte Cohen. »Ganz Kavalier.«

»In Wahrheit ging es ihm darum, dem Ex eins auszuwischen. Beiden.«

»So sah es für mich aus.« Cohen hob zitternd eine Hand und krümmte seine knotigen Finger. »Es war nicht nur ein Klaps; er hat sie mehrfach getätschelt.«

»Und ihr hat das Spaß gemacht.«

»Sie hat die ganze Zeit gelächelt«, sagte Cohen. »Die unvermeidliche Schlussfolgerung: ein alter Insidergag zwischen den beiden. In dem Moment wurde mir klar, dass Richard nicht übertrieben hatte, als er behauptete, Fellinger habe es mit seiner Frau getrieben.«

Richard hatte das Gleiche von Cohen behauptet. »Danke für die Auskünfte«, sagte ich. »Gibt es sonst noch was?«

»Es war mir unangenehm«, antwortete Cohen. »Nicht das Sexuelle, sondern die Tatsache, dass Fellinger so brutal gegen seine Berufsethik verstieß. Ich bin einer von der alten Schule, Dr. Delaware. Dienst ist Dienst, und Schnaps ist Schnaps.«

»Hat Richard Ihnen je erzählt, ob Ursula ihn betrogen hat, solange sie verheiratet waren?«

»Nein, darum ging es nicht.«

»Worum ging es nicht?«

»Ihr Leben vor der Scheidung. Darüber kann ich mich nicht äußern. Die Eskapaden Ursulas, von denen er mir erzählte, fielen alle in die Zeit nach der Scheidung. Deshalb habe ich ihm auch geraten, sich herauszuhalten.«

»Wie ist er damit zurechtgekommen?«

»Er sagte, er verstehe es intellektuell, doch es mache ihn traurig, dass Ursula sich das antäte.«

»So viel Sorge um ihr Wohlergehen«, sagte ich. »Ein fürsorglicher Exmann.«

Cohen nahm einen zögerlichen Schluck Wasser und erhob sich dann wackelig. »Genug, Dr. Delaware.«

»Lassen Sie mich nur noch eines klarstellen«, bat ich. »Richard wollte also sagen, dass sich Ursula mit ihrer sexuellen Freizügigkeit selbst schadete.«

Cohen deutete an die Decke. »Es ist schon spät. Ich muss hier hoch zu einem meiner nichtsnutzigen Ärzte.«

Ich rief Milo an.

»Ist wahrscheinlich keine große Sache, aber Darius Kleffer ist wieder in Los Angeles. Er hat keine Adresse hier, arbeitet jedoch seit etwa einem Monat bei einem Italiener namens *Beppo Bippo*. Weiß ich alles, weil ich auf Gourmet-Blogs gesurft bin.«

»Ist er so bekannt?«

»Nein. Er postet selbst auf einer Seite, die *Big-Eyes Gour-*

mandize heißt. Ich habe in dem Restaurant angerufen, doch heute ist Kleffers freier Tag. Der Manager sagte, er würde Kleffer Bescheid sagen. Ansonsten fahre ich einfach mal hin. Was gibt's Neues?«

»Ich habe einen Vorschlag für dich.«

»Was?«

Ich erzählte ihm alles.

»Wir treffen uns vor der Polizeistation«, schlug er vor. »Und vielleicht sollten wir zuerst noch einen Snack besorgen.«

12

Der Seville war kaum zum Stehen gekommen, als Milo die Tür aufriss und sich auf den Sitz wuchtete, wo er landete wie mehrere Säcke Mehl auf einem Landesteg.

»Fellinger«, sagte er. »Er hat dich so misstrauisch gemacht?«

»Ich hatte das untrügliche Gefühl, dass ihn meine Anwesenheit störte. Außerdem hat er ein Faible für Aufzüge.«

Ich berichtete, was Cohen mir erzählt hatte.

»Könnte das eine Retourkutsche zwischen Kollegen sein?«

»Ich musste die Geschichte aus Cohen herauskitzeln, und er hatte kein Vergnügen beim Erzählen.«

»Erst begleitet er sie«, meinte Milo. »Und dann beschließt er, ihr ins Gesicht zu schießen? Warum?«

»Vielleicht wusste sie etwas, das ihm gefährlich werden konnte«, mutmaßte ich. »Oder er ist einfach so. Wenn er Katherine Hennepin auch ermordet hat, ist er definitiv einfach so.«

»Ein simpler Psychokiller mit einem super Tagesjob.«

»Leider nicht ganz so simpel«, sagte ich. »Er ist intelligent. Alles andere als ein Adonis. Genauer gesagt, eher das Gegenteil, auffallend unattraktiv. Trotzdem hat er es geschafft, eine schöne Frau wie Ursula ins Bett zu bekommen. War arrogant und selbstbewusst genug, um im Beisein ihres

Ex ihren Hintern zu begrapschen und zu wissen, dass sie mitspielen und sogar Spaß dabei haben würde. Jemanden wie Katherine zu verführen – schüchtern und ihm sozial und statusmäßig unterlegen – wäre für ihn ein Kinderspiel. Doch Eroberung ist nicht genug. Er muss derjenige sein, der Schluss macht. Endgültig. Und er muss sein Siegel hinterlassen, indem er ein Dinner für zwei anrichtet, weil das seine Art ist, der Romantik eine lange Nase zu zeigen. Den Frauen allgemein.«

»Ich sehe zwar aus wie ein Troll, aber ich hab alles im Griff.«

»Aussehen ist nicht lebensbestimmend, mein Freund, aber es spielt eine Rolle beim Erwachsenwerden. Schon Kleinkinder ordnen Gleichaltrige nach Aussehen ein. Unter gleichen Voraussetzungen werden hübsche Kinder von anderen Kindern und Erwachsenen besser behandelt.«

»Wem sagst du das.«

»Dieses Selbstmitleid«, sagte ich. »Rick hat mir ein Jahrbuch aus deiner Highschoolzeit gezeigt. Du sahst mehr nach amerikanischem Durchschnitt als nach Troll aus.«

»Das muss gutes Licht gewesen sein«, erwiderte er. »Er hat dir das verdammte Jahrbuch gezeigt? Warum? Wann?«

»Als Robin und ich mal zum Abendessen bei euch waren. Du hast wieder mal über irgendwas gemeckert, und als du zur Toilette bist, meinte Rick, du würdest dich immer als der große Außenseiter darstellen, und er habe dir geglaubt, bis er das Buch gesehen habe. Football und Wrestling in der Schulauswahl, Reserveoffizierskorps, zwei Ehrenverbindungen. Er hat die Seite mit einem Post-it markiert.«

»Rick versucht immer, mir einzureden, dass das Leben mehr ist als der nasskalte Sumpf des Schicksals, irischer

Abstammung zu sein.« Er schnaubte. »Das soll also Fellingers Entschuldigung sein? Er war ein armes kleines Affenjunges? Das klingt nach Laienpsychologie, sonst gar nicht dein Fall.«

»Es ist keine Entschuldigung, ich versuche nur, ihn zu verstehen.«

»Weil er dir in der Lobby aus dem Weg gegangen ist.«

»Sonst hat mich überhaupt niemand wahrgenommen«, sagte ich und nahm den Faden meiner Geschichte wieder auf. »Außer ihm. Ich kann das nicht beweisen, aber ich bin mir sicher, dass er mir bewusst ausgewichen ist. Ich weiß, das ist nicht viel, aber was hast du denn sonst? Das Grapschen im Aufzug vereint Sex, Sadismus und Manipulation. Genau die Art von Mensch, die wir suchen. Cohen fand auch, dass es wirkte, als hätten Fellinger und Ursula dieses Spielchen schon öfter getrieben. Das hat meine These ins Wanken gebracht. Ich hatte mir den Täter als Versager vorgestellt. Jemand, der sich selbst für brillant hält, aber erfolglos ist. Fellinger dagegen ist zwar nach außen hin erfolgreich, aber Gefühle von Unzulänglichkeit können durch alles Mögliche ausgelöst werden.«

»Er hat Asche und Prestige und kriegt Feger wie Ursula ins Bett. Arbeitet er jetzt seine Kindheit ab oder was? Und selbst wenn, wie passt Hennepin in das Bild, wenn wir davon ausgehen, dass es keine Verbindung zwischen Fellinger und ihr gibt?«

»Wenn sie Fellingers Gebäude besucht hat, passt sie bestens. Ich habe seine Mitmieter vom siebten Stock fotografiert, vielmehr ihre Namen. Wenn wir Kathy mit einem von ihnen in Verbindung bringen könnten, wäre das ein großer Schritt.«

Ich zeigte ihm die Fotos.

»Ganz schön fleißig, der Junge.«

»Für einen Freund tu ich doch alles.«

Er atmete tief durch. »King Kong und die Buchhalterin. Apropos.« Er rief Katherine Hennepins Chefs an. Jetzt waren sie da und bereit, ihn zu empfangen. Wieder einmal.

Das Finanzbuchhaltungsbüro RM-Accu war in einem Ladenlokal untergebracht, in der Woodman Avenue, gleich südlich des Magnolia Boulevard, und von vier Ethnorestaurants umgeben. Ein Mexikaner, ein Thai, ein Israeli und ein Libanese, die angesichts der Warteschlangen vor den Eingängen alle bestens zu laufen schienen.

Was, wenn Essen tatsächlich nichts anderes wäre als Liebe und der Weltfrieden möglich?

Die Firma bestand aus einem fünfundzwanzig Quadratmeter großen Raum mit drei Schreibtischen und einem halben Dutzend Aktenschränke. Die Dekoration beschränkte sich auf Flugblätter mit vergrößertem Kleingedruckten aus Steuerformularen – Surrealismus des 21. Jahrhunderts.

»Ja was, haben Sie etwa Ernst & Young erwartet?«, donnerte Ralph Gross.

Es klang, als würde er das oft sagen. Milos schwaches Lächeln bestätigte mir den Eindruck.

Ralph war über achtzig, groß und stämmig, und seine Gesichtszüge erinnerten an einen Bluthund. Maureen sah etwas jünger aus und hatte ein rundes Gesicht mit rosigen Wangen.

»Lieutenant, schön, Sie wiederzusehen«, sagte sie. »Sie haben einen attraktiven Freund mitgebracht.«

»Das ist Alex Delaware«, sagte Milo.

»Sie sind ein Lieutenant und stellen ihn mit Vornamen vor?«, wunderte sich Ralph. »Etwa ein Zivilist? Irgendwas, das Sie uns verschweigen wollen?«

Der Mann war klug und achtete auf Details. Das konnte sich noch als nützlich erweisen.

Milo lachte. »Verzeihen Sie bitte. Das ist Dr. Delaware. Er ist unser beratender Psychologe.«

»*Ihr* Psychologe, das heißt, er arbeitet für Sie? Oder ist er ein Freiberufler, also ein Söldner?«

»Freiberufler.«

»Tatsächlich«, sagte Ralph Gross. Zu mir: »Das muss spannend sein, Dr. Söldner.«

»Ein Psychologe!«, rief Maureen aus. »Ich wusste es! Sie denken, wir sind nicht ganz dicht!«

»Wohl kaum«, widersprach Milo. »Ich würde mit Ihnen gern über Katherine sprechen.«

»Kathy wurde von einem Verrückten ermordet?«

»Wir ziehen alle Möglichkeiten in Betracht.«

»Großartig, wie Sie direkte Antworten vermeiden«, sagte Ralph. »Sie könnten für die Regierung arbeiten.«

»Macht er doch«, warf Maureen ein.

»Ich meine die Genies in Washington«, erklärte Ralph. »Aber stimmt, Sie sind ein Staatsbediensteter. Die bekommen richtig gute Pensionen, habe ich gehört. Ein Grund, warum der Staat bald pleite ist. Aber Sie brauchen deshalb kein schlechtes Gewissen zu haben.«

»Danke, Sir«, antwortete Milo.

»Hoffentlich legen Sie das gut an.«

»Ich gebe mir Mühe.«

»Falls Sie mal Fragen zu Ihrer Pension haben – ich meine, einfache –, rufen Sie mich an, und ich berate Sie kostenlos, Lieutenant. Als kleine Entschädigung, Sie wissen schon. Sie haben vielleicht den Fall nicht gelöst, aber immerhin nehmen Sie Ihren Job ernst.«

»Wir waren sicher, dass es dieser irre Koch war«, sagte Maureen, »aber Sie waren anderer Meinung.«

»Er war definitiv zur Tatzeit in New York, Ma'am.«

»Wirklich Pech. Ein Wahnsinniger.« Zu mir: »Sie hätten ihn mal in Aktion sehen sollen. Verrückt.«

»Ein aufbrausendes Temperament«, sagte Ralph. »Zweimal ist er hier hereingestürmt und hat versucht, Katherine zu belästigen. Wollte, dass sie mit ihm spricht. Beim ersten Mal ist er noch ohne Weiteres wieder gegangen. Beim zweiten Mal musste ich ihm eine ballern, wie die jungen Leute sagen.« Er krempelte seinen Ärmel hoch und offenbarte einen haarlosen, aber kräftigen Unterarm mit einer Tätowierung: *Semper Fi USMC*: »US-Marinecorps in ewiger Treue«.

»Ich dachte, die fangen an, sich zu prügeln«, meldete sich Maureen zu Wort. »Das war nicht besonders klug, Ralph.«

»Er hat sich daraufhin verzogen, oder? Also, was möchten Sie heute wissen, Lieutenant? Und Sie, Dr. Psycho?«

»Könnten Sie uns Katherines Aufgabe beschreiben?«

»Ihren Job?«, fragte Ralph. »Sie war Buchhalterin. Sie hat Bücher geführt.«

»Für einen bestimmten Kunden?«

»Für jeden Kunden, den wir ihr zugeteilt haben. Wir haben die Steuererklärungen gemacht, sie hat die Daten gesammelt und eingereicht. Das mag vielen langweilig erscheinen, aber sie war sehr glücklich hier. Sie war eine gute Mitarbeiterin.«

Milo las die Adresse des Gebäudes im Century Park East ab. »Hat einer Ihrer Kunden sein Büro dort?«

»In Century City?«, sagte Maureen. »Wir machen hauptsächlich Individualsteuern. Ein paar kleinere Unternehmen, mehr nicht.«

»Die sind uns zu heikel«, erklärte Ralph. »Es ist wie bei Diabetes; Zucker ist verführerisch, aber gefährlich. Wir kennen die Sorte von früher bei E & Y, doch diese Welt haben wir vor vierzig Jahren hinter uns gelassen. Warum fragen Sie nach Century City?«

Milo wich einer Antwort darauf aus. »Hat Katherine Erledigungen für Sie gemacht?«

»Was, den Laufburschen gespielt?«, fragte Ralph. »Nein. Sie war uns hier am meisten wert.« Er deutete auf den Schreibtisch ganz links. »Eine hervorragende Mitarbeiterin. Ihre Nachfolgerin arbeitet in Teilzeit. Sie ist auch ganz gut, aber Kathy war besser.«

»Sie ist also nie aus dem Büro herausgekommen?«

»Nie?«, entgegnete Maureen. »So würde ich das nicht sagen. Hin und wieder hat sie was für uns erledigt. Selten.«

»Was denn?«, wollte Milo wissen.

»Sie hat uns was fürs Mittagessen besorgt, im *Thai Temple*, die haben Bestnoten vom Gesundheitsamt. Manchmal haben wir auch Lust auf mexikanisch, aber *Don Pepe* mögen wir nicht, weil der nur mittelgut abschneidet. Dann ist sie zum *La Fiesta Buffet* in der Fulton Avenue.«

»Mo, die interessieren unsere Essgewohnheiten nicht«, sagte Ralph. »Alle Jubeljahre haben wir sie auch mal gebeten, Unterlagen zu einem Mandanten zu bringen.«

»Aber nicht nach Century City.«

»Ich glaube nicht …«, sagte Maureen.

»Was, Mo?«, donnerte Ralph.

»Weißt du nicht mehr, der Prozess, Schatz?«

»Du musst schon ein bisschen genauer werden, Mo.«

»Dieser Hauseigentümer, der Iraner – Hooranian, Hoorapian oder so ähnlich?«

»Schikanöse Geschichte«, meinte Ralph.

»Stimmt«, fand Maureen, »aber saßen die gegnerischen Anwälte nicht in Century City?«

»Herzlose Bauunternehmer. Wer mag sich daran schon erinnern?«

»Worum ging es in dem Prozess?«, erkundigte sich Milo.

»Unsere Kunden, die Hoor…, nein, Har…, die Hargarians, das ist es, die Hargarians, ein nettes Paar, die hatten zwei Mietshäuser in North Hollywood. Irgendein Bauunternehmer kaufte den Rest des Blocks und versuchte, sie zum Verkaufen zu zwingen, indem er der Stadt erzählte, sie würden die Immobilie verwahrlosen lassen und so zum öffentlichen Ärgernis machen.«

»Schikanös«, wiederholte Ralph. »Und hinterhältig.«

»Was ist dabei herausgekommen?«, fragte ich.

»Was glauben Sie denn? Die Schweinehunde haben den Hargarians das Leben so lange schwer gemacht, bis sie verkauft haben.«

»Ich glaube, die gegnerischen Anwälte saßen tatsächlich in Century City«, sagte Maureen. »Vielleicht auch der Bauunternehmer. Ralph und ich kamen erst am Ende der Geschichte dazu, als die Verkaufsbedingungen ausgehandelt wurden. Die gegnerische Seite wollte Einblick in die Steuerunterlagen, als Nachweis für Mieteinnahmen.«

»Katherine Hennepin hat die Unterlagen überbracht?«

»Das habe ich nicht gesagt. Nur, dass es möglich wäre.«

»Ich habe nichts hingebracht und du auch nicht«, sagte Ralph.

»Stimmt.«

»Wer bleibt dann nur noch übrig, Mo?«

»Einen Moment«, sagte Maureen und fing an, auf ihrem Computer zu tippen. »Hm, nichts über Hargarian … kein Eintrag unter Hargarian.«

»Wahrscheinlich hast du den Namen falsch geschrieben«, bemerkte Ralph.

Maureen brachte ihn mit einem ausgestreckten Arm zum Schweigen. Klick, klick, klick. »Hier, vor drei Monaten … Shagrarian … ah ja, drei Stunden für Katherines Botengang. Jetzt weiß ich es wieder, sie war so lieb, wollte es umsonst machen, aber ich bestand darauf, die Stunden abzurechnen.« Sie strahlte. »Vielleicht könnte ich auch Detective werden, Lieutenant.«

»Bewerben Sie sich, dann bekommen Sie von mir eine Empfehlung«, sagte Milo.

»Warum zum Henker ist dieses Gebäude so wichtig?«, fragte Ralph.

»Offensichtlich gehen da obskure Dinge vor«, sagte Maureen.

Beide sahen Milo an.

»Belassen wir es dabei«, meinte er nur.

»Ach, kommen Sie schon«, beharrte Ralph.

»Ist wahrscheinlich gar nichts, Sir. Reine Vorsichtsmaßnahme.«

»Aha. Sie werden wahrscheinlich nie in Rente gehen wollen, so spannend, wie Ihr Job ist.«

»Sein Glück, in Rente gehen ist tödlich«, kommentierte Maureen.

»Man sollte eher sagen: Rente ist eine Form von Sterben«, sagte Ralph. »Trotzdem sollten Sie über diese Pensionsgeschichte nachdenken.« Er zwinkerte Milo zu. »In Ihrem Alter.«

»Wem hat Kathy die Unterlagen gebracht?«

Maureen tippte weiter. »Hier steht: Dublin Development.« Sie schrieb den Namen auf einen Zettel, den sie Milo reichte.

»Vielen Dank, Mrs Gross.«

»Kein Thema, Lieutenant.«

»Danken Sie uns, indem Sie den Fall lösen«, sagte Ralph. »Und denken Sie daran: Die Shagrarians sind in Rente gegangen. Sie hat für Warner Brothers gearbeitet und bekommt eine gute Pension.«

Dublin Development nahm ein Viertel des neunten Stocks in Grant Fellingers Gebäude ein.

»Nachdem sie die Unterlagen abgeliefert hat«, rekonstruierte ich, »fährt sie im Aufzug nach unten, der bleibt im siebten Stock stehen, Fellinger steigt ein und lässt seinen Charme wirken. Wäre interessant zu erfahren, ob noch andere Frauen im Gebäude diese Erfahrung gemacht haben.«

»Wenn, dann haben sie jedenfalls nicht dieses Ende gefunden. Gleich zu Beginn meiner Ermittlungen in Sachen Hennepin habe ich mir angesehen, ob es noch andere Fälle mit Verbindung zu Essen gibt. Häusliche Gewalt hat oft mit der Küche zu tun – Hitze, Messer, nicht genug Salz im Eintopf. Meist ist das Körperverletzung, ich habe aber auch ein paar Morde gefunden. Einschließlich eines Idioten, der seine Frau erschossen hat, weil sie Leber zum Abendessen gemacht hatte – die er früher gemocht hatte, aber jetzt nicht mehr. Keiner der Fälle ungelöst oder unserem auch nur annähernd ähnlich.«

»Vielleicht kam das Dinner for two erst später dazu.«

»Und?«

»Und die entscheidende Verbindung ist immer noch das Gebäude. Frauen, die dort arbeiteten oder etwas zu erledigen hatten.«

Er blickte auf den Zettel mit der Adresse von Dublin Development. Dann rief er Binchy an. »Das wird kein großer Spaß, mein Freund, aber wenn es einer drauf hat, dann Sie.« Er erläuterte seinen Plan. »Sie können mit Computerrecherche anfangen, aber das wird nicht reichen. Es geht hier nicht direkt um Tatorte, und da ist dann im Computer nicht viel zu finden. Sie müssen mit den Morddezernaten persönlich reden, in sämtlichen Bezirken, und sehen, ob sich jemand an etwas erinnert, das mit diesem verdammten Ort zu tun hat, oder jemanden kennt, der sich erinnert. An eine Geschäftsadresse, oder vielleicht war er mal persönlich da ... bitte? ... Das freut mich, Sean. Jeder hat eine andere Vorstellung von Spaß.«

Auf dem Weg über den Mulholland Drive hinunter in die Innenstadt sagte er: »Ich weiß, ich war unerträglich, aber danke für die Hilfe. Die Sache wird immer absurder, aber immerhin bewegt sich was.«

»Was steht jetzt an?«

»Du gehst dein Leben genießen, und ich mache einen Crashkurs zum Thema Leben und Werk von Grant Fellinger.«

Sein Handy spielte Grieg. »Sturgis ... oh, hallo ... danke ... sicher ... ja. Bin gleich da.«

»Planänderung?«, fragte ich.

»Das war Darius Kleffer, der irre Koch. Klang ganz ruhig eigentlich. Trifft sich jederzeit mit mir, hilft gern.«

»Wo und wann?«

»An seinem Arbeitsplatz. Hunger?«

»Du hast was von einem Snack gesagt.«

»Das war vorhin, jetzt ist jetzt. Und jetzt ist es viel zu spät, um sich mit einem Snack zu begnügen. Findest du nicht auch?«

»Na klar.«

»Ach ja«, sagte er. »Eiserne Selbstbeherrschung. Keine Sorge, wir haben alle unsere Schwächen.«

13

Die neuesten In-Restaurants in Los Angeles drängen sich wie Sporen um Third Street, Beverly Boulevard und Melrose Avenue.

Das *Beppo Bippo* war früher eine Reinigung in chinesischer Hand gewesen und lag am Beverly Boulevard, gleich westlich der La Brea Avenue. Ich wusste das, weil ich dort während meiner Zeit im Western Pediatric Medical Center hatte waschen und bügeln lassen.

»Beppo, der Comic-Affe«, sagte Milo.

»Kenn ich nicht.«

»Echt süß. Mr Fellinger könnte sich Beautytipps von ihm geben lassen.« Er schwieg kurz. »Außerdem ist es ein Gedicht von Byron.«

Ich pfiff. »Kein Scherz?«

»Hey, so ein Magister ist ziemlich nutzlos, außer für Kreuzworträtsel, und ich hasse Kreuzworträtsel.«

»Ihr habt in Amerikanischer Literaturwissenschaft Lord Byron behandelt?«

»Also gut, du hast mich durchschaut. Früher hab ich mal alle möglichen Bücher gelesen – da, stell dich in die Halteverbotszone, ich leg meinen Ausweis ins Fenster. Wenn du ein Knöllchen bekommst, werde ich ihnen erzählen, dass wir alle beide Uniabschlüsse haben.«

Zu Reinigungszeiten hatten Mr und Mrs Chang den tristen Ort mit Landschaftspostern und Prominentenfotos dekoriert. Seither war nicht viel gemacht worden an den bröckelnden Ziegelwänden, den gerissenen Zementböden und den behelfsmäßig mit Klebeband befestigten Lüftungsrohren, die sich über die grobe Holzdecke schlängelten.

Wozu auch bei den gesunkenen Erwartungen heutzutage?

Drei Köche in Schwarz wirbelten durch eine offene Küche im hinteren Teil des Raums. Tische und Stühle sahen aus wie Sperrmüll einer Schule in einem sozialen Brennpunkt. Es war mitten am Nachmittag, zwischen Mittag- und Abendessen, dennoch war jeder Platz besetzt von Leuten, die alle am Limit arbeiteten, wenn auch mit unterschiedlichem Erfolg.

Essen, Trinken, Plaudern, hin und wieder leidenschaftliche Luftküsschen, aber auch handfeste Küsse. Die harten Oberflächen erzeugten einen beachtlichen Lärmpegel, während Milo und ich uns zwischen den eng stehenden Tischen einen Weg hindurchbahnten. Die Teller waren klein, die Portionen Dagobert-Duck-geizig und sahen nach einer Mischung aus Italienisch und Japanisch aus, vielleicht mit ein bisschen Französisch drin.

Milo murmelte etwas.

»Was?«, fragte ich, woraufhin er seine Hand um mein Ohr krümmte und die Stimme leicht hob. »Crudo meets Sushi.«

»Und Godzilla«, sagte ich.

Er lachte. Dann näherten wir uns der Küche, und er wurde wieder ernst.

Den drei Köchen stand jeweils eine schwarz gekleidete

Bedienung gegenüber. Die Frauen waren alle nicht groß, und so konnten wir leicht über sie hinwegspähen.

Die Köche waren Männer. Der eine war kräftig und hatte einen Rabbinerbart im Haarnetz und langes Haar, das hochgebunden war und unter einem fettverschmierten schwarzen Stetson steckte. Die anderen beiden waren dünn und hatten eingesunkene Wangen und Irokesenfrisuren. Der in der Mitte blau, der rechts schwarz.

Darius Kleffers Führerscheinfoto passte zu Schwarz. Wobei Blau auch durchgegangen wäre.

Kleffer entdeckte uns, hielt abwehrend die Hand hoch und arbeitete weiter. Schnippel, schnippel, hack, hack. Ein Teller wurde schwungvoll der Bedienung entgegengeschoben, die sofort damit lossprang. Eine lockige Garnele in inniger Umarmung mit einem winzigen Halbmond aus Foie gras. Die Pastete durfte in Kalifornien per Gesetz nicht hergestellt werden, doch man konnte sie natürlich aus anderen Staaten importieren. Pech fürs Federvieh.

Kleffer wischte sich die Hände an einem Handtuch ab und trat hinter der Theke hervor, im Mund bereits eine filterlose Zigarette.

»Draußen, okay?«, sagte er. »Wir haben keinen Tisch frei.«

Wir folgten ihm durch das Restaurant. Ein paar der Gäste versuchten, seine Aufmerksamkeit zu erlangen, wie Studenten, die das Lob ihres Professors suchen. Kleffer ignorierte sie, den Kopf vorgeschoben wie ein angreifender Ziegenbock. Seine Asche fing er in einer Hand auf und brachte sogar das meiste davon bis nach draußen. Als wir den Gehsteig erreicht hatten, war die Zigarette zu zwei Dritteln aufgeraucht, und er zündete sich an der Glut gleich die nächste an, ehe er das glimmende Ende mit den bloßen Fingern erstickte. Die Haut zischte kurz, doch er schien es nicht zu merken.

Er zog sich in die Gasse zwischen dem Restaurant und einem italienischen Geschäft mit Dauerräumungsverkauf zurück und lehnte sich gegen die Wand. »Umweltverschmutzung, okay?«, sagte er und ließ die Asche und die zerdrückte Kippe zu Boden fallen.

»Okay«, wiederholte er. Seine Stimme war leise, wie für Entschuldigungen gemacht, er hatte blutunterlaufene braune Augen, einen fleckigen grauen Zweitagebart und sprach mit einem Akzent, der nach Nordeuropa klang. Sein linker Arm war von den Fingerknöcheln bis zum Oberarm tätowiert, der rechte tattoofrei. Die Ohren waren durchlöchert, aber ohne Schmuck.

»Danke, dass Sie sich so kurzfristig mit uns treffen konnten«, sagte Milo.

»Klar«, erwiderte Darius Kleffer. »Tut mir leid, dass ich nicht beim ersten Mal reagiert habe.« Er senkte den Blick.

»Sie waren in New York.«

»Ich hätte aber trotzdem zurückrufen können.« Kopfschütteln, zuckende Wangenmuskeln. »Es war zu schwer. Tut mir leid.«

»Über Katherine zu reden.«

»Ja.« Seine Wange zuckte.

»Können Sie jetzt über sie reden?«

»Ich denke schon.«

»Wie ich schon sagte, der Fall ist nicht gelöst. Also, alles, was Sie uns sagen können, kann nützlich für uns sein.«

»Schön wär's«, meinte Kleffer. »Tut mir so leid, dass ich nicht zurückgerufen habe. Echt.«

»Sie müssen sich nicht entschuldigen, Mr Kleffer.«

»Ich weiß, ich weiß … ich denke, ich möchte Ihnen zeigen, dass ich kein Arschloch bin. Auch wenn Sie andere Dinge über mich gehört haben.«

»Von wem?«

»Von allen, die mich mal gesehen haben, wenn ich trinke. Wenn ich trinke, bin ich nämlich ein totales Arschloch. Wenn ich nicht trinke, bin ich, glaube ich, ganz okay.«

Er sah uns an, als erwartete er unsere Zustimmung.

»Trinken Sie oft?«, fragte Milo.

»Schon mein ganzes Leben lang«, erwiderte Kleffer. »In der Zeit mit Kathy war ich aber clean und nüchtern. Danach bin ich nach New York und habe wieder schwer damit angefangen. Es ist dieses Leben. Aber das soll keine Entschuldigung sein. Ich habe mich ein paarmal ganz schön in die Scheiße geritten.«

Milo sah mich an.

»Was möchten Sie uns denn über Katherine erzählen?«, fragte ich.

Kleffer nahm eine weitere Zigarette heraus. »Erzählen? Sie war ein tolles Mädchen. Ein nettes Mädchen. Schüchtern, aber sehr süß.«

»Wie haben Sie sich kennengelernt?«

Kleffers Miene hellte sich auf. »Wie es kommt, dass sie sich auf einen Freak wie mich eingelassen hat? Sagen Sie's mir. Ich habe das nie so richtig verstanden, aber ich wollte mich nicht beschweren.« Ein tiefer Zug. Feuchte Augen. »Ich habe sie geliebt. Das müssen Sie wissen.«

»Wir müssen das wissen, weil …«, setzte Milo an.

»Ich weiß nicht, warum ich das gesagt habe. Ich denke … ich weiß nicht, was ich sage, okay?« Er blickte zur Seite. »Das ist so peinlich. Ich hatte mir vorgenommen, vor der Polizei nicht zu heulen, aber …« Er klopfte sich auf die Brust. »Die Gefühle, verstehen Sie? Ich habe das alles verdrängt. Aber jetzt, wo ich clean und nüchtern bin, trifft es mich umso härter.«

Ich ließ ihm Zeit zum Rauchen. »Also, wo haben Sie und Kathy sich kennengelernt?«

Er lächelte. »Ach ja, die Frage. In einem Restaurant. Witzig, oder?«

»Haben Sie da gearbeitet?«

»Nein«, sagte Kleffer. »Ich habe da gegessen. Es war ein Thai in einer kleinen Ladenstraße nicht weit von ihrem Arbeitsplatz. Ich war im Valley zum Einkaufen, da sah ich das Schild und dachte, was soll's.«

»Sich mal unters gemeine Volk mischen«, sagte Milo.

»Nein, nein, Freaks, die abgefahrene Sachen für andere Leute kochen, essen selbst gern einfach. Gehen Sie mal in so einen Michelin-Tempel nach Ladenschluss und schauen sich an, was die Leute da essen. Brot, Suppe, Burger.«

»Zurück zur Einfachheit«, sagte ich.

»Ja, ja, genau. Da habe ich also Katherine kennengelernt. Ich habe Pad Thai gegessen und sie irgendwas mit grünem Curry und zu viel Zitronengras, das konnte ich von meinem Platz aus riechen. Unsere Tische standen nicht weit voneinander entfernt, sie war hübsch – nicht sexy-hübsch, eher so … was ich von früher vom Dorf in Deutschland kenne. Natürlich, wissen Sie? Ich sah nicht so freakig aus wie jetzt, mein Kopf war rasiert.« Er fuhr sich durch die schwarzen abstehenden Haare. »Ich sollte das abschneiden … Jedenfalls sprach ich sie an, fragte sie nach ihrer Nummer, und sie gab sie mir sogar. Der Rest ist allerdings nicht Geschichte.«

»Wieso nicht?«, fragte Milo.

»Ich rief sie am nächsten Tag an, und sie sagte nein danke. Sie wolle nicht unhöflich sein, aber sie hätte noch mal drüber nachgedacht, wir hätten gar nichts gemeinsam. Ich war fertig mit der Welt, aber ich habe sie für ihren Mut bewundert.«

»Wieso Mut?«

»Ich meine, sie hätte ja auch gar nicht ans Telefon gehen können, oder? Man ruft zweimal an und gibt dann auf. Ich war überrascht, dass sie mir ihre Nummer überhaupt gegeben hat. Ich bin ja nicht gerade ein Schwiegermuttertyp.«

»Also wie ging es weiter?«, fragte Milo.

»Ich hab's weiter versucht«, antwortete Kleffer. »Kein Stalking oder so – ich habe eine Woche gewartet, und dann noch mal eine. Warum? Kann ich Ihnen gar nicht genau sagen. Sie hatte einfach etwas an sich. Sie war anders als die durchgeknallten Mädels, die ich bei der Arbeit kennenlerne. Eher so altmodisch, verstehen Sie? Vielleicht hat sie mich an meine Familie erinnert, ich weiß nicht. Das waren bodenständige Leute, meine Großeltern haben einen Bauernhof … ich weiß nicht. Wer weiß schon immer, warum man etwas tut?«

»Sie haben also weiter angerufen«, sagte ich.

»Kathy ging jedes Mal ran, und wir unterhielten uns, und das hat mich darin bestärkt weiterzumachen und vielleicht mehr zu werden wie so ein normaler Typ.« Kleffer lachte. »Ich habe mir die Haare wachsen lassen, damit ich wie ein Spießer aussehe, verstehen Sie? Ich dachte, wenn ich mich jemals mit ihr treffe, ziehe ich was Langärmliges an.« Er rieb sich den tätowierten Arm. »Keine Ahnung, warum ich mir das überhaupt angetan habe.«

»Wie oft haben Sie sie denn angerufen, bis sie Ja sagte?«, fragte ich.

»Viermal. Ich habe sie in ein Kammerkonzert eingeladen, dann in ein Normalo-Steakhouse, nichts Avantgardistisches. Wir hatten Spaß zusammen, da hat sich was entwickelt, verstehen Sie? Ich habe sie dann heimgefahren und mich mit einem Kuss auf die Wange zufriedengegeben. Irgendwann wurde dann mehr draus … und wir waren zusammen.«

»Bis …«

»Kathy Schluss machte. Warum? Auch das kann ich Ihnen nicht sagen.« Kleffer rauchte, hustete, betrachtete die Zigarette und murmelte kopfschüttelnd: »Das wird mich noch umbringen … Nachdem sie Schluss gemacht hatte, habe ich wieder mit dem Trinken angefangen und war wieder das alte Arschloch. Ich bin sogar zu ihrem Büro gegangen, um mit ihr zu reden, sie arbeitet für so alte Leute, ich dachte, die kriegen einen Herzinfarkt, ist dann aber zum Glück nichts passiert. Gott sei Dank hat Kathy mich nicht wegen Stalking angezeigt. Ich hatte ja schon ein paar Probleme … in Bars ausrasten und so. Aber das wissen Sie bestimmt.«

»Wie oft waren Sie bei ihr im Büro?«

»Nur zweimal – ich weiß, zweimal zu viel. Ich habe sie immer wieder angerufen, weil ich wissen wollte, warum.« Seine Augen wurden feucht.

»Haben Sie je eine Antwort bekommen?«, wollte ich wissen.

»Sie hat es nie offen gesagt, aber ich bin sicher, da war ein anderer Kerl.«

»Warum?«

»Sie hat sich plötzlich anders verhalten. Hatte keine Zeit mehr, war immer beschäftigt. Sie war nicht ätzend zu mir, aber … wenn wir zusammen waren, war sie nie richtig dabei. Als würde sie mich anders sehen. Und als ich sie fragte, ob sie jemand anderen hätte, sagte sie nie Ja oder Nein, sondern wechselte das Thema.«

»Haben Sie versucht herauszufinden, wer er war?«

»Müssen wir darüber reden?«

Ich lächelte.

»Okay, okay«, sagte Kleffer. »Ich bin ein paar Mal bei ihr vorbeigefahren. Ja, ja, klar. Ich habe getrunken, es war wie ein großes schwarzes Loch, verstehen Sie? In meinem Herzen, in meinem Hirn. Dann hörte ich von dieser Pilotshow fürs Fernsehen, wo man sich für Mr Luongs Team bewerben konnte, und der ist ein verdammtes Genie. Ich also nach New York, mich aus dem Stand bewerben, kriege den Job und arbeite nur noch rund um die Uhr, sodass ich gar nicht an Frauen denken kann, auch nicht an Kathy.«

Er sah Milo an. »Dann komme ich eines Abends spät heim, höre meine Nachrichten ab, und da ist eine von Ihnen drunter. Mordkommission? Kathy? Ich bin total auseinandergefallen, Mann. Als ich für Mr Luong anfing, war ich clean und nüchtern. Nachdem ich Ihre Nachricht gehört hatte, war ich wieder voll auf Jack.« Ein laues Lächeln. »Guter einheimischer Stoff. Patriotisch, was? Ich wusste, es würde nicht gut für mich ausgehen. Trinken und mit scharfen Messern arbeiten. Ich versuchte, von einem Moment auf den anderen aufzuhören, doch dann landete ich mit Entzugserscheinungen in der Notaufnahme vom Bellevue. Die meinten, ich hätte draufgehen können. Ich sagte, scheiß auf die Miete, flog aus der Wohnung, schlief in fremden

Wohnzimmern, bekam schließlich diesen Job und kam zurück.«

»Und wie läuft es jetzt so?«

»Sie meinen, mit dem Trinken?« Kleffer verschränkte die Finger. »Sie wissen also nicht, wer meine Kathy ermordet hat?«

»Noch nicht«, erwiderte Milo.

»Noch nicht«, echote Kleffer. »Immer dieser amerikanische Optimismus. Ihr glaubt an die Zukunft, deshalb erfindet ihr auch lauter tolle Sachen.«

»Gibt es jemanden, der Kathy vielleicht wehtun wollte?«

»Niemand. Sie war ein nettes Mädchen.« Kleffer winkelte ein Knie an und stellte einen seiner Holzclogs an die Wand hinter sich. »Offensichtlich gab es jemanden, der das anders sah, aber wer? Ich habe keine Ahnung.«

»Haben Sie sie Ihren Freunden vorgestellt?«

»Glauben Sie etwa, irgendein Freak hat sie ermordet?«

»Wir loten alle Möglichkeiten aus.«

Kleffer verzog das Gesicht. »Okay, klar. Nein, wir sind nie mit Leuten von meiner Arbeit weggegangen. Ich wollte sie nicht mit Freaks zusammenbringen, ich wollte sie mit niemandem teilen. Sie hat mich beruhigt, ich war gern mit ihr allein.«

»Der Mann, mit dem sie Ihrer Meinung nach zusammen war. Wie stellen Sie sich den vor?«

»Wie ich mir den vorstelle?«, fragte Kleffer. »Na, der war um Klassen besser als ich.« Er lachte bellend. »Was auch nicht schwer ist, oder? Ich denke, es war Geld, Prestige, ein schönes Auto, all das, worauf Frauen so stehen.«

»Hat sie mal was in der Richtung gesagt?«

»Nein. Sie hat nie zugegeben, dass sie mit jemandem zusammen ist, aber ich dachte mir das. Weil ich eben nichts von dem habe und sie Schluss gemacht hat.«

»Wie hat sie Schluss gemacht?«

Kleffer schnitt eine Grimasse. »Sie hat mich angerufen und gesagt, ich sei ein toller Freund, sie hätte unsere gemeinsame Zeit genossen, aber sie müsse das beenden.«

»Sie hat das Wort ›müssen‹ benutzt?«

Kleffer überlegte. »Ich bin ziemlich sicher, dass sie es so gesagt hat. Ich verstehe, was Sie meinen, das Arschloch hat sie gedrängt. Sie meinte außerdem, sie brauche Stabilität im Leben, worauf ich sagte, die könnte ich ihr auch bieten. Kathy hat nicht widersprochen. Sie hat einfach gar nichts gesagt, und das war noch viel schlimmer.«

»Weil ihr die Vorstellung nicht gefiel.«

»Weil sie genau wusste, dass das Quatsch war, nur dass sie zu höflich war, das auszusprechen«, sagte Kleffer. »Damit hat sie praktisch auf den Punkt gebracht, wie sehr sie mir überlegen war.«

»Stabilität«, meinte ich.

»Mädels wollen so was.«

»Die meisten Menschen wollen das«, sagte Milo.

»Ja, klar. Vielleicht sogar ich, wer weiß?« Kleffer sah zum Boden. »Darf ich fragen, wie es genau passiert ist?«

»Wir halten die Einzelheiten vorläufig unter Verschluss.«

»Oh ja, klar. Ich hoffe nur, sie hat nicht zu sehr gelitten.«

»Hätte Kathy einen Fremden in ihre Wohnung gelassen?«, fragte ich.

Kleffer streckte sein Bein aus. »Sie hat ihn reingelassen?«

»Das überrascht Sie.«

»Ich dachte, irgendein Scheißkerl ist eingebrochen, weil er was klauen wollte, und ist ausgerastet.«

»Wie kommen Sie darauf?«, fragte Milo.

»Weil es meistens so läuft, oder?«

Wir reagierten beide nicht.

»So war es also nicht?«, fragte Kleffer.

»Es gibt keine Hinweise auf gewaltsames Eindringen«, erklärte Milo.

Kleffer drückte sich mit dem Rücken an die Wand und ließ sich nach unten rutschen. Nach ein paar Zentimetern drohte er, die Balance zu verlieren, und richtete sich wieder auf. »Sie hat irgendeinen Arsch in ihre Wohnung gelassen? Oh Gott, ich habe ihr immer gesagt, sie muss vorsichtiger sein.«

»War sie denn leichtsinnig?«

»Nein, das nicht. Das waren mehr so Sachen wie geh nicht abends im Dunkeln allein einkaufen. Wenn du was brauchst, ruf mich an, ich bring's dir mit. Ich hab ihr auch gesagt, sie soll sich eine Alarmanlage anschaffen. Du bist ein Mädchen, das allein wohnt, hab ich gesagt. Sie sagte, danke, dass du dir Sorgen machst, aber lass mal. Und jetzt sagen Sie mir, sie hat jemanden in ihre Wohnung gelassen. Fuck! War es der Neue? Vielleicht hätte ich doch rausfinden sollen, wer er war.«

»Ich würde an dieser Stelle keine voreiligen Schlüsse ziehen, Sir«, meinte Milo.

»Sie hat den Arsch reingelassen.« Kleffer trommelte mit der Faust gegen die Wand, bis kleine rote Flecken auf seinen Knöcheln erschienen. Er wischte sich die Hand an seiner Schürze ab. Frisches menschliches Blut mischte sich mit dem Blut anderer Säuger. »Dummes Mädchen.«

14

Darius Kleffer zockelte rauchend ins Restaurant zurück und rieb sich dabei die Hand.

Milo und ich blieben in der schmalen Gasse stehen. »Fällt dir irgendwas zu ihm ein, außer dass er ein Umweltverschmutzer ist?«

»Wir wissen, dass er Katherine Hennepin nicht selbst umgebracht hat, und ich kann mir nicht vorstellen, dass er jemanden dafür engagiert hat. Außerdem ist er nicht der Typ Mann, auf den Ursula fliegen würde.«

»Also, alles Zeitverschwendung.«

»Vielleicht auch nicht«, sagte ich. »Sein Verdacht, dass es einen anderen Mann gab, würde zu der These passen, dass Fellinger sich an Kathy herangemacht hat.«

»Jemand, der Stabilität bietet.«

»Ein Anwalt aus Century City würde diese Voraussetzung erfüllen.«

»Könnte das nicht auch Kleffers schwaches Selbstwertgefühl sein? In seinen Suffphasen sinkt er ziemlich tief.«

»Möglich«, meinte ich. »Aber Kleffers Erklärungen klingen logisch. Kathy und er waren von Beginn an ein ungleiches Paar. Sie wehrte sich erst, bevor sie nachgab, doch zum Schluss war sie wieder eine konventionelle Frau mit konventionellem Geschmack. Vielleicht weil ein älterer Anwalt ihr im Aufzug eines schicken Büroturmes Avancen machte. Jemand, der selbstbewusst, weltgewandt und kultiviert ist, also praktisch das Gegenmodell zu Kleffer.«

Jetzt bearbeitete Milo die Wand. »Und vielleicht kocht er ja sogar, verdammt.«

»Und befriedigt alle ihre Gelüste.«

»Hieb- und stichfest ist was anderes«, erwiderte er. »Aber wie du schon sagtest, was habe ich denn sonst? Komm, wir machen uns über den Affenmann schlau.«

Zurück auf der Polizeistation machten wir für einen giftigen Kaffee einen Umweg über das Gemeinschaftsbüro, um uns anschließend in Milos kemenatenartige Einzelzelle zurückzuziehen. Während er sein E-Mail-Programm öffnete, schob ich den Besucherstuhl in eine Ecke und las meine Nachrichten. Robin hatte sich gemeldet, ich brauchte aber nicht zurückzurufen. Ich trat trotzdem in den Flur hinaus und nahm eine Auszeit vom Hässlichen. Ich hörte zu, wie sie mir von ihrem Tag berichtete, ohne allzu viel von meinem preiszugeben, und wir planten unser Abendessen zu Hause, mit Onglets vom Rind auf dem Grill.

»Wein?«, fragte sie. »Oder sollen wir einen klaren Kopf behalten?«

»Das würde sich nicht lohnen.«

»Kein Fortschritt?«

»So könnte man es nennen.«

»Jetzt nicht?«

»Ich erzähl's dir beim Wein.«

Ich trat in Milos fensterlose Kammer zurück, er bearbeitete seinen Computer mit der grimmigen Entschlossenheit eines Schulschwänzers, der in einer Spielhalle mit dem Joystick fremde Raumschiffe abwehrt.

Milos Ziele: die Kriminaldatenbanken, sowohl lokal als auch die des FBI.

Grant Fellinger: Fehlanzeige.

Das Kraftfahrzulassungsamt verzeichnete drei Verkehrsverstöße in ebenso vielen Jahren, zwei in der Nähe von Fellingers Büro, einen rund zwei Kilometer westlich vom Santa Monica Boulevard nicht weit von Westwood. Mit zwei verschiedenen Fahrzeugen, einem 6er BMW und einem Dodge-Oldtimer, hatte er jedes Mal das gleiche Vergehen begangen, nämlich ein Stoppschild überfahren.

»Der Mann hat's eilig«, sagte Milo. »Sagt uns das was über seine Psyche?«

»Wenn ich das beantworten könnte, hätte ich meine eigene Talkshow im Fernsehen.«

»Dr. Alex«, witzelte er. »Versprüht Volksweisheiten und liebevolle Strenge in den Pausen zwischen der Werbung für Umkehrhypotheken … weiter im Text: Hier sind seine Immobiliendaten … ein Haus in den Palisades … nicht richtig nah bei Hennepins Wohnung, aber auch nicht weit; wenn es ihn packt, kann er schnell anrufen und vorbeifahren.«

»Dann müsste es Telefonate zwischen Kathy und ihm gegeben haben.«

Sein Mund mahlte. Er sah in die Hennepin-Akte, um das zu überprüfen, und schlug sie wieder zu. »Nada. Also was? Er kommt einfach so vorbei, ganz spontan und so? Sie ist von ihm beeindruckt, von dem reichen selbstbewussten Typen, weil er ihr das Gefühl von Stabilität gibt. Was für sie gleichbedeutend mit Sicherheit ist, also lässt sie die Tür für ihn offen.«

»Und so kann er das abendliche Picknick hereinschaffen.«

»Das müsste doch jemand bemerkt haben, Alex. Aber wie gesagt, Kleffer war der einzige Mann, den jemals jemand bei ihr hat ein und aus gehen sehen.«

»Kleffer ist auch schwer zu übersehen. Ein Mann mittleren Alters im Dunkeln schon eher. Oder sie sind für ihre Stelldicheins zu Fellinger gegangen. Gibt es vielleicht Daten zu einer zweiten Adresse?«

»Ein Liebesnest für den guten alten Grant? Gefällt mir.« Er tippte.

Seine Begeisterung war nur von kurzer Dauer. Es gab keine weiteren Eintragungen auf Fellingers Namen, seinen Familientrust oder seine Kanzlei – nicht in Los Angeles, nicht in Orange County, auch nicht in San Bernadino County. Milo wandte sich vom Bildschirm ab.

»Könnte ja sein, dass er was gemietet hat. Oder der gute Grant steht auf Hotels. Wo würdest du anfangen? Vier Sterne oder Absteige? Das können wir vergessen, falls er nicht zufällig seinen eigenen Namen benutzt hat.«

»Wenn er im Büro zu viel Charme versprüht hat«, schlug ich vor, »hat sich vielleicht eine Mitarbeiterin mal über ihn beschwert.«

Er loggte sich in die Terminliste der strafrechtlichen Verfahren ein, und als er dort nichts fand, versuchte er es beim Zivilgericht. Sein Stuhl quietschte, als er sich zurücklehnte und auf den Monitor deutete.

Grant Fellinger war nicht angezeigt worden, doch vor etwa einem Monat hatte er selbst eine Klage wegen Belästigung eingereicht, gegen eine Frau namens Deirdre Mae Brand. Keine weiteren Details.

Milo gab den Namen der Frau ein. Kein Führerschein, keine Anschrift. »Er will einem Phantom ans Leder?«

»Wenn wir bei Fellinger recht haben, will er Frauen beherrschen. Dass ihn diese Frau so sehr bedroht hat, dass er sie verklagt, könnte bedeuten, dass sie ihm den Schneid abgekauft hat.«

»Eine Hexe?«

»Jedenfalls schaurig genug. Sieh nach, ob sie schon mal verklagt worden ist, und wenn du da nichts findest, überprüfe, ob sie ein Strafregister hat.«

Deirdre Mae Brand, neunundvierzig, hatte eine lange Liste von Vorstrafen in mehreren Bundesstaaten, für Landstreicherei, Diebstahl, Mundraub und Drogenbesitz. Die Chronik ihrer Festnahmen ergab eine Reiseroute Richtung Westküste, über Illinois, Missouri, New Mexico und Nevada.

Gewalttätig waren ihre Vergehen nicht, aber vielleicht war sie ja auch nicht immer erwischt worden.

Fellinger und Brand schienen jedenfalls eine explosive Chemie untereinander entwickelt zu haben.

Ich war mir sicher, dass sie in oder in der Nähe von Fellingers Bürogebäude aneinandergeraten waren, denn Deirdre Brand war zuletzt für Ladendiebstahl in einer nahen Boutique in Century City festgenommen worden – zwei Monate bevor Fellinger sie verklagt hatte.

Milo suchte nach Daten zum Prozess, fand aber weder Gerichtstermine noch Urteil.

»Er ist Anwalt und gibt einfach so klein bei?«

»Vielleicht hat die Klage abschreckend genug auf sie gewirkt«, sagte ich. »Scroll zurück zu Brands Festnahmen.«

Dabei wurde ein Muster deutlich: Brand war jedes Mal straffrei oder mit ein oder zwei Nächten in einer Ausnüchterungszelle davongekommen. Sie hatte keinen einzigen Tag im Gefängnis verbracht.

»Dann hat sie wohl ebenfalls einen besonderen Charme«, sagte Milo.

»Oder sie erweckt Mitleid.«

»Wofür?«

»Geisteskrankheit.«

Deirdre Brands Polizeifotos bildeten eine traurige Galerie: Flachsblond und mit frischer Haut war sie mit neunzehn erstmals wegen Marihuana festgenommen worden. Doch schon damals wirkte sie dumpf, ein Eindruck, der durch ihren leeren, feindseligen Blick verstärkt wurde. Von Angst, die man bei einer ersten Festnahme erwarten würde, war nichts zu erkennen.

Möglicherweise waren ihre Affekte durch eine psychische Störung gedämpft.

Mit fünfundzwanzig war sie auf erschreckende Weise gealtert. Fehlende Zähne hatten ihr Gesicht einfallen lassen. Auf dem letzten Foto, nach dreißig Jahren krimineller Laufbahn und noch keine fünfzig, war sie ein verhutzeltes Weiblein mit missgestaltetem Raubvogelgesicht, das ebenso knochig wie aufgedunsen war. Ihr Haar saß wie ein wirres weißes Vogelnest auf ihrem Kopf, und ihre Haut hatte den rötlichen Schimmer angenommen, der von jahrelangem Leben auf der Straße zeugte.

In ihrem Blick war eine neue Art von Leere, die mir von den geschlossenen Stationen psychiatrischer Einrichtungen bestens vertraut war.

Sie war neunundvierzig, doch ich hätte sie auf siebzig geschätzt.

»Keine Adresse, weil sie obdachlos ist«, sagte Milo. »Sie

sieht erbärmlich aus, Alex. Wie soll diese Frau Fellinger Angst eingejagt haben?«

»Vielleicht habe ich mich auch geirrt, und sie war mehr ein Ärgernis, das er nicht loswurde.«

»Wir wollen Fellinger doch als psychopathischen Killer sehen. Wieso hat er sein Problem nicht auf die gute alte Art gelöst?«

»Vielleicht hat er das ja.«

»Oh mein Gott.«

Milo machte sich daran, die Unterlagen zu Fellingers Klage zusammenzusuchen. Das war alles andere als einfach, weil Fälle, die nie vor Gericht kommen, in beliebigen Akten verschwinden und gern verloren gehen. Irgendwann bekam er am Telefon eine mündliche Zusammenfassung von einem Jurastudenten, der im Büro des Staatsanwalts ein Praktikum machte.

»Du hast recht«, sagte er, nachdem er aufgelegt hatte. »Es war in dem Einkaufszentrum westlich von Fellingers Gebäude. Er ging zum Mittagessen dorthin, Ms Brand hielt sich dort häufig auf, um zu betteln, eine ständige Nervensäge. Gesetze gegen Herumlungern gibt es praktisch nicht mehr, der Sicherheitsdienst konnte also nicht viel unternehmen. Zum Zusammenstoß mit Fellinger kam es, nachdem sie andere Besucher um Geld angeschnorrt hatte – gar nicht ihn selbst. Es gab einen Wortwechsel, er behauptet, sie habe versucht, ihn zu attackieren, wobei das niemand bezeugen kann. Er hat sie selbst überwältigt und festgenommen – gemäß dem Jedermann-Festnahmerecht darf er das –, und hielt sie fest, bis die Polizei kam. Der Bezirksstaatsanwalt verweigerte ein Strafverfahren, und so ging Fellinger den

Weg des Zivilrechts, indem er behauptete, Brand habe ›auffällig sozial gefährliches Verhalten‹ an den Tag gelegt. Was heißt das für dich?«

»Sie ist ihm auf den Keks gegangen.«

»Ha! Brand hat achtundvierzig Stunden in der psychiatrischen Klinik des Countys verbracht und kam dann frei. Zu den Anhörungen ist sie nie erschienen, und Fellinger hat seine Klage schließlich zurückgezogen.«

»Er findet sie lästig genug, um sie festzunehmen, und dann bekommt er plötzlich Mitleid?«

»Mir gefällt das auch nicht.«

Deirdre Brands Name war in der ganzen Stadt in keinem Opferverzeichnis zu finden, noch lag ihre Leiche beim Coroner der Stadt in der South Mission Road.

»Frauen wie sie kann man kinderleicht verschwinden lassen«, sagte Milo. »Sie könnte überall sein.«

»Es sei denn, er hat sich auf alte Gewohnheiten besonnen und sie irgendwo offen ausgestellt, zum Angeben.«

»Zusammen mit einem Dinner für zwei?«

»Vielleicht Fastfood«, sagte ich. »Passend zum sozialen Status.«

15

Als ich mich schließlich auf den Heimweg machen wollte, hatte Milo seine Prioritäten festgelegt.

Es hatte keinen Sinn, nach einer geisteskranken Obdachlosen zu suchen, die überall und nirgends sein konnte. Und obwohl für ihn längst nicht feststand, dass Grant Fellinger sein Mörder war, würde er ihn höchstpersönlich observieren, unterstützt von Binchy und Reed.

»Küss die Frau, streichle den Hund, genieß die Steaks.« Er blickte wieder auf seinen Monitor.

»Wie wär's, wenn du mir eine Kopie von Deirdre Brands letztem Polizeifoto mitgibst?«

»Willst du nach ihr suchen?«

»Wenn ich Zeit habe.«

»Wie?«

»Weiß ich noch nicht.«

»Bei deiner Ausbildung könntest du deine Zeit lukrativer einsetzen.« Dennoch drückte er auf *Drucken*.

An jenem Abend in meinem Büro legte ich meine persönlichen Prioritäten fest. An hohen Feiertagen gingen Robin und ich mit Lebensmitteln und Kleidung zu Obdachlosen, die zu misstrauisch oder paranoid waren, um Suppenküchen und Unterkünfte aufzusuchen. Ich kannte also einige Stellen, wo die Vergessenen zusammenkamen.

Mit Psychotikern zu reden kann eine Tortur sein, und trotz ihres Reichtums hat die Los Angeles Westside so viele stinkende Verstecke, dass man über eine Woche brauchen würde, um sie alle zu besuchen. Ich überlegte, dass ich als Erstes unter den Freeway-Brücken nachsehen würde.

Am nächsten Morgen wollte ich gerade Robin Bescheid sagen, dass ich das Haus verlassen wollte, da kam mir ein Gedanke: Milo hatte die Datenbank des Coroners nach Deirdre Brand abgesucht. Doch Menschen wie sie hatten keine Ausweispapiere bei sich.

Wenn ihre Leiche anonym beim Coroner abgeliefert worden war, hätte eine Überprüfung der Fingerabdrücke zu ihrem Strafregister geführt. Doch wenn sich die Leichname stapeln, wird auch mal was übersehen.

Ich rief eine nette Bekannte beim Coroner an, Gloria Mendez, Detective wie Milo. »Hi, Alex«, begrüßte sie mich, »ich bin draußen im Feld, und zwar wortwörtlich, ein verlassenes Grundstück in East Los Angeles mit wogendem Gras, es sieht aus wie Kansas im *Zauberer von Oz*.«

»Bandenschießerei?«

»So ähnlich. Ein Fünfzehnjähriger, der einen Sechzehnjährigen umnietet, weil der den Nerv hat, zwei Blocks weiter südlich zu wohnen. Was gibt's?«

Ich erzählte es ihr.

»Nein, wir machen immer Fingerabdrücke. Wenn sie vorbestraft ist, würden wir wissen, wer sie ist.«

»Okay, danke.«

»Andererseits will ich Ihnen auch keine falschen Hoffnungen machen. Manchmal kommt es vor, dass die Abdrücke sogar zugeordnet werden können, die Info aber liegen bleibt, vor lauter Überlastung. Am besten rufen Sie Martha

Shisick an. Ich habe ihre Durchwahl nicht parat, aber sie ist immer an ihrem Schreibtisch.«

»Danke für den Tipp. Wie schreibt man Shisick?«

»Bin mir nicht sicher, es ist auf jeden Fall ein Haufen Konsonanten drin. Wenn Sie sich auf unserer Seite einloggen und aufs Archiv klicken, finden Sie den Namen. Sollte sie schlecht gelaunt sein, lassen Sie meinen Namen fallen.«

Die leitende Datenverarbeiterin Martha P. Szcyszcyk hörte sich meine Anfrage an, ohne mich zu unterbrechen, und antwortete dann vorsichtig. »Hat Gloria Ihnen geraten, sich auf sie zu beziehen, um sich bei mir einzuschleimen?«

»So ist es.«

»Dann möchte ich erst mal eins klarstellen: Sie sind also ein ziviler Psychologe und kein Polizeiforensiker?«

Ich setzte an, mein Verhältnis zu Milo zu erläutern.

»Klingt kompliziert«, sagte sie. »Ich weiß, wer Sturgis ist. Wird er Sie bestätigen, wenn ich ihn anrufe?«

»Absolut.«

»Moment … okay, hier sind Sie. Er hat Sie letztes Jahr als auskunftsberechtigt angemeldet.«

»Prima.«

»Sieht nicht so aus, als hätten Sie mal versucht, Auskunft zu bekommen … hoppla, zu dumm, der Zugang war auf einen bestimmten Fall beschränkt. Leider sind Sie abgelaufen, Doktor.«

Interessante Formulierung, vor allem angesichts ihres Arbeitsplatzes. »Wenn Sie ihn anrufen würden …«, setzte ich an.

»Hey«, unterbrach sie mich, »er mochte Sie damals, dann mag er Sie bestimmt immer noch. Außerdem wollen Sie auch nicht gerade Staatsgeheimnisse von mir. Nennen Sie mir einen Namen und ein paar Daten über das Opfer.«

Ich ratterte ein paar Eckdaten über Deirdre Brand herunter. »Sie ist neunundvierzig, sieht aber viel älter aus, könnte also sehr wohl als ›Seniorin‹ beschrieben werden.«

»Das ist bei den meisten so«, sagte sie. »Wann denken Sie denn, dass sie eingeliefert wurde?«

»In den letzten vier bis acht Wochen.«

»Das ist ein großer Zeitraum, aber dass sie weiß ist, schränkt die Auswahl ein.«

Sie bat mich zu warten. Eine Salsa-Version von »Hey Jude« später war sie wieder da. »Unter diesem Namen habe ich niemanden, aber da sind zwei anonyme weibliche Leichen. Eine hat keine Zähne, die andere ein paar wenige.«

»Wo wurden sie gefunden?«

»City of Industry und Santa Monica.«

»Wo in Santa Monica?«

»Fragen über Fragen ... Douglas Park am Wilshire Boulevard. Sie starb nachts, die Straßenreiniger haben sie am Morgen gefunden.«

Die Stadt am Meer grenzte an den Polizeibezirk West Los Angeles, gehörte aber nicht mehr zu Milos Revier. »Todesursache?«, fragte ich.

»Stumpfe Gewalteinwirkung auf den Schädel. Art und Weise unbekannt.«

»Stumpfe Gewalteinwirkung, aber kein Mord?«

»Unbekannt«, wiederholte sie. »Warum, kann ich Ihnen nicht sagen.«

»Waren Lebensmittel am Tatort?«

»Wie bitte?«

»Gab es Anzeichen dafür, dass sie gegessen hat?«

»Das würde nicht in dieser Datei stehen, Doktor. Haben Sie wenigstens eine letzte bekannte Adresse von Ihrer Ms Brand? Die könnte ich eingeben und vielleicht Querverweise erhalten.«

»Nein. Sie war langzeitobdachlos«, erwiderte ich. »Aber sie hat ein Strafregister, also wenn Sie im AFIS nachschauen, würde ich erwarten, dass …«

»Sie ist im AFIS? Wozu dann das Ganze?«

»Ich habe gehört, dass es manchmal ein bisschen dauert, bis jemand erfasst ist.«

»Ach? Tja, nun ja, ich wünschte, das würde nicht stimmen, aber … Moment, immer langsam mit dem Leichenwagen. Hier steht, es wurde versucht, die Abdrücke der Leiche zu nehmen, doch das ging nicht, weil ihre Fingerspitzen erodiert waren.«

»Wie das?«

»Das steht nicht da. Aber das kommt öfter vor, als Sie denken. Meine Mutter, die über achtzig ist, reist gern. Sie hat versucht, einen dieser Global Entry Passes für Senioren zu bekommen, damit sie an der Passkontrolle schneller durchkommt. Es war unmöglich, vernünftige Fingerabdrücke von ihr zu bekommen, sodass sie bei der Einreise immer noch jedes Mal persönlich antreten muss. Man hat das häufiger bei älteren Leuten. Eine Abnutzungserscheinung. Außerdem bei Menschen, die das Leben nicht schont, die beständig der Witterung ausgesetzt sind, so wie Ihr Opfer. Auch bei Musikern, besonders bei Gitarristen, können sich die Fingerkuppen völlig verändern. Bei Computerscans macht sich das noch mehr bemerkbar, wenn man manuelle Tintenabdrücke macht, ist es einfacher, doch das hat bei Ms Santa Monica wohl auch nicht geholfen. Jetzt, da ich ihren Namen habe, kann ich rückwärts vorgehen, mit den im System vorhandenen Fingerabdrücken anfangen und feststellen, ob der Computer weitere Übereinstimmungen findet. Falls das passiert, rufe ich Sie an – oder besser, ich sage Sturgis Bescheid. Wiederhören, Doktor.«

»Eine Frage noch. Wer von der Polizei in Santa Monica hat den Fall bearbeitet?«

»Laut Datei ein Detective A. Barrios.«

»Haben Sie eine Telefonnummer?«

Sie las sie mir vor.

»Vielen Dank.«

»Ach wissen Sie, das liegt absolut in meinem Interesse«, sagte Szcyszcyk. »Ich hasse es, namenlose Leichen ins Krematorium zu schicken. Es ist immer gut, wenn man sie vorher identifizieren kann.«

Detective Augustin Barrios hatte eine tiefe, weiche Stimme und das Sprechtempo eines Mannes, der gegen Aufregung gefeit ist.

Ich leierte meine Daten herunter wie bei Martha Szcyszcyk. »Schön, mit einem Psychologen zu arbeiten«, sagte Barrios. »Was kann ich für Sie tun, Doktor?«

»Sie haben kürzlich im Douglas Park einen Fall aufgenommen. Könnte sein, dass ich die Identität Ihres Opfers kenne.«

»Wirklich? Schießen Sie los.«

Als ich fertig war, sagte er: »Okay, ich hole Ms Brand heraus … da ist ein Polizeifoto von ihr in jüngeren Jahren … ja, das könnte sie sein.«

»Sie hat eine ganze Sammlung von Polizeifotos, nehmen Sie das letzte.«

»Okay … ja, das ist sie. Danke, Doktor.«

»Die Pathologie hat mir gesagt, dass die Todesursache unbekannt ist. Darf ich fragen, warum?«

»Sieht so aus, als würde ich mich besser mit Lieutenant Sturgis in Verbindung setzen«, sagte Barrios. »Besten Dank für den Tipp, Doktor.«

Eine Stunde später rief Milo von seinem Handy aus an. »Da war gerade ein Detective aus Santa Monica, der ganz nervös war wegen dir.«

»Konntest du ihn beruhigen?«

»Hab mir Mühe gegeben.« Er lachte. »Ja, ihm geht's gut, allerdings ist er wenig begeistert davon, dass Brand möglicherweise ein Mordopfer sein könnte. Er hatte den Fall als ungeklärt weggelegt.«

»Das haben sie in der Pathologie auch gesagt. Barrios wollte mir nicht verraten, warum.«

»Blut auf einer Parkbank in der Nähe deutete auf einen Sturz mit fatalen Folgen hin. Außerdem wies Deirdres Blutalkoholspiegel das Dreifache des erlaubten Limits auf, und es gab keine Spuren eines Kampfes.«

Ich erzählte ihm von Brands verwischten Fingerabdrücken.

»Klar, das kenne ich«, sagte er. »Vor Jahren hatte ich so ein Opfer; der Mann war viele Jahre lang Färber gewesen. Die Säure hatte sämtliche Rillenwindungen weggeätzt. Zum Glück mussten wir ihn nicht identifizieren, weil seine Frau ihn im Garten erstochen hatte.« Er seufzte. »Jetzt muss ich Ms Brand also in den Club der ganz Schlimmen aufnehmen.«

»Du glaubst nicht an einen tödlichen Sturz.«

»Das könnte schon sein, doch, wie du immer sagst, es kommt auf den Kontext an.«

»Hast du Barrios gefragt, ob Lebensmittel am Tatort …«

»Gerade wollte ich es erzählen. Genau die Küche, die du vorhergesagt hast, passend zu Deirdres Lebenssituation.«

»Fastfood.«

»Burger, Fritten, ein Schokoshake von Mickey D. Ordentlich angerichtet auf der Parkbank, an der sie sich ein Loch in den Kopf gehauen hat.«

»Fehlte etwas davon?«

»Nicht ein Krümel.«

»Fand Barrios das nicht seltsam?«

»Barrios hat nicht nach etwas Seltsamem gesucht. Außerdem wurde in der Nähe eine halb leere Flasche hochprozentiger Pennerwein der Marke *Night Train Express* gefunden. Barrios dachte sich, sie hat sich die Kante gegeben und ist dann gegen die Bank gestolpert, ehe sie sich dem Protein zuwenden konnte.«

»Er hat ihr die Art von Dinner bereitet, die sie gewohnt war.«

»Scheißkerl. Nur warum hat er sie umgebracht, nachdem er sich erst die Zeit genommen hatte, sie zu verklagen?«

»Vielleicht hat er die Geduld verloren. Oder er wollte sie mit der Klage einschüchtern und in die Enge treiben, um sie verfolgen zu können. Jagdfieber.«

»Trotzdem gerät sie nicht in Panik, als er im Park auftaucht?«

»Bei dem Alkoholspiegel lässt sich ein Überfall von hinten ziemlich einfach bewerkstelligen. Wann fängst du mit der Observierung an?«

»Schon passiert. Fellinger hat sein Büro vor zwanzig Minuten verlassen, und ich folge ihm unter Nutzung der natürlichen Deckung. Sprich, ich steh hinter ihm im Stau auf dem Santa Monica Boulevard.«

»Viel Glück.«

»Viel Glück für mich könnte viel Pech für eine weitere Frau bedeuten, sprich, ich sehe ihn mit einem weiteren potenziellen Opfer, kann aber nichts machen, es sei denn, er wird vor meinen Augen tätlich.«

»Zumindest wärst du dabei.«

»Bewaffnet und gefährlich.«

Ich versuchte es unter drei Brücken, wo ich jedem Obdachlosen, der es zuließ, ein Foto von Deirdre Brand vor die Nase hielt. Der finanzielle Einsatz belief sich auf zweihundert Dollar.

Kein einziger erkannte sie, und so fuhr ich zum Douglas Park an der Ecke Wilshire Boulevard und Twenty-Fifth Street, einem hübschen Fleck mit Teichen und Spielplätzen und glatthäutigen Besuchern mit entspannten Gesichtern. Ich ließ mich treiben, bis ich einen Außenseiter entdeckte, einen grauhaarigen, ausgemergelten Mann, der unter einer prächtigen Dattelpalme saß.

Ich setzte mich neben ihn, und er ignorierte mich, bis ich ihm einen Zwanzigdollarschein in seine schmutzige Hand drückte. Daraufhin entblößte er hellrosa gebissloses Zahnfleisch, das verriet, dass seine Leber es nicht mehr lange machen würde, und befeuchtete seine Lippen, als schmeckte er schon das Pennerglück, das er von dem Geld kaufen würde. Mehrmals versuchte er, sich mit zittrigen Armen hochzustemmen, scheiterte aber und gab schließlich auf.

Ich legte das Foto vor ihn hin.

Nichts.

»Kennst du sie nicht?«

»Das ist DeeDee«, sagte er, als wäre das offensichtlich.

»Kommt sie oft hierher?«

»Sie ist gefallen und gestorben.« Er deutete auf eine Bank in der Ferne.

»Ist sie oft gefallen?«

Er dachte nach. »Es gibt für alles ein erstes Mal.« Sein Gelächter war feucht und angestrengt. Er freute sich über seinen eigenen Witz.

»Mit wem war sie so zusammen?«

»Mit niemand, außer sie wollte Geld, dann konnte sie nett sein.«

Nur ein paar Meter entfernt unterhielten sich zwei hübsche Frauen, während sie dabei zusahen, wie ihre Kinder den Rand des Teiches erkundeten. Ein junges Pärchen machte lachend Selfies mit dem Handy.

»War DeeDee zu irgendjemandem besonders nett?«

»Nee, so was macht man nicht.«

»Was denn?«

»Die Bürger belästigen, die kriegen Angst. Hast du noch zwanzig?«

Ich gab ihm einen Zehner. »Immer weiter so«, sagte er.

Ich reagierte nicht.

»Bist ganz schön reich für einen Bullen.«

»Gehalt ist in Ordnung, aber die Rente ist besser.«

»Häh?« Er blinzelte, als müsste er eine schwere Rechenaufgabe lösen, ehe er wieder versuchte aufzustehen und beim dritten Mal schließlich Erfolg hatte.

Während er Richtung Wilshire Boulevard zockelte, blieb

ich neben ihm. Er stank wie ein Korb Schmutzwäsche mit einem Hauch verkochtem Fisch.

Ich gab ihm einen Fünfer. »DeeDee hat hier also nicht gebettelt …«

»Century City. Wo die Anzugträger sind.«

»Hatte sie denn Probleme mit den Anzugträgern?«

»Hat sie mir nichts von erzählt.«

»Hatte sie Probleme mit sonst irgendjemandem?«

Er blieb schwankend stehen und blickte zum Himmel. »DeeDee war … sie blieb für sich. War echt anti-soziolistisch, wissen Sie?«

»anti…«

Sein Blick verriet, dass er mich für retardiert hielt. »Das heißt, keine Freunde haben, wenn einer einfach sein Ding macht.« Er zwinkerte. »Hat mal jemand so gesagt.«

Ich kehrte zum Park zurück und untersuchte die Parkbank, auf die er gedeutet hatte. Jede Menge Taubenkot, doch die Blutspuren waren längst von der Witterung weggewaschen worden.

Warum war mir das überhaupt wichtig? Was würde es bedeuten, wenn ich einen alten Blutfleck fand?

Nun, Zwanghafte tun genau so etwas, um die Angst zu lindern. Auch wenn man kein Ziel hat, läuft der Motor weiter.

Das hatte wahrscheinlich auch schon mal jemand so gesagt.

16

Um dreiundzwanzig Uhr lagen Robin und ich im Schlafanzug auf der Couch und sahen einen unbedeutenden Film nach einem ebenso unbedeutenden Buch.

Fünfundneunzig Minuten bedeutungsschwangere Blicke und sinnlos lange Einstellungen, die jedoch ihre erhoffte Wirkung taten, nämlich uns schläfrig zu machen.

Wir waren beide überdreht und brauchten diese Beruhigungspille. Robin, weil ein alternder Rockstar mit übermäßig viel Geld und unterdurchschnittlicher Intelligenz sie drängte, einen Riesenauftrag zu übernehmen, der darin bestand, Eins-zu-eins-Kopien ikonischer Instrumente anzufertigen, bis hin zu Dellen, Kratzern und sonstigen Verletzungen.

»Ich sage ihm immer wieder, dass jede Gitarrenbaufirma Einzelstücke macht. Als ob Charlie Christians 150 und Bo Diddleys Gretsch verbesserungswürdig wären. Ganz zu schweigen von den siebenundzwanzig anderen, die er haben will.«

»Wie lange würdest du daran arbeiten?«

»Wenn ich das ordentlich machen will? Jahre. Und das nur, wenn ich Unos ADHS nicht mit einrechne.«

»Es würde dich in eine andere Steuerklasse befördern.«

»Es würde mich daran hindern, meine übrigen Kunden zu bedienen, und mich in einen fürstlich bezahlten Sklaven verwandeln. Das habe ich ihm zweimal gesagt. Aber er besteht darauf, dass er mich braucht.«

»Das verstehe ich.«

»Das spielt möglicherweise auch eine Rolle«, sagte sie.

»Ich kann ihm jederzeit die Finger brechen.«

Sie lachte. »Ich muss mich nur irgendwie aus der Affäre ziehen, ohne dass er mich in der gesamten Filmbranche schlechtmacht.«

»Wenn er sich nicht benimmt, breche ich ihm Finger *und* Zehen.«

»Das dürfte kein großes Problem darstellen, weil er sich mit Crystal Meth und Tabak und ich weiß nicht was sonst noch sowieso schon halb zerstört hat. Aber diese Gorillas, die er immer bei sich hat, sind eine andere Geschichte.«

Ich trommelte mir mit den Fäusten auf die Brust. Robin legte ihren Kopf darauf, und wir sahen wieder ein paar Minuten fern. Eine Schauspielerin starrte einen Schauspieler an, der tat, als würde er über etwas Bedeutendes nachdenken. Gewichtige Musik verstummte, setzte wieder ein. Die Kamera schwenkte über eine Kirchturmspitze. Dann in einen leeren Raum, auf eine Hand.

Oh, Kunst.

Nicht dass mich irgendetwas davon in seinen Bann geschlagen hätte. Meine Gedanken kreisten um drei Frauenleichen und die Tatsache, dass da noch mehr folgen konnten. Ich wusste, dass Milo irgendwo da draußen war und Grant Fellinger observierte. Ein langer, quälender Prozess mit ungewissem Ausgang … Die Kamera schwenkte auf ein bildschirmfüllendes blaues Auge, das nicht zwinkerte. Vielleicht war das die Szene, die die Kritiker so »fesselnd« gefunden hatten.

Mein Handy klingelte. Ich las die Nummer, und Robin nutzte die Unterbrechung, um den Fernseher auszumachen. »Ich gehe jetzt Zähne putzen. Anschließend schreibe ich Uno eine Mail mit einem großen NEIN.«

»Bravo.«

Ich nahm den Anruf an. »Das ging schnell. Du weißt was Neues.«

»Hoffentlich hast du dir's noch nicht zu gemütlich gemacht«, sagte Milo. »Aber selbst wenn, wirst du sofort herkommen wollen.« Er gab eine Adresse in Mar Vista durch.

»Schon wieder Essen auf Rädern?«

»Puh. Diesmal wird dir der Appetit vergehen.«

Die Adresse war die ehemalige Garage eines mittelgroßen Hauses im Pseudo-Tudorstil am Grand View Boulevard in Mar Vista, einer Gegend, deren Name Meerblick verspricht. Im Gegensatz zu vielen anderen Straßen bietet der Grand View Boulevard tatsächlich Ausblick auf den Pazifik, wobei es jetzt längst zu dunkel war, um noch etwas davon zu erkennen außer einem schimmernden Dreieck umgeben von den glitzernden Lichtern der Großstadt.

Ich gönnte mir noch einen Augenblick, um die Schönheit zu genießen.

Das Opfer war eine vierundzwanzigjährige Frau namens Francesca DiMargio, die in einer Buchhandlung in Silverlake gearbeitet hatte.

Das war alles, was Milo von ihren Vermietern erfahren hatte, einem Rentnerpaar namens Eileen und Jack Forbisher, das laut eigener Aussage viel Zeit mit »der Nase im Wind« verbrachte. Auf Kreuzfahrten, nicht im Cabrio.

Sie seien ein paar Stunden zuvor von einer dreiwöchigen Reise zurückgekehrt, die sie von Puerto Vallarta in Mexiko durch den Panamakanal zurück nach Long Beach geführt habe. Alles schien in Ordnung, bis Jack Forbisher eine Tüte voller Werbepost zum Mülleimer am hinteren Ende des Grundstücks brachte.

»Ich gehe also zum Hinterhaus, und plötzlich schlägt mir ein Gestank entgegen«, sagte er. »Trotz meiner Allergien, den habe ich sofort wiedererkannt.«

»Wo haben Sie denn den Gestank schon einmal gerochen?«, fragte Milo.

»Wir waren letztes Jahr in Indien, da gibt es Plätze, wo sie die Toten im Freien aufbahren.« Was er als Hinterhaus bezeichnete, war eine ausgebaute Garage, augenblicklich verdeckt von einer Plane auf einem Gestell und gelbem Absperrband, das im Licht eines LED-Scheinwerfers leuchtete. »Ich wusste sofort, dass da irgendwas Totes war, aber ich dachte mehr an Opossum, Waschbär oder Hund.«

Eileen Forbisher hatte ihre Stimme wieder halbwegs im Griff. »Es ist widerlich und abstoßend, einfach entsetzlich. Frankie sollte für uns auf das Haus aufpassen.«

Als hätte die Tote die Erwartungen nicht erfüllt.

»So wie es aussieht, konnte sie nicht mal auf sich selbst aufpassen«, sagte ihr Mann.

»Jack! Wie kannst du nur so kalt sein?«

Er zuckte mit den Schultern.

»Igitt, ich habe den Geruch immer noch in der Nase, dabei war ich gar nicht hinten.«

»Das würde ich auch nicht zulassen«, sagte Jack Forbisher und schnüffelte. »Meinst du wirklich, du riechst das hier drin?«

»Es riecht faulig«, meinte Eileen.

Meine Nase fing nichts auf.

»Was ist dann passiert, Sir?«, fuhr Milo mit der Befragung fort.

»Ich habe mich um die Garage herum umgesehen, doch da war nirgendwo ein totes Tier, und als ich näher an das Hinterhaus kam, wurde der Geruch stärker. Ich denke mir immer noch nichts dabei, vielleicht ist sie weggegangen, und irgendein Nager ist ins Haus gelangt. Ihre Lichter waren aus, und die Tür war verriegelt, also bin ich mit meinem Schlüssel rein. Und sah, was ich sah.« Er rümpfte die Nase. »Da bin ich sofort raus und habe die Polizei gerufen, Ende der Geschichte. Wann können wir sauber machen?«

»Jack«, ermahnte ihn Eileen. »Sie war ein Mensch.«

»Jetzt nicht mehr.« Er drehte das Gesicht von ihr weg und bedachte uns mit einem Augenrollen. *Was ich nicht alles durchmachen muss.* »Jedenfalls keine Sorge, ich habe nichts angefasst. Wegen der Spurensicherung.«

»Danke, Sir«, sagte Milo. »Was war Frankie für ein Mensch?«

»Ruhig war sie«, erwiderte Eileen. »Anders als wir, aber das war kein Problem.«

»Inwiefern anders?«

»Tattoos, Ringe und Stecker überall, Büroklammern, was weiß ich.«

»Ohne das ganze Zeug«, fügte Jack hinzu, »wäre sie wahrscheinlich ein ganz hübsches Mädchen gewesen. Aber ohne jedes Selbstvertrauen. Wenn man sie grüßte, tat sie so, als hätte sie nichts gehört.«

»Schüchtern«, ergänzte Eileen. »Richtig schüchtern. Sie konnte einem kaum in die Augen sehen.«

»Als sie sich um die Wohnung bewarb«, sagte Jack, »dachte ich, ausgeflippter Hippie, die kannst du vergessen. Aber als wir dann mit ihr sprachen, stellten wir fest, dass sie im Grunde völlig harmlos ist. Ich habe eine ganz gute Menschenkenntnis, nach dreißig Jahren im Schulbetrieb der Stadt.«

»Lehrer?«, fragte ich.

»Wartungskoordinator. Ich habe im nordwestlichen Bezirk Elektrik und Installation betreut. Da hat man viel mit Menschen zu tun. Ich kann Ihnen genau sagen, wer zum Problem wird und wer nicht.«

»Frankie war kein Problem.«

»Still wie ein Mäuschen. Die hat sich vor ihrem eigenen Schatten gefürchtet.«

»Sie war so still«, meldete sich Eileen zu Wort, »man wusste nie, ob sie überhaupt da war.«

»Hatte sie einen Freund?«, wollte Milo wissen.

»Nein. Wir haben überhaupt keine Besucher gesehen.«

»Das Einzige war, dass sie ab und zu mal spät nach Hause kam. Richtig spät, erst gegen Morgen. Ich habe ihre Schritte gehört.«

»Mit Begleitung?«

»Nein, nur sie. Ich kann das von unserem Schlafzimmer aus sehen. Manchmal habe ich rausgesehen, wenn sie kam. Meinen Sie, ein Kerl von ihr hat das getan?«

»Es ist noch zu früh, um irgendwas zu meinen«, sagte Milo.

»Ich kann nur hoffen, dass es nicht so war. Dass irgendein Geisteskranker jetzt weiß, wo wir wohnen.« Er warf sich in die Brust. »Ich habe zwar Waffen im Haus, aber es ist mir lieber, wenn ich sie nicht benutzen muss.«

»Du hast sie ja alle im Tresor«, sagte Eileen. »Ich hasse diese Dinger.«

»Wenn Frankie eine Waffe gehabt hätte, wäre sie vielleicht noch am Leben.«

Eileen wandte sich an Milo. »Sind wir in Gefahr, Lieutenant? Bitte sagen Sie ihm, er soll nicht Rambo spielen.«

»Diese Art Verbrechen richtet sich meist gegen ein bestimmtes Opfer.«

»Siehst du, Jack?«

»Er hat seine Ansicht, ich habe meine.«

»Was können Sie uns noch über Frankie sagen?«

»Sie hat immer pünktlich ihre Miete bezahlt«, sagte Eileen.

»Wie hoch war die Miete?«

»Tausend im Monat«, erklärte Jack. »Da konnte sie noch froh sein.«

»Wie lange hat sie bei Ihnen gewohnt?«

»Neun Monate.«

»In der ganzen Zeit haben wir nicht mehr als fünfzig Worte miteinander gewechselt«, sagte Eileen.

»Und sie hatte nie Besuch?«, fragte ich.

»Wir haben niemanden gesehen, aber wir reisen inzwischen sehr viel, also nageln Sie mich bitte nicht fest.«

»Hatte sie einen Mietvertrag?«

»Nein, das Mietverhältnis wurde monatlich verlängert«, erklärte Jack. »Verträge bringen nichts. Wenn jemand unehrlich ist, bekommt man sein Geld ohnehin nicht wieder, und wenn jemand ehrlich ist, braucht man keinen Vertrag. Monatliche Basis ist das Beste: Wenn sie Ärger machen, wirft man sie einfach raus. Meinen Sie, es hatte was mit ihrer Art zu leben zu tun?«

»Was war das denn für eine Art, Mr Forbisher?«

»Die vielen Löcher, die sie sich zugefügt hat. Das verrückte Zeug, was sie gesammelt hat.«

»Alles Vorurteile«, meinte Eileen.

»Ich glaube nicht, dass Vorurteile jetzt ihr Problem sind«, erwiderte Jack.

»Darf ich fragen, wann Sie fertig sein werden?«, wollte Eileen wissen.

»So bald wie möglich«, antwortete Milo.

»Und Sie machen dann auch das Hinterhaus sauber, nehme ich an.«

Milo schlug seine Beine über. »Streng genommen machen wir Tatorte nicht sauber, Ma'am.«

»Was?«, rief sie aus. »Sie erwarten von mir, dass ich auf allen vieren herumkrieche und diesen … diesen Albtraum entferne?«

»Da gibt es Firmen, die sich auf so etwas spezialisiert haben, Mrs Forbisher. Ich kann Ihnen Namen …«

»Da zahlen wir so viel Steuern, und das sollen wir jetzt auch noch selbst tragen? Das ist unfassbar, Lieutenant!«

»Nur zum Besten, Eileen. So etwas sollten auf jeden Fall Fachleute machen, nicht irgendein Polizist, der sich dafür hält.« Zu Milo sagte er: »Geben Sie mir mindestens zwei Firmen. Ich vergleiche immer gern.«

Milo gab ihm drei Visitenkarten.

Forbisher trug die Informationen in sauberen Druckbuchstaben in ein Adressbuch ein.

Eileen stand auf. »Ich kann den Gestank nicht mehr ertragen. Ich muss dringend in die Badewanne. Wenn Sie noch was wissen möchten, Mr Scharfschütze ist gern behilflich.«

Nachdem seine Frau weg war, wurde Jack Forbisher erst richtig eifrig. Und er konnte uns mehr bieten, als wir erwartet hatten.

Die Buchhandlung, in der Francesca DiMargio gearbeitet hatte, hieß *Even Odd.*

Ihre Eltern wohnten ganz in der Nähe in West Los Angeles. »Wir haben sie nie kennengelernt, aber man könnte sagen, wir haben Geschäfte miteinander gemacht, denn die Miete kam normalerweise von ihnen.«

»Wie oft ist normalerweise?«, fragte Milo.

Forbisher blätterte durch sein Adressbuch. »Sechs von neun Monaten. Außerdem die Kaution. Davon werden die mit Gewissheit nichts mehr zu sehen bekommen.«

»Die Adresse bitte«, sagte Milo.

Forbisher las sie vor. »Also, welche von den drei Reinigungsfirmen ist die beste?«

»Die sind alle gut, Sir.«

»Es gibt immer einen, der besser ist.«

»Versuchen Sie es mit Bio-Vac.«

»Hoffentlich haben die anständige Preise«, sagte Forbisher. »Ich bin nicht der Ansicht, dass ich hier auch nur einen Penny zahlen sollte, aber es hat ja keinen Sinn, sich mit der Stadtverwaltung anzulegen.« Ein kurzer Blick zum rautenförmigen Fenster. »Ich will gar nicht wissen, was die da hinten treiben. Meine Frau muss endlich wieder ein normales Leben führen, sonst macht sie *mir* das Leben zur Hölle.«

Milo zündete sich eine Panatela an, und für ein paar Sekunden verschwand sein Kopf in einer Rauchwolke. Als er wieder sichtbar wurde, bedeutete er mir, ihm zum Hinterausgang zu folgen. Doch weder billiger Tabakrauch noch die Außenluft halfen. Der Gestank war überwältigend, ekel- und schwindelerregend und erfüllte die zehn Meter Abstand zwischen dem Haupthaus und dem Bau dahinter, der immer noch wie eine Garage aussah.

In einem hatte Jack Forbisher recht gehabt: Verwesungsgeruch vergaß man nie. Trotz einer beständigen Brise aus dem Westen fingen meine Augen an zu tränen. Milo sog verzweifelt an seiner Zigarre. Als er sich zu mir umdrehte, sah ich, dass seine Nasenflügel schimmerten. Er hatte sich die Nase mit Vapo-Rub eingerieben. Er hielt mir die Tube hin, und ich versuchte es auch. Es half ein bisschen, aber nicht viel.

Tausend Dollar im Monat hatte Francesca DiMargio für zwanzig Quadratmeter bezahlt, die Makler wahrscheinlich als »Loft« angepriesen hatten. Die Wohnung wimmelte von Kriminaltechnikern in weißen Schutzanzügen und Gasmasken. Die meisten waren auf ihre Arbeit konzentriert, nur einer stand abseits und winkte uns zu.

»Sean«, sagte Milo. »Er hat den Anruf bekommen.«

Binchys Arme baumelten locker an seinen Seiten, ganz entspannt, als gäbe es nichts, das ihn aus der Ruhe bringen könnte. Dabei gab es hier jede Menge Beunruhigendes.

Francesca DiMargio oder das, was von ihr noch übrig war, eine braun/schwarz/grün/rötliche Masse, die auf dem Hochglanzzementboden vor der Küchenzeile vor sich hin verweste. Zähne und Knochen schimmerten weiß unter der sich ablösenden Haut. Metallisches Glitzern an mindestens sieben Stellen deutete auf Piercings hin. Es war schwer zu sagen, wo sie ursprünglich gewesen waren, weil die Haut so eingefallen war.

Ihre vier fauligen Gliedmaßen waren ähnlich angeordnet wie bei Kathy Hennepin, und wie bei ihr war die Leiche vollständig mit einem Bettlaken bedeckt. Das Stück Stoff war beiseitegeschoben worden, damit der Fotograf seine Arbeit machen konnte.

Neben der Leiche stand ein provisorischer Tisch in Form einer überdimensionalen Spule, die einmal Draht für Bauprojekte geliefert hatte. Auf der rauen Holzoberfläche lag ebenfalls faulende Masse.

Auf Tellern.

Guten Appetit.

Es war unmöglich zu sagen, woraus diese Henkersmahlzeit bestanden hatte. Das Porzellan war weiß wie Frankie DiMargios Zähne und Knochen an den Stellen, wo sie nicht von schleimigem, verkrustetem Gewebe überzogen waren. Unberührt wirkten das Silberbesteck und die roten Glaskelche.

Auch die Flasche Wein auf der Küchentheke war auffallend sauber.

Milo las das Etikett und sagte: »Prosecco. Billiges Gesöff.«

Die Spurensicherer arbeiteten ohne Unterlass, hielten sich jedoch von der Leiche möglichst fern.

Milo wandte sich an den, der ihm am nächsten stand. Mit Overall und Maske sah der Mann aus wie ein Stormtrooper aus *Star Wars*.

»Ja, Lieutenant?«, dröhnte er sonor.

»Irgendeine Idee, was das für Essen ist?«

»Ich dachte, ich hätte eine Art Fisch gesehen – etwas Weißes, Blättriges. Vielleicht ist es aber auch Huhn. Sowieso kein großer Unterschied. Vielleicht sind auch Erbsen dabei, zumindest irgendwelche kleinen, runden Dinger. Ich meine, ich hoffe, es sind Erbsen, aber festlegen will ich mich nicht, weil das, was ich vorhin für Reis hielt, sich als tote Maden herausgestellt hat.«

»Man stelle sich das vor«, sagte Milo. »Kochkunst, die sogar Maden umbringt.«

»Sie wissen, wie das ist, Sir. Manchmal sind die kleinen Biester übermotiviert. Dann bohren sie sich zu tief rein und kommen nicht mehr raus. Nur die, die Glück haben, werden zu Fliegen.«

»Die stärkste Made überlebt«, sagte Milo. »Das ist wie bei der Polizei.«

Durch den Kohlefilter der Maske drang asthmatisches Gelächter. »Sonst noch etwas, Lieutenant?«

»Todeszeitpunkt würde helfen. Pi mal Daumen, ohne Gewähr.«

»Bei dem Grad der Verwesung muss das schon länger her sein, Lieutenant. Mehrere Tage, vielleicht eine Woche. Vielleicht sogar mehrere Wochen, es herrschen nicht gerade Hochsommertemperaturen, das verlangsamt den Prozess. Aber ich bin wirklich nicht der Richtige, um diese Frage zu beantworten. Das müssen Sie bei der Pathologie in Erfahrung bringen.«

»Was ist mit der Todesursache?«

»Bei dieser Sauerei?«

»Wunden sind nicht erkennbar.«

Stormtroopers weiße Brust hob sich. »Sie sieht aus wie eine einzige große Wunde.«

»Einen Computer haben Sie vermutlich nicht entdeckt.«

»Bislang nicht. Schränke gibt es keine, die Schubladen haben wir alle überprüft, also nein.«

»Dann vielleicht ein Tagebuch mit detaillierten Infos zum

Übeltäter, einschließlich Beschreibung, Adresse, Telefonnummer und politischer Einstellung?«

Wieder belustigtes Keuchen. »Noch etwas ist zu meiner Überraschung noch nicht aufgetaucht, Lieutenant: ein Handy. Andererseits, das könnten wir noch finden, zwischen all dem Zeug, das sie gesammelt hat, man weiß nie.«

»Das Zeug« war Trödel, außerdem Dutzende von ausgestopften Tieren. Schlangen mit entblößtem Gebiss, die sich um Äste wanden. Glasäugige Köpfe von Wölfen und Füchsen, Schafen und Kühen, Stinktieren und Dachsen fixierten einander mit starrem Blick. Auf einem provisorischen Regal standen schimmernde Gläser mit schwebenden Tierföten. Dazu kamen diverse tierische Gliedmaßen, darunter ein Elefantenfuß, der als Ständer für einen Strauß schwarzer Seidenblumen diente.

Die meisten Exponate hatten ihre besten Zeiten lang hinter sich, die Pelze waren räudig und von Flöhen zerbissen, und die in der Nähe der Leiche blutbespritzt. Jetzt wurde mir der Gestank wirklich zu viel, und ich floh nach draußen, auf demselben Weg, den ich gekommen war, um mich in der Einfahrt zwischen zwei geparkten Autos hindurchzuschlängeln: dem bronzefarbenen Cadillac CTS der Forbishers und einem ramponierten schwarzen Kia, den Frankie DiMargio täglich benutzt hatte.

Selbst auf der Straße hatte ich den Gestank noch in der Nase. Ich ging auf dem Gehsteig auf und ab und lutschte mein viertes Minzbonbon, als Milo auf mich zukam.

»Das hättest du dir wahrscheinlich ersparen können.«

»Ich bin froh, dass ich es gesehen habe.«

»Warum?«

»Um zu verstehen, wie sie gelebt hat.«

»Weil?«

»Menschen mit ungewöhnlichen Vorlieben suchen oft andere, die ihre Interessen teilen. Sieht so aus, als wäre Frankie eine Einzelgängerin gewesen. Allerdings kam sie hin und wieder spät heim, sie dürfte sich also doch mit anderen getroffen haben. Vielleicht findest du eine feste kleine Gruppe, die dich erhellen kann.«

»Andere Formaldehydfetischisten? Ich kann's kaum erwarten.« Er zündete sich noch eine Zigarre an. »Das ganze tote Zeug, das sie gesammelt hat. Mein täglich Brot in Einmachgläsern.«

»Für dich hat der Tod nichts Faszinierendes«, erklärte ich. »Genauso wenig wie für Leute, die auf Bauernhöfen aufwachsen, oder etwa in Indien, wo Tote öffentlich aufgebahrt werden. Doch in unserer Kultur findet das Sterben im Verborgenen statt, das wirkt auf viele noch beängstigender. Manchen Menschen hilft es, Präparate zu manipulieren, weil sie dadurch den Eindruck gewinnen, Kontrolle zu haben.«

Er rauchte. »Manipulation klingt nach unserem bösen Jungen. Kannst du dir vorstellen, dass sich ein Anzugträger wie Fellinger mit jemandem wie Frankie einlässt?«

»Wo die Liebe hinfällt.«

»Im Ernst, Alex.«

»Ich mein's ernst. Eines hatte Frankie mit Kathy gemein – sie waren beide schüchtern. Wer auch immer sie dazu brachte aufzutauen, war im Vorteil, und wenn es ein Anzugträger war.«

Er machte ein paar Schritte, drehte dann um und kam zurück. »Das Essen, diese ganze Inszenierung. Diese Präparate haben mich zum Nachdenken gebracht. Taxidermisten machen so etwas – Leichen drapieren, Szenenbilder schaffen. Was, wenn Fellinger – oder wer auch immer – Frankie durch ihr Hobby kennengelernt hat und beschloss, *sie* zum Präparat zu machen?«

»Du zweifelst wieder an Fellinger?«

»Mit der Zeit sind mir Zweifel gekommen. Es ist nichts passiert, solange wir ihn observiert haben, und Tatsache ist, dass ich gegen ihn nichts als Thesen in der Hand habe.«

Er ließ seinen Zigarrenstummel fallen und zertrat ihn mit dem Schuh. »Und wieder darf ich mit einer Familie sprechen, großartig. Ich möchte dich was fragen, Amigo. Was der Kriminaltechniker gesagt hat – Fisch, Hühnchen, schmeckt alles gleich –, meinst du, Hühnchen finden, alles schmeckt wie Mais?«

17

Um halb zwei Uhr morgens hatte sich noch immer nichts Neues an Frankie DiMargios Tatort ergeben.

»Ich werde den Eltern morgen Bescheid geben. Sollen sie noch ein paar Stunden haben, bis ihre Welt aus den Fugen gerät«, sagte Milo.

»Wann?«, fragte ich.

»Ich dachte an neun oder zehn. Hast du Zeit?«

»Gib mir eine Stunde zum Fertigmachen.«

»Damit du in Ruhe dein Pokerface aufsetzen kannst? Meines passt irgendwie nicht mehr richtig.«

Er meldete sich schließlich kurz nach dreizehn Uhr, zerknautscht und mit belegter Stimme. Statt schlafen zu gehen, habe er die Observation vor Grant Fellingers Haus wieder aufgenommen. Dessen großer Dodge und der BMW, den vermutlich die Ehefrau fuhr, seien an ihrem Platz verblieben, bis Fellinger um 7.58 Uhr aus dem Haus getreten und in sein Büro in Century City gefahren sei.

Moe Reed habe ihn dann abgelöst, sodass er kurz zu Hause vorbeischauen konnte, wo er geduscht, eine kalte halbe Pizza sowie einen großzügigen Quader Ziti-Nudelauflauf gegessen und dazu die Zeitung gelesen habe – am Tisch gegenüber von Dr. Rick Silverman, der bei Obst und Rice Krispies ebenfalls die Zeitung gelesen habe.

»Er das *Wall Street Journal*, ich die *Times*. Wir sind beide Morgenmuffel, aber heute war es besonders schlimm. Irgendwann meldete sich sein Pager – die Notaufnahme. Ich will gerade gehen, da stelle ich fest, dass ich mein Hemd wechseln muss, weil ich Tomatensoße draufgekleckert habe, und dann war ich erst recht stinksauer. Meinst du, das hat unbewusst was mit Blut zu tun? Dass ich extra was Italienisches gegessen habe, weil ich so viel Mitgefühl habe?«

»Du mochtest Pizza schon immer.«

»Typisch. Du und dein Realitätssinn.«

William und Clara DiMargio wohnten in einem olivgrünen Bungalow südlich von Pico und östlich von Overland. Ich wartete zehn Minuten, bis Milo vorfuhr. Er trug einen grauen Anzug, der zum Himmel passte, ein grünes Hemd und eine schlammfarbene Krawatte. Dazu die treuen Wüstenstiefel, die zum x-ten Mal neu besohlt waren. Seine Haare hatte er zurückgegelt, und bei einer hastigen Rasur hatte er sich am Kinn geschnitten. Die Augen waren blutunterlaufen, der Kopf geneigt.

Über dreihundert Morde. Klappe, der nächste.

Eine Frau erschien an der Tür. Um die sechzig, etwa eins sechzig groß, schwarzer Kurzhaarschnitt, hübsches Gesicht, zierliche Figur, gehüllt in einen zu großen blauen Quilthausmantel.

»Ja?«

»Mrs DiMargio?«

»Das bin ich. Worum geht es?«

Milo zeigte kurz seine Marke. Nicht die Karte, denn darauf stand »Mordkommission«. »Ist Mr DiMargio zu Hause?«

»Warum?«

»Es geht um Ihre Tochter Francesca. Wenn wir bitte hereinkommen dürften, Ma'am.«

»Darf ich die Marke noch mal sehen?«, bat Clara DiMargio, trat jedoch zur Seite und hielt sich am Türrahmen fest.

»Clara?«, sagte eine Männerstimme, und im nächsten Moment bog William DiMargio um die Ecke. Er war nicht viel größer als seine Frau, älter als sie – oder vielleicht auch nur schneller gealtert –, mit wirrem weißem Haar, schweren Augenlidern und rauer, wettergegerbter Haut. Sein nachlässig getrimmter Schnurrbart stand in alle Richtungen.

»Die Polizei ist hier, Bill.«

»Was gibt es?«, wollte Bill DiMargio wissen, doch auch er trat für uns zur Seite.

Wie immer gab Milo sein Bestes. Wie immer schien das völlig unbedeutend zu sein.

Clara DiMargio heulte zuckend. Ihr Mann hielt sie auf Armeslänge entfernt. Die Kiefer mahlend, die Augen voller Zorn, Speichel in den Mundwinkeln, atmete er keuchend durch den Mund.

Ich ging in die Küche, um Wasser und eine Box Papiertaschentücher zu holen, und stellte dann alles vor die beiden auf den Wohnzimmertisch. Der Tisch war geformt wie eine Leier, aus Pekannussholz mit winzigen schwarzen Sprenkeln, und ruhte auf vergoldeten Vogelbeinen. Darauf drängten sich ein Korb mit Wachsobst, ein Nussknacker aus Bronze in Form eines Krokodils und eine Sammlung gerahmter Fotos.

Die meisten Bilder zeigten gewöhnlich aussehende Menschen Anfang, Mitte dreißig – zwei Paare, jeweils mit zwei kleinen Kindern. Auf einem Foto standen Clara und Bill dabei. Niemand hatte Tattoos oder Piercings.

Ein Einzelfoto links außen zeigte ein süßes junges Mädchen, das entfernt Francesca Lynn DiMargios Führerscheinfoto glich, wenn man sich die blau-lila Igelfrisur, die schwarzen schlangenförmigen Tattoos am Hals, die Piercingstecker, -ringe und -hanteln in Brauen, Nase, Lippen und dem zarten Fleck über dem Kinn wegdachte.

Sie war überall gepierct, nur nicht an den Ohren. Ein schüchternes Mädchen, das so ihren stummen Protest ausdrückte?

Ich musterte ihr noch unberührtes Gesicht auf dem Foto. Gezwungenes Lächeln, angespannt, besorgt. Sie lächelte für die Kamera und wirkte dennoch überrumpelt.

Clara DiMargio verstummte. Ihr Mann nahm seinen Arm von ihrer Schulter und rückte ein paar Zentimeter von ihr weg.

»Unser Beileid zu Ihrem Verlust«, sagte Milo. »Doch wenn Sie ein paar Fragen beantworten könnten, würde uns das sehr helfen herauszufinden, was passiert ist.«

»Was passiert ist?«, echote Bill. »Sie hat wie ein Freak gelebt, und das ist ihr zum Verhängnis geworden.«

Seine Frau stieß einen Laut des Entsetzens aus und presste beide Hände auf ihre Wangen.

»Und? Was macht das jetzt noch? Schließlich kann sie nicht mehr sauer werden.«

Clara heulte auf. Er presste die Lippen zusammen, und sein Schnurrbart sträubte sich.

»Wir sind froh über jede Auskunft«, sagte Milo.

»Sie hat ihr eigenes Leben gelebt. Uns hat sie vollkommen ausgeschlossen«, sagte Bill.

»Oh Gott«, wimmerte seine Frau.

Er rückte noch weiter von ihr ab. »Zum Beispiel der Laden, wo sie angeblich gearbeitet hat. Als wäre das ein richtiger Job, über den wir uns freuen sollten.«

»*Even Odd.* Waren Sie mal da?«, fragte Milo.

»Warum sollte ich da hingehen? Nachts in einem Buchladen in einer schlimmen Gegend rumzuhängen, das soll ein Job sein? Wer kauft schon nachts Bücher?«

Clara wischte sich die Tränen ab. »Frankie meinte, es gab Kunden.«

»Das hat sie dir erzählt?«

»Ja.«

»Na ja, mir hat sie nie was erzählt.« Zu uns sagte er: »Es gibt in Slums also plötzlich Leseratten?«

»Silverlake ist kein Slum«, verbesserte Clara.

»Stimmt, gehört ja zu Beverly Hills. Pass auf. Diese Leute hier sind gekommen, weil sie Informationen wollen. Ich gebe ihnen Informationen. Meinst du im Ernst, ihr schlechter Umgang hat nichts damit zu tun? Jetzt mach aber mal einen Punkt, Clara.«

Er sprang auf und ging mit erhobener Faust in die Küche.

»Er ist wütend«, sagte Clara.

Milo und ich blieben sitzen. Augenblicke später kam Bill DiMargio mit leeren Händen wieder zurück. Als würde er das Wasser auf dem Tisch erst jetzt entdecken, goss er sich ein Glas ein und trank es geräuschvoll.

»Hatte Frankie Probleme mit der nächtlichen Kundschaft?«, wollte ich wissen.

»Nein«, antwortete Clara. »Davon hat sie nie etwas gesagt.«

»Dass sie nichts gesagt hat, muss nichts heißen. Sie hat nie irgendwas gesagt.«

»Ach, Bill, bitte.«

»Mal ehrlich. Hätte sie uns etwas erzählt, wenn sie Probleme gehabt hätte?«

Schweigen.

»Frankie war ein gutes Mädchen«, sagte Clara. »Sie brauchte ihren Freiraum, das ist alles.«

»Und den haben wir ihr auch gegeben«, erklärte Bill. »Wir haben allen drei Kindern Freiraum gegeben, und die anderen haben das auch hoch geschätzt.« Er verzog das Gesicht, blickte zwischen Milo und mir hin und her, um dann mich anzusehen. »Gott im Himmel, was ist mit meiner Kleinen passiert?«

»Jemand hat sie in ihrer Wohnung ermordet«, erwiderte Milo.

»Wie? Was hat man ihr angetan?«

»Wir wissen noch keine Einzelheiten.«

»Sie waren dort. Trotzdem wissen Sie es nicht?«

»Die Obduktion wird Klarheit bringen.«

»Ich verstehe nicht«, sagte DiMargio. »Man sieht doch – ist sie etwa vergiftet worden, sodass man es von außen nicht sehen kann? Mit irgendeiner verrückten Droge?«

»Ich will das gar nicht hören«, wehrte Clara ab und verließ ihrerseits den Raum. Sie nahm den Flur am Ende des Wohnzimmers und wandte sich nach rechts.

Man hörte sie würgen. Dann eine Toilettenspülung.

»War es so? Ist sie durch Drogen umgekommen?«, fragte Bill DiMargio.

Milo rieb sich das Gesicht. »Leider lag der Leichnam schon eine Weile da, Sir, das erschwert die …«

»Oh!« DiMargio barg sein Gesicht in den Händen.

Clara kehrte mit blassem Gesicht zurück und wischte sich über den Mund.

»Besser, du stellst keine Fragen«, riet ihr Mann, »die Antworten würden dir nicht gefallen.«

Beide tranken ihr Wasser aus. Ich ging Nachschub holen und nutzte die Gelegenheit, um die Fotos am Kühlschrank zu betrachten.

Auch hier: alle außer Frankie.

Als ich zurückkam, sagte Milo gerade: »… wie schrecklich das für Sie sein muss. Aber wir wissen nie, was letztendlich zur Aufklärung eines Mordes beiträgt, also was auch immer Sie uns erzählen möchten – zum Beispiel, wer Frankies Freunde waren …«

»Sie hatte keine Freunde«, erklärte Bill.

»Das wissen wir nicht«, widersprach Clara.

»Nein? Nenn mir einen.«

Schweigen.

Als Clara wieder zu weinen anfing, ging Bill zum zweiten Mal hinaus und kam mit einem gerahmten Foto zurück, größer als die auf dem Tisch, und hielt es uns entgegen.

Ein formales Porträt von Frankie DiMargio im Alter von etwa vierzehn, im weißen Kleid, mit langem braunem, prächtigem Haar, klarer Haut und klaren Augen. Das einzige Metall in ihrem Gesicht stammte vom Kieferorthopäden.

Dasselbe gequälte Lächeln.

»Sie war ein hübsches Mädchen«, sagte Bill. »Bis sie anfing, sich zu verschandeln. Mit fünfzehn hat sie sich zum ersten Mal tätowieren lassen. Wovon wir nichts wussten. Am Rücken, unten am Steiß, das hat sie ein Jahr lang vor uns versteckt. Wenn ich herausgefunden hätte, wer das gemacht hat, der hätte was erlebt. Aber sie wollte es nicht sagen, obwohl ich ihr mehrmals Stubenarrest verordnet habe und ihr sogar ihre CDs abgenommen habe. Sie war immer schwierig. Immer anti. Wurde zu Partys eingeladen, ging aber nicht hin. Hat nicht geantwortet, wenn man sie was gefragt hat, als wäre man gar nicht da.«

»Bill«, flehte Clara.

DiMargio presste die Lippen zusammen. »Ich versuche nur zu helfen. Damit sie diese verdammte Geschichte aufklären können.«

Seine Frau starrte ihn an, stand auf und verließ zum dritten Mal den Raum. Diesmal eilte sie bis zum Ende des Flurs. Eine Tür fiel geräuschvoll zu.

»Jetzt wird sie den Rest des Tages schlafen, so macht sie das, sie schläft alles weg«, sagte Bill DiMargio. »Und wie immer wird sie mir die Schuld geben – Sie wollen wissen, was mit Frankie war? Das kann ich Ihnen sagen. Ihr Problem war, dass sie immer anders war. Ich weiß, ich weiß, das ist ganz normal, jeder muss sein eigenes Ding machen. Außerdem war sie schüchtern, hatte Angst vor Menschen. Okay, man hat's nicht leicht im Leben, schon klar, man muss sich *verwirklichen.* Aber Schüchternheit muss doch kein Problem sein. Es gibt viele Menschen, die schüchtern sind und trotzdem keinen Ärger haben.«

Schritte ertönten. Bill DiMargio verschränkte die Arme vor der Brust. Clara erschien ganz in Schwarz, mit Hose, Bluse, flachen Schuhen. Sie trat neben ihren Mann und ließ ihre Hand in seine gleiten.

»Alles okay, Schatz?«, fragte er.

Mit einem Seufzen wandte sie sich an uns. »Darf ich Ihnen etwas über unsere kleine Francesca verraten? Sie war so unglaublich schüchtern. Schon von klein auf.«

»Endlich etwas, worin wir uns einig sind«, sagte ihr Mann.

Geschichten wie diese hatte ich schon oft gehört. Ein ruhiges, zurückhaltendes Kind mit besten Manieren findet in der sechsten, siebten Klasse eine soziale Nische in einer losen Gruppe Ausgestoßener, und plötzlich ändert sich alles: Kleidung, Musikgeschmack, schulische Leistungen, Drogen.

»Aber sie war nie abhängig«, sagte Clara.

Ihr Mann schnaubte. Sie entzog ihm die Hand. »Ich sage nicht, dass sie unschuldig war. Es gab da schon Alkohol und Marihuana. Aber es war nie ernst, und bis dahin hatte sie wirklich nie irgendwas angestellt. Ganz im Gegenteil, sie war immer unser Unschuldslämmchen; an Weihnachten wollte sie nicht einmal den Glühwein probieren.«

»Wenn das nur mal vorgehalten hätte«, sagte Bill DiMargio.

»Sie hatte kein Drogenproblem«, beharrte Clara.

»Das behauptest du.«

»Ja. Und du weißt, dass ich recht habe, Bill.«

»Schon möglich«, lenkte er ein. »Aber zeitweise sah sie aus, als wäre da mehr als nur Wein und Haschisch.«

»Glaub doch, was du willst«, sagte seine Frau mit zusammengebissenen Zähnen. »Sie war nie abhängig von irgendwas. Das hat uns jeder gesagt.«

Ich hakte nach. »Jeder, das heißt …«

»Schulpsychologen«, erwiderte sie. »Sie wurde auf Lernschwierigkeiten getestet, aber es gab nicht ein einziges Mal auch nur den leisesten Verdacht auf Drogenabhängigkeit.« Sie funkelte ihren Mann an.

»Dann wird's wohl stimmen, schließlich sind die die Experten«, brummte er.

»Das soll nicht heißen, dass ihr Verhalten rundum in Ordnung war. Frankies Noten litten. Sie war nie eine besonders gute Schülerin, aber bis zur achten Klasse ist sie immer ganz gut mitgekommen. Erst nach ihrer Verwandlung wurde sie richtig schlecht.«

»Ab da: Kamikaze«, sagte Bill, streckte einen Arm aus und deutete ein Flugzeug im Sturzflug an.

»Wir haben sie mehrmals testen lassen«, sagte Clara. »Sie lag immer im Durchschnitt, in manchen Bereichen sogar darüber. Zum Beispiel Kreativität. Sie war auf jeden Fall kreativ. Die Schule war für sie umso schwerer, weil ihre Geschwister sich damit so leichttaten. Sowohl mit dem Lernen als auch sozial.«

»Das stimmt«, pflichtete Bill ihr bei. »Tracy konnte im Schlaf feiern.«

»Tracy ist unsere ältere Tochter«, erklärte Clara. »Sie ist extrem gesellig. Sie arbeitet als Eventplanerin.«

»Bill junior ist Finanzbuchhalter«, sagte ihr Mann. »Ein kluger Junge.«

»Leben die beiden in Los Angeles?«, erkundigte ich mich.

»Tracy lebt in der Nähe von Chicago, Bills Firma ist in Vancouver.«

»Die machen richtig viel Asche«, sagte Bill. »Mit ihm hatten wir als Kind am wenigsten Sorgen.«

»Zum Glück geht es allen gut«, meinte Clara. »Auch Frankie hatte irgendwann die Kurve gekriegt.« *Endlich.*

»Wann haben Sie Frankie zuletzt gesehen?«, fragte ich.

Langes Schweigen.

»Wir haben sie eigentlich gar nicht mehr gesehen«, sagte Bill. »Schon seit etwa vier Monaten nicht mehr. Da kam sie vorbei, um Geld abzuholen.«

»Geld für …«

»Zum Leben. Zusätzlich zur Miete, die wir für sie bezahlen.«

»Nicht ganz«, korrigierte Clara.

»Aber zum Großteil«, sagte er. »Wir haben die Bude nie zu Gesicht bekommen. Sie wollte das nicht.«

»Ich war dort«, widersprach Clara.

»Einmal. Bevor sie überhaupt eingezogen ist. Ist ja nicht so, dass wir mal zum Essen eingeladen würden, dafür, dass wir die Miete bezahlen. So wie bei Tracy und Bill.«

»Jeder ist eben anders. Frankie wollte für sich sein.«

Bill knurrte.

»Sie war schrecklich schüchtern«, fuhr Clara fort. »Alles Zwischenmenschliche fiel ihr furchtbar schwer.«

»Hatte sie nach der Highschool Freunde?«, fragte ich.

»Bestimmt.«

»Haben Sie eine Idee, wer das war?«

»Leute von der Arbeit, nehme ich an.«

»Versager«, sagte Bill. »Irre. Wenn Sie wissen wollen, wer das getan hat, schauen Sie sich bei denen um. Lauter Irre und Verbrecher.«

»Hat sie mal von Problemen bei der Arbeit berichtet?«, fragte ich. »Mit irgendjemandem?«

»Nie«, erwiderte Clara.

»Als hätte sie uns davon erzählt«, sagte Bill.

Clara sprang auf und eilte hinaus. Diesmal kam sie nicht zurück.

Wir blieben mit Bill sitzen, doch etwas war nun anders. Bill hatte für unsere Fragen nur noch ein langsames, müdes Kopfschütteln übrig. Als wir uns anschickten zu gehen, blieb er sitzen.

»Vielen Dank, Mr DiMargio«, sagte Milo.

»Wofür? Ich hab nur geheult. Und jetzt ist sie auch noch sauer.«

18

Bill DiMargio sah nicht auf, als wir sein Haus verließen.

Draußen sagte Milo: »Die Armen. Nicht gerade eine Musterfamilie, was?«

»Gibt es so was überhaupt?«, zweifelte ich.

»Gute Frage. Ist dir irgendwas Sachdienliches aufgefallen?«

»Für mich hat sich bestätigt, was ich gestern Abend vermutet habe. Frankies Schüchternheit könnte dazu geführt haben, dass sie der falschen Person vertraute.«

»Macht Schüchternheit nicht eher misstrauisch? Meine Mutter erzählte immer von ihrer jüngeren Schwester, meiner Tante Edna, die als Kind vor ihrem eigenen Schatten Angst gehabt haben muss. Als ich sie kennenlernte, war sie eine Furcht einflößende alte Hexe, die kaum ihr Haus verließ, Freimaurer und Baptisten hasste und eine Schrotflinte neben dem Bett stehen hatte.«

»Das klingt für mich, als wäre das nicht allein Schüchternheit.«

»Kann schon sein. Über die meisten meiner Verwandten willst du nicht mehr wissen, glaub mir.« Er lachte. »So viel zum Thema Musterfamilie.«

Wir stiegen ins Auto. »Schüchternheit ist kein Charakterzug an sich. Es gibt Menschen, die Spaß an Beschäftigungen haben, bei denen sie allein sind. Ohne sie gäbe es herzlich wenig Musik, Kunst oder Literatur, ganz zu schweigen von höherer Mathematik. Andere wiederum ziehen sich zurück, weil sie Angst haben vor dem, was ihre Mitmenschen von ihnen denken. Solche Dinge bilden sich bereits kurz nach der Geburt aus. Babys, die sehr schreckhaft sind, neigen eher dazu, introvertiert zu werden. Daran ist noch nichts Krankhaftes, es zeigt nur, dass die Menschen eben unterschiedlich sind. Viele introvertierte Menschen sind vollkommen zufrieden mit sich. Frankie klingt allerdings problematisch. Mangelnde soziale Kompetenz und Unvermögen, das Verhalten von Mitmenschen zu deuten, können das Leben ganz schön verwirrend machen. Wenn es im Kopf beständig rauscht, kommt man leicht aus der Balance. Derjenige, dem es gelingt, ihre Schutzmauer zu durchbrechen, hat ein leichtes Spiel mit ihr.«

»Außerdem gibt sie ein ideales Opfer ab«, sagte Milo. »Bei dem man sich nicht einmal um einen sauberen Tatort kümmern muss.«

»Die Leiche blieb erst einmal lange unentdeckt.«

Er nickte. »Die Eltern leben zwar ganz in der Nähe, doch sie hat sie nicht an ihrem Leben teilhaben lassen. Und so lag sie mindestens eine Woche da, bis sie gefunden wurde. Zum Heulen ist so was.«

»Sie war das schwarze Schaf der Familie«, ergänzte ich. »Ihre Geschwister waren angepasster und nach außen hin erfolgreicher. Die Kühlschranktür war voller Fotos. Von allen außer Frankie.«

Er sah mich an. »Bist du deshalb Wasser holen gegangen?«

»Nein. Ich habe Wasser geholt, weil sie welches brauchten. Die Kühlschranktür war eine willkommene Nebenerscheinung.«

»Dem Tapferen hilft das Glück, was? Denkst du wirklich, Frankie ist auf jemanden wie Fellinger reingefallen?«

»Hättest du dir vorstellen können, dass Kathy Hennepin mit Kleffer zusammen ist? Man kann nie wissen, welcher Schlüssel ins Schloss passt, solange man es nicht ausprobiert hat. Bestimmt läuft Fellinger nicht Tag und Nacht im Anzug herum.«

»Du meinst, er ist mit löchrigen Jeans und Konzert-T-Shirt in Frankies Buchladen aufgetaucht und sie hat sich auf der Stelle in ihn verliebt?«

»Ich glaube eher, das war ein langsamer Prozess. Er hat sich Zeit gelassen, ist immer wieder in den Laden gekommen, um zu stöbern und sie heimlich zu beobachten, bis er sie schließlich ansprach. Unter dem Vorwand eines gemeinsamen Interesses.«

»Die Freude an zweiköpfigen Embryos.«

»Zum Beispiel. Es passt auch, dass er viel älter ist als sie – ein Ersatz für den Vater, der sie ablehnt.«

»Ja, mit Bill ist wirklich nicht gut Kirschen essen.«

Ich fuhr los. »Mir kommt gerade noch etwas anderes in den Sinn. Ihre Eltern und ihre Vermieter.«

Milos Augen weiteten sich. »Ganz schön ähnlich.«

»Nach allem, was wir sehen können, ja. Der Vater ein Grantler, die Mutter nachgiebig, viele offene Meinungsverschiedenheiten. Frankie hatte eine Unterkunft gefunden, die ihrem Zuhause glich. Wahrscheinlich unbewusst. Aber das sagt mir, dass in ihrer Seele große Leere herrschte.«

»Die ganze Rebellion nichts anderes als ein Hilferuf?«

»Tat nach außen hin so, als würde sie sich neu erfinden, brauchte aber dennoch das Gefühl des Vertrauten«, sagte ich. »Die Arme, das Leben war nicht leicht für sie.«

»Und jetzt ist es zu Ende. Von den Eltern habe ich nicht viel erfahren. Denkst du, es lohnt sich, mit ihren Geschwistern zu reden?«

»Unbedingt.«

Zwei Kilometer weiter sagte er: »Okay, Kathy und Frankie waren schüchtern, und Deirdre Brand ist ihm auf die Nerven gegangen. Aber wie passt Ursula in das Schema? Sie scheint ja so was wie ein Kommunikationswunder gewesen zu sein.«

»Sie hat Fellinger in einer besonders stressigen Phase kennengelernt und sich von ihm abhängig gemacht. Dass sie auch nach Abschluss des Scheidungsverfahrens wieder zu ihm kam – um ihr Testament zu ändern –, spricht dafür, dass das Abhängigkeitsverhältnis andauerte. Es stimmt, dass ihr Mord nicht ins Schema passt: Sie wurde nicht zu Hause getötet, es gab keinen Überfall, und der Dinnertisch wurde erst hinterher inszeniert. Aber vielleicht war der Mörder einfach nur pragmatisch und clever. Und nach allem, was wir wissen, hat Ursula, obwohl sie mit ihm geschlafen hat, immer Abstand zu Fellinger gehalten, sie hat ihn zum Beispiel nie zu sich nach Hause eingeladen. Deshalb hat er sie in seinem eigenen Revier erlegt. Aber im Prinzip wurde sie genauso gejagt und zur Strecke gebracht wie die anderen.«

»Er wickelt ihre Scheidung ab und beschließt, sie zu töten.«

»Vielleicht hat sie sich sexuell entzogen, und er kam mit der Abweisung nicht zurecht.«

»Adieu, mon cher, und guten Appetit«, sagte Milo. »Diesmal in einer Designerküche. Doch die Botschaft bleibt die gleiche: Ich habe das Sagen.«

»Er hat sich Zeit genommen, um Ursulas Tisch zu decken, und sich vergewissert, dass niemand zu Hause ist. Er braucht keine unmittelbare Befriedigung.«

»So was hasse ich an Verbrechern. Okay, höchste Zeit, in Frankies Buchladen vorbeizuschauen. Wenn Fellinger dort Stammkunde war, muss ihn jemand kennen.«

»Daran habe ich auch schon gedacht.«

»Zwei Dumme, ein Gedanke«, sagte er. »Könnte aber auch sein, dass wir uns im Kreis drehen.«

Da Milo später seinen Wagen brauchen würde, setzte ich ihn an der Polizeistation ab, und wir fuhren mit zwei Autos weiter. Die Adresse, die er mir genannt hatte, war am Sunset Boulevard, östlich von Hollywood, am Rande von Silverlake. Zu dieser Tageszeit würde ich mindestens eine Dreiviertelstunde bis dorthin brauchen, was mir genügend Zeit gab, um über das nachzudenken, was ich ihm *nicht* gesagt hatte.

Dass sich der Mörder einen Spaß daraus machte, die Polizei an der Nase herumzuführen.

Der Gedanke war mir gekommen, weil alle Tatorte voller falscher Fährten gewesen waren.

Katherine Hennepin – ein Mord aus Leidenschaft und Eifersucht wie aus dem Lehrbuch, begangen von einem Liebhaber.

Ursula Corey – eine Hinrichtung wie aus dem Lehrbuch.

Deirdre Brand – Opfer ihrer unglücklichen Lebensumstände.

Und nun Frankie DiMargio, vielleicht das wehrloseste Opfer von allen. Ein Opfer wie aus dem Lehrbuch.

Die verweste Leiche einer unangepassten jungen Frau in einem Raum voll mit Absonderlichkeiten – da lag der

Schluss nahe, dass ihr Mord mit einer möglicherweise abartigen Lebensweise zu tun hatte.

Hatte das wahre Motiv mit alledem überhaupt nichts zu tun?

Jedenfalls konnte der Besuch im Buchladen durchaus in eine Sackgasse münden.

Dass ich versuchte, dem Leben positive Seiten abzugewinnen, war für Milo ein steter Quell der Belustigung.

Mal wieder typisch. Einmal Optimist, immer Optimist.

Er hat vermutlich keine Ahnung, dass dieses Verhalten angelernt ist und keineswegs Instinkt. Wenn man mit einer chronisch depressiven Mutter und einem gewalttätigen Schluckspecht von Vater aufwächst, muss man eine Überlebensstrategie entwickeln, oder man geht unter.

Freundschaft ist eine feine Sache, aber am Ende steht doch jeder für sich.

Milo ist mein bester Freund. Es gab keinen Grund, ihn zu desillusionieren.

Diesmal war er zuerst da. Sein Zivilwagen parkte in einer Ladezone, doch von ihm war nichts zu sehen.

Even Odd hatte eine Klinkerfassade; die Schaufensterscheibe war geschwärzt und nachlässig mit oranger Farbe umrahmt. Halloween forever.

Ich ging hinein und entdeckte Milo, der mit einer übergewichtigen Frau um die dreißig sprach. Sie war – wenig überraschend – ganz in Schwarz gehüllt. Ihre Haare, die ihr bis zum Gesäß reichten, waren passend gefärbt und teils geglättet, teils gewellt und gelockt. Arme und was sonst von ihrem Oberkörper an Haut herausschaute, waren über und über tätowiert. Ihr Kinn zierte ein blauer Punkt, und ihre

Brauen waren gepierct mit etwas, das aussah wie handelsübliche Büroklammern.

Das Tüpfelchen auf dem i war ein Nasenring, der einem Bullen bestens zu Gesicht gestanden hätte: ein verrostetes Stück Eisen, das ihre Nasenscheidewand durchbohrte und bis an ihre schwarz geglosste Oberlippe herabhing. Niesen war für sie bestimmt kein Spaß; ich hoffte nur, sie litt nicht unter Heuschnupfen.

Der erste Eindruck legte nahe, dass sie sich gern an der Nase herumführen ließ. Ihre Körpersprache jedoch sagte etwas anderes und erinnerte mich daran, warum ich mir abgewöhnt hatte, voreilige Schlüsse zu ziehen.

Die DiMargios hatten den Laden als Buchhandlung bezeichnet, doch Bücher waren nicht zu sehen. Auch keine ausgestopften Tiere, nur Tische voller CDs unter der Rubrik »Aunti-Q Sounds« und Drehständer voll mit Secondhandkleidung, darunter vor allem Gaze, Tarnmuster und Lederimitat.

»Wir wissen, dass Frankie DiMargio hier arbeitet«, sagte Milo gerade.

Die Frau hatte mich bislang völlig ignoriert und beachtete mich auch nicht, als ich neben ihn trat. Stattdessen blickte sie ihm unverwandt in die Augen. Milde, aber stumm.

»Das ist keine Fangfrage, ehrlich«, sagte er. »Arbeitet sie hier oder nicht?«

»Aber es ist eine Frage«, erwiderte sie schließlich. Ihre Stimme war so tief, dass sie fast männlich klang.

»Ist das ein Problem für Sie?«

Lächeln. Sie trug ein ausgefranstes Spitzentop über einem ausgestellten Krepprock. Der Rockbund war hoch angesetzt und hob ihre großen runden Brüste hervor.

»Kommen Sie schon, ja oder nein. Bitte«, drängte Milo und hatte sichtlich Mühe, nicht die Geduld zu verlieren und laut zu werden.

Die Frau schob eine Hüfte vor und sah zur Seite.

»Es ist wichtig …«, fuhr Milo fort.

»Natürlich«, unterbrach ihn die Frau. »Sie kommt hierher, aber ich würde das nicht als Arbeit bezeichnen.« Damit wandte sie uns wieder ihr Gesicht zu.

»Okay.« Er senkte die Stimme wie immer, wenn er sich mühsam beherrschen musste. »Könnten Sie das bitte genauer erklären?«

»Ich lasse sie bestimmte Dinge machen, weil sie sagte, dass sie helfen wolle. Eine richtige Arbeitsstelle ist das nicht.«

»Sie tun ihr einen Gefallen«, sagte er. »Bekommt sie dafür Geld?«

»Mindestlohn.«

»Okay, danke. Wann haben Sie sie kennengelernt?«

»Ich habe sie nie kennengelernt.«

»Was?«

»Kennenlernen ist ein formaler Ritus, bei dem man sich einander vorstellt oder vorgestellt wird. Sie kam einfach hier rein und sagte: ›Ich könnte hier ein paar Sachen machen.‹ Und weil ich von Grund auf faul bin, habe ich Ja gesagt.«

»Der Laden gehört Ihnen.«

»Nein.«

»Wem dann?«

»Koichi.«

»Koichi wie noch?«

»Koichi Takahashi.«

»Wo können wir ihn finden?«

»In Tokio.«

»Inhaber auf Distanz.«

»Kann man so sagen.«

»Wie funktioniert das so?«

»Prima.«

»Ich meine …«

Sie lächelte. »Ich nehme Sie nur auf den Arm, John Wayne. Wie es funktioniert? Er wollte einen Laden, der ihm bei seiner Sammelleidenschaft hilft, und sein reicher Vater hat gleich den ganzen Block gekauft.«

»Was sammelt Mr Takahashi?«

»CDs von italo-amerikanischen Sängern.«

»Frank Sinatra.«

»Klar«, sagte sie. »Aber auch Dean Martin, Perry Como, Lou Monte, Jerry Vale, Vic Damone.«

»Er hat den Laden aufgemacht, um selbst an die besten Sachen zu kommen?«

Sie griff unter die Theke und förderte ein Magazin zutage. Pfauenblaue japanische Schriftzeichen prangten auf dem Farbfoto eines langhaarigen jungen Mannes, umgeben von Wänden aus CDs, die ausgestellt waren wie Gemälde. Die Haare des Mannes waren türkis gefärbt. Er trug ein glückseliges Lächeln im Gesicht.

Die Frau tastete suchend und zeigte uns noch etwas. Eine CD in Originalverpackung. Sinatras Gesicht. Titel: *Nothing But the Best.*

»Die schicke ich ihm morgen«, sagte sie. »Bislang hat er 1437 Alben insgesamt.«

»Quantität und Qualität«, sagte Milo.

»Der Weg zum Glück.«

»Leider ist Frankie DiMargio von diesem Weg abgekommen. Sie ist überhaupt vom Weg abgekommen, wenn man so etwas von Toten sagen kann.«

Das Lächeln erstarb auf ihren Lippen. Sie lehnte sich an die Theke. »Ich habe mich wohl verhört.«

»Keineswegs«, sagte Milo. »Also noch mal von vorn.«

Absurdes Theater, zweiter Akt.

»Sie haben Frankie DiMargio angestellt.«

»Ich will jetzt nicht kompliziert sein, aber so kann man das wirklich nicht sagen.«

»Jemanden anzustellen ist ein offizielles Verfahren.«

»Sie kam und ging einfach, wie sie wollte.« Kurze Pause. »Was ist denn mit ihr passiert?«

»Jemand hat gewaltsam ihr Leben beendet«, erklärte Milo. »Und mein Job ist es nun herauszufinden wer.«

»Hoffentlich gelingt Ihnen das.« Sie klang, als meinte sie es ernst. »Glauben Sie an die Todesstrafe? Ich schon. Warum sollten wir dafür zahlen, solche Leute durchzufüttern? Wenn Sie den Mörder kriegen, sollten Sie ihn foltern und töten, damit wir keine Steuergelder verschwenden müssen.«

Milo musterte sie.

»Ich habe meine eigenen Ansichten.«

»Kommen wir zu Frankie zurück. Wie viele Stunden die Woche hat sie hier verbracht?«

»Zehn, maximal fünfzehn. Ich kann Ihnen nicht sagen, was sie dann hier gemacht hat, weil ich immer gegangen bin, sobald sie kam. Dank ihr kam ich ab und zu hier raus.«

»Und wann kam sie für gewöhnlich?«

Sie dachte nach. »Meistens später am Tag. Zwischen vier und sechs.«

»Wann machen Sie zu?«

»Wenn mir danach ist.«

»Haben Sie sie den Laden schließen lassen?«

»Das ist keine große Sache, die Tür verriegelt sich von selbst. Man lässt sie einfach zufallen und geht.«

»Das heißt, sie war hier allein.«

»Ja.«

»Irgendeine Vorstellung, wo sie sich aufgehalten hat, wenn sie nicht hier gearbeitet hat?«

»Keine Ahnung.«

»Sie haben nie was zusammen unternommen.«

»Ich unternehme nie was mit anderen«, sagte sie.

»Nie?«

»Nie.«

»Haben Sie jemals Freunde von Frankie gesehen?«

»Nein.«

»Hat sie mal was erwähnt, dass ein Kunde sie belästigt hätte?«

»Sie hat überhaupt nichts gesagt. Wir haben nie miteinander gesprochen, weil ich mich sofort verzogen habe, sobald sie auftauchte.«

Milo wartete.

»Ehrlich, Mr Detective. Ich wünsche mir, dass Sie ihn kriegen und foltern.«

»Okay, vielen Dank, dass Sie Zeit für uns hatten. Wie heißen Sie?«

»Bekka, mit zwei k.«

»Bekka wie noch?«

»Bekka Mankell mit zwei l.« Sie fuhr sich mit der Zunge über die schwarzen Lippen und ließ sie herausstehen, sodass ihre chirurgisch geteilte Spitze sichtbar wurde. »Darf ich Sie was fragen?«

»Klar«, sagte Milo.

»Wie ist sie … was hat man ihr angetan?«

»Das wissen wir noch nicht.«

»Sie haben noch keine Leiche?«

»Doch, aber die lag schon eine Weile da.«

»Oh.« Die schwarzen Lippen stülpten sich nach innen.

»In solchen Fällen ist der Zeitpunkt des Todes schwer zu bestimmen. Wann haben Sie sie zuletzt gesehen?«

»Hm … das muss etwa eine Woche her sein«, sagte Bekka Mankell.

»Dass sie nicht mehr kam, hat Ihnen nichts ausgemacht, weil sie ja nicht richtig angestellt war.«

»Ich hab nicht mal eine Telefonnummer von ihr.«

»Wollte sie Ihnen die nicht geben?«

»Ich habe sie gar nicht danach gefragt. Ich weiß, das klingt seltsam, aber ich wollte ihr nur was Gutes tun. Sie sah traurig aus.«

»Wie traurig?«

»Irgendwie verhuscht. Sie hat immer zu Boden geschaut, nie mir ins Gesicht.« Bekka bewies, dass sie das beherrschte, indem sie Milo wieder unverwandt ansah. »Außerdem hatte sie eine Heidenangst vor Mäusen. Wir haben die dauernd hier, die leben in den hohlen Wänden. Als sie sie das erste Mal rascheln hörte, wurde sie käsebleich. Ich hab ihr Kamillentee gegeben.«

»Dann hat sie sich daran gewöhnt«, sagte Milo.

»Nehme ich an. Sie hat nie was darüber gesagt. Sie hat praktisch überhaupt nicht gesprochen.«

»Eine schüchterne junge Frau.«

»Mehr als schüchtern. Ängstlich.«

»Wovor hatte sie denn Angst?«

»Vor dem Leben wahrscheinlich.«

»Okay«, sagte Milo. »Gibt es sonst noch was, das Sie uns sagen könnten, Bekka mit zwei k?«

Ihre Augen waren feucht geworden. Ohne den Blick von Milo zu nehmen, nahm sie seine Hand und setzte fünf rasche Küsse darauf, für jeden Knöchel einen.

Er war zu verdutzt, um zu reagieren.

Sie ließ seine Hand los und deutete eine Verbeugung an. »Viel Glück. Das Böse durchdringt die Welt.«

»Sind Sie denn schon mal von Kunden belästigt worden?«, fragte ich.

Sie hielt immer noch den Blickkontakt mit Milo. »Wir haben nicht viel Laufkundschaft. Die Hälfte der Zeit lasse ich die Rollos runter und hänge das ›Geschlossen‹-Schild raus.«

»Wie verdienen Sie denn Geld?«, wollte Milo wissen.

Bekka Mankell lächelte. »Praktisch gar nicht. Höchstens durch Heimlieferungen – Frankie hat das manchmal gemacht.«

»Was?«

»Wenn ich den Eingang der Zahlung verbucht und alle Formulare ausgefüllt hatte, hat sie das Packen übernommen.«

»Liefern Sie auch hier in der Gegend?«

»Hin und wieder.« Ihre Augen leuchteten auf. »Das hat Frankie auch ab und zu gemacht.«

»CDs ausgeliefert.«

»CDs nicht, das Einzige, was wir persönlich liefern, sind Klamotten. Und das kommt nicht oft vor, weil die meisten Leute lieber alles mit der Post geschickt bekommen wollen.«

»Gibt es Kunden, die regelmäßig Lieferungen bekommen?«, fragte Milo.

»Hm«, sagte Bekka Mankell. »Einmal kam eine Frau in

den Laden, um zu stöbern, die hat dann einen ganzen Haufen Kunstledersachen gekauft. Danach rief sie an, um nachzubestellen, und fragte, ob sie die Sachen gegen einen Aufpreis persönlich geliefert bekommen könne. Wir haben ihr zweimal ein Paket gebracht.«

»Voll mit Kunstleder.«

»Das atmet nicht«, sagte sie. »Die Leute benutzen das für Sexpartys. Genau so wie Gummi. Ich weiß, dass sie es so verwenden wollte, weil sie Bustiers und Korsetts bestellt hat. Außerdem wollte sie eine nicht beschriftete Schachtel und persönliche Übergabe.«

»Von Frankie.«

»Ja, beide Male. Frankie meinte, es liege sowieso auf ihrem Heimweg.«

»Wo wohnt die Frau?«

»Das ging nicht an ihre Heimadresse, sondern in ihr Büro.«

»Wo?«

»Century City.«

»Avenue of the Stars?«

Nicken. »Glauben Sie, sie hat Frankie umgebracht? Wow. Am Telefon klang sie ganz entspannt. Außer wenn sie über die Lieferung sprach. Sie wollte, dass das Paket in der Tiefgarage übergeben wird. Das gehört dazu.«

»Zum Unartigsein.«

»Zur Heimlichtuerei. Wollen Sie ihren Namen wissen?«

»Aber sicher.«

Erneutes Tasten unter der Theke förderte einen kleinen Laptop zutage. Klack, klack. »Flora Sullivan.«

Sie las die Adresse vor.

Doch die kannten wir schon.

Eine Stunde später trafen wir uns in Milos Büro wieder. Noch im Stehen fing er an, auf den Computer einzuhacken.

Flora Sullivan war für eine landesweite Kanzlei tätig, als Leiterin von deren Zweigstelle in Südkalifornien. Ihr Fachgebiet war Immobilienrecht. Sie war fünfundvierzig und hatte sich weder vor dem Gesetz noch vor der Anwaltskammer je etwas zuschulden kommen lassen.

Ein Porträtfoto auf der Webseite der Kanzlei zeigte eine dünne Frau mit bemerkenswert langem Hals, Lippen, die aussahen, als hätte sie sie zum Schmollmund geschürzt, und einem schmalen Gesicht, das von dunklen Locken umrahmt war. Ihre leicht hervortretenden Augen waren hinter quadratischen Brillengläsern verborgen.

Typ: alte Jungfer. Die Vorstellung, dass sie Kunstlederkorsagen trug, war befremdlich.

Milo ging ihren knappen Lebenslauf durch. »Yale, dann Jura an der UC Berkeley … schau dir die Suitenummer an. Achte Etage, eine über Fellinger. Das verdammte Gebäude. Du hattest recht.«

»Mit Ausnahme von Deirdre Brand hat er alle dort kennengelernt«, sagte ich. »Und Deirdre hat in der Gegend gebettelt.«

»Aber das sind nur die, von denen wir bislang wissen. Der Scheißkerl ist mittleren Alters. Welcher Serienmörder, der was auf sich hält, fängt erst so spät an?«

Er rief Binchy an, der das Gebäude von der gegenüberliegenden Straßenseite aus observierte. »Nichts, Lieutenant, tut mir leid. Er ist um neun reingegangen und seither nicht mehr rausgekommen.«

»Ich rufe an, weil ich wissen will, ob Sie von den Kollegen in den anderen Bezirken was erfahren haben.«

»Auch da gibt's leider nichts Neues«, erwiderte Binchy. »Zumindest bei denen, die ich erreicht habe. Aber immerhin haben wir die Kugel.«

Milo setzte sich. »Welche Kugel?«

»Die der Coroner in Ms DiMargios Kopf gefunden hat. Kaliber .25, genau wie bei Ms Corey. Moe bringt sie gerade höchstselbst ins Labor zum Abgleich.«

»Wäre nett gewesen, wenn Moe mir das mitgeteilt hätte.«

»Vielleicht hat er versucht, Sie zu erreichen, und kam nicht durch, Lieutenant. Normalerweise ist er ein guter Kommunikator.«

»Das sagen Sie, weil Sie mit ihm befreundet sind«, sagte Milo.

»Klar«, erwiderte Binchy. »Aber wahr ist es trotzdem.«

Milo sah auf sein Handy. Reed hatte drei Mal kurz hintereinander angerufen.

»Irgendwie muss sich das auf stumm gestellt haben … sorry, Moses, mein Junge.« Er rief zurück. »Hab's gerade von Binchy gehört.«

»Ein kleiner Schritt, Lieutenant, aber immerhin. Ihr Gehirn hatte sich bereits fast vollständig verflüssigt, aber man konnte noch die Eintrittswunde feststellen. Am unteren Hinterkopf. Ich bin auf dem Weg zum Labor, aber unter uns, Lieutenant, ich könnte wetten, dass das zu Coreys Fall passt.«

»Da will ich gar nicht widersprechen.«

»Die schlechte Nachricht ist«, fuhr Reed fort, »bislang gibt es keinerlei Hinweise darauf, dass DiMargio ein Telefon hatte, weder Handy noch Festnetz, kein Fernsehen, kein Internet, nicht mal ein Papierkalender irgendwo. Aber ich suche weiter. Dafür alles Mögliche sonst – Gallensteine in Bärenform, Blasensteine, die wie Schnauzbärte aussehen, Dinosaurierkacke und dazu die ganze Wunderkammer mit ausgestopften Tieren. Es ist, als hätte sie sich aus der realen Welt verabschiedet, um ganz allein in ihrem Kuriositätenkabinett zu leben. Allerdings hat sie auf ihre Ernährung geachtet. Die kleinen grünen Dinger auf den Tellern, die wir für Erbsen hielten, sind in Wirklichkeit grüne Linsen; die waren nur von Bakterien aufgeblasen, sodass sie wie Erbsen aussahen. Dann waren da noch irgendwelche Körner, möglicherweise Quinoa, und das weiße Zeug war weder Fisch noch Fleisch, sondern irgendwas auf Sojabasis.«

»Eine vegetarische Orgie.«

»Vegan, Lieutenant. Und der Wein war bio. Ein gesunder Tod.«

19

Nach dem Telefonat mit Reed scrollte Milo durch seinen Kalender. »Zeit für den hochgeschätzten DiMargio-Nachwuchs.«

William Anthony DiMargio jr. klang müde und hatte nicht viel über seine Schwester zu sagen, außer dass sie »immer für sich blieb« und »wir fünf Jahre auseinander« waren. Auf Milos Nachhaken fügte er hinzu: »Verstehen Sie mich nicht falsch. Sie war nett, aber sie lebte in ihrer eigenen Welt. Als Kind war sie richtig süß … Wer tut so was nur?«

»Das versuchen wir herauszufinden, Sir. Wenn es noch etwas gibt, das Sie mir sagen könnten …«

»Ich? Ich habe Frankie seit Jahren nicht mehr gesehen. Das war ganz sicher irgend so ein Irrer. Ich kann mich an Los Angeles erinnern, da laufen überall Spinner herum.«

»Vancouver ist da besser.«

»Und ob«, sagte Bill DiMargio jr. »Sauberer, kultivierter, und das Wetter ist fast genauso gut.«

Von Schwester Tracy bekam Milo die gleiche Botschaft, wenn auch in milderer Form.

Frankie sei »immer sehr lieb, aber zurückhaltend« gewesen. »Ich hatte immer das Gefühl, Tiere waren ihr lieber als Menschen. Als Kind hat sie verletzte Vögel und Käfer mit nach Hause gebracht. Solche Dinge.«

Milo kritzelte etwas und schob mir den Zettel hin. *Erst das und dann tote Embryos?*

Ich nickte.

»Wussten Sie, dass sie ein Faible für Taxidermie hatte?«

»Tatsächlich?«, wunderte sich Tracy Mayo. »Nein. Als wir Kinder waren, wollte sie immer in den Zoo … aber das ist lange her.«

»Was können Sie mir über Frankies Liebesleben sagen?«, fragte Milo.

Tracy Mayos Seufzer am Telefon war bis zu meinem Platz zu hören. »Lieutenant, zwischen mir und Frankie liegen acht Jahre Altersunterschied. Als sie so weit war, sich mit Jungs zu treffen, war ich schon längst aus dem Haus. Und nicht mehr in Kalifornien.«

»Chicago?«

»Evanston«, präzisierte sie. »Ich habe Medienwissenschaft an der Northwestern University studiert, weil ich Anchorwoman werden wollte.« Sie lachte kurz. »Tut mir leid, ich wünschte, ich könnte Ihnen mehr sagen.«

»Also keine Jungs.«

»Nicht dass ich … Moment, doch, sie hat mal jemanden erwähnt, aber das ist schon eine Weile her.«

Milo setzte sich auf. »Wann?«

»Ist vielleicht ein paar Monate her. Lassen Sie mich überlegen … das letzte Mal telefoniert haben wir … ja, das war kurz nach dem Geburtstag meines Jüngsten, das wäre dann vor drei Monaten gewesen. Es war nur ein ganz kurzes Gespräch, weil Frankie nicht gern telefonierte. Sie hatte Jaydon einen kleinen Plüschlöwen geschickt, und ich hatte angerufen, damit er sich bedanken konnte. Danach habe ich dann selbst mit ihr gesprochen. Sie klang gut. Glücklicher als sonst. Ich fragte sie, was es Neues gebe, und sie erzählte, dass sie jemanden kennengelernt habe.«

»Einen Mann?«

»Das nahm ich an, weil sie, wie gesagt, so anders klang. Fröhlicher als sonst. Aber das war's dann auch schon wieder, sie erklärte, sie müsse jetzt Schluss machen, und legte einfach auf. Denken Sie, es gibt da eine Verbindung? Ist sie an den Falschen geraten?«

»Wir suchen immer nach engen Beziehungen, Ms Mayo.«

»Dann wissen Sie gar nicht, wer er ist.«

»Nein, Ma'am, aber wir werden dem nachgehen.«

»Ach ja«, sagte Tracy Mayo. »Wenn ich nur neugieriger gewesen wäre. Aber das hätte wahrscheinlich auch nichts geändert. Frankie hat sich nie jemandem anvertraut.«

»Ein neuer Spielgefährte vor drei Monaten«, sagte Milo.

»Einen Monat nach Kathy Hennepins Tod.«

»Höchste Zeit, eine Neue zu dekorieren ... Ich muss nachdenken. Lass uns was von der hauseigenen Spülbrühe holen gehen.«

Wir gingen in das große Gemeinschaftsbüro hinaus und zapften uns Kaffee aus dem Automaten. Der Raum war praktisch voll besetzt, und der Grund dafür war offensichtlich: Jemand hatte eine Runde Latte macchiatos mit Zimt mitgebracht. Die Kolleginnen und Kollegen saßen an ihren Schreibtischen und nippten hin und wieder an ihren Pappbechern. Als Milo seine Tasse mit brühend heißer Automatenbrühe ansetzte und leerte, ohne einmal Luft zu holen, erhob sich Applaus.

Er verbeugte sich, und wir kehrten in seine Kemenate

zurück. »Ich wusste gar nicht, dass Psychiater so hart im Nehmen sind«, hörte ich jemanden sagen.

Milo griff zu seinem Schreibtischtelefon, das im selben Moment anfing zu läuten.

»Zuerst die gute Nachricht«, sagte Moe Reed. »Identisches Kaliber bei Corey und DiMargio. Und jetzt die schlechte: DiMargio hatte ein Handy, aber vor drei Monaten hat sie den Vertrag gekündigt, und es sieht so aus, als wären alle Verbindungsdaten gelöscht worden. Was ist denn das für ein Mensch, der kein Handy hat?«

»Jemand, der den Kontakt zur Welt abgebrochen hat, Moses.«

»Also, ich wäre ohne mein Handy völlig verloren … Es gibt noch ein paar Dinge, Lieutenant, die durchaus weiterhelfen könnten. Der Coroner hat sich auf einen ungefähren Todeszeitpunkt festgelegt, basierend auf toten Maden und Verwesungsgrad und der Annahme, dass die Raumtemperatur nicht wild geschwankt hat: zwischen acht und vierzehn Tagen. Ein Drogentest konnte bislang nicht gemacht werden, weil sie kein geeignetes Gewebe finden; die Verwesung verfälscht anscheinend die Resultate. Aber abgesehen von der ungeöffneten Flasche Wein gab es in der ganzen Wohnung keinen Hinweis auf psychoaktive Substanzen.«

»Irgendwelche Etiketten oder Kaufbelege an dem komischen Zeug, was sie gesammelt hat?«

»Ein paar«, sagte Reed. »Aber die waren alt, sie hat die Sachen gebraucht gekauft. Viel von dem ausgestopften Kram stammt aus Montana oder North und South Dakota, das passt, dort wird viel gejagt. Ein paar Telefonnummern stammten aus der Zeit, als man noch Buchstaben vorwählen musste; ich hab's trotzdem versucht. Ist aber nichts dabei herausgekommen. Tut mir leid, Lieutenant.«

»Stellen Sie eine Liste von Flohmärkten und Secondhandshops zusammen, wo sie gewohnt hat, aber auch, wo sie gearbeitet hat, sagen wir, je in einem Umkreis von einem Kilometer. Bei der Menge an Zeug, die sie angesammelt hat, muss sie irgendwo Stammkundin gewesen sein. Wenn am Telefon keiner zugeben will, dass er sie gekannt hat, und Sie das Gefühl bekommen, dass das nicht stimmt, fahren Sie persönlich hin. Wenn Sie Hilfe brauchen, schnorr ich ein paar ehrgeizige Uniformierte zusammen.«

»Kein Problem«, erwiderte Reed. »Aber nur falls Sie es vergessen haben, ich bin heute Abend für Fellingers Observation eingeteilt.«

»Das übernehme ich, Moses. Sie schauen sich nach Kuriositätenhändlern um.«

»Mach ich. Interessant ist sie schon, oder? Hält sich tote Monstrositäten als Haustiere.«

»Dummerweise«, entgegnete Milo, »ist ihr dann eine lebende über den Weg gelaufen.«

Er fragte bei Binchy nach.

»Nichts, absolut nada, Lieutenant. Moe kommt gleich, um mich abzulösen.«

»Moe hat was anderes zu tun, ich übernehme die nächste Schicht selbst, Sean. Halten Sie nach Dr. Delawares schickem Caddy Ausschau.«

»Ein schönes Auto«, sagte Binchy. »Mein Großvater hatte einen Sedan de Ville.«

Diesmal ließ Milo seinen Wagen auf dem Personalparkplatz stehen, und wir fuhren zusammen. Während ich das Auto steuerte, rief Milo bei der Zulassungsstelle an und bekam eine rasche Antwort, die er notierte.

Das polizeiliche Kennzeichen von Flora Sullivans weißem Porsche Cayman S.

Ich fuhr in die Einfahrt zur Tiefgarage. »Fahr ganz nach unten«, sagte Milo. »Wir arbeiten uns von dort aus vor.«

Wir rotierten langsam abwärts, vorbei an der Stelle, wo Ursula Corey hingerichtet worden war. Da er mich nicht bat zu halten, fuhr ich weiter.

Trotz einer beträchtlichen Anzahl Luxuswagen war der Porsche leicht zu finden. Weißer als Papier, die Fenster anthrazitgrau geschwärzt, Chromfelgen mit roten Bremsbacken. Am Heck ein kleiner Spoiler.

Ein *Ski-Aspen*-Aufkleber am hinteren Stoßfänger. Milo deutete auf eine Stelle in zehn Metern Entfernung, schräg gegenüber von dem Porsche. »Park da drüben.«

Die Lücke war zwischen einem Escalade und einem Navigator, die sich beide wenig um weiße Linien geschert hatten. Ich fädelte ein und stellte den Motor ab.

»Geht doch nichts über einen Freund mit guter räumlicher Wahrnehmung«, sagte Milo.

Die Stelle war ideal, um den Porsche zu beobachten. Nah genug, um Bewegungen wahrzunehmen, aber weit genug entfernt, um keinen Verdacht zu erregen. Einziger Minuspunkt war der Seville selbst. Zwischen all den blitzenden Neuwagen fiel ein dreißig Jahre alter Oldtimer auf. Ich rollte so weit wie möglich zurück, um die großen SUVs als Schutzwall nutzen zu können. Milo und ich duckten uns, und er war schon bald eingeschlafen.

Es dauerte eine Viertelstunde, bis etwas passierte. Milo schnarchte leise. Ich stieß ihn an. Seine Reflexe waren so geschult, dass er selbst im Halbschlaf daran dachte, sich zu ducken.

Zwei Personen näherten sich dem Porsche. Die große, schlaksige Frau in dem marineblauen Hosenanzug mit Goldknöpfen war sofort als Flora Sullivan zu erkennen. Der kleine, stämmige Mann neben ihr erinnerte an einen Gorilla und trug ein offenes weißes Anzughemd und eine Baumwollhose.

Sie berührten sich nicht, Flora Sullivan und Grant Fellinger, unterhielten sich jedoch angeregt und lächelten viel.

»Oh weh, oh weh«, sagte Milo.

»Vielleicht steht er auch auf Kunstleder«, meinte ich.

Wir sahen mehrere Minuten lang zu, wie sich die Herrschaften Rechtsanwälte unterhielten. Dann öffnete er die Fahrertür des Porsches, und sie bugsierte ihren langen Körper auf den Sitz.

Fellinger entfernte sich mit wippenden Schritten. Als Sullivan davondonnerte, war er schon nicht mehr zu sehen.

»Was war das?«, fragte Milo.

»Wer weiß?«, entgegnete ich. »Eines steht jedenfalls jetzt fest: Er zieht seinen Anzug hin und wieder aus.«

20

Das *Café Moghul* serviert gut gekochtes, echtes indisches Essen, und das am Santa Monica Boulevard unweit der Butler Avenue, sodass man von der West Los Angeles Polizeistation rasch zu Fuß dorthin gehen kann. Milo isst und arbeitet dort schon seit Jahren. Kurz nachdem er das Restaurant entdeckt hatte, waren ein paar Herumtreiber von der Straße hereingekommen, die er unversehens wieder hinausbeförderte. Die Frau mit der Brille, die das Lokal betreibt, ist seither davon überzeugt, dass er so etwas wie ein Ein-Mann-Sicherheitssystem ist, und behandelt ihn wie einen Gott.

Die Preise sind fair, dennoch habe ich das Lokal selten voll erlebt. Einmal war ein Prospekt mit Angeboten, die die ohnehin preisreduzierte Mittagskarte noch unterboten, auf der Station gelandet, woraufhin für eine gewisse Zeit Horden von Polizisten einfielen. Auch das wurde Milo zugerechnet, obwohl er jede Beteiligung von sich wies.

Ebenso nahm man es ihm nicht übel, als die Gäste nach und nach wieder ausblieben.

»Sie sind ein bescheidener Mann«, hatte ihm die Frau versichert und Hummerzangen auf seinen Teller getürmt, die auf dem Büfetttisch gar nicht vorkamen.

Am Nachmittag um Viertel nach fünf waren wir die einzigen Gäste. Die Frau führte uns zu einem Tisch. Anmutig schritt sie in ihrem limettengrün-zitronengelben Sari vor uns her. Ich weiß bis heute ihren Namen nicht, und Milo bestimmt auch nicht.

»Ihr Tisch, Captain.«

»Lieutenant.«

»Sie werden bald Captain sein«, sagte sie. »Und danach Major.«

Während sie davoneilte, murmelte Milo: »Und danach werde ich die Radieschen von unten sehen.«

Er holte sein Handy heraus. Als sie mit Chai und Papadam-Brot mit viel Kreuzkümmel wiederkam, war er dabei, seine Anruferliste durchzugehen und mit grimmiger Freude »Werbegelaber« und »Polizeigelaber« zu löschen.

»Was darf ich Ihnen bringen, Captain-Lieutenant?«

»Suchen Sie was aus.«

»Lamm?«

»Klar, super, danke.«

»Lamm und Kalb«, entschied sie. »Das Hühnchen sieht auch gut aus. Das Tandoori ist schön scharf.«

»Super.«

»Meeresfrüchte?«

»Sie müssen sich wirklich keine Extramühe geben.«

»Für Sie ist mir nichts zu mühsam.«

Als sie weg war, sagte ich: »Ich sehe schon eine Statue von dir vor meinem geistigen Auge, da drüben unter dem Reiseposter von Neu-Delhi.«

»Ach was, ich bin zu dick für einen Gott.«

»Und der selige Buddha?«

»Falsche Religion.«

»Wie wär's mit der Elefantengottheit Ganesha?«

»Was du nicht alles weißt«, sagte er. »Weißt du vielleicht

auch was über das, was gerade zwischen Fellinger und Ms Kunstleder war?«

»Mir ist nichts aufgefallen, was auf eine sexuelle oder romantische Beziehung hindeuten würde, aber sie schienen vertraut miteinander.«

»Zwei Anwälte, die fachsimpeln?«

»Vielleicht nur das. Andererseits haben sie beide ein Büro in diesem Gebäude, warum sollten sie in die Tiefgarage gehen, um sich zu beraten? Vielleicht weil Sullivan das schon früher gemacht hat, wenn sie kein Aufsehen erregen wollte.«

»Zum Beispiel, um ihre Kunstledermonturen in Empfang zu nehmen.«

»Übergabetreffen im Verborgenen. Frankie DiMargio kam so hierher. Ebenso wie Kathy Hennepin, die Unterlagen vorbeibrachte. Das machte sie beide zu potenziellen Opfern, vielleicht spielt Sullivan sogar eine Rolle in diesem Spiel.«

»Zwei nach außen hin unbescholtene Personen, die ihren Arbeitsplatz als Jagdrevier nutzen? Und was ist mit Ursula?«

»Ursula musste nicht einmal angelockt werden, sie kam von ganz allein«, sagte ich. »Okay, nach außen hin wirkt sie anders, aber es muss irgendetwas geben, das ihr zum Verhängnis wurde. Ich denke immer noch, sie hat mit Fellinger Schluss gemacht.«

»Stargalopper auf der Flucht erschossen«, meinte er.

»Fellinger und Sullivan sind beide Partner in großen, bekannten Kanzleien und daran gewöhnt, Autorität auszuüben. Da passt es ins Bild, dass Frankie ihren Handyvertrag gekündigt und sich völlig zurückgezogen hat. Sie erzählt ihrer Schwester noch, dass sie jemanden kennengelernt hat, und kurz darauf ist sie von der Bildfläche verschwunden.«

»Wurde da eine Sklavin durch eine neue ersetzt? Auf Kathy folgt Frankie? Weil der Lack ab war?«

»Oder Frankie hat aufbegehrt«, sagte ich.

»Wenn du meine Gefühle verletzt, schneid ich dir den Atem ab.« Er zermalmte einen Cracker zu Staub und wischte sich Krümel vom Hemd. »Frankie hat nicht nur ihr Handy gekündigt; ich habe mit ihrer Mutter gesprochen. Da wurde auch schon eine ganze Zeit lang nur Bargeld eingesetzt. Schon seit zwei Jahren hat sie keine Kreditkarten mehr benutzt, weil ihre Eltern dachten, dass sie nur Schulden anhäufen würde, und es besser fanden, ihr einfach Bargeld in die Hand zu drücken.«

»Vielleicht hat die neue Bekanntschaft ja den Unterhalt aufgestockt.«

»Der Klassiker: Nur Bares ist Wahres.«

Die Frau mit Brille brachte einen großen Teller mit Bergen von tierischem Protein und stellte ihn feierlich vor Milo ab.

Als wir wieder allein waren, schüttelte er den Kopf. »Zeit für Ganeshas Festmahl … ich weiß bloß nicht, ob ich Hunger habe.«

»Du raubst mir alle Illusionen.«

Mitten in seinem Mampfathon hielt er inne und atmete durch. »Keine Kameras auf dem ganzen verdammten Deck. Fellinger und Sullivan wissen das natürlich. Du hast recht, der Ort ist ideal für ein Gespräch unter vier Augen. Wer die beiden dort sieht, denkt sich nichts dabei. Und zwei Psychotiker können ein Opfer noch leichter überwältigen.«

Er verzog das Gesicht. »Nach dem Motto: Jetzt hilf schon, den verdammten Tisch zu decken. Du spülst ab, ich übernehme das Abtrocknen.«

»Vielleicht war Sullivans Rolle aber auch subtiler«, sagte ich. »Du weißt schon, wir haben das öfter, wenn Frauen beteiligt sind.«

»Sie ist der Lockvogel. Vorausgesetzt, sie ist überhaupt beteiligt. Ganz ehrlich, nur weil sie mal kurz mit Fellinger nett geplaudert hat, muss das noch gar nichts bedeuten.«

»Da steckt auf jeden Fall was dahinter. Sie kannte Frankie.«

Er legte seine Gabel ab. »Die Arme wird zum Opfer, nur weil sie Reizwäsche liefert. Eine Frau würde doch wahrscheinlich die Schwächen einer anderen Frau viel besser durchschauen, oder?«

»Zumindest würde sie weniger bedrohlich wirken.«

»Vielleicht lief es mit Kathy genauso ab. Es war gar nicht Fellinger, der sie im Aufzug aufgerissen hat, sondern seine Komplizin, und jetzt muss ich alle beide observieren.«

Seine Augen verdunkelten sich. »Oder wir sind bei Sullivan total auf dem Holzweg.«

»Du meinst, er stellt bereits ein passendes Menü für sie zusammen?«

»Warum nicht? Angenommen, sie hat ihn mit Frankie zusammengebracht, hat aber nichts mit dem Verbrechen zu tun? Vielleicht hat ihm der Mord an Ursula so einen Kick gegeben, dass er jetzt seine Ansprüche hebt und sich edlere Beute sucht. Und schon sitzen wir in der moralischen Klemme: Sollen wir Sullivan vor Fellinger warnen? Was, wenn sie tatsächlich seine Komplizin ist? Dann wären damit die Ermittlungen im Eimer.«

Er leerte zwei Gläser Wasser, rief Reed und Binchy über eine Konferenzschaltung an und erklärte ihnen, wie die Observation von nun an auszusehen habe.

Erstens: Besorgt euch Flora Sullivans Führerschein, damit ihr wisst, wie sie aussieht und wo sie wohnt. Zweitens: Bleibt an ihr dran, während auch Fellinger beobachtet wird. Getrennt voneinander, aber beide in dem Gebäude in der Avenue of the Stars.

Es war ein Einsatzplan, der mit einem halben Dutzend Detectives sicher gut funktioniert hätte. Reed und Binchy, die sich mit Milo abwechselten – das würde lange Schichten bedeuten, und es bestand immer das Risiko, dass die jungen Kollegen wegen neuer Fälle abgezogen wurden.

»Immerhin sammelt ihr so Überstunden, Kinder«, tröstete er sie. »Ich werde dafür sorgen, dass die alle aufgeschrieben werden.«

»Mir ist alles recht, Chef.«

»Klar, kein Problem, Lieutenant.«

Ein Lächeln im Gesicht, legte Milo auf.

»Was ist?«, fragte ich.

»Es ist einfach schön, wenn die Kinder sich so nett entwickeln.«

21

Drei Tage in Folge kamen Flora Sullivan und Grant Fellinger morgens zwischen 8.30 Uhr und zehn Uhr zur Arbeit. Keiner der beiden verließ tagsüber das Gebäude, und beide fuhren um 17.34 Uhr beziehungsweise 18.58 Uhr aus der Tiefgarage.

Am ersten Abend igelte sich Grant Fellinger in seinem Haus in Pacific Palisades ein. Flora Sullivan hingegen fuhr nur kurz in ihrer georgianischen Villa in der June Street in Hancock Park vorbei, um dann ganz in Schwarz wieder zu erscheinen; Binchy konnte ihren Schmuck auf der anderen Straßenseite glitzern sehen. Ihre Haare hatte sie zu Locken gedreht, die bereits wieder aushingen. Sie trug eine weiße Handtasche, die nicht viel größer war als eine Zigarettenschachtel.

Vor dem Fahrerfenster ihres weißen Porsche Cayman S blieb sie stehen, um ihr Spiegelbild zu prüfen, formte die Lippen zum Kussmund und straffte den Rücken. Dann stieg sie in den coolen kleinen Sportwagen und brauste los.

Beim Grundstücksamt war zu erfahren, dass sie seit fünfzehn Jahren in dem großen, kastenförmigen Haus wohnte, und zwar zusammen mit einem gewissen Gary Sullivan. Ein Mann war jedoch nicht dabei, als sie die Sixth Street entlang durch Koreatown Richtung Innenstadt fuhr.

Ziel: das Biltmore Hotel.

Aha!, dachte Binchy. Die Reiche-Leute-Version von einem Stundenhotel. Vielleicht würde er Glück haben, und Fellinger fand sich ebenfalls dort ein.

Doch Sullivan hatte nichts Arges im Sinn, sondern steuerte den großen vergoldeten Ballsaal des Hotels an, wo sie an einer Benefizgala für Planned Parenthood teilnahm.

Binchy, der wie immer Anzug und Krawatte trug, konnte sich unbemerkt zwischen die hundertachtzig Teilnehmer mischen.

Als zu Tisch gerufen wurde, beobachtete er, wie Flora Sullivan an der zugewiesenen Stelle Platz nahm und sich ihren Tischnachbarinnen vorstellte, zwei eleganten älteren Damen.

»Zwei Getränke«, berichtete er am nächsten Morgen. »Und hat nur auf ihrem Teller herumgestochert. Wahrscheinlich bleibt sie deshalb schlank.«

»Kein Freund in Sicht«, sagte Milo.

»Nein. Sie ist allein nach Hause gefahren.«

»Klingt nach einem spannenden Abend, Sean.«

»Schon okay, Lieutenant. Ich nehm's entspannt.«

Am zweiten Abend war Reed für Flora Sullivan und Milo für Grant Fellinger zuständig. Diesmal blieb Sullivan zu Hause, und die einzige Unterbrechung war ein Lieferant von *Real Food Daily*, den sie so großzügig mit Trinkgeld bedachte, dass er sogar lächelte.

»Veganes Essen«, sagte Moe Reed. »Wie bei Frankie DiMargio.«

»Zwei, die finden, dass Tiere essen grausam ist?«, bemerkte Milo. »Von so viel Zufall wird mir glatt schlecht.«

Er legte auf und beobachtete weiter Fellingers mittelgroßes modernes Domizil. Um 21.50 Uhr trat eine Frau aus der Tür, gefolgt von Fellinger. Milo erkannte in ihr die alternde Brünette, die er auf den Fotos in Fellingers Kanzlei gesehen hatte. Von den beiden Jungen war nichts zu sehen, und vor dem Haus standen auch nur der BMW und der Challenger. Aber inzwischen waren die Söhne sicherlich längst auf dem College, und die beiden lebten allein in dem Haus.

Aus den Grundbuchakten wusste Milo, dass die Frau die eine Hälfte des Grant-&-Bonnie-Jo-Fellinger-Familientrusts darstellte. Sie hatte ihre Haare blond gefärbt.

Ein Versuch, den Zeichen der Zeit zu trotzen und den Ehemann zu halten?

Er sah zu, wie Bonnie Jo einen Hausschlüsselbund einsteckte und sich bei ihrem Mann unterhakte. Die beiden gingen Richtung Norden die Straße entlang und kamen dabei an dem Porsche 928 vorbei, der auf der gegenüberliegenden Seite parkte.

Der Wagen war Ricks Sonntagsgefährt, das er aber großzügig zur Verfügung gestellt hatte – sehr zu Milos Gefallen, denn er nahm an, dass eine Edelkarosse in einer wohlhabenden Gegend wie dieser am wenigsten auffiel.

Milo sah zu, wie das Paar sich entfernte und in der Dunkelheit verschwand. Wenige Minuten später näherten sich die Fellingers gemächlich wieder, um an ihrem Haus vorbei weiter Richtung Süden zu spazieren. Ohne seine Schritte zu verlangsamen, gab Grant Fellinger seiner Frau einen Kuss auf die Wange, den sie erwiderte.

Der Inbegriff des Eheglücks. Wie in einer dieser Werbungen für Kreuzfahrten hatte Fellinger den Arm um die

Schulter seiner Frau gelegt, und ihr Arm schlang sich um seine ausladende Mitte.

Locker und entspannt wie ein zufriedenes Paar.

Milo fand, dass Rick und er auch in diese Kategorie passten, so lange, wie sie schon zusammen waren und sich kaum jemals stritten.

Und das war eine große Leistung, wenn man bedachte, was für stressige Jobs beide hatten.

Und dass sie beide zu Griesgrämigkeit neigten.

Außerdem waren sie beide Männer derselben Epoche; schwul oder nicht, Gefühle zu zeigen hatten sie zu Hause nicht gelernt.

Sie gingen also nie Arm in Arm, auch nicht in West Hollywood, wo es absolut üblich war, öffentlich Zuneigung zu zeigen.

Die Zeiten hatten sich geändert. Intellektuell war Milo das klar. Doch manchmal, wenn er in Boystown sah, wie sich junge Männer in den Armen lagen und küssten und wer weiß was machten, kam er sich ganz schön alt vor.

Rick hatte dazu noch nie etwas gesagt, doch für ihn war es mit Sicherheit genauso. Sein Blick verriet das und sein penibel getrimmter Schnurrbart, der sich auf und ab bewegte, wenn sein Kiefer sich verspannte.

Ja, sie wurden alt. Vom langen Sitzen waren seine Gelenke steif, und die Blase drückte.

Die Turteltäubchen kehrten zu ihrem Haus zurück. Bonnie Jo lachte über etwas, das Grant gesagt hatte, und lachte wieder, als er ihren stattlichen Hintern tätschelte.

Das heimische Glück hatte ihn nicht davon abgehalten, Ursula Corey zu poppen und wer weiß wie viele Frauen sonst noch.

Was für ein großartiger Schauspieler.

Hatte er Schlimmeres zu verbergen als Ehebruch?

Bonnie Jos Lachen klang in Milos Ohren.

Sie liebt den Kerl.

Es würde nicht leicht werden.

Am dritten Abend – Moe Reed folgt in sicherem Abstand – fährt Flora Sullivan heim nach Hancock Park, bleibt eine Stunde und zweiundfünfzig Minuten in ihrer Villa und erscheint dann wieder, mit einem Mann im Rollstuhl, den sie schiebt. Der Mann hat ihr Alter, er ist grauhaarig und gut aussehend, und seine breiten Schultern bilden einen auffälligen Kontrast zu seinen verkümmerten Beinen.

Sullivan tritt vor den Rollstuhl. Der Mann lächelt, als sie seinen Hemdkragen zurechtzupft. Sie dreht den Stuhl Richtung Straße. Es stehen an diesem Abend nicht viele geparkte Autos in der June Street, und Reed fürchtet schon, dass sein drei Jahre alter Mustang, den er vom Abstellplatz der Verkehrspolizei geliehen hat, entdeckt wird.

Doch Sullivan und der Mann im Rollstuhl haben nur Augen füreinander. Sie reden. Dann zupft sie noch einmal seine Kleidung zurecht. Er nimmt ihre Hand und führt sie kurz an seine Lippen.

Sullivan küsst ihn auf den Kopf, tritt dann wieder hinter ihn und blickt mit zusammengepressten Lippen in die Ferne. Diese kurze, von ihrem Gefährten unbemerkte Verspannung ist der einzige Hinweis darauf, dass ihr Leben nicht uneingeschränkt der Himmel auf Erden ist.

Ihr weißer Porsche ist das einzige Auto, das die Detectives bislang vor ihrem Haus gesehen haben. Der Wagen wäre vollkommen ungeeignet für einen Mann mit Rollstuhl, und so ist Reed nicht überrascht, als lautlos ein großer schwarzer Van heranrollt, der links am Heck die silber- und goldfarbene Aufschrift eines der größten Limo-Services der Stadt trägt. Ein Chauffeur in schwarzer Livree steigt aus. Dass er sofort lächelt und begeistert winkt, deutet darauf hin, dass man sich kennt. Flora Sullivan und der Mann im Rollstuhl reagieren entsprechend.

Der Fahrer öffnet die hintere Beifahrertür. Eine elektrisch betriebene Plattform schiebt sich heraus und senkt sich auf Straßenniveau. Der Fahrer übernimmt von Flora Sullivan den Rollstuhl und schiebt ihn über die Rampe in das Fahrzeug. Während die Tür zugleitet, tritt Flora Sullivan auf die unbefahrene Straße und geht auf die Fahrerseite, wo sie im Fond einsteigt, ehe ihr der Chauffeur behilflich sein kann.

Der Van gleitet langsam davon.

Reed wartet einen Augenblick, bevor er losfährt und zwei Querstraßen weiter die Rücklichter des Vans wieder sieht. Er folgt dem Fahrzeug zum Beverly Boulevard und lässt sich wieder zurückfallen, als der Van auf den Parkplatz eines sündhaft teuren japanischen Restaurants östlich vom La Cienega Boulevard einbiegt.

Sündhaft teuer deshalb, weil Reed letztes Jahr Liz an ihrem Geburtstag hierher ausgeführt hat und entsetzt über die Rechnung war. Aber er hat den Schock wohl ziemlich gut verborgen, denn der Rest des Abends verlief blendend …

Für Leute, die in Hancock Park wohnen und sich einen Chauffeur leisten können, kein Problem.

Der Van fährt vor dem Restaurant vor. Der Chauffeur manövriert Rollstuhl und Mann aus dem Wagen. Flora Sullivan übernimmt. Jemand, der wie ein Angestellter des Restaurants aussieht, hält ihr die Eingangstür auf.

Sullivan und ihr Partner – ein Mann, der bis auf die Behinderung den Angaben zu ihrem Ehemann Gary entspricht – bleiben fast zwei Stunden im Lokal. Nach rund einer Stunde kommt Sullivan heraus und bringt dem Chauffeur einen Teller Sushi.

Fünfzehn Minuten nachdem man zu Hause in der June Street angekommen ist, gehen die Lichter aus.

Zwei nach außen hin glückliche Paare. Milo und ich, aber auch alle anderen, beginnen, an unserer Hypothese zu zweifeln.

Am Tag vier unserer Observation ist Milo an der Reihe, das Gebäude in der Avenue of the Stars zu beobachten. Diesmal geht Grant Fellinger früher als sonst, schon kurz vor siebzehn Uhr, und zwar weder im BMW noch im Challenger. Er kommt zu Fuß heraus, in Begleitung einer extrem jungen Latina in dunklem Hosenanzug und Perlenschmuck.

Die Empfangsdame, die uns am Tag von Ursulas Mord begrüßt hat.

Okay, jetzt geht's endlich los.

Tut uns wirklich leid für Sie, Bonnie Jo, Sie scheinen eine nette Person zu sein.

Doch der große Aha-Moment verpufft, als zwei weitere Personen dazustoßen, zwei Frauen um die vierzig, eine blond, die andere schwarz mit elegant frisiertem grauem Haar, beide in dunklen, edel geschneiderten Hosenanzügen.

Die vier gehen Seite an Seite, warten, bis die Ampel grün wird, und überqueren dann den Boulevard, um auf das Gebäude zuzusteuern, vor dem Milo steht und längst mit den Politessen ein nettes Verhältnis aufgebaut hat, das auf gegenseitigem Respekt und Bakschisch basiert.

Eine ruhige Wohngegend am Abend ist eine Sache, die Avenue of the Stars in vollem Tageslicht eine andere. Und heute hat er nicht den Porsche, der ihm Seriosität verleiht. Der LTD, in dem er heute sitzt, könnte genauso gut die Aufschrift tragen: *Achtung, Polizei in Zivil!*

Er lässt den Wagen an und fährt erst einmal einen halben Block weit, ehe er einen Blick zurück wagt.

Fellinger und die drei Frauen betreten das Gebäude auf der gegenüberliegenden Straßenseite.

Von einem Büroturm in den anderen? Was soll das?

Milo biegt um die Ecke, parkt vor einem benachbarten Bürogebäude und bedenkt den Parkwächter mit reichlich Trinkgeld, um sich einen Platz und genügend Zeit zu sichern.

Als er das Gebäude erreicht, in das Fellingers Grüppchen verschwunden ist, liest er auf einem Schild in der Lobby, dass im obersten Stockwerk ein Restaurant namens Gio untergebracht ist.

In besagtem Etablissement herrscht alles andere als Betrieb, zumindest nicht zu dieser frühen Stunde. Selbst die lange ebenholzschwarze Bar ist praktisch unbesetzt. Vielleicht sind die Nutzer des Gebäudes – überwiegend Unterhaltungsfirmen – heilfroh, wenn sie den Kasten endlich verlassen können, nachdem sie den ganzen Tag gefeilscht und geschwindelt haben.

Oder das Essen taugt nichts.

Was auch immer der Grund ist, Fellinger und die drei

Frauen sind leicht zu entdecken, weil nichts den Blick auf ihren Ecktisch mit fantastischem Panoramablick über die Stadt verstellt.

Fellinger und die schwarze Frau sitzen mit dem Rücken zu Milo, die anderen beiden Frauen ihnen gegenüber.

Sie können Milo unmöglich entdecken, denn er steht draußen vor dem Restaurant und blickt durch die Löcher einer kunstvoll gestalteten Glaswand.

Ein Kellner bringt Getränke: zwei übergroße Martinigläser, gefüllt mit etwas Kupferrotem und Obstgarnitur für die hübsche junge Rezeptionistin und die Schwarze, für die Blondine Cola, die jedoch durchaus Rum enthalten konnte.

Fellinger hebt ein Whiskyglas mit einer klaren Flüssigkeit – Wodka oder Gin. Man stößt reihum an.

Ein anderer Kellner bringt Brot. Fellinger wartet, bis alle drei Frauen sich aus dem Korb bedient und ihr Stück mit Butter bestrichen oder in Olivenöl getaucht haben. Erst dann nimmt er selbst einen Bissen. Ein ausgemachter Gentleman.

Die Speisekarten kommen. Fellinger bestellt von einer Weinliste. Zwei Flaschen, eine rote, eine weiße.

Alle sind entspannt und glücklich und plaudern munter drauflos.

Ein netter Chef, der seine Mitarbeiter nach der Arbeit zum Essen ausführt.

Das könnte wirklich kompliziert werden.

Oder schlimmer – er könnte sich grandios irren.

Ich beendete meine Lektüre der Überwachungsberichte und legte sie ab.

»Faszinierend, was?«, sagte Milo.

Wir waren bei mir zu Hause. Es war elf Uhr abends, und er lag abgespannt und entmutigt auf dem Sofa im Wohnzimmer.

»Ich bin immer noch der Meinung, du bist auf dem richtigen Weg.«

»Wenn du kein Psychiater wärst, würde mich das jetzt trösten.«

Er fuhr sich mit den Fingern durch die schwarzen Strähnen, strich über seine weißen Koteletten – er nannte sie Stinktierstreifen – und fing unbewusst an, daran zu zupfen. »Ich habe sämtliche Telefongesellschaften angerufen. Vielleicht haben wir was übersehen, und sie hat doch noch einen Vertrag irgendwo. Nada.«

»Und wenn er ihr ein Prepaid-Telefon gekauft hat und ihre Welt in seiner aufging?«

»Eine persönliche Hotline? Aber was sollte sie daran hindern, andere anzurufen?«

»Das würde voraussetzen, dass sie überhaupt mit anderen telefonieren wollte. Und selbst wenn, konnte er jederzeit ihre Verbindungen einsehen. Du hattest doch Reed gebeten, sich in Läden umzuschauen, die Taxidermie und Kuriositäten verkaufen. Ist dabei nichts rausgekommen?«

»Er hat ein paar Läden in Venice und Echo Park gefunden. Echo Park klang vielversprechend, weil *Even Odd* nicht weit entfernt ist. Doch niemand hat je von Frankie gehört. Ich habe selbst recherchiert und auch Läden außerhalb von Los Angeles angerufen, San Francisco, New York und Boston. Aber alle meinten, das sei reine Zeitverschwendung, denn die Sachen gebe es überall zu kaufen, auf Flohmärkten, Online-Auktionen oder in Antiquitätengeschäften.«

Er stand auf. »Ich brauche jetzt ein bisschen Schönheitsschlaf. Tut mir leid, wenn ich schlechte Laune verbreite.«

»Du musst dich nicht entschuldigen. Du hast schließlich den ganzen Abend im Auto gesessen!«

»Diese Empathie«, sagte er. »Kommt dir die eigentlich jedes Mal von selbst?«

In diesem Fall ja.

»Man kann alles erlernen«, erwiderte ich.

22

Tag fünf der Observation. Gegen Ende seiner Tagschicht war Moe Reed zum zweiten Mal in die Tiefgarage gegangen und wäre beinahe Grant Fellinger und Flora Sullivan in die Arme gelaufen.

Er war nur wenige Meter von der Stelle entfernt, wo Ursula Corey erschossen worden war, als er leise Gesprächsfetzen wahrnahm und sich hinter einem Buick SUV duckte.

Ein untersetzter Mann und eine Bohnenstange von Frau gingen Seite an Seite auf Sullivans weißen Porsche zu.

Reed joggte hinter einer Säule vorbei und vergewisserte sich, dass Fellinger und seine Begleitung ihm den Rücken zuwandten, ehe er hinter dem nächsten SUV Deckung suchte.

Die Körpersprache der beiden sah heute ganz anders aus als bei dem ersten freundschaftlichen Gespräch, das Sean Binchy beobachtet hatte. Reed rief auf der Station an.

»Streit würde ich nicht direkt sagen, aber beide waren angespannt. Sie sagte etwas, stieg ins Auto und fuhr mit Karacho rückwärts aus der Parklücke. Er machte sofort kehrt und ging weg.«

»Wer hat am meisten gesprochen?«, wollte Milo wissen.

»Auf jeden Fall Fellinger.«

»Zoff unter Liebenden?«

»Denkbar wäre das schon, aber es sah mehr geschäftlich aus. Irgendwas scheint gerade schiefzulaufen, vielleicht können wir die zwei irgendwann voneinander trennen.«

»Wäre das nicht toll, Moses? Wenn Sie heute Fellinger übernehmen würden?«

»Nein. Sean übernimmt für mich, und Sie sind mit Sullivan dran«, sagte Reed. »Zumindest nach dem Plan, der mir vorliegt.«

Milo prüfte seinen Kalender. »Sie haben recht. Glückwunsch zum freien Abend. Haben Sie ein heißes Date?«

»Sir, im Augenblick wäre ich mit jedem Date zufrieden.«

»Ruiniere ich etwa Ihr Privatleben?« Milo lachte. »Tut mir leid. Gehen Sie sich ordentlich amüsieren.«

»Die Arbeit macht mir auch Spaß«, sagte Reed. »Es wäre noch toller, wenn ich nicht pinkeln müsste.«

Am sechsten Tag rief Milo mich nachmittags um drei Uhr an. »Jetzt hat endlich doch mal einer was angestellt. Rate mal, wer.«

»Nichts leichter als das«, erwiderte ich. »Fellinger.«

»Spielverderber. Gestern Abend gegen acht Uhr folgt Sean ihm und Mrs Fellinger zum Flughafen. Der gute alte Grant schleppt ihr das Gepäck, küsst und drückt sie und begleitet sie zum Terminal. Dann geht er zum Abendessen. Und weißt du wo?«

Die zunehmende Begeisterung in seiner Stimme machte mir auch diese Antwort leicht. »Century-City-Einkaufszentrum.«

Stille.

»Nein?«

»Doch. Volltreffer. Wenn du beim Rätselraten so gut bist, warum kannst du nicht einfach meinen Fall lösen?«

»Das war keine große Kunst. Er kam darauf, weil Deirdre Brand dort gebettelt hat. Ich nehme an, er betrachtet es als Teil seines Reviers.«

»Ja … okay, wie auch immer. Er bestellte in irgendeinem Touristenlokal Pizza und Bier, aber auf Menschenjagd ging er danach wohl nicht. Er schlang nur sein Essen rein, leerte seinen Becher und fuhr dann zum Norman Hotel auf dem Strip.«

»Kenn ich nicht.«

»Doch. War früher eine abgehalfterte Kaschemme namens *Islander*, heute ist es ein Hipster-Laden, weiß gestrichen, und das Schild hängt falsch herum.«

»Ach das«, sagte ich. »Gern von Film- und Rockstars frequentiert, deren Ruhm nach einer Saison schon wieder verblasst ist.«

»Laut Sean sind keine Paparazzi dort, das heißt, die C-Prominenz hat sich wohl auch schon verzogen. Auf jeden Fall passt der Laden nicht zu Fellinger, oder? Nun hat sich aber herausgestellt, dass es dort gewisse Stammgäste gibt.«

»Nutten.«

»Die sitzen dort in Minikleidern an der Bar zusammen und warten auf Kundschaft. Unser Mann hat sich gleich zwei von den Grazien gemietet, eine hellblonde und eine straßenköterblonde. Laut Sean waren sie zusammengenommen knapp so alt wie er.«

»Kannten sie ihn?«

»Nicht nach Seans Eindruck. Sie reden kurz, Fellinger nimmt sich ein Zimmer, zahlt bar und nimmt dann den Aufzug in den fünften Stock. Die Mädels trinken ihren Cosmos aus und folgen ihm. Sean trinkt derweil Rootbier und wird ganz nervös bei dem Gedanken, was da oben alles passieren könnte. Er beschließt, ihnen eine Dreiviertelstunde zu geben und dann einen Blick zu riskieren. Nach einundvierzig Minuten sind beide Mädels wieder unten, verlassen das Hotel und gehen den Sunset Boulevard hoch. Fellinger erscheint fünfzehn Minuten später, lässt sich seinen Challenger vorfahren und fährt los Richtung Westen. Sean kann entweder mit den Mädels reden oder weiter observieren. Er folgt Fellinger nach Hause, und weiter passiert nichts in dieser Nacht. Ich weiß, es ist nicht viel, aber es bestätigt immerhin, dass Grant ein falscher Hund ist. Seine Frau ist kaum durch den Sicherheitscheck, da sucht er sich schon Gespielinnen.«

»Wenn er seine Frau so leicht an der Nase herumführen kann, sind Kathy und Frankie natürlich erst recht kein Problem.«

»Eine Sache gibt es noch, Alex: Sean meinte, beide Mädchen hatten Tattoos. Das muss nichts heißen, viele Leute lassen sich heutzutage tätowieren. Aber ich musste wieder an Frankie denken. Vielleicht macht ihn *das* an. Mir fiel auf, dass ich die anderen Opfer nicht auf Körperkunst hin überprüft habe, also ging ich zurück und las die Autopsieberichte. Kathy hatte nicht ein i-Tüpfelchen, aber Deirdre ein paar Gefängnistattoos, klar. Und stell dir vor, unsere Klassefrau Ursula trug eine winzige blaue Inschrift auf ihrem linken Schulterblatt. Die Pathologie hat es als ›chinesisches Schriftzeichen‹ vermerkt, ohne Übersetzung. Ich habe dem Coroner aufgetragen, Jim Gee zu mailen, der ist beim Raubdezernat in Hollenbeck. Er hatte keine Ahnung, was es bedeutete, leitete die Mail aber an seine Mutter weiter, und sie meinte, es sei so was wie ein Gebet um Reichtum. Jedenfalls haben sich drei meiner Opfer unter Schmerzen piksen lassen. Interpretiere ich da jetzt zu viel rein?«

»Es ist auf jeden Fall eine Überlegung wert. Willst du die Blondinen suchen?«

»Sean fährt heute Abend noch mal hin. Meine Nachtschicht mit Sullivan hat nichts ergeben, denn sie war die ganze Zeit zu Hause. Der Typ im Rollstuhl ist definitiv ihr Mann. Gary Sullivan, ebenfalls Jurist, aber bereits in Rente. Sein Name war im System, allerdings nicht unter den Tätern, sondern unter den Opfern. Vor neun Jahren ist ein Betrunkener nach einem Spiel der LA Lakers an einer Ampel in der Nähe vom Staples Center in die wartenden Fahrzeuge gekracht. Sullivan erlitt schwere Rückgratverletzungen. Flora ist bei ihm geblieben; nach allem, was wir wissen, kümmert sie sich gut um ihn, ganz die pflichtbewusste Gattin. Denkst du, wir sollten sie trotzdem weiterhin beschatten?«

»Vergiss nicht das Kunstleder und ihre angeregte Unterhaltung mit Fellinger.«

»Und ich dachte, du wärst mein Freund.«

»Dafür habe ich sogar Beweise«, sagte ich. »Ich habe heute bei einer ganzen Reihe Secondhandläden und Antiquitätenhändlern angerufen. Niemand kannte Frankies Namen, und an ihr Gesicht und Äußeres konnte sich niemand erinnern.«

»Niemand kannte Frankie«, wiederholte er. »Ich schätze, genau darum geht es.«

In den folgenden beiden Tagen besuchte ich Secondhand- und Antiquitätenläden im Umkreis von zwei Kilometern um Frankie DiMargios umgebaute Garage in Mar Vista.

Dabei waren auch ein paar Läden in Culver City, überwiegend auf dem edel sanierten Abschnitt des Washington Boulevards. Frankies Foto löste keinerlei Wiedererkennen aus.

Das Gleiche galt für Tattoostudios, die ich in der Gegend fand. Einer der Inhaber fragte mich, was mein Beruf sei, und als ich »Psychologe« sagte, bot er mir an, mir »Freuds Gesicht auf den Hintern« zu stechen. Ich lehnte dankend ab.

»Angst vor Schmerz?«, fragte er.

»Zu verklemmt«, erwiderte ich.

Keinem der Detectives gelang es, die Prostituierten ausfindig zu machen, die Fellinger im Norman Hotel aufgelesen hatte. Der nutzte die Abwesenheit seiner Frau ausgiebig und wiederholte das gleiche Muster in zwei weiteren Hotels am Strip, wo er sich jeweils mit einer Frau zufriedengab. Moe Reed erwischte die Hure vom zweiten Abend, eine junge Frau, die aussah wie eine Schülerin und deren offensichtlich gefälschte Papiere ein Alter von fünfundzwanzig angaben. Sie gähnte viel und beschrieb Fellinger als »ganz normalen Freier, nichts Abartiges«.

»Und was heißt das genau?«

»Blasen und ficken, was denn sonst?« Das Mädchen streckte ihre Zunge heraus und hielt sich den gestreckten Mittelfinger an den Oberschenkel, während sie sich mit schwingenden Pobacken über den Strip entfernte.

Am achten Tag holte Fellinger seine Frau am Flughafen ab und führte sie zum Abendessen ins Hotel Bel Air aus.

Während sich das Ehepaar Fellinger an Wolfgang Pucks

Kreationen ergötzte, hatte Flora Sullivan Sex mit einem Mann in einem Rolls-Royce.

Das Stelldichein hatte in einem ruhigen Abschnitt der Hudson Avenue stattgefunden, unweit vom Wilshire Country Club, nur wenige Gehminuten von der Villa der Sullivans in der June Street entfernt.

Milo erzählte mir davon, während wir im Garten zwischen Robins Atelier und unserem Haus saßen und den Koikarpfen Futter zuwarfen. Er klang nicht im Mindesten anzüglich, sondern einfach nur müde.

Über eine Woche Schlafentzug, praktisch keine Ergebnisse, stattdessen nichts als ganz alltägliche eheliche Untreue.

»Sie kommt kurz vor neun Uhr aus dem Haus, in einem weiten Kleid und Sandalen, spaziert ein paar Mal um den Block, plaudert mit einer Nachbarin, die ihren Hund ausführt, und steuert dann wieder auf ihre Tür zu. Ich wäre fast eingenickt. Doch dann geht sie weiter Richtung Hudson Avenue und bleibt neben einem Wagen stehen, der unter einem großen Baum geparkt ist. Ein schwarzer Rolls-Royce Ghost, kaum zu erkennen. Flora steigt ein und bleibt etwa eine halbe Stunde drin. Dann kommt sie wieder raus und streicht ihr Kleid glatt. Während sie Lippenstift aufträgt, steigt auf der Fahrerseite ein Typ aus und geht um den Wagen herum zu ihr. Etwa ihr Alter, ansonsten konnte ich nur erkennen, dass er ein helles Hemd und eine dunkle Hose trug. Die beiden fangen an zu grapschen und zu knutschen, dann steigt er wieder ein und fährt davon, während sie nach Hause geht. Das Autokennzeichen führt zu einem gewissen Leon Andrew Bonelli aus San Marino. Immobilienhai. Sein Lebenslauf verrät, dass er zur gleichen Zeit auf der UC Berkeley war wie Flora und ihr Mann.«

»Alte Bekannte vergisst man nicht«, sagte ich. »Irgendein Hinweis auf Kunstleder?«

»Über ihre Unterwäsche kann ich nichts sagen. Normalerweise würde ich ihr den Spaß ja nicht übel nehmen. Ihr Mann kann nicht mehr, sie fühlt sich allein, das Leben ist kurz. Da sie aber unter Umständen mit Fellinger unter einer Decke steckt, muss ich leider alles, was sie treibt, gegen sie verwenden.«

»Vielleicht ging es in dem Streitgespräch, das Reed beobachtet hat, zwischen ihr und Fellinger darum, dass sie sich einen reicheren, mächtigeren Kerl gesucht hat.«

»Sie im Rolls, während Grant für Sex zahlen muss? Ja, das könnte sein.«

»Wenn wir mit Fellinger richtigliegen, kommt er mit Abweisung nicht gut klar.«

Er sah mich an. »Und Flora bringt sich selbst in Gefahr? Dann behalte ich sie besser im Auge … Aber er wäre doch nicht so dumm, in der Tiefgarage noch einmal eine Frau zu erschießen.«

»Nicht solange er geistig auf der Höhe ist.«

»Hast du das Gefühl, da tut sich was?«

»Nein, aber sobald er anfängt, wilde Risiken einzugehen, musst du sie wahrscheinlich warnen.«

Die Fische machten Blasen. Ich warf Futterflocken ins Wasser.

Milo nahm die Tüte und tat es mir nach. »Flora als Ursula 2.0. Diese verdammte Tiefgarage macht mich noch wahnsinnig. Wenn die Idioten nur Kameras installieren würden, würde uns das allen das Leben erleichtern.«

»Warum stellst du nicht einfach eine Überwachungsanlage zur Verfügung? Al Bayless muss sich nur die Genehmigung dafür besorgen.«

»Bestechung?«

»Funktioniert schon seit Urzeiten.«

Bayless hielt das Ganze zunächst für eine großartige Idee, bekam dann aber Bedenken. »Ich muss das mit der Chefetage klären, und die lassen sich gern Zeit.«

Wir saßen einen halben Block vom Gebäude entfernt in der Eingangshalle eines Touristenhotels und bemühten uns, diverse Fernseher mit Sportkanälen zu ignorieren, während wir an unseren Getränken nippten.

»Was gibt's da groß zu klären, Al?«, fragte Milo. »Ihnen ist gerade kostenlose Hightech in den Schoß gefallen.«

Bayless zupfte am Revers seiner Uniformjacke. »Sie wissen doch, wie das ist.«

»Nicht so ganz.«

»Ach, kommen Sie«, beharrte Bayless. »Diese Typen leben für ihre Regeln, alles muss über die offiziellen Kanäle laufen.«

»Wir wollen unauffällig Kameras installieren, die Sie behalten dürfen, ohne dass es Sie einen Cent aus Ihrem Budget kostet.«

»Ja, das ist noch so eine Sache. Unauffällig. Sie müssten das nach Feierabend machen. Ich kann auf keinen Fall die Geschäftszeiten unterbrechen.«

»Es soll nach Feierabend gemacht werden.«

»Aber das kostet wieder Geld«, sagte Bayless. »Das Gebäude zu öffnen.«

Milo starrte ihn an.

»Okay, okay, ich bin nur ehrlich. Und wohin würden die Aufnahmen gehen?«

»An Sie und an uns«, sagte Milo. »Und das ist ja wohl die Definition von Hightech, oder? Kennen Sie sonst noch jemanden, dessen Überwachungsaufnahmen direkt an die Polizei weitergeleitet werden?«

»Ja, aber das wird ja nicht für immer so sein«, wandte Bayless ein. »Sobald Sie mit Ihren Ermittlungen fertig sind, schalten Sie das wieder ab.«

»Aber wir lassen Ihnen die verdammte Anlage hier, Al. So was nennt man fruchtbare Zusammenarbeit zwischen öffentlicher Hand und Privatwirtschaft. Eines Tages können Sie für das Bürgermeisteramt kandidieren.«

»Super«, sagte Bayless. »Lieber erschieß ich mich. Hören Sie, ich will es Ihnen nicht schwer machen, aber ich kann einfach nichts versprechen.«

»Tun Sie Ihr Bestes, Al. Aber beeilen Sie sich.«

Bayless trank einen Schluck von seiner Diät-Sprite. »Glauben Sie ernsthaft, es könnte noch mal passieren, dass da unten jemand erschossen wird? Das wäre nämlich gar nicht gut.«

»Ausschließen kann ich es nicht.«

»Warum nicht?«

»Das möchten Sie nicht wissen, Al, glauben Sie mir.«

»Verdammt … Nach Feierabend bedeutet aber wirklich spät, so gegen eins, zwei in der Nacht.«

»*Pacific Dining Car* hat rund um die Uhr geöffnet. Ich lade Sie danach auf ein dickes Steak ein.«

Bayless ließ seine Fingerknöchel knacken. Er saß mit breiten Schultern da, doch sein Blick verriet schon, dass er nachgeben würde. »Sie wollen mich bestechen, was?«

»Absolut.«

Bayless schnaubte. »Bin ich vielleicht eine Hure, die die Beine für ein Prime-Rib-Steak breitmacht?«

»Ich dachte mehr an die große Surf-und-Turf-Combo, die Kartoffeln, die die da haben, sind so groß wie Idaho, dazu gibt's Schmand, Schnittlauch und Salsa, wenn Sie so was mögen. Außerdem Martini, Wein und Cognac zum Dessert. Ich mag am liebsten die Pekannuss-Tarte. Die passt prima zum Cognac.«

Bayless verdrehte die Augen. »Mir läuft schon das Wasser im Mund zusammen. *Dining Car* in der Sixth Street oder am Santa Monica Boulevard?«

»Das dürfen Sie sich aussuchen.«

»Essen gehen ist nicht nötig, Milo, aber okay, ich werde versuchen, das schnellstmöglich zu regeln.«

»Vielen Dank, Al. Und ich möchte Sie gern zum Essen einladen.«

»Danke, aber nein«, lehnte Bayless ab. »Mein Magen ist nicht mehr, was er mal war, und bei der Vorstellung, mir mit Cholesterin die Gedärme zu verstopfen, bricht mir der Angstschweiß aus. Wissen Sie was, bringen Sie Kräutertee mit, ich steuere heißes Wasser bei.«

»Sie machen mich fertig, Al.«

»Ich wünschte, ich wäre noch der Mann, der ich früher mal war«, meinte Bayless. »Bringen Sie Kamille, nicht Pfefferminz, das erinnert mich immer an Zahnpasta.«

»Ach Gott«, sagte Milo. »Meine Laune sinkt gerade in Prozac-Tiefen.«

»Hey«, erwiderte Bayless. »Wenn wir tatsächlich jemandem das Leben retten, ist Ihre Laune ganz schnell wieder oben.«

23

Der Einkauf:

1. Sieben Aluminiumschilder à 10,45 Dollar, Summe nach Rabattabzug: 65,84 Dollar
   Gelbes Dreieck in einem weißen Rechteck mit der Aufschrift: *Sie werden gefilmt! Sicherheitsüberwachung rund um die Uhr*

2. Zehn Überwachungskameras des Typs »Nachteule« à 49,99 Dollar zum Rabattpreis von 449,90 Dollar

   Summe: 515,75 Dollar
   + kalifornische MwSt. (9%): 46,42 Dollar
   Gesamt: 562,17 Dollar

Milo füllte einen persönlichen Scheck aus.

»Wenn du im Namen der Polizei kaufen würdest, könntest du die Mehrwertsteuer sparen.«

»Das werde ich dem heiligen Petrus erklären, wenn ich dereinst vor ihm stehe.«

Die Arbeitszeit war kostenlos. Milo, Reed, Binchy und ich lernten die Betriebsanleitungen auswendig und brachten von zu Hause Werkzeug mit.

Al Bayless und ein Computerspezialist von der Polizeistation namens Hal Wiggins richteten die Anlage so ein, dass die Aufnahmen sowohl in Bayless' Büro als auch an Milos Computer auf der Station und zu Hause übertragen wurden.

Bayless hatte dafür gesorgt, dass keine Reinigungstrupps im Haus waren. Als wir jedoch fertig waren und uns auf den Weg zurück in sein Büro machten, stießen wir auf einen Mann und eine Frau, die Reinigungszubehör über den Granitboden schleppten.

»Was soll das denn!« Bayless stampfte auf sie zu.

Die Frau ließ vor Schreck ihre Sprühflasche mit Fensterreiniger fallen. Der Mann schnappte nur nach Luft.

»Was treiben Sie denn hier?«, wollte Bayless wissen.

»Mache sauber«, sagte der Mann mit schwerem Akzent und kaum hörbar.

»Ohne Genehmigung?«

»Immer«, sagte der Mann.

»Was meinen Sie: immer?«

»Sauber mache. Zweimal die Woche.«

»Wo?«

»Adevent, dritte Stock.«

»Advent Investments?«, fragte Bayless.

»Ja.«

»Die haben ihre eigenen Putzleute?«

Der Mann angelte einen Schlüssel aus seiner Hosentasche. Bayless griff danach. »Der ist für den Lieferanteneingang hinten. Liefern Sie auch?«

Keine Antwort.

»Niemand geht durch den Lieferanteneingang, es sei denn, er nimmt eine Lieferung an.«

Stille.

»Comprende?«

»Adevent gegebe«, sagte der Mann und sah die Frau an, die den Blick nicht von der Sprühflasche genommen hatte.

»Heben Sie das auf, bevor noch jemand darüberfällt«, ordnete Bayless an.

Die Frau beeilte sich zu gehorchen.

»Wie heißt Ihr Arbeitgeber?«, fragte Bayless.

Der Mann förderte eine Visitenkarte zutage.

»Advent besitzt eine eigene Reinigungsfirma?«

»Ja.«

»Warten Sie hier, bis ich das überprüft habe.« An Milo gewandt, fügte er hinzu: »Behalten Sie die beiden im Auge.«

Die Frau begann zu weinen. Der Mann sagte: »S' okay. S' okay.«

Dass Milo lächelte, konnte sie nicht beruhigen. Wir Übrigen hielten uns zurück.

Nach ein paar Minuten kam Bayless zurück. »Okay, offenbar gibt es da eine Sondervereinbarung, über die ich nicht informiert wurde. Gute Nacht, Sie beide.«

Das Pärchen stand nur da.

»Sie können gehen«, sagte Bayless. »Aber Sie können ab jetzt nicht mehr den Lieferanteneingang benutzen, ganz gleich, was Ihnen andere erzählt haben. Comprende?«

»Sì.«

»Endlich kapiert mal jemand was.«

Die beiden eilten auf den Lastenaufzug im hinteren Teil der Lobby zu.

»Wer oder was ist Advent?«, erkundigte sich Milo.

»Ein Tochterunternehmen der Firma, der das Gebäude gehört. Sie nehmen Etage drei und vier ein.« Er deutete auf die Anzeigentafel. »Schweinehunde. Man sollte doch meinen, die könnten mir Bescheid geben. Sie halten mich jetzt bestimmt für einen Trottel, Detective.«

»Ich halte die für Trottel, für die Sie arbeiten.«

»Ach, wie wahr, wie wahr – verdammt, das ist ja schlimmer als bei der Polizei.«

Milo klopfte ihm auf den Rücken. »Nur keine vorschnellen Schlüsse.«

Bayless sah aus, als wollte er gleich ausspucken. »Halten Sie mir Optimisten und Leute mit kleinen Hunden vom Leib.«

»Was ist so schlimm an kleinen Hunden?«

»Nichts, es sind die Besitzer. Meine zweite Frau hatte einen haarlosen Köter, der in ihre Handtasche passte. Der mochte mich lieber als sie. Hässlich, das Vieh, hatte aber einen guten Geschmack.«

24

Nach dem Anbringen der Sicherheitskameras kam ich kurz vor fünf Uhr morgens nach Hause. Ich hatte sechs Stunden geschlafen, als das Telefon klingelte.

»Habe ich lange genug gewartet?«, fragte Milo.

»Hast du die Nacht durchgemacht?«

»Ich habe zu Hause bis um neun gepennt, dann rief Earl Cohen an, Coreys Anwalt. Er will sich mit mir treffen, wollte aber nicht sagen, warum.«

»Wo und wann?«

»In einer Stunde, in dem kleinen Park an der Ecke Doheny Drive und Santa Monica Boulevard.«

»Dann bis gleich.«

»Ich hatte gehofft, dass du das sagen würdest.«

Der Park war nicht viel mehr als eine kreisrunde Grasfläche mit einem alten Kalksteinbrunnen in der Mitte. Zwei Obdachlose fläzten in der Sonne. Eine Frau, die aussah wie eine Fitnesstrainerin, machte Workout mit ihrem Labrador.

Weit und breit keine Sitzgelegenheit – war das Beverly Hills' Vorstellung von Gastfreundschaft?

Ich lehnte mich halb sitzend an den Brunnenrand. Milo kam Augenblicke später und folgte meinem Beispiel. Kurz darauf, wie eine Figur in einem Theaterstück, erschien Earl Cohen auf der Bildfläche. Er näherte sich mit langsamen, wackligen Schritten von den Wohngebieten der Beverly Hills Flats her.

Trotz der warmen Sonne trug er einen langen schwarzen Mantel über dunklen Hosen und Turnschuhen. Sein weißes Haar wehte im Wind. Zweimal stürzte er beinahe. Einen Stock hatte er nicht, sondern benutzte die Arme, um das Gleichgewicht zu halten. Als er schließlich bei uns ankam, war er außer Atem und schwitzte. Die ausgehöhlte Stelle an seinem Hals schimmerte weißlich wie Tapioka.

Milo und ich standen auf. Cohen sagte: »Nehmen Sie Platz«, und folgte seinem eigenen Rat. Umständlich klemmten wir uns zu dritt auf den steinernen Rand. Um Cohen sehen zu können, mussten wir uns zur Seite drehen. Er raffte seinen viel zu weiten Mantel zusammen, in dem er förmlich versank.

»Was kann ich für Sie tun, Mr Cohen?«

Cohen beobachtete die Frau mit dem Labrador, die jetzt anfing, im Kreis um den Brunnen herumzujoggen. Der Hund keuchte, aber sie war gnadenlos. Einer der Obdachlosen hob den Kopf. Glas reflektierte das Licht, als er trank.

»Früher dachte ich«, sagte Cohen, »Training hilft. Vielleicht ist es ja auch so … Ich halte schon länger durch, als alle prophezeit haben. Inzwischen geben sie mir aber nur noch Monate zu leben. Deshalb habe ich beschlossen, mit Ihnen zu sprechen.«

Er nagte an seiner Lippe. »Was ich vorhabe, ist ganz klar gegen die Berufsethik. Und wenn ich noch eine vernünftige Anzahl an Jahren vor mir hätte …«

Einer der Obdachlosen stand auf und machte sich in Richtung Doheny Drive auf den Weg. Cohen blickte ihm nach. »Das Blatt, das uns zugeteilt wird … aber genug der Larmoyanz. Ich bin nicht einmal sicher, ob das relevant für Sie ist, aber es würde mich belasten, es Ihnen nicht zu erzählen.«

Es folgten wieder ein paar Minuten Schweigen. Cohen verschränkte die Hände und ließ sie sinken. Tiefer Atemzug. »Ich hatte gestern eine beunruhigende Begegnung mit Richard Corey.«

Er hustete, bis sein Gesicht rot anlief, und zog ein Taschentuch heraus, um sich den Mund abzuwischen. Dann befeuchtete er die Lippen mit der Zunge. »Bislang hat sich Richard verhalten, wie man nach Ursulas Tod erwarten sollte.« An mich gewandt, fügte er hinzu: »Psychologisch gesehen.«

»Trauer«, sagte ich.

»Betonte, wie sehr er Ursula vermisse, wie schlimm das alles für die Mädchen sei. Gestern rief er an, um einen Termin zu vereinbaren. Ich ging davon aus, dass er unser Gespräch fortsetzen wollte; wie es ohne Ursula und ihre besonderen Fähigkeiten mit dem Unternehmen weitergehen sollte. Richard hatte das Gefühl, dass er selbst Ursulas Part übernehmen musste, was er sich nicht recht zutraute, oder jemanden einstellen musste. Ich hatte ihm den Namen eines Headhunters genannt, aber er hat nichts weiter unternommen.«

Er hustete wieder und spielte mit einem Mantelknopf. »Gestern war er plötzlich wie verwandelt. Von Trauer keine Spur, er war geradezu überschwänglich. Auch äußerlich wirkte er wie ausgewechselt. Er hatte seinen Bart abrasiert und trug einen Anzug von Battaglia am Rodeo Drive. Den Laden hatte ich ihm schon lange empfohlen, doch er hat auch darauf nie gehört. Sein Kleidergeschmack lässt im Allgemeinen sehr zu wünschen übrig.«

»Ein neuer Mann«, meinte ich.

»Kann man so sagen«, erwiderte Cohen. »Ich habe ihn immer als einen verstockten Langweiler gesehen; der Typ, der den Lotto-Jackpot knackt und dann jammert, dass er sich am Lotterieschein geschnitten hat.«

Milo und ich lächelten.

»Sie wollen Gags?«, sagte Cohen. »Da habe ich jede Menge auf Lager. Als Student habe ich jahrelang im Sommer im Pioneer Country Club in den Catskill Mountains Sketche aufgeführt.«

Ein weiterer Hustenanfall, gefolgt von Keuchen. »Wenn man es mit der Prostata hat, sollte man doch annehmen, dass man wenigstens atmen kann … Der neue Richard beschränkte sich nicht allein auf Kleidung und Stimmung. Er sitzt kaum, da fängt er schon an, ›Scheiß auf das Geschäft, scheiß auf den Treuhandfonds der Mädchen, die sind sowieso viel zu verwöhnt‹. ›Was ist los, Richard?‹, frage ich, und er sagt: ›Nichts, ich bin nur endlich schlau geworden, ich habe genug Knete, ich muss nicht für die zwei Gören schuften.‹ Ich sage: ›Richard, ich verstehe, dass Sie frustriert sind, aber Sie dürfen nicht vergessen, dass die beiden ihre Mutter verloren haben und Schlimmes durchmachen. Vielleicht sollten Sie lieber noch abwarten, ehe Sie etwas ändern.‹«

Cohen straffte den Rücken. »Darauf er – und zwar mit Funkeln in den Augen: ›Scheiß auf die zwei und ihre Mutter, Earl. Höchste Zeit für Veränderung.‹ Ich war völlig perplex, aber gut, der Mann hat viel durchgemacht, seine Gefühle fahren mit ihm Achterbahn, das kennt man ja: Wut auf das Opfer. Stimmt's, Doc?«

»Absolut.«

»Dann ist seine Wut auf einmal verraucht, und er grinst von einem Ohr zum anderen. Süffisant, voller Schadenfreude. Sagt noch mal: ›Scheiß auf ihre Mutter.‹ Falls ich es beim ersten Mal nicht mitbekommen habe. Er nennt sie auch nicht mehr beim Namen wie sonst immer. Sie ist nur noch ›ihre Mutter‹. Er distanziert sich von Ursula als Person, grinst und lacht. Erzählt mir, es sei ihm vollkommen egal, dass sie tot sei. Schlimmer noch, er sei glücklich darüber. Ich meine, der Mann lacht über den Mord an einer Frau, die er angeblich so geliebt hat.«

»Seltsam«, sagte Milo.

»Das war es allerdings, Lieutenant. Um dem Ganzen die Krone aufzusetzen, sagt er: ›Wissen Sie, Earl, manchmal klappen Dinge einfach ganz von allein‹, und zwinkert mir zu. Dann fängt er an, mich herumzukommandieren, ich soll seine Unterlagen sortieren und herausfinden, wie man die Firma am besten auflöst, und zwar sofort. Ich sage: ›Sind Sie sicher?‹ Er lacht, zwinkert wieder und sagt: ›Happy End, Earl. Happy End‹, als würden wir ein böses Geheimnis teilen und er wüsste, dass ich nichts verraten darf, weil er mein Mandant ist.«

»Sie denken, er hat was mit Ursulas Mord zu tun«, sagte Milo.

»Ich weiß nicht«, erwiderte Cohen, »aber es nagt an mir. Wie siegestrunken er war, als wäre ihm etwas Großartiges gelungen. Nach vielen Jahren Umgang mit Mandanten bin ich selbst ein ganz guter Amateurpsychologe, und ich hatte wirklich das Gefühl, Richard wollte diesen Termin mit mir nur, um anzugeben.«

Er schüttelte den Kopf. »Vielleicht irre ich mich. Auch okay. Aber wenn ich recht habe, soll er zur Hölle fahren.«

Milo sagte: »Vielen Dank, dass Sie uns das gesagt …«

»Was werden Sie jetzt tun, Lieutenant?«, fiel ihm Cohen ins Wort.

»Das Problem ist Folgendes, Sir: Richard war der Erste, den wir uns angesehen haben, und es ist absolut unmöglich, dass er Ursula erschossen hat. Natürlich hätte er mit seinen finanziellen Möglichkeiten jemanden anheuern können. Wir haben uns aber seine Finanzen und Telefonverbindungen angesehen, und es gab keine verdächtigen Bewegungen.«

Cohen lächelte kalt. »Im Ernst.«

»Sir?«

»Keine Bewegungen? Wow, Lieutenant. Richard hält beträchtliche Summen zurück, und was das Telefonieren angeht: Was hindert ihn daran, eines von diesen Wegwerf-Handys zu benutzen? Ich weiß zufällig, dass er so etwas benutzt, weil ich schon welche bei ihm gesehen habe. Billiges kleines Spielzeug. Einmal habe ich ihn gefragt, warum er so etwas braucht, wenn er doch auch ein normales Telefon hat. Zur Sicherheit, meinte er.«

Milo und ich sahen uns an. Ein Wegwerf-Handy war uns im Zusammenhang mit Frankie DiMargio in den Sinn gekommen, als Mittel der Kontrolle.

»Über welche Summen reden wir?«, fragte Milo.

»Das darf ich Ihnen nicht sagen, aber es sind keine Peanuts«, antwortete Cohen. »Die Importe werden noch ganz sauber abgewickelt, aber sobald die Artikel hier angelangt sind und Richard mit den Händlern in Chinatown oder sonst wo ins Geschäft kommt, wird meist nur noch bar auf die Hand bezahlt.«

»Steuerhinterziehung.«

»Ich bin kein Steuerberater.«

»Wer macht für Richard die Steuer?«

»Niemand«, sagte Cohen. »Das macht er selbst. Und auch das verrät etwas über seinen Charakter. Welcher Geschäftsmann auf diesem Niveau tut sich das an?«

»Man kann besser mauscheln«, sagte ich.

Cohen zuckte die Achseln. »Ich sag Ihnen noch was: Selbst solange Richard nett über Ursula gesprochen hat, hatte ich immer das Gefühl, er hasst sie. Abgrundtief. Seine Augen haben ihn immer verraten.«

»Und warum?«

»Sex, Lieutenant. Er war überzeugt, dass sie mit allen schlief, vom Poolservicemann bis zum Postboten. Kotzte sich erst aus, um sich anschließend herauszureden. Sie seien schließlich geschieden, sie könne tun und lassen, was sie wolle, sie sei eben eine Frau mit Bedürfnissen. Beweisen kann ich das nicht, aber mein Gefühl ist, dass er schon lange im Bett nichts mehr gebracht hat. Er erzählte mir schon bei unserer ersten Begegnung von Ursulas Sexleben, also von dem, was er für ihr Sexleben hielt. Ich rechnete mit einem zähen Verfahren, doch Grant und mir gelang ein mittleres Wunder. Vielleicht sogar ein großes, weil ich nicht viel von Grant halte. Aber eines muss man ihm lassen: Er hat auf seine Mandantin gehört, und Ursula legte immer Wert auf Harmonie. Und so konnten wir uns freundschaftlich einigen.«

»Nach drei Jahren.«

»Bei Scheidungsverfahren ist das nichts, Lieutenant.«

»Erst ist alles eitel Sonnenschein, aber jetzt wird Corey frech«, sagte ich.

»Ich weiß, es klingt lächerlich.« Cohen klopfte sich aufs Herz. »Doch morgen werde ich mich offiziell von meiner

Anwaltstätigkeit zurückziehen und anfangen, mich auf das vorzubereiten, was vor mir liegt. Wenn ich es Ihnen nicht erzählt hätte, würde ich um meinen Seelenfrieden bangen.«

Er streckte zitternd einen Arm aus, um die Balance zu halten, und zog sich unsicher auf die Beine. »Guten Tag noch, die Herren.«

»Können wir Sie irgendwo absetzen, Sir?«, fragte Milo.

»Nein, danke, ich wohne nicht weit von hier.« Er grinste schief. »Wer viel spazieren geht, lebt länger.«

25

Milo und ich blieben am Rand des Brunnens sitzen. Die Fitnesstrainerin joggte auf der Stelle, während ihr Retriever wie wild im Kreis rannte. Ein Obdachloser schob einen Einkaufswagen voller brauner Dinge vor sich her. Als er uns entdeckte, bekamen seine Augen einen bösartigen Ausdruck.

Er schüttelte uns die Faust entgegen und schob weiter.

Wie viele dieser Menschen, die auf der Straße lebten, wurden wohl von Stimmen verfolgt?, überlegte ich, und bei dem Gedanken fiel mir Deirdre Brand wieder ein. Die aggressive Bettlerin, die sich nicht scheute, sich mit einem Mann in Anzug und Krawatte anzulegen, beflügelt von einem satten Schuss Paranoia zwischen den Windungen ihres benebelten Gehirns.

Würde sich so jemand mit einer Flasche Fusel umstimmen lassen?

Dank Cohens Aussage, die alle unsere Thesen Lügen strafte, war auch diese Logik nicht mehr haltbar.

Vielleicht war sie von jemandem getötet worden, den sie überhaupt nicht gekannt hatte. Jemand, der über seinen Anwalt von ihr erfahren und beschlossen hatte, die Dinge selbst in die Hand zu nehmen.

Milos Stimme unterbrach meine Gedanken. »... das nennen, was uns der gute, alte Earl hier gerade vorgeführt hat? Einen Paradigmenwechsel? Soll ich das ernst nehmen?«

»Er ist ein kluger Mann«, sagte ich. »Er kennt Richard besser als jeder andere, und er hat keinen offensichtlichen Grund zu lügen. Und sollte Richard tatsächlich größere Mengen Schwarzgeld verstecken und ein Prepaid-Handy verwenden, ist sein Alibi im Eimer.«

»Prepaid-Handy. So wie Frankie möglicherweise.«

»Als Geschenk ihres Herrn und Meisters. Und wenn Cohen recht hat, was Coreys sexuelle Probleme angeht, könnte das erklären, warum Ursula sich nach Alternativen umgeschaut hat.«

»Ein Auftragsmord«, sagte Milo. »Muss nicht unbedingt von einem Profikiller erledigt werden. Könnte auch eine Freundin/Geliebte gewesen sein.«

Ich sah ihn an. »Frankie ist die Mörderin?«

»Sado-Maso, was weiß ich? Jemand wie Frankie – isoliert, keinerlei Menschenkenntnis – wäre doch ideal. Wie eine Sektenanhängerin, die ihrem Guru ins Grab folgt. Sie als Kugel im Colt zu benutzen würde erklären, warum er sie kontrollieren musste. Es wäre außerdem ein Motiv, ihr das Hirn rauszublasen, sobald er mit ihr fertig war.«

»Dass Frankie das Bürogebäude kennt, bekommt unter dieser Prämisse eine völlig neue Bedeutung.«

»Allerdings. Die Corey-Töchter haben uns erzählt, dass Richard von Ursulas Termin wusste. Die Planung war denkbar einfach für ihn. Und wie könnte man den Hass auf die Ex besser zum Ausdruck bringen, als sie durch die eigene Liebessklavin ermorden und sich die blutigen Details haarklein berichten zu lassen?«

Ich spielte das Szenario in Gedanken durch. Stellte mir vor, wie die DiMargios auf die Nachricht reagieren würden. *Ihre Tochter ist nicht nur Opfer eines Mordes geworden …*

»Es passt alles nur noch besser zusammen, wenn man bedenkt, dass Frankie keinen normalen Job hatte, es also niemanden gab, der sie vermisste.«

Er telefonierte. »Bekka? Milo Sturgis hier … Gut, und Sie? … Hören Sie, ich weiß, Frankie hatte keine regelmäßigen Arbeitszeiten, aber wissen Sie zufällig, ob sie am …«

Er hörte zu, runzelte die Stirn und legte lachend auf. »Sie hat keine Ahnung.«

»Warum so gut gelaunt?«

»Sie hat mich gefragt, ob ich mit ihr ausgehen will.«

»Und?«

»Sehr witzig.« Wir machten uns auf den Weg aus dem Park. »Ich sagte ihr, ich fühle mich geschmeichelt, sei aber gebunden.«

»Was hat sie darauf gesagt?«

»Sie hat aufgelegt.«

Als wir auf den Gehsteig hinaustraten, sagte Milo: »Dann ist also nicht Fellinger der Strippenzieher im Hintergrund, sondern Corey – doch an den Tatsachen ändert das nichts.«

»Das Problem ist, dass Deirdre Brand sich mit Fellinger angelegt hat, nicht mit Corey.«

Er hielt inne. »Und was war dann das? Mord aus Leidenschaft? Verdammt, ich schweife ab. Deirdre passt nicht ins Bild.«

»Vielleicht doch, und zwar als eine Art Tauschhandel. Corey könnte Fellinger einen Gefallen getan haben.«

»Corey hat Deirdre ermordet, um sich bei Fellinger einzuschmeicheln? Was hätte Fellinger *ihm* denn zu bieten, er war schließlich Ursulas Anwalt.«

»Allerdings«, sagte ich. »Wir wissen, dass Fellinger seine

Frau betrügt. Vielleicht betrügt er ja auch seine Mandanten. Wenn er Ursulas Finanzen und Pläne ausgeplaudert hat, war Richard bei den Verhandlungen klar im Vorteil.«

»Und als Dank dafür hat er die verrückte Bettlerin umgelegt? Ob Fellinger ein so großes Risiko eingehen würde? Außerdem mochte Richard Fellinger nicht, ganz im Gegenteil, er hat uns sofort erzählt, dass Fellinger mit Ursula schläft.«

»Er hat uns auch erzählt, dass Ursula höchstwahrscheinlich mit Cohen schläft, und Cohen zufolge überhaupt mit allem und jedem auf diesem Planeten. Vielleicht wollte Richard damit eine falsche Fährte legen, indem er sich als emotional labil hinstellt und nicht als kühl rechnendes Superhirn. Ich frage mich schon länger, ob der psychologische Hintergrund der Morde nicht die Irreführung ist. Jemand inszeniert Lehrbuchtatorte mit Spuren, die ins Nichts führen, um die Polizei vorzuführen. Corey liebt Krimisendungen. Vielleicht hält er sich für einen Polizeiexperten.«

»Du fragst dich schon länger, aber erwähnt hast du das nicht.«

»Ich hielt es bislang nicht für nötig. Jetzt schon.«

»Oder du wolltest Onkel Milos Gefühle nicht verletzen«, gab er zurück, »weil ich nämlich der Cop bin, der vorgeführt werden soll – hey, sind das nicht deine Glacéhandschuhe für Andersbegabte?«

»Nein, die liegen noch bei mir zu Hause, gleich neben dem Balsam fürs Selbstwertgefühl.«

Er lachte. »Okay, jetzt gibt es nur ein unmittelbares Problem: die Observation von Fellinger und Sullivan. In der ganzen Zeit war außer einem bisschen Fremdgehen nichts zu sehen, und das noch nicht einmal miteinander. Wenn Corey jetzt ins Visier gerät, lässt sich der Einsatz noch viel weniger rechtfertigen.«

»Wenn ich zu wählen hätte, wäre Fellinger derjenige, den ich weiterhin beobachten würde, weil Deirdre Brand immer noch ein großes Fragezeichen darstellt. Sullivans Vergehen beschränkt sich bislang darauf, dass sie von Frankie DiMargio Päckchen angenommen hat. Nachdem wir jetzt außerdem wissen, dass sie einen Geliebten hat, ist es wenig wahrscheinlich, dass sie mit Fellinger ein Verhältnis hat; der Streit, den Reed beobachtet hat, hört sich eher nach beruflichen Differenzen an, so wie auch Moe dachte. Dafür habe ich hier ein anderes Problem für dich: Ashley und Marissa. Wenn ihr Vater tatsächlich vier Morde zu verantworten hat, ist es äußerst bedenklich, wenn seine väterlichen Gefühle ihnen gegenüber abgeklungen sind. Als wir zum ersten Mal mit den Mädchen gesprochen haben, platzte Ashley heraus: ›Daddy war es nicht.‹ Sie behauptete zwar, sie denke dabei an die Krimisendungen, die sie immer zusammen gesehen hätten, aber impulsive Reaktionen sind oft verräterisch. Wenn Corey sein wahres Ich gezeigt hat und sie Angst haben, sind sie vielleicht eher bereit auszusagen.«

»Was glaubst du, warum er seine Haltung so plötzlich geändert hat?«

»Vielleicht hat er das gar nicht. Vielleicht hasst er sie schon länger und hat nur jetzt beschlossen, sich nicht mehr zu verstellen ... oh je.«

»Was?«, fragte er.

»Einer von Fellingers Angestellten betreut den Treuhandfonds der Töchter. Und da haben wir auch schon ein passendes Motiv für Richard, sich mit Fellinger gut zu stellen. Ein Mord an einer Obdachlosen für die Öffnung des Treuhandvermögens. Warum Fellinger sich darauf einlassen sollte? Na, weil er eine Provision bekommt.«

»Schmiergeld und Ruhe beim Mittagessen – das lohnt sich doch. Jetzt musst du es nur noch beweisen.«

»Fangen wir doch bei Ashley und Marissa an und fragen sie, ob sie bei ihrem Vater irgendwelche Veränderungen wahrgenommen haben. Ob er zum Beispiel schon angefangen hat, ihnen den Geldhahn zuzudrehen.«

»Seine eigenen Kinder zu berauben. Oder noch Schlimmeres zu planen.«

»Inzwischen ist so viel Zeit vergangen, dass er sich schon in Sicherheit wiegen muss«, sagte ich. »Wenn er impotent ist und dazu ein seit Langem gehörnter Ehemann, gibt es noch mehr Gründe für ihn, sich aufzuplustern. Sein Fehler war, Cohen gegenüber zu protzen und darauf zu bauen, dass der sich an seine Schweigepflicht hält.«

»Schwerer Fehler, Richie.«

»Hoffen wir, dass er noch ein paar weitere macht.«

26

Keine der Corey-Töchter ging ans Telefon.

Milo studierte seine Notizen. »Gehen wir.«

Die Wohnung, die sich die Schwestern teilten, lag unweit des Anwesens ihrer Mutter in Calabasas; gerade nah genug, um die Wäsche abzuliefern, aber weit genug weg, um vor mütterlichen Stippvisiten sicher zu sein.

Das Wohngebäude war weiß und vierstöckig und umfasste einen gesamten Block. Es gab drei Eingänge, einer davon wurde durch ein großes Stück Holz offen gehalten. Umzugsleute schleppten Möbel in einen Transporter, der auf der Straße parkte.

Im Innenhof befand sich ein ovaler Pool mit geschwungenem Rand, der so groß war, dass ein Orcawal darin Freiübungen machen konnte. Frauen in Bikinis und Männer in Badehosen besetzten rund ein Zehntel der Liegestühle. Niemand war im Wasser. Das Durchschnittsalter lag bei Mitte zwanzig. Auf dem falschen Lavasteinboden lagen leere Bierdosen verstreut.

Die Corey-Schwestern wohnten im zweiten Stock. Einer der beiden Aufzüge war ebenfalls mit einem Holzquader blockiert. Da der andere nicht reagierte, nahmen wir die Treppe.

Milo klopfte an der Tür mit der Nummer 315. Eine männliche Stimme sagte: »Ja«, dann öffnete sich die Tür.

Ein junger Mann mit nacktem Oberkörper blickte Milo an und machte »Äh«.

Er war um die zwanzig, eins achtzig groß, hatte lange braune Locken mit blonden Spitzen, breite Schultern und spärlichen Bartwuchs – ein attraktiver Jüngling, wenn man von der totalen Verwirrung absah, die seine Gesichtszüge verzerrte. Doch auch so hätte er durchaus ein Werbemodel sein können, für die Art von Clip, in der geistiges Vakuum betont wird.

»Polizei. Dürfen wir reinkommen?«, sagte Milo und öffnete die Tür. Der junge Mann trat zur Seite und kratzte sich am Oberschenkel. Er trug weiße Boxershorts mit kleinen roten Teufelsköpfen, sonst nichts. Der Bereich um den Hosenschlitz sah weißlich verdreckt aus. Es roch nach Sex, vergammelten Lebensmitteln und Gras. Der billige Teppichboden war knöchelhoch übersät mit Kleidungsstücken, Papptellern voller verkrusteter Essensreste, leeren Getränkedosen, Wodka- und Limoflaschen. Aus einer Imbisstüte ragte die Glaskugel einer Wasserpfeife.

»Sind Ashley und Marissa hier?«, fragte Milo.

»Äh …«

»Was ist so schwer an der Frage?«

Der junge Mann blickte drein, als müsste er Einsteins Relativitätstheorie erklären. Mit Blick über die Schulter rief er: »Lo?«

Aus einer nicht einsehbaren Ecke im hinteren Teil der Wohnung kam eine Antwort. »Waas?«

»Cops.«

»Waas?«

Der junge Mann stampfte mit dem Fuß auf, eine unsympathische, schlaffe Geste. »Cops!«

Dem dritten »Waas?« folgte der Auftritt einer kleinen, wohlgeformten jungen Frau, die ihren Wust aus glänzendem schwarzem Haar in ein Handtuch gewickelt hatte. Sie trug ein hautfarbenes Bikinitop und auf den Hüften sitzende Shorts, die die Farbe von Rührei hatten. Ein Diamant, der echt aussah, prangte in ihrem Nabel, der jeden Geburtshelfer stolz gemacht hätte. Während sie sich ihren Weg durch das Chaos bahnte, klimperte an ihrem linken Handgelenk eine Sammlung Armreife.

Eine bildschöne junge Frau mit makelloser bronzefarbener Haut, Schmollmund und meerblauen Augen.

»Wer zum Henker sind Sie?«, wollte sie wissen.

Milo fragte nach den Corey-Schwestern.

»Die sind nicht hier.«

»Und Sie sind …«

»Nicht die.«

Milo lächelte. »Sie sind Lo.«

»Laura«, verbesserte das Mädchen.

Die kleine Miss Trunkenheit-am-Steuer, der Vorfall mit Daddys Bentley.

»Laura wie noch?«, fragte Milo.

»Laura Hot.«

Der begriffsstutzige junge Mann lachte. Milos Blick ließ ihn verstummen. Er setzte sich zwischen den Müll.

»Sie sind eine Freundin von Ashley und Marissa …«

Laura schob ihr hübsches Kinn vor und nickte. »Ich *sage* doch. Sie sind nicht *hier*.« Sie sprach rhythmisch. Ihr Vater war in der Musikindustrie.

Ein paar Sekunden davon gesampelt, und ein Gangsta-Rapper würde wahrscheinlich einen Hit produzieren.

Sie ließ ihre Hand kreisen. »Und *tschüss*, Herr Poli*zist*.«

Milo lächelte fein. »Wo sind Ashley und Marissa, Laura?«

»Das *dür*fen Sie *sel*ber herausfinden.«

»Es gibt keinen Grund, zu …«

»Ach ja?«, setzte sie ihren Singsang fort. »Ich muss nicht mit Ihnen reden. Die Cops haben mich fertiggemacht.«

»Das tut mir leid, aber wenn Sie bitte …«

»Die Cops haben gelogen, und ich musste Sozialdienst ableisten.« An den jungen Mann, der im Müll saß, gewandt sagte sie: »War alles gelogen.«

Sein Blick wurde noch glasiger, doch er erwiderte nichts.

»Hey!« Sie ging zu ihm und schnippte vor seinen Augen mit den Fingern.

»Yeah«, sagte er.

»Yeah, was?«

»War alles gelogen.«

»Tut mir leid, wenn Sie Ärger hatten«, sagte Milo, »aber hier geht es um Ashleys und Marissas Mutter. Sie wissen, was ihr passiert ist, nicht wahr?«

Man sah, wie sie sich bemühte, Langeweile auszustrahlen, und sie war recht erfolgreich, nur ihre Augen verrieten sie.

Mehrfaches Zwinkern und schlagartig geweitete Pupillen deuteten auf ein gefühlsmäßiges Interesse am Thema hin. »Ja, und?«

»Das bedeutet, dass die beiden gern mit uns sprechen würden.«

»Bullen lügen. Sie könnten mein Scheißleben ruinieren.«

»Mrs Corey hat ihr Leben verloren, Laura. Also, wenn Sie so gut wären und …«

»Woher weiß ich, dass Sie keinen Scheiß reden und das hier … ach, was soll's.«

»Hey«, sagte der junge Mann und zog die Wasserpfeife aus der Tüte.

»Verschwinde von hier«, schrie sie ihn an. Zu Milo sagte sie: »Und Sie dürfen hier ohne Durchsuchungsbefehl sowieso nicht rein.«

»Laura, mir ist vollkommen …«

»Nein, nein, ich muss hier gar nichts, gar nichts, ich habe Rechte.« Sie atmete geräuschvoll ein. »Sie müssen jetzt gehen.«

»Genau genommen muss ich nicht«, widersprach Milo und machte ein paar Schritte auf sie zu. »Das hier ist Marissas und Ashleys Wohnung, warum Sie hier sind, weiß ich nicht, Sie könnten genauso gut widerrechtlich eingedrungen sein.« Zu dem jungen Mann: »Wie heißen Sie, und wie sind Sie hierhergekommen?«

»Äh.«

»Äh mag ja Ihre Philosophie sein, aber es ist sicher nicht Ihr Name. Machen Sie keine Schwierigkeiten.«

»Jared. Ich hab sie kennengelernt.«

»Jared wie noch?«

»LoPrinzi.«

»Wer ist ›sie‹?«

»Sie.« Er blickte zu Laura.

»Wann haben Sie sie kennengelernt?«

»Äh, gestern Abend.«

Milo wandte sich zu Laura. »Ich sage nichts«, erklärte sie.

Wieder zu Jared: »Suchen Sie Ihre Klamotten und verschwinden Sie.«

»Äh, die sind da hinten.«

Milo scheuchte den jungen Mann in den hinteren Teil

der Wohnung und ließ mich mit Laura allein. Ich setzte ein therapeutisches Lächeln auf, woraufhin sie die Arme vor der Brust verschränkte und etwas Abfälliges murmelte. Ich musterte den vermüllten Fußboden und entdeckte interessante Artefakte; eine zweite Wasserpfeife, kleine Plastiktüten mit weißem Pulver. Wenn man nur lange genug hinsah, würden wahrscheinlich irgendwann Mammutknochen auftauchen, dachte ich.

Jared LoPrinzi kam zurück, gefolgt von Milo, in einem T-Shirt mit »Foo-Fighters«-Aufdruck, Jeans und Motorradstiefeln. Als er draußen war, sah Laura noch kleiner aus.

»Schluss jetzt mit den Spielchen«, sagte Milo. »Ms Smith, ich könnte Sie jetzt zur Befragung mit auf die Wache nehmen.«

Ein Ausdruck von Furcht überflog ihr Gesicht, den sie mit Empörung überspielte. »Schwachsinn. Die haben mich gebeten, nichts zu sagen.«

»Die Mädchen?«

»Ja.«

»Was machen Sie hier?«

»Darum haben die mich auch gebeten.«

»Worum?«

»Dass ich auf die Bude aufpasse.«

Milo blickte auf das Chaos. »Aha.«

»Okay?«, sagte sie. »Können Sie jetzt bitte gehen?«

»Wo sind Ashley und Marissa?«

»Weg.«

»Wo?«

»Fragen Sie sie doch selbst.«

»Würde ich, wenn ich sie erreichen könnte.«

»Warum rufen Sie sie nicht einfach an?«, fragte Laura.

»Sie nehmen nicht ab.«

Sie kicherte. »Und was sagt Ihnen das?«

Milo holte die Handschellen hervor.

»Nein, auf keinen Fall!«, rief Laura. Sie kräuselte die Lippen und schlang die Arme um ihren Oberkörper wie ein Kind, das hungrig aufwacht. »Imago Smith ist mein Vater, er hatte dreiundzwanzig Nummer-eins-Hits.«

»Bravo. Drehen Sie sich um und legen Sie die Hände hinter den Kopf.«

Sie zögerte. Milo nahm ein Handgelenk und legte die Fessel an. »Okay«, sagte Laura, »die benutzen Prepaid-Handys! Die alten haben sie weggeworfen, und jetzt weiß nicht mal mehr ich ihre Nummer, *okay*?«

»Warum haben die beiden das getan?«

»Fragen Sie sie.«

»Laura ...«

»Ich weiß es nicht – stopp, Sie tun mir weh, ich werde Sie verklagen, ich hab die Nummer nicht, ich weiß überhaupt nichts!«

»Sie passen auf die Wohnung auf, aber Sie wissen nicht, wo ...«

»Ich hatte eine Nummer, okay? Und irgendwann funktionierte die nicht mehr. Okay? Wahrscheinlich haben sie den Account aufgebraucht und sich neue besorgt.«

»Klingt, als hätten sie Angst.«

Das Mädchen blickte auf ihr gefesseltes Handgelenk. Sie hatte schmale Hände, und Milo hatte den Verschluss so locker gelassen, dass sie sich leicht hätte befreien können. Sie fing an zu weinen. »Wollen Sie mich jetzt wirklich verhaften? Ich halt es im Gefängnis nicht aus!«

»Nicht, wenn Sie kooperieren.«

»Die haben mir gesagt, ich soll nichts sagen! Okay? Ich tue nur, was sie mir gesagt haben. Okay? Okay!«

Milo nahm die Schelle ab. »Ich bin nicht hier, um Sie zu quälen, Laura. Wie wär's, wenn wir noch mal von vorn anfangen?«

»Aber ich weiß doch gar nichts …«

»Wovor haben Sie Angst, Laura?«

Die junge Frau drehte den Kopf von einer Seite zur anderen und ließ den Blick schließlich auf einer Küchenzeile ruhen, die ebenso verdreckt war wie der Fußboden. »Ich kann nicht. Ich musste es ihnen versprechen.«

»Kommen Sie schon«, sagte Milo sanft.

Der veränderte Tonfall ließ sie aufblicken.

»Laura …«

»Sydney und Jasper.«

»Ihre Pferde.«

Als würde ihm dieses Wissen einen neuen Status verleihen, lächelte Laura ihn an. »Ja.«

»Was ist mit Sydney und Jasper?«

»Sie waren verschwunden. Okay?«

»Vom Grundstück …«

»Ashley und Riss fahren hin, weil sie reiten wollen, und stellen fest, dass alles verschwunden ist, einfach weg, die Hauseinrichtung, Jaspers und Sidneys Zaumzeug, Futter, alles. Sie dachten, es wäre Raub, weil kurz vorher schon mal jemand eingebrochen war und Essen in der Küche angerichtet hatte, total seltsam. Also haben sie ihn angerufen, und er hat gelacht und gesagt: ›Das ist aber komisch.‹ Sie sind voll ausgerastet, haben es noch mal erzählt, aber er meinte nur wieder das Gleiche: ›Das ist aber komisch.‹ Und dann hat er was total Furchtbares gesagt.«

»*Er* ist ihr Dad.«

Schniefen, Tränen, Nicken.

»Was hat er denn Furchtbares gesagt, Laura?«

»Er meinte: ›Die Leute brauchen Kleber‹, und hat aufgelegt. Das heißt, er hat Sydney und Jasper zu Klebstoff gemacht! Die sind total ausgeflippt und haben versucht, noch mal mit ihm zu reden, aber er ist nicht mehr rangegangen.«

»Sauer auf sie«, sagte ich.

»Er ist irgendwie voll zu einem Monster geworden, was soll das denn? Die lieben Sydney und Jasper über alles. Kleber?«

»Das ist eiskalt«, bestätigte Milo. »Sie hatten keine Ahnung, dass er so etwas tun könnte.«

»Überhaupt keine Ahnung!«, rief Laura. »Es ist, als wäre er auf einmal ein Zombie, von einem Zombie gefressen, der jetzt so tut, als wäre er ihr Dad, und sein Hirn und seinen Körper kontrolliert.«

»Sie haben Angst vor ihm«, sagte ich. »Deshalb sind sie weg und benutzen Prepaid-Handys.«

»Er hat ihnen das beigebracht.«

»Prepaid-Handys zu benutzen?«

»Er hatte immer welche, wenn er telefonieren wollte, ohne dass alle seine Nummer bekamen.«

»Die beiden haben nicht nur um die Pferde Angst«, sagte ich.

Stille.

»Sie brauchen Hilfe, Laura. Und die bekommen sie nur, wenn wir erfahren, was Sache ist.«

Sie blickte zur Seite.

»Sie haben Grund, die Polizei nicht zu mögen«, redete ich auf sie ein, »doch die Polizei hat Sydney und Jasper nicht zu

Klebstoff verarbeitet, und die Polizei wird auch Ashley und Marissa nichts tun. Also …«

»Die denken, er könnte es getan haben!«

»Was?«

»Es«, sagte Laura. »Sie wissen schon.«

»Den Mord an ihrer Mutter.«

Dreifaches Nicken. »Zuerst dachten sie das nicht, aber jetzt schon.«

»Warum haben sie ihre Meinung geändert?«

»Sie haben … so am Anfang gedacht, er könnte es getan haben, weil die zwei sich gehasst haben – ihre Eltern. Aber dann meinten sie, auf keinen Fall, er ist unser Dad. Aber dann hat er sich in einen Zombie verwandelt und Sydney und Jasper entführt und das ganze Haus leer geräumt und wurde richtig fies zu ihnen.«

»Und da sind sie abgehauen und haben Sie gebeten, hier einzuziehen.«

Sie zuckte mit den Achseln. »Mein Dad ist sauer auf mich. Ich hab schon wieder sein Auto geschrottet.«

»Wann sind Ashley und Marissa weggefahren, Laura?«

»So vor zwei Tagen.«

»Und Sie haben keine Vorstellung, wohin?«

»Sie sagten, sie würden es mir sagen, sobald sie dort wären, aber bis jetzt habe ich nichts gehört.«

»Sie haben nicht versucht, Kontakt zu Ihnen aufzunehmen.«

»Nein.«

Wir warteten.

»Nein. Echt nicht.« Sie klang aufrichtig.

»Falls Sie es herausfinden sollten, wie hoch stehen die Chancen, dass Sie mir Bescheid geben?«, fragte Milo.

Furcht und Skepsis fochten um die Vorherrschaft auf ihrem hübschen Gesicht.

»Laura, wir sind hier, weil wir wollen, dass ihnen nichts passiert.«

Keine Antwort. Er reichte ihr seine Karte. Tonlos las sie *Mordkommission.* »Sie haben von Las Vegas gesprochen, aber ich weiß es nicht. Wenn sie mich anrufen, werde ich ihnen sagen, dass Sie hier waren.«

»Danke«, sagte ich. »Und eines noch: Haben Sie mal daran gedacht, dass es für Sie auch gefährlich sein könnte, hier zu wohnen?«

»Warum?«

»Wenn sich Mr Corey so verändert hat …«

Sie wurde blass. »Oh. Ich muss weg. Ich bin schon weg. Mein Dad wird's mit Fassung tragen, so wie immer.«

»Holen Sie Ihre Sachen«, sagte Milo. »Wir begleiten Sie raus.«

»Ich habe nichts hier, nur ein paar Klamotten.« Sie schielte auf die Wasserpfeife.

»Wo steht Ihr Wagen?«

»Unten.«

»Wir begleiten Sie dorthin.«

Eine Sekunde Pause. »Okay.«

Der Wagen war ein neuer roter kleiner Mercedes mit Kratzern und Dellen, der dringend eine Wäsche brauchte.

»Sie sind sicher, dass Sie zu Hause keinen Ärger bekommen?«, fragte Milo.

»Ja, Immy ist cool. Anders als *er.*«

»Ashleys und Marissas Dad.«

»Ich fand immer, dass er ein Freak ist.«

»Wieso das?«

»Weil, er hat keine … Gefühle? Man sagt was, und er ist wie so ein Android.«

»War er zu Ashley und Marissa schon jemals fies?«

»Nein. Er hat ihnen immer gekauft, was sie wollten. Das Einzige, was er dafür verlangt hat, war, dass sie mit ihm fernsehen. Sie fanden das immer total langweilig und hätten am liebsten sofort damit aufgehört.«

»Sie mochten nicht fernsehen.«

»Quatsch«, meinte sie. »Man streamt auf dem Handy. Aber er ist ein Freak, er glotzt abartige Krimiserien, die sind total eklig. Aber er hat ihnen dafür Geld gegeben und Zeug gekauft, wann immer sie wollten.«

»Aber jetzt nicht mehr«, sagte ich.

»Er ist ein totaler Freak«, wiederholte Laura. »Ihre Sachen klauen? Klebstoff? Ernsthaft?«

27

Der rote Mercedes fuhr davon.

»Meine Gebete sind erhört worden«, sagte Milo. »Der Scheißkerl hat einen großen Fehler gemacht.«

»Nämlich?«

»Sich die Pferde zu holen.«

Wir kehrten zu der Wohnung der Schwestern zurück, wo er nach Hinweisen auf ihren Verbleib suchte. Was er fand, hätte eine mittlere Drogenrazzia oder ein Einschalten des Gesundheitsamtes gerechtfertigt. Doch ihre Spuren hatten sie verwischt.

Ich fuhr zurück in die Stadt, während Milo Reed anrief, der damit beschäftigt war, Flora Sullivan zu observieren. Milo trug dem jungen Detective auf, ein Auge auf das Wohnhaus der Corey-Schwestern zu haben.

»Es ist nicht sehr wahrscheinlich, dass sie auftauchen, aber man weiß nie. Wichtiger ist es, ihren Vater zu finden, denn er ist derjenige, vor dem sie davonlaufen.« Er beschrieb die Veränderungen in Richard Coreys Verhalten.

»Er hat ihre Pferde getötet?«, sagte Reed. »Das ist ja mies. Was denkt der Doc darüber?«

»Der Mann hatte lange seinen Zorn an der Kandare, doch jetzt gehen die Pferde mit ihm durch«, erwiderte ich.

»Elegant formuliert«, fand Reed.

Milo grinste. »Ja, das kann er, der Doc.«

»Die These ist also, dass ihn die Kandare so nervös gemacht hat, dass er sich an anderen Frauen abreagiert hat?«

»Das trifft den Kern der Sache ziemlich gut, Moses. Wo ist Sean?«

»Der observiert das Gebäude, Lieutenant, genau wie ich. Was glauben Sie, warum Corey ausgerechnet jetzt ausflippt?«

»Wahrscheinlich denkt er, er ist außer Gefahr und kann machen, was er will.«

»Nun ja«, erwiderte Reed. »Das werden wir ja sehen.«

Anruf Nummer zwei ging an die Kollegen in Oxnard, wo Milo nach längeren Irrwegen mit Detective Francisco Gonzales von der Mordkommission verbunden wurde und um Unterstützung im Fall Richard Corey bat. Gonzales erklärte gut gelaunt mit tiefer Stimme, dass er gerade eine Dreißig-Stunden-Dauerschicht hinter sich habe, in der er einen Fall von Bandenschießerei mit Hausfriedensbruch und mehreren Opfern abgeschlossen habe.

»Ich habe meine Geständnisse, aber jetzt brauche ich Zahnstocher für meine Augendeckel.«

»Glückwunsch«, sagte Milo. »Hören Sie, wenn es zu viele Umstände macht, können Sie mir gern jemand anderen nennen, mit dem ich sprechen kann.«

»Nein«, erwiderte Gonzales. »Ich hatte es hier mit lauter Dumpfbacken zu tun, Ihr Fall dagegen klingt spannend. Geben Sie mir ein bisschen Zeit für ein Nickerchen, dann dürfen Sie mich zum Abendessen einladen.«

»Wann und wo, Detective?«

»Nennen Sie mich Frank. Geben Sie mir Ihre Nummer, ich rufe Sie an.«

Dreieinhalb Stunden später saßen Milo und ich an einem Ecktisch in einem Weinlokal in Oxnard, in einem teuren Industriepark mit der Sorte Firmen, die riesige Gebäude brauchen, aber keine Werbung.

Dieses Gebäude mit seiner ocker-rostroten Fassade war hübscher als die benachbarten; Schilder erklärten, was es zu wissen gab. Die Probierstube im Eingangsbereich war voll mit selig dreinblickenden Weintestern. Ich war vor Jahren schon einmal hier gewesen, um mich mit der jungen Witwe eines Bösewichts zu treffen. Doch ich hatte das Lokal nicht vorgeschlagen, sondern Gonzales.

Milo und ich hatten kaum Platz genommen, da erschien er; eins achtzig groß, Hühnerbrust und Trommelbauch, gegelte schwarze Haare und grauer Mexikanerschnurrbart. Er trug ein weißes Polohemd, schwarze Hosen und schwarze Segeltuchschuhe mit weißer Sohle. Ein Schwergewicht, wenn auch kompakt. Er bewegte sich behände und geschmeidig, ein Baumstumpf auf Rollen in einer Schultheateraufführung.

Wir begrüßten uns per Handschlag. Gonzales hatte einen festen Händedruck und einen klaren Blick, und der einzige Hinweis auf Übermüdung waren stoppelige Flecken am Hals, die er bei der Rasur übersehen hatte.

Er dippte Brot in Olivenöl, kaute, schluckte und wischte sich den Schnurrbart ab.

Eine Kellnerin kam mit Speisekarten, ein persönliches Lächeln für Gonzales im Gesicht. Die Bestellung war schnell und simpel: drei Mal vierhundertfünfzig Gramm Rib-Eye-Steaks, à point gebraten, aus Vernunftgründen Salat statt Kartoffeln. Die Kellnerin sagte »Selbstverständlich«, als hätten wir vorbestellt.

Die Salate kamen im Handumdrehen, zusammen mit eingelegten Oliven, frittierten Zucchiniblüten und Stockfisch-Beignets aufs Haus. Frank Gonzales schien nicht überrascht.

»Kommen Sie regelmäßig hierher?«, fragte Milo.

»Eher mäßig als regelmäßig. Ich ernähre mich sonst leider überwiegend von Junkfood.«

»Kommt mir bekannt vor.«

Gonzales' Haselnussaugen richteten sich voller Interesse auf mich. »Psychologe. Meine Tochter will das auch machen.«

Milo erklärte ihm in aller Kürze, was ich mit der Polizei zu tun hatte, und lieferte anschließend eine Schnellfassung der Morde. Selbst die verkürzte Version nahm geraume Zeit in Anspruch. Gonzales besaß die wichtigste Eigenschaft eines Detectives: Er konnte zuhören.

Als Milo fertig war, sagte er: »Sie halten diesen Corey also für eine Art Familienkiller à la John List? Einen dieser Geizkrägen, die ihre gesamte Familie ausrotten, um sich anschließend neu zu erfinden?« Die Frage war an mich gerichtet.

»Es gibt gewisse Ähnlichkeiten, doch die meisten Familienmörder beschränken sich auf eine finale Bluttat.«

»Ist dieser Typ hier berechnender?«

»Vielleicht hat er auch gemischte Motive, und er hat erst jetzt beschlossen, sich seine Töchter zu holen.«

»Inwiefern gemischt?«

»Seine Ex hat er aus finanziellen Gründen erledigt, doch weil er sie hasste, dauerte es eine Weile, bis er sich sicher genug fühlte, um auf die Töchter loszugehen.«

»Und die anderen Morde?«

»DiMargio – die mit den Tattoos und Piercings – hat er sich wahrscheinlich herangezogen, um seine Frau zu erschießen, und sie dann kaltgemacht, als sie ihren Zweck erfüllt hatte. Die Buchhalterin war möglicherweise die erste Kandidatin für diesen Job, hat sich aber geweigert.«

»Und die Obdachlose ging ihm einfach nur auf die Nerven, also vielmehr seinem Anwalt«, ergänzte Gonzales. »Ganz schön verzwickt.«

»Oh ja«, sagte Milo. »Fest steht zumindest, dass er offenbar ein Problem mit Frauen hat.«

»Wenn seine Frau wirklich mit allem geschlafen hat, was nicht bei drei auf dem Baum war – nachvollziehbar«, meinte Gonzales. »Vielleicht ist er aber auch nur paranoid.«

»Das würde ich gern herausfinden, Frank.«

»Wow … das ist wirklich spannend. Genau das Richtige für Sie, Doc.« An Milo gewandt fügte er hinzu: »Und was kann ich für Sie tun?«

»Ich weiß ja nicht, wie gut Sie besetzt sind, aber ich könnte jeden Mann gebrauchen, den Sie entbehren können, um Coreys Haus zu beobachten. Wir sind auf dem Weg hierher daran vorbeigefahren. Es steht kein Auto da, aber das könnte er auch in einer Garage stehen haben.«

»Mandalay Bay«, sagte Gonzales. »Mit Zugang auf beiden Seiten?«

»Nein, nur von der Straße aus. Es sei denn, man zählt die Terrasse im ersten Stock auch als Zugang.«

»Vielleicht ist er ja Tarzan. Ich kenne die Gegend. Da verläuft eine kleine Promenade entlang des Hafens. Haben Sie überprüft, ob er ein Boot hat?«

»Als wir bei ihm waren, lag jedenfalls keins an seinem Liegeplatz.«

»Das lässt sich ja leicht herausfinden. Was unsere Besetzung angeht, die ist wie immer mehr schlecht als recht. Ich werde mich bemühen, ein paar Mann für Sie abzuzweigen, aber es kann sein, dass Sie sich mit echten Grünschnäbeln begnügen müssen. Anfänger, die alles tun, um sich bei den Vorgesetzten einzuschmeicheln.«

»Geschenkter Gaul, Frank.«

»Das sagt meine Frau auch immer.«

Zwei Stunden später, es war längst Abend, bog ich auf den Parkplatz der Polizeistation von West Los Angeles ein. Als Milo seinen Gurt löste, fing sein Handy an, eine Chopin-Etüde zu spielen.

Aus dem Lautsprecher tönte Frank Gonzales' volle Bassstimme. »Gleichfalls, Milo. Ich habe da was für mich ausgehandelt, von dem Sie auch profitieren werden. Offiziell bin ich bei der Arbeit, aber ich darf mit *meinem* Boot rausfahren und Coreys Haus vom Wasser aus beobachten. Das Department stellt mir ein Fernglas zur Verfügung. Sogar angeln darf ich, weil auch mein Chef der Meinung ist, dass ein paar Angelruten im Wasser die Tarnung perfekt machen.«

»Wie haben Sie das hinbekommen?«

»Indem ich ein paar ganz bösen Jungs das Handwerk gelegt habe«, antwortete Gonzales. »Vielleicht liegt's auch an meinem minzfrischen Atem. Jedenfalls kann ich Corey im Auge behalten, wenn er auf der Promenade spazieren geht, und zwar über mehrere Hundert Meter in beide Richtungen. Ebenso falls er davonsegeln sollte, denn er besitzt in der Tat ein registriertes Wasserfahrzeug, wenn auch nichts Besonderes, ein Sechs-Meter-Sportboot.«

»Vielleicht war das Ding zur Reparatur, als wir dort waren«, sagte Milo. »Weil er vorhat, einen kleinen Ausflug damit zu machen.«

»Schon möglich, die Papiere sagen aber, dass er es in Ventura hat«, sagte Gonzales. »Das Gute ist, dass er damit nicht weit kommt. Für eine kleine Vergnügungsfahrt nach St. Barbara oder San Simeon würde es allerdings schon genügen, vielleicht auch in die andere Richtung, um von Long Beach aus abzuhauen.«

»Warum hat er das Boot in Ventura, wenn er gleich hinter dem Haus einen Liegeplatz hat?«

»Das versuche ich noch herauszufinden. Ich habe jetzt ein Zwei-Personen-Team aufgestellt, das sich mit der Observation abwechselt. Genau wie ich sagte, zwei ahnungslose junge Leute, die ihre Mütter verkaufen würden für das Privileg, im Auto zu hocken, bis der Hintern einschläft.«

»Achtstundenschicht?«, fragte Milo.

»Zwölf«, sagte Gonzales. »Die armen Kleinen. Andererseits, ich habe ihre Mütter nie kennengelernt.«

Den Fluchtweg der Mädchen nachzuvollziehen war einfacher als gedacht. Milo rief auf Verdacht MasterCard, Amex, Discovery und Visa an, wo er tatsächlich fündig wurde und außerdem an eine erstaunlich kooperative Ansprechpartnerin namens Brenda geriet. Es mochte geholfen haben, dass er von einer »Sache auf Leben und Tod« sprach, doch als er auflegte, trommelte er sich auf die Brust. »Der geborene Gigolo!«

Die Schwestern hatten jeweils eine eigene Kreditkarte, doch die Kontonummern unterschieden sich nur in der letzten Ziffer. Ashleys Karte war östlich von Palm Springs für eine Tankfüllung benutzt worden. Die übrigen Beträge verteilten sich gleichmäßig auf beide Karten. Die letzten Abbuchungen waren in Las Vegas erfolgt, was sich mit Laura Smiths Aussage deckte. Benzin, Essen, Kosmetika, eine größere Rechnung im Venetian Hotel, die dem Preis für ein Deluxe-Zimmer inklusive Zimmerservice entsprach.

»Flucht nach Sin City. Hoffentlich sind es tatsächlich die beiden und nicht irgendjemand anders, der ihre Karten benutzt.«

»Besonders clever ist das nicht. Bestimmt hat Ursula die Kreditkartenrechnungen bekommen. Dann gehen sie jetzt an Richard.«

»Oh, Leichtsinn, dein Name ist Jugend.« Er rief noch einmal Brenda an und erfuhr, dass die Rechnungen in der Tat inzwischen an die Adresse in Oxnard gingen.

»Gibt es irgendeine Möglichkeit, das zeitweise zu stoppen?«

»Warum sollten wir das tun, Lieutenant?«

»Nun, unter uns, das ist die Adresse ihres Vaters, und er ist derjenige, der uns Sorgen bereitet.«

»Oh … tut mir leid, aber ohne gerichtliche Anordnung können wir da gar nichts machen.«

»Wirklich nicht?«, fragte Milo.

Klick, klick, klick, summ, summ. »Jetzt wird nicht mehr aufgezeichnet. Zumindest nicht an meinem Ende der Leitung.«

»An meinem auch nicht.«

»Na dann«, sagte Brenda. »Ich sage Ihnen, was ich denke: Wir sind eine große Firma mit ausgezeichnetem technischem Support. Trotzdem kommt es hin und wieder zu Pannen. Allerdings werden die meist sehr schnell behoben.«

»Vielleicht kann eine Panne die nächste ablösen?«, schlug Milo vor.

Die Frau lachte. »Sie sind ganz schön anspruchsvoll.«

»Wahrheit, Gerechtigkeit und so weiter, Brenda. Aber ganz im Ernst, das sind verängstigte Kinder, und sie sind in Gefahr.«

»Wegen ihres eigenen Vaters. Schrecklich. Okay, ich werde sehen, was ich tun kann.«

»Vielen Dank.«

»Mein Bruder ist bei der Polizei. In Indianapolis.«

»Das ist großartig, Brenda.«

»Dachte mir, dass Sie das so sehen.«

28

Richard Corey erwies sich bei der Observation als weitgehend inaktiv und sogar noch weniger gesellig.

Er verließ das Haus einmal gegen Mittag, um Bier zu kaufen, und noch einmal am Abend, um am Wasser allein spazieren zu gehen.

»Der junge Mann, den ich auf ihn angesetzt habe, meinte, er habe sich komisch verhalten«, sagte Frank Gonzales. »Immer zu Boden geschaut, mit niemandem gesprochen, nicht mal, als ihm seine Mieter aus der anderen Hälfte des Doppelhauses, ein jüngeres Pärchen, entgegenkamen. Aber der Junge ist grün wie Kopfsalat, vielleicht hat er auch übertrieben. Heute sehe ich mir Coreys Boot an.«

»Ich habe es schon gefunden«, sagte Milo. »Liegt in Ventura mit geplatztem Motor auf einem Trockendock in Hafennähe, bis Corey die Reparatur in Auftrag gibt. So lange zahlt er Stellgebühren.«

»Gut«, sagte Gonzales. »Heißt das Trockendock zufällig Harvey's Boat Haven?«

»Genau so.«

»Ich kenne Harvey Milner. Ich werde ihm sagen, er soll mich anrufen, wenn sich was tut.«

»Danke, Frank.«

»Ich sollte mich bei *Ihnen* bedanken – ein sonniger Tag auf dem Wasser, die Fische haben ganz gut gebissen, überwiegend Stinte, aber immerhin ein schöner Dorsch. Kochen Sie?«

»Selten.«

»Ich auch nicht, aber meine Frau. Sie macht aus Stinten die reinste Delikatesse.«

Milo rief den stellvertretenden Bezirksstaatsanwalt John Nguyen an und fragte, ob die richterliche Anordnung zur Überprüfung von Richard Coreys Finanzen und Telefonverbindungen noch gelte.

»Wahrscheinlich nicht«, sagte Nguyen.

»Von einem Ablaufdatum war doch da nicht die Rede gewesen, John.«

»Wenn der Fall je vor Gericht kommt, könnten Sie wegen so was in Teufels Küche kommen.«

»Verdammt.«

»Vielleicht …«, meinte Nguyen. »Man könnte sicherlich so oder so argumentieren. Theoretisch. Aber Sie haben doch beim ersten Mal auch nichts herausgefunden, also wozu das Ganze?«

»Wir glauben, der Typ hat seine Frau ermorden lassen und drei weitere Frauen selbst getötet. Aktuell fürchten wir, dass er es auf seine Töchter abgesehen hat. Er hat deren Pferde dem Schlachter verkauft und das Haus seiner Exfrau ausgeräumt.«

»Das ist was anderes«, erwiderte Nguyen. »Familienmord à la John List?«

»Schon möglich.«

»Pferde? Das klingt ja nach einem echten Vorzeigepapa. Wo sind die Töchter?«

»Auf der Flucht. Aber Corey ist superreich, der kann in

null Komma nichts überall sein. Was immer wir tun können, um ihn aufzuhalten, ist sinnvoll.«

»Wäre eine Mordsschlagzeile, wenn der Scheißkerl seine Kinder töten würde, oder? Okay, machen Sie, was Sie wollen. Wenn Sie Rückendeckung brauchen, geben Sie denen meine Nummer.«

»Bestimmt, John.« Milo grinste mich an. Er hatte längst ohne Genehmigung angefangen zu recherchieren.

»Irgendeine Idee, wo die jungen Damen sein könnten?«, wollte Nguyen wissen.

»Den Kreditkarten zufolge waren sie in Las Vegas, wo sie gestern aus dem Venetian ausgecheckt haben, um nach Kalifornien zurückzukehren. Tank und Rast erst in Barstow, dann in Bakersfield und schließlich in Carmel, wo sie wieder in einem Hotel abgestiegen sind. Wenn sie sich seither bewegt haben, weiß ich noch nichts davon.«

»Welches Hotel in Carmel?«

»Seaview Lodge.«

»Ernsthaft?«, fragte Nguyen. »Da war ich vor Jahren mal mit einer Frau, das ist so ein Luxus-Wellness-Ding. Die Mädels haben solche Angst, dass sie sich heiße Steine auflegen und Meersalzpeeling machen lassen? Zahlt Daddy die Kreditkartenrechnungen?«

»Ja, allerdings habe ich seinen Zugriff blockieren lassen.«

»Wie haben Sie das denn hinbekommen?«

»Sanfte Überzeugung und ein bisschen …«

»Kein Wort mehr«, sagte Nguyen. »Trotzdem – die Mädchen wissen ja nicht, dass er keinen Zugriff mehr hat. Sind die dumm?«

»Superintelligent sind sie nicht gerade, John, aber vielleicht tun sie einfach nur, was sie kennen.«

»Nämlich?«

»Ein faules, angenehmes Leben führen.«

»Mit dem Fluchtwagen in den Urlaub? Selbst wenn ich dabei riskiere, dass ich auf dem Gewinnerwagen der Rose Bowl Parade stehe und urinieren muss, möchte ich nicht versäumen, auf eine weitere Möglichkeit hinzuweisen.«

»Welche?«

»Sie sind gar nicht auf der Flucht, sondern machen es wie damals die Menendez-Brüder. Wissen Sie noch, wie die zwei das Geld ihrer Eltern verprasst haben, nachdem sie sie ermordet hatten?«

Milo sah mich an. Der Gedanke war schon früher aufgetaucht.

»Es gibt keine Hinweise darauf, dass diese Mädchen ein Verbrechen begangen haben, John.«

»Bislang.«

»Sie haben definitiv nicht ihre Mutter getötet, und ich kann mir nicht vorstellen, dass sie an den anderen Morden beteiligt waren.«

»Sie sind der Detective«, sagte Nguyen. »Ich meine nur, Sie sollten einen Teil Ihres Gehirns auf schlechte Nachrichten programmieren.«

»John, mein gesamtes Gehirn ist praktisch auf nichts anderes programmiert als auf schlechte Nachrichten. Im Augenblick denke ich an Fäulnis und Versagen, und das verursacht mir ganz schöne Kopfschmerzen.«

»Berufskrankheit«, meinte Nguyen. »Für mich ist Aspirin eine Vorspeise.«

Milo wechselte den Telefonhörer von einer Hand in die andere, blickte an die Wand, trommelte mit den Fingern auf der Schreibtischplatte und sah schließlich mich an. »Menendez-Schwestern?«

»Ich halte das nicht für sehr wahrscheinlich. Corey hatte keinen Anlass, zwei Kinder in seine Pläne einzuweihen, und Laura Smith klang auch glaubwürdig.«

»Ein Luxuszimmer in Las Vegas und dann ein Wellnesshotel?«

»Genau das, was du Nguyen auch gesagt hast. Nicht superintelligent, beim Vertrauten bleiben.«

»Obwohl sie traumatisiert sind.«

»Vielleicht gerade weil sie traumatisiert sind. Außerdem könnte das auch eine Rache an Daddy sein, sein Geld auszugeben, solange sie noch können.«

»Gehört zum Einmaleins von reichen Gören.« Er rieb sich ein Auge mit den Fingerknöcheln. »Kommst zum Reiten und stellst fest, deine Pferde sind weg. Kann man ihnen wohl nicht verdenken.«

»Die Pferde und die gesamte Einrichtung des Hauses, in dem sie aufgewachsen sind«, ergänzte ich. »Was eine interessante Frage aufwirft: Wie hat Corey das alles unbemerkt weggeschafft? Er brauchte dafür eine Spedition und eine Pferdetransportfirma. Vielleicht wurden am Eingang Firmennamen notiert.«

»Vorausgesetzt, da war jemand im Dienst, der ein Hirn hat.« Unter leisem Fluchen suchte er die Nummer des Wachhäuschens von Rancho Lobo heraus und rief dort an.

Monte's Moving & Storage aus Canoga Park hatte zwei Transporter geschickt, um im Auftrag und auf Rechnung von Richard Corey Haushaltsgüter in ein Lagerhaus in der Innenstadt zu transportieren. Das Lagerhaus war von einer

Firma namens RC Enterprises gepachtet, die erst kürzlich angemeldet worden war und deren alleiniger Inhaber Richard Corey war. Er hatte keine Zeit verloren.

»Die Firma ist tot, es lebe die Firma«, sagte Milo.

»Wie wir schon vermutet haben: Corey will ein neues Leben anfangen.«

Er rieb sich das Gesicht. »Geht doch nichts über eine Rundumerneuerung.«

Die Pferde waren von einem Unternehmen aus Lancaster namens EquiTrans abgeholt worden, das sich auf »humane Lösungen« spezialisiert hatte. Die Website hielt sich mit konkreten Aussagen zurück, doch Milo kitzelte am Telefon die Details aus einer »Vertreterin«.

Man beförderte unerwünschte Rösser in das Schlachthaus eines Haustierfutterbetriebs in Roswell, New Mexico.

Er legte auf. »Roswell. Zwei Traumtiere, zu Trockenfutter für Fussel-Aliens verarbeitet? Um Gottes willen.«

Er stieß die Bürotür auf, stürmte in den Flur hinaus und hastete einige Male hin und her, ehe er zurückkam. »Da habe ich es mit lauter Morden zu tun, aber am Ende sind es die *Pferde*, die mir wirklich an die Nieren gehen.«

»Tiere schaffen so was.«

»Sydney und Jasper.« Er schüttelte den Kopf. »Was haben die getan, um zu Chappi verarbeitet zu werden? Okay, Schluss mit der Rührseligkeit. Weiter geht's.«

Er setzte sich und wartete.

»Was ist?«, fragte ich.

»Definiere ›Weiter geht's‹.«

Wenn mir dazu etwas eingefallen wäre, hätte ich es ihm gesagt.

In den folgenden achtundvierzig Stunden gab es keinerlei Kontakt zwischen Richard Corey, Grant Fellinger und Flora Sullivan. Nachdem sowohl Fellinger als auch Sullivan abends jeweils reumütig zu ihren Ehegatten heimgekehrt waren, ließ der Elan, sie als Tatverdächtige zu betrachten, nach. Sullivans Observation wurde aufgehoben, Fellinger wurde nur noch abends beobachtet.

Zwei weitere Tage vergingen, ohne dass es etwas zu berichten gab. Milo hörte auf, mich telefonisch über die ausbleibenden Fortschritte zu informieren. Und so blieb mir nichts weiter zu tun, als zu überlegen und mir Szenarien auszumalen.

In meinem Kopf kreisten immer wieder dieselben Fragen.

Wenn Richard Corey den Mörder seiner Frau angeheuert hatte und die anderen Morde allein ausgeführt hatte, wozu dann das Tischlein-deck-dich? Ich hatte es als Akt eines Kontrollfreaks erklärt. Doch es gab alle möglichen Arten, Dominanz zu zeigen, außerdem hatte bei Corey nichts darauf hingedeutet, dass er Interesse an kulinarischen Dingen hatte. Ganz im Gegenteil, sein Haus war das Musterbeispiel einer Junggesellenbude.

Hatte die Kombination aus Essen und Tod irgendwie einen Komplizen auf den Plan gerufen? Der naheliegende Kandidat war Darius Kleffer, der vom Kochen lebte und von einem der Opfer abserviert worden war. Kleffer war zum Todeszeitpunkt von Kathy Hennepin in New York gewesen, doch das hieß nicht, dass er mit den anderen Morden nichts zu tun hatte.

Ob sich Kleffer und Corey irgendwie kennengelernt und ein mörderisches Komplott ausgeheckt hatten?

Ich bringe deine Freundin um die Ecke, du erschießt dafür meine Frau.

Und weil's so schön ist, machen wir noch ein paar andere Frauen kalt.

Bislang jedoch hatte sich noch keine Verbindung zwischen Kleffer und Corey ergeben, und es gab auch keinen zwingenden Grund, in diese Richtung zu ermitteln. Trotzdem schrieb ich Kleffers Namen auf und setzte ein dickes Fragezeichen dahinter.

Flora Sullivan war sowohl mit ihrem Ehemann als auch mit ihrem Geliebten edel essen gegangen. Auf den ersten Blick hieß das gar nichts. Andererseits war sie das Bindeglied zwischen Frankie DiMargio und dem Gebäude, das mehr und mehr zu einer Todesfalle zu werden schien. War sie die Verbindung zu den Dinnerszenen? Hobbys: Essen, Kunstleder, heimtückische Morde? Hatten wir sie allzu voreilig von der Liste gestrichen?

Als Nächstes die Corey-Schwestern. Ihre letzten Kreditkarteneinsätze waren im kanadischen Vancouver verzeichnet worden. Sie hatten nur kleine Beträge ausgegeben, nicht genug für eine Hotelunterkunft. Waren sie bei Freunden untergekommen?

Wenn sie um ihre Sicherheit besorgt waren, warum hatten sie sich dann nicht an die Polizei gewandt? Hatten sie etwas mit den Morden zu tun? Gaben sie nur vor, um ihre Mutter zu trauern, während sie in Wahrheit mit ihrem Vater unter einer Decke steckten? Oder andersherum betrachtet, hatte er die beiden benutzt?

Ein Lump, der sich neu erfinden will. Schloss das eine neue Liebessklavin ein? Hatte er längst ein neues Opfer von der Herde isoliert?

Eines schien zumindest sicher: Richard Corey war Dreh- und Angelpunkt der Verbrechen. Dafür sprachen zumindest die Pferde; Grausamkeit gegenüber Tieren war oft ein Hinweis darauf, dass ein Psychopath am Werk war, und dass Corey die geliebten Vierbeiner seiner Töchter so nonchalant hatte verwursten lassen, deutete auf besonders ausgeprägte Abgebrühtheit hin.

Dazu passte auch die Ausbeutung von Kathy Hennepin und Frankie DiMargio, den zwei schüchternen Einzelgängerinnen, die gewiss sogar gegenüber den Avancen eines Sonderlings hilflos waren. Doch Corey als Schürzenjäger? Das war kaum vorstellbar.

Bei dem Gedanken fiel mir sofort Grant Fellinger wieder ein, dem es trotz mangelnder Attraktivität gelungen war, eine Schönheit wie Ursula Corey ins Bett zu locken. Der ebenso geschmeidig wie streitlustig war und nicht davor zurückschreckte, seine juristischen Kenntnisse gegen eine geisteskranke Obdachlose einzusetzen, weil sie ihm zu nah getreten war.

Sie grausam zu ermorden. Weil Morden Spaß machte.

Vielleicht hatten wir mit Fellinger von Anfang an recht gehabt.

Essen und Tod.

Ich sah auf meine Notizen.

Ein Name fiel mir ins Auge: Darius Kleffer.

Ich versuchte, Milo zu erreichen, konnte aber überall nur Nachrichten hinterlassen. Erst am Abend erhielt ich schließlich eine SMS.

Danke für die 💡. Schnief, DK hat für alles ein Alibi.

Aspirin erschien mir auf einmal eine verlockende Vorspeise.

Irgendwann klärte ich meine Gedanken und konzentrierte mich auf eine konkrete Frage: Warum war Frankie DiMargio in keinem der Tattoostudios in der Nähe ihrer Wohnung und Arbeit erkannt worden?

Vielleicht hatte ich meinen Radius zu klein gewählt. Mithilfe von Telefon und Internet erweiterte ich den Suchkreis und erstellte eine Liste von Läden für Leute mit hoher Schmerztoleranz, die ich Stück für Stück abarbeitete.

Das Gemisch aus Blut, Alkohol und Fleisch würde ich mein Leben lang nicht vergessen.

Die vorherrschende Haltung war Misstrauen gegenüber jedem, dessen Haut nicht perforiert war. Etwas davon ging zurück, wenn ich erklärte, dass Frankie Opfer eines Mordes geworden war. Doch niemand erkannte sie oder ihre Verzierungen auf ihrem Führerscheinfoto.

Ich fragte mehrere der Künstler, was sie von der Qualität der Arbeit hielten. Alle sagten übereinstimmend, dass jeder die Motive mit Hilfe von Schablonen machen könne.

Zwei der Nadelkünstler waren der Meinung, dass sie wahrscheinlich verschiedene Studios besucht hatte. Ich nahm das als gute Nachricht: Mehr als ein Studio erhöhte die Wahrscheinlichkeit, dass ich fündig wurde. Dennoch stand ich nach einem gesamten Tag immer noch mit leeren Händen da.

Ich fuhr nach Hause und griff zum Telefon.

Clara DiMargio nahm ab. »Sie haben was gefunden!«

Ich kam mir vor wie ein Idiot, als ich antwortete: »Wir kommen voran, Mrs DiMargio.«

»Oh.« Enttäuschung.

»Darf ich Ihnen noch ein paar Fragen stellen?«

Ein langer Seufzer. »Sicher.«

»Das Geld, das Sie und Ihr Mann Frankie für die Tätowierungen gegeben haben …«

»Oh nein«, widersprach sie. »Selbst wenn ich damit einverstanden gewesen wäre – und ich war es nicht –, hätte mein Mann sich geweigert. Wir haben Miete und Nebenkosten für sie bezahlt, auch ihr Telefon, solange sie eines hatte. Ich glaube nicht, dass da was übrig blieb für solch einen Unfug.«

»Haben Sie eine Idee, woher Frankie das Geld dafür hatte?«

»Sie meinen, jemand anders hat ihr das Geld gegeben? Vielleicht die Person, die … oh mein Gott, wieso habe ich da selbst noch nicht dran gedacht? Woher hatte sie das Geld dafür?«

»Wann hat sie denn ihr letztes Tattoo bekommen?«

»Woher soll ich das denn wissen … Moment, vielleicht weiß ich es sogar. Vor zwei Monaten kam sie mit einem besonders hässlichen daher, eine Schlange, die sich um ihren Hals wand, eklig und scheußlich. Bill wurde stinksauer und fragte, woher sie das Geld habe, das sie da verschwendet habe. Frankie machte kehrt und ging.«

Ersticktes Schluchzen. »Ich hatte Erdnussbutterkekse gebacken, die mochte sie als Kind immer so gern. Es wurde keiner davon gegessen. Ich habe sie in den Müll geworfen. Ach, Sir, es ist alles auseinandergefallen.«

29

Ein Kontrollfreak, der Tätowierungen bezahlte, gehörte auf die Liste der Observationsziele.

Ich druckte eine Straßenkarte von Los Angeles aus, markierte das Epizentrum zwischen Frankie DiMargios umgebauter Garage in Mar Vista und dem Buchladen und malte konzentrische Kreise darum herum.

Als ich die Tattoostudios einzeichnete, die ich schon besucht hatte, stellte ich zu meinem Leidwesen fest, dass ich schon mehr Terrain abgegrast hatte, als ich dachte. Nur ein schmaler Korridor war noch unerforscht, der mehrere Studios in der Fairfax Avenue und Umgebung einschloss.

Der vierte Laden, den ich aufsuchte, hieß *Tigray Art* und lag zwischen zwei äthiopischen Restaurants. Meine Hoffnung stieg, als ich entdeckte, dass der Raum außerdem ein Trödelgeschäft namens *Nocturna* beherbergte.

Der Raum war unterteilt durch eine halbhohe Stellwand aus Sperrholz, die mit schwarzem Samt bezogen war. Rechts türmte sich allerlei Krempel, einschließlich einiger räudiger ausgestopfter Vögel in klapprigen Volieren. Links stand ein verrosteter alter Friseurstuhl mit abgeplatztem Porzellan. Von der Decke baumelte ein Zahnarztutensil, in das eine unheilvoll wirkende Nadel eingesetzt war.

Die Wand war mit Motiven und Schablonen übersät. Monster, Dämonen, afrikanische Tiere, Aliens, nicht jedoch das Motiv, das auf Frankie DiMargios Führerscheinbild zu sehen war.

Kundschaft war auf keiner Seite des Raumes zu sehen. Der Inhaber war ein großer Schwarzer in einem roten ärmellosen T-Shirt, grünen Lederhosen und kniehohen Reitstiefeln. Seine Haut war über und über mit schillerndem Hellblau überzogen und erinnerte an Brokat; er sah aus, als wäre er von Kopf bis Fuß in Spitze gehüllt.

Seine Ohrläppchen waren durch Stecker und Ketten auf das Dreifache ihrer natürlichen Größe geweitet, und von seiner Nasenscheidewand baumelten zwei Ringe, die Bekka von *Even Odd* wie ein Waisenkind wirken ließen. Über beiden Augenbrauen verlief eine Linie aus winzigen Brillanten, die in seine Haut getrieben waren. Sein freundliches Lächeln entblößte spitz gefeilte Schneidezähne.

Er deutete auf den Stuhl und griff zur Nadel.

Als ich ihm Frankie DiMargios Foto zeigte, erstarrte er. »So was Billiges mach ich nicht, Mann.«

»Nicht Ihr Niveau?«

»Unter aller Sau, Bruder.«

»Irgendeine Idee, wer …«

»Verschwenden Sie nicht meine Zeit.« Er wandte sich ab.

»Diese Frau wurde ermordet.«

Er hielt inne. Metall klirrte. »Sind Sie ein Cop?«

Binnen einer Sekunde entschied ich mich für die Notlüge und zeigte kurz meinen nutzlosen Beraterausweis. Die meisten Menschen achten nicht auf Details. Er machte sich nicht einmal die Mühe hinzusehen.

»Ich kenne sie ja gar nicht, Mann.«

Ich trat vor und hielt ihm das Bild näher vors Gesicht. »Haben Sie eine Idee, wer sie tätowiert hat?«

Einer der Glitzerbögen über seinen Brauen hob sich, ein Minifeuerwerk an einem sternenlosen Himmel.

»Vielleicht.«

»Vielleicht oder sicher?«

»Ja«, sagte er. »Mein Bruder.«

»Ein Kollege?«

»Nein, Mann, mein Bruder, so Kain-und-Abel-mäßig.«

»Ihr echter Bruder?«

»Selbe Mami, anderer Daddy. Ich habe ihm alles beigebracht, und jetzt macht er so was?«

»Er hat ein Konkurrenzgeschäft eröffnet.«

»Konkurrenz? Das glaub ich nicht, Mann. Das ist, als würde man Fingermalerei mit Michelangelo vergleichen.«

Ich blickte auf die Gerümpelseite des Ladens. »Handelt er auch mit Trödel?«

»Er macht Scheiße, das ist, was er macht.« Er nahm mir Frankies Foto ab, musterte es und zog die Nase hoch. »Ja, genauso eine Scheiße macht er. Wie die grottenhässliche Schlange. Schon mal so eine Nilschlange gesehen? Sieht doch viel mehr aus wie eine magersüchtige Kröte … und dann das da.«

Er deutete auf eine Reihe Punkte, die Frankies Kinn überzog. »Und der Käfer da, das soll ein ägyptischer Skarabäus sein? Eine Kakerlake vielleicht. Das da drüben ist Khepri.« Ein Finger zeigte auf ein Motiv an der Wand. »Wenn Mofo versucht, einen Skarabäus zu stechen, kommt eine zuckerkranke Kakerlake heraus. Er hat kein Auge, Mann, der könnte keinen Skarabäus zeichnen, nicht mal, wenn man ihm eine Waffe an den Kopf hält.«

»Wo kann ich denn Ihren talentlosen Bruder finden?«

»Wo denn wohl?«, sagte er. »Im Valley natürlich.«

»Könnte ich Name und Adresse haben, bitte?«

»Sie ist wirklich gestorben? Hm. Na ja, ich glaube nicht, dass er sie umgebracht hat.« Lachen. »Dazu ist er viel zu schwach. Seine Arbeit …« Er stach mit dem Finger auf das Foto ein. »Schauen Sie sich das an, kein Fleisch. Der hat viel zu viel Angst, richtig zu stechen.«

»Verstehe. Sein Name …«

»Ich nenne den Laden hier Tigray, wissen Sie, was das bedeutet?«

»Tiger?«

»Nein, Mann, das wäre Spanisch, mit einem ›e‹. Das hier schreibt sich mit ›ay‹, so wie mein Stamm. Die Tigray aus Eritrea. Mein Leben lang habe ich schon Tagträume, in denen mir gesagt wird, dass ich der Verbindung von Sheba und Solomon entstamme.«

Ich nickte.

»Sie glauben mir nicht, doch der Tag wird kommen, an dem die Könige auferstehen und die Wahrheit erstrahlt.«

»Hoffentlich hilft das, die Verkehrsprobleme zu lösen.«

Er blickte mich leer an. Dann brach er in Gelächter aus. »Okay, Sie sind ein Komiker, ich mag Komiker, hab auch mal ein paar gestochen.« Er leierte eine Reihe von Namen herunter, teils bekannt, teils nicht.

»Die meisten machen es ja heimlich. Ich nenn das BWLer-Tattoo.«

»So wie Vokuhila«, ergänzte ich. »Vorne spießig, hinten Heavy Metal.«

»Vokuhilas sind was für Landeier.« Er stach wieder auf das Foto ein, bis es knickte. »Echt schade um sie, sieht aus wie ne coole Braut. Guter Knochenbau. Hätte ihr was Passendes machen können. Tigretto hat sie vermasselt.«

»So heißt der Laden Ihres Bruders.«

»Nein, Mann, so nennt er sich selbst. Tigretto alias Little Tigray. Als wären wir Italiener oder was. Der Laden heißt *Zanzibar*. Als käme er von da.« Er lachte. »Dabei ist er aus Pasadena.«

Fünfunddreißig Minuten später stand ich einem hellhäutigen Schwarzen mit weichen Gliedmaßen und Babyface gegenüber. Seine Vollglatze verstärkte den Eindruck eines Riesenbabys, ebenso wie seine Stimme. Michael Jackson in Eile.

Seine Ladeneinteilung sah genauso aus wie bei seinem Bruder, Tätowierstube plus Trödel. Als er Frankie DiMargios Foto sah, sagte er: »Ja, klar, die Stille. Hat sie Sie geschickt?« Er musterte mich. »Wollen Sie ein BWLer-Tattoo?«

»Leider ist sie tot«, erwiderte ich. »Ermordet.« Um seiner nächsten Frage zuvorzukommen, zeigte ich kurz meinen Ausweis. Er schnappte nach Luft, ohne meine unzureichende Qualifikation zur Kenntnis zu nehmen.

»Ermordet? Oh nein, von wem denn?«

»Das wollen wir gerade herausfinden.«

Tigrettos Augen wurden feucht. »Es tut mir so leid für sie, sie war eine gute Kundin.« Er streckte den Finger aus. »Ich hab das und das und das gemacht.«

»Wer hat den Rest gemacht?«

»Keine Ahnung.«

»Seit wann kam sie denn hierher?«

»Seit ein paar Monaten.«

»War sie je in Begleitung hier?«

»Mit einem Typen«, sagte Tigretto. »Ihr Freund. Er wusste genau, was er für sie wollte. Ihn kannte ich schon, weil er mit einer anderen Braut vorher schon hier war. Sie war total blank. Erst wollte sie, aber dann hat sie gekniffen.«

»Wann war das?«

»So … etwa … vor einem Jahr? Nein, weniger, vielleicht vor sechs, sieben Monaten. Dann kam er mit Frankie, und sie hat sich's voll gegeben. Ich dachte, wahrscheinlich hat er sich eine Neue gesucht, weil die andere nicht mitgemacht hat.«

»Können Sie die Erste beschreiben?«

»Klar, logisch, ich habe ein super Auge und Gedächtnis. Weiß, nichts Aufregendes, aber ganz hübsch. Still. Sie hat nicht mit ihm gestritten und sich sogar brav auf den Stuhl gesetzt, aber als ich dann anfangen wollte, ist sie plötzlich auf und davon.«

Ich sagte »Moment«, eilte hinaus zu meinem Seville und holte Katherine Hennepins Foto aus den Unterlagen zum Fall, die ich im Kofferraum hatte.

»Ja, das ist sie«, bestätigte Tigretto. »Es gab gar keinen Grund zu kneifen, ich benutze örtliche Betäubungssalbe. Außer bei den Leuten, die nicht nur wegen der Kunst, sondern auch wegen der Schmerzen kommen.«

»War Frankie so jemand?«

»Ja, kann man so sagen. Sie meinte, sie würde sich dann lebendig fühlen.«

»Erzählen Sie mir was über den Typ, der bei ihr war.«

»Der wusste, was er wollte.«

»Inwiefern?«

»Sie hat sich stechen lassen, aber er war derjenige, der angesagt hat. Welches Motiv, wohin, welche Farbe. Dabei war er selbst nicht tätowiert, es sei denn, er hat ein BWLer-

Tattoo irgendwo. Ich habe ihn gefragt, ob er selbst auch was haben will, vielleicht was für Paare, manche Leute finden das romantisch, wissen Sie? Er schüttelt den Kopf, zeigt auf Frankie und meint, sie ist die Leinwand.«

»Das hat er gesagt? ›Die Leinwand‹?«

Er nickte. »Als wäre er der Künstler und nicht ich. Aber er hatte das Geld, also hab ich weitergemacht. Es hat gedauert, diese Nilschlange war groß und kompliziert. Kleopatra wäre stolz.«

Er strahlte.

»Und Frankie hat gut mitgemacht«, sagte ich.

»Sie saß einfach da, ohne örtliche Betäubung, und hat nicht einmal gezuckt. Wie ein Hund unter Narkose. So was hab ich schon öfter erlebt. Ich hab schon alles Mögliche erlebt. Psychologie, wissen Sie?«

»Wie sah ihr Begleiter aus?«

Seine Beschreibung ließ unser Kartenhaus vollständig einstürzen.

30

Erneuter Szenenwechsel. Ganz neue Voraussetzungen.

Wie von Sinnen wählte ich Milos Mobilnummer. Der AB antwortete, ebenso wie bei seinem Bürotelefon. Als ich bei ihm zu Hause anrief, meldete sich Ricks grabesschwere Stimme. *Wenn dies ein Notfall für Dr. Silverman ist … wenn Sie Detective Sturgis sprechen möchten …*

»Ich bin's, ruf mich an, so schnell wie möglich.« Ich fuhr vom Straßenrand weg und raste zurück zum Laurel Canyon. Zwei Blocks weiter zwitscherte mein Handy.

»Gut, dass ich dich erreiche«, sagte Milo.

»Hast du meine Nachricht bekommen?«

»Welche Nachricht? Nein, aber ich habe eine für dich. Rate mal, wer gerade angerufen hat? Grant Fellinger. Klang total verstört und wollte mich so schnell wie möglich sehen. Ich bin gerade auf dem Weg zu ihm. Du kannst gern mitkommen, vielleicht dürfen wir sogar beide umsonst bei ihm parken.«

Klick.

Ich erwischte ihn im Eingangsbereich von Fellingers Kanzlei. Er steckte gerade seine Marke weg, während der Rezeptionist sagte »Hier entlang«, ehe er aufstand, um voranzugehen.

Den Empfang besetzte diesmal nicht die hübsche junge

Latina, die uns beim ersten Mal begrüßt hatte, sondern ein fusselbärtiger junger Mann, der nur knapp eins fünfundsechzig groß war. Milo mit seinen langen Beinen hatte ihn rasch überholt, und als er merkte, dass er nicht mithalten konnte, sagte er »Ich bin nur eine Aushilfe« und kehrte auf seinen Posten zurück.

Wie beim ersten Mal erwartete Fellinger uns im Flur. Sobald er uns sah, verschwand er in sein Büro.

Als wir eintraten, saß er mit steifem Rücken hinter seinem Schreibtisch und versuchte, ruhig und autoritär zu wirken. Ein vergeblicher Versuch, denn er hatte unter den Achseln dunkle Flecken in sein hellblaues Hemd geschwitzt, seine Krawatte hing schief, und seine Haare hatten sich an manchen Stellen dem Gel widersetzt.

Neben seinem Ellbogen standen ein leeres Whiskeyglas und eine Flasche Johnnie Walker Blue Label.

»Danke, dass Sie so schnell gekommen sind. Ich hoffe, ich überreagiere nicht.«

»Worauf, Sir?«, fragte Milo.

»Auf Merrys Verschwinden«, erwiderte Fellinger. »Vielleicht ist es gar nichts, das hoffe ich jedenfalls, aber es passt gar nicht zu ihr.«

»Merry ist …«

»Meredith Santos, unsere Empfangsdame.«

»Ein hübsches Mädchen …«

»Ein bildhübsches Mädchen«, korrigierte Fellinger und rollte mit den Augen.

Mehr als berufliche Sympathie? Er fing sich und sah uns wieder an. »Und das innen wie außen. Sie ist ein tolles Mädchen, großartige Mitarbeiterin, Kriegsveteranin, hat keinen einzigen Tag krankgefeiert. So was hat man nicht oft. Ich versuche, vorbildhafte Mitarbeiter zu belohnen, indem ich sie zum Essen einlade. Das habe ich mit Merry gerade erst gemacht.«

»Das Problem ist …«

»Sie ist seit drei Tagen nicht erschienen, und niemand kann sie erreichen.«

Fellinger knetete das überschüssige Fleisch unterhalb seiner Ohren. »Das mag nicht klingen, als wäre es was Außergewöhnliches, doch wie gesagt, Sie müssten Merry kennen. Anrufe, SMS, keine Reaktion. Das passt einfach nicht zu ihr.«

»Lebt sie allein?«

»Nein, in Venice«, sagte Fellinger. »Oh, Verzeihung. Das war jetzt ein Gedankensprung.« Tiefer Atemzug. »Sie wohnt in einem Haus in Venice mit zwei Freundinnen in ihrem Alter. Allerdings sind die beiden zurzeit verreist, nach Europa für zwei Wochen. Heute Morgen haben wir Merrys Eltern in Phoenix angerufen. Ihre Eltern hatten auch schon angefangen, sich Sorgen zu machen, und wir konnten leider nichts tun, um sie zu beruhigen.«

»War jemand in ihrer Wohnung?«

Fellinger wurde rot. »Ich. Gestern Abend auf dem Heimweg von der Arbeit. Ich habe geklopft und geklingelt, aber es kam keine Reaktion. Als ich durch den Briefschlitz gespäht habe, lag Post auf dem Boden.«

Seine Stirn glänzte vor Schweiß. »Sie denken jetzt bestimmt, ich überreagiere. Aber wissen Sie … das wird jetzt seltsam klingen, vor allem im Hinblick darauf, was mit Ursula passiert ist … als wären wir eine … wir sind nur eine langweilige Kanzlei, hier passiert normalerweise überhaupt nichts Ungewöhnliches … ich bin sicher, das hat nichts zu sagen, aber das Timing … vielleicht sollte ich dieses Fass gar nicht aufmachen, und ich hoffe sehr, ich irre mich. Weil dieser Mensch jetzt schon ziemlich unglücklich über die Kanzlei ist, und das Letzte, was wir brauchen, sind Schwierigkeiten.«

»Wer ist ›dieser Mensch‹?«

Fellinger schnippte mit einem Fingernagel an sein leeres Glas. Ein langer, tiefer Atemzug. »Wir haben kürzlich jemanden entlassen. Zwei Tage bevor Merry verschwand. Ich bin sicher, da gibt es keinen Zusammenhang, doch … Merry hatte Probleme mit ihm. Ebenso wie andere auch.«

»Andere Frauen?«, fragte Milo.

Fellinger goss sich Scotch ein und trank ihn gleich. »Mehrere weibliche Angestellte fühlten sich belästigt, und so mussten wir etwas unternehmen. Er hat die Entlassung nicht gut aufgenommen, gar nicht gut, ganz im Gegenteil. Er hat mir eine schlimme Seite von sich gezeigt. An dem Tag, als er seine Sachen packte, habe ich beobachtet, wie er im Hinausgehen Merry einen Blick zugeworfen hat. Ich kann nur sagen, hasserfüllt. Ich dachte nicht mehr daran, doch als Merry dann nicht mehr auftauchte, und am dritten Tag …« Kurzes Schnaufen. Aufstoßen. Eine Grimasse.

»Lieutenant, jetzt kommt die Stelle, wo es wirklich heikel wird, ich sollte vielleicht lieber …«

Er rollte das Glas zwischen den Handflächen. »Ich machte mir nicht nur Sorgen um Merry, ich musste auch wieder an Ursula denken. Denn dieser Mann war mit Ursula zusammen, kurz bevor sie ermordet wurde, sie sind zusammen zum Aufzug gegangen und, soweit ich weiß, auch zusammen hinuntergefahren. Das allein heißt noch nichts, und wenn er sich nicht so mies verhalten hätte, hätte ich das Ganze sicherlich sofort wieder vergessen. Doch wie er Merry angesehen hat, und dann die Beschwerden der anderen Frauen. Und jetzt ist Merry verschwunden. Ich weiß einfach nicht …«

»Was wurde Jens Williams denn konkret vorgeworfen?«, wollte ich wissen.

Milos Kopf schnellte in meine Richtung.

Fellinger zwinkerte. »Sie hatten ihn schon im Visier? Oh Gott.«

Ohne den Blick von mir zu nehmen, sagte Milo: »Wie wär's, wenn wir noch mal von vorne beginnen, Mr Fellinger?«

»Es fing damit an, dass wir Jens eingestellt haben. Seine Vorgängerin ging in die Babypause, ich kam zufällig mit einer Kollegin ins Gespräch, und sie meinte, sie habe einen Cousin, der perfekt für die Stelle wäre.«

»Welche Kollegin war das?«

»Auch eine Anwältin hier aus dem Gebäude«, sagte Fellinger. »Wir haben schon zusammengearbeitet, da bestand ein Vertrauensverhältnis, und der Cousin klang perfekt. Abschluss in Yale, Tätigkeit als Drehbuchautor, intelligent, fleißig. Sein Vorstellungsgespräch verlief gut. Wirkte ein bisschen weichlich, aber das war okay, Frechheit kann ich hier nicht gebrauchen. Ich habe ihm sogar ein bisschen mehr bezahlt, weil er von einer Elite-Uni kam.«

»Nennen Sie mir bitte den Namen von Williams' Cousine, Mr Fellinger.«

»Müssen Sie sie da hineinziehen? Sind Sie sicher, dass das nötig ist?«

»Ich bin mir überhaupt nicht sicher.«

»Also gut … ihr Name ist Flora Sullivan, aber ich kann

mir nicht vorstellen, dass sie mit so einer … unappetitlichen Sache etwas zu tun hat.«

Eine große, schlaksige Frau. Vogelartig, kurzsichtig. Gleiche Statur wie Jens Williams. Ein Storchenpärchen.

Wenn man es wusste, sprang die Ähnlichkeit förmlich ins Auge.

»Williams erwies sich als Enttäuschung«, sagte ich.

»Er war kein großer Wurf als Assistent«, erklärte Grant Fellinger, »aber er arbeitete ordentlich. Erst vor zwei Wochen wurde ich von Kollegen aus der Kanzlei angesprochen. Mitarbeiterinnen hätten sich über Jens beschwert. Sie hätten sich schon seit einer Weile unwohl gefühlt, doch keine habe etwas gesagt, weil sie nicht ahnten, dass andere auch betroffen waren. Es ist nichts, woraus man ihm wirklich einen Strick drehen könnte, kein Grapschen, nicht einmal anzügliche Bemerkungen. Er glotzte sie einfach an oder tauchte an Stellen auf, wo er nichts zu suchen hatte.«

»Er tauchte auf und erschreckte sie zu Tode«, sagte ich.

»Genau. Die Beschwerdeführerinnen – sieben jüngere Frauen – bemerkten, dass er sie beobachtete. Sie nannten ihn lüstern, verschlagen, komisch, gruselig, übergriffig – um Ihnen eine Vorstellung zu geben. Aber wie geht man mit so vagen Anschuldigungen um? Eine juristische Handhabe gibt es da nicht. Ich habe mich aber mit den Partnern zusammengesetzt, und wir waren uns einig, dass wir etwas tun müssen.«

Er blickte zur Bar. »An dieser Stelle wird es jetzt heikel. Ich muss Sie bitten, absolute Diskretion zu bewahren.«

Wir warteten.

»Nun ja … wir beschlossen, etwas anderes zu suchen, das als Entlassungsgrund taugte. Er machte es uns leicht, weil seine Leistungen nachgelassen hatten. Er kam zu spät, war unkonzentriert, gegen Ende regelrecht phlegmatisch. Ich überlegte, ob er vielleicht irgendein emotionales Problem hatte, das die Beschwerden gegen ihn erklären würde.«

»Hemmungen, die fallen gelassen werden«, sagte ich.

»Ein Beispiel«, fuhr Fellinger fort. »Einer unserer Partner hat eine Bombenassistentin, sie arbeitet seit Jahren für ihn. Einmal kommt sie aus der Toilette, und davor steht Jens. Lungert herum, wie sie sagte. Er rührt sich nicht vom Fleck, steht einfach da und glotzt ihr grinsend entgegen. Und das war nicht am Haupt-WC, wo Herren- und Damentoilette direkt nebeneinanderliegen. Das war vor dem kleinen Klo im Archivraum. Sie hatte nach Akten gesucht. Jens nicht. Ich weiß das, weil ich ihm keinen derartigen Auftrag gegeben habe.«

»Verstehe«, meinte Milo. »Die Kanzlei versuchte also herauszufinden, ob er Dreck am Stecken hat.«

Fellinger runzelte die Stirn. »Nennen wir es lieber konstruktive Recherche. Ich übernahm die Hauptverantwortung, weil er schließlich mein Assistent war. Ich nahm seinen Lebenslauf noch einmal unter die Lupe – und zwar, wie ich zugeben muss, nicht zum ersten Mal. Er war Floras Cousin, und sie hatte ihn über den grünen Klee gelobt, aber wie sich herausstellte, hatte er auch sie belogen. Als ich ihr erzählte, dass wir ihn entlassen müssten, war sie gar nicht begeistert, und wir hatten tatsächlich eine Auseinandersetzung. Aber als sie dann die Wahrheit erfuhr, verstand sie. Sie rief mich am selben Tag noch an, um sich zu entschuldigen. Er sei ein Cousin dritten Grades, sie kenne ihn gar nicht so gut.«

Der Streit in der Tiefgarage.

»Was für eine Wahrheit hat sie denn erfahren?«, wollte Milo wissen.

Fellinger warf die Hände hoch. »Er hat alles erfunden. In Yale war er ein Semester, dann hat er das Studium geschmissen. Auch das mit den Drehbüchern war Humbug. Es gab keine Produktionen, keine Nennungen. Außerdem hat er für keine der Firmen gearbeitet, die er aufgelistet hatte.«

»Was waren das für Firmen?«

»Ein Drehbuchverlag, Werbeagenturen. Eine Kanzlei in New York, die er als Arbeitgeber angegeben hatte, kannte ihn, allerdings als Mandant. Sie hatten ihn in einem Fall von Körperverletzung verteidigt.«

»Ein Delinquent, der seinen Anwalt als Arbeitgeber angibt. Das nenn ich Chuzpe.«

»Ich nehme an, wenn wir unsere Hausaufgaben gemacht hätten, wäre es gar nicht so weit gekommen. Aber jetzt mache ich mir wirklich Sorgen um Merry Santos.«

»Und vielleicht Ursula Corey.«

»Oh weh, hoffentlich nicht.«

»Wenn all die Arbeitsstellen erfunden waren, wie hat er sich denn über Wasser gehalten?«, erkundigte ich mich.

»Der einzige echte Job auf seiner Liste«, sagte Fellinger, »der einzige, den ich bestätigen konnte, war in einem Restaurant in New York – als Koch, kein Scherz. Besser gesagt, als eine Art Küchenhilfe. Ich habe mit dem Manager gesprochen, aber er hielt sich bedeckt, sprach nur von ›persönlichen Problemen‹.«

Wieder warf Fellinger die Hände hoch. »Der Trottel konnte nicht mal einen Küchenjob behalten!«

31

Wir blieben in Fellingers Büro, während Milo sein Handy bearbeitete. John Jensen Williams' Telefonvertrag war vor Wochen abgemeldet worden.

Prepaid-Handys, dachte ich. Für ihn und für sie.

Vielleicht auch noch für einen Dritten, wenn man Richard Corey dazurechnete, der seit Jahren Wegwerfhandys benutzte.

Die Adresse, die Williams der Kanzlei genannt hatte, gehörte einem Autoteilegeschäft in East Hollywood. Der Inhaber, ein gewisser Armand Hagopian, hatte noch nie von Williams gehört und auch nie etwas von dem sechs Jahre alten Ford, der in Connecticut zugelassen war.

Als Fellinger von alldem erfuhr, nahm sein Gesicht einen ungesunden Grauton an. »Wie hat er sein Gehalt von uns bekommen?«

»Das wäre meine nächste Frage gewesen«, sagte Milo.

Wir hasteten durch die Kanzlei zum Schreibtisch einer Frau Mitte sechzig namens Vivian, die für Einkauf und Lohnbuchhaltung zuständig war. »Oh der«, sagte sie. »Der hat seinen Scheck immer persönlich abgeholt. Pünktlich wie ein Uhrwerk.«

»Fanden Sie das nicht seltsam, Viv?«, fragte Fellinger.

»Ich fand *ihn* seltsam, Mr Fellinger.«

»Inwiefern?«, fragte ich.

»Ich weiß nicht, einfach ein bisschen … sonderbar. Als würde er in seiner eigenen Welt leben. Das mit dem Scheck fand ich okay. Hat uns Porto und Umschlag gespart und ein paar Bäume gerettet, oder, Mr Fellinger?«

Zurück in Fellingers Büro blieben wir stehen. Fellinger spähte zur Bar hinüber, wurde zappelig und verschränkte seine Finger, als wollte er sich äußerliche Ruhe auferlegen.

»Wie hat Williams reagiert, als Sie ihn entlassen haben?«, fragte ich.

»Zuerst hat er gar nichts gesagt, sondern mich nur angestarrt. Ich wartete ab, ob er sich irgendwie äußern würde, und als nichts kam, fragte ich ihn, ob er etwas zu sagen hätte. Er schüttelte nicht einmal den Kopf, sondern glotzte mich einfach weiter an, als wollte er mit seinem Blick in mein Hirn vordringen. Ich kenne solche Psychospielchen vom Gericht, mir hat das nichts ausgemacht. Aber objektiv betrachtet war es wirklich gruselig. Mir war auf einmal völlig klar, was unsere Mädels mitgemacht hatten.«

»Er war zudringlich, ohne handgreiflich zu werden.«

»Ja. Aber ich kann nur wiederholen: Dieser Mann verhielt sich ganz anders als der, den ich eingestellt hatte.«

»Er hat also nur gestarrt«, sagte Milo. »Das war alles?«

»Nein«, erwiderte Fellinger. »Als ich gehen wollte, sagte er: ›Nichts als Desserts.‹ Ich verstand das als Drohung, also wandte ich mich zu ihm um und sah ihn finster an, woraufhin er sich verzog.«

»Nichts als Desserts«, wiederholte ich. »Ein Koch, der kulinarische Bilder heranzieht.« Das war an Milo gerichtet.

»Er war nicht mal ein richtiger Koch«, sagte Fellinger. »Ganz offensichtlich ein Versager.«

»Wie hat Meredith Santos beschrieben, dass Williams sie belästigt hat?«, wollte Milo wissen.

»So wie die anderen, dass er in der Nähe herumlungerte – sie nannte das ein Eindringen in ihre Distanzzone. Einmal stand er auch vor dem WC herum, das waren allerdings die öffentlichen Toiletten, also eigentlich nichts Besonderes. Was mir wirklich Sorgen bereitet, ist, dass sie eine der Letzten war, die sich über Jens beschwert hat.«

»Als er besonders aufgebracht war«, ergänzte ich.

Er nickte. »Und jetzt ist er weg, und sie ist nicht auffindbar.«

Er wandte sich an Milo. »Bitte, Sie müssen alles tun, was in Ihrer Macht steht. Sollte Merry etwas zustoßen, würde ich nie darüber hinwegkommen. Sie gehörte zwar nicht zu meinem engsten Mitarbeiterstab, sie hat für die gesamte Kanzlei gearbeitet, doch wir waren … ich nehme an, sie empfand mich als zugänglicher als die anderen Partner. Eher bereit, positives Feedback zu geben. Und Jens wusste das, also wenn er versucht, sich an mir zu rächen … ich will gar nicht daran denken.«

»Gab es außer gelegentlichen Abendessen noch andere Vergünstigungen für Ms Santos?«, fragte Milo.

Fellinger zwinkerte. Die fleischigen Schultern zogen sich um seinen Stiernacken zusammen. »Wenn Sie damit auf ein Verhältnis anspielen wollen, sind Sie auf dem Holzweg, Lieutenant.«

»Es gehört zu meinem Job, Fragen zu stellen, Mr Fellinger.«

»Gut. Die Antwort ist Nein.«

»Außer dass Sie sich gut mit Ms Santos verstanden haben, gab es also für Williams keinen Grund, sie gegen Sie zu benutzen.«

Fellinger blickte zu Boden. »Vielleicht hatte er etwas gegen ... hören Sie, Lieutenant, ich bin ein heißblütiger Amerikaner, aber ich respektiere Grenzen.«

Ich dachte an seine Hand auf Ursula Coreys Hintern. Vielleicht dachte Milo das Gleiche, denn er reagierte nicht.

»Warum verschwenden Sie Zeit mit mir ...«

»Richard Corey hat uns gesagt, Sie und Ursula hatten ...«

»Eine Affäre? Quatsch.«

»Corey ist total auf dem Holzweg?«

»Was eine Liebesbeziehung angeht? Absolut.«

Milo rührte sich nicht.

Fellinger kratzte sich die breite Nase. »Ob wir hin und wieder Sex hatten? Ja. Aber das war nur zur Entspannung und erst, nachdem Ursula und Richard endgültig geschieden waren. Für mich verletzt das keinerlei Grenzen, weil Ursula und ich absolut auf Augenhöhe waren. Wenn überhaupt, dann hatte sie die Oberhand.«

»Das Scheckbuch.«

»Kein Grund, obszön zu werden, Lieutenant. Ja, okay, sie war die Mandantin, und ich war ihr zu Diensten. Ja, okay, wir hatten Sex, na und? Schließlich sind wir alle erwachsene Menschen.«

»Soweit ich weiß, ja, Sir. Aber Sie verstehen schon, warum wir das klären müssen.«

»Ich fürchte, nein.« Fellinger keuchte. »Wenn dieser Trottel behauptet, Ursula und ich seien verliebt gewesen, hat er sich was eingebildet. Ursula war eine leidenschaftliche Frau, und es gab für mich keinen Grund, sie nicht zu verwöhnen.

Ganz ehrlich, wenn Richard selbst einen hochbekommen hätte, wäre Ursula nicht in Versuchung gekommen, sich anderweitig umzusehen. Ich habe fünf Jahre an dem Fall gearbeitet, und wenn ich brutal ehrlich sein will, muss ich sagen, dass Richard der größte Waschlappen ist, den man sich vorstellen kann.«

»Als wir zum ersten Mal mit Ihnen sprachen, haben Sie anders über ihn geredet.«

»Ich war gnädig«, sagte Fellinger, »und professionell. Es gab keine Veranlassung … Aber was hat denn das überhaupt mit unserem Thema zu tun? Ich habe Sie wegen Merry angerufen. Sie müssen sie suchen.«

»Wie sind Richard und Jens Williams miteinander ausgekommen?«

Fellinger Augen weiteten sich. »Ich wüsste nicht, was die zwei überhaupt miteinander … oh nein, Sie meinen doch nicht …« Er trat hinter seinen Schreibtisch und versuchte, Platz zu nehmen, wobei er seinen Stuhl fast verfehlte und sich festhalten musste.

Der zweite Versuch gelang. »Richard und Jens? Sie müssen … Richard war nur hin und wieder hier. Wie um alles in der Welt sollten diese beiden ein Verhältnis entwickeln …«

»Sie haben sie nie zusammen gesehen.«

»Doch, natürlich … Jens war mein Assistent, wenn wir Meetings hatten, war er hin und wieder dabei.«

Er wischte sich das Gesicht mit seinem Taschentuch ab. »Glauben Sie wirklich, die beiden haben etwas mit Ursulas Mord zu tun?«

»Wir sind noch weit entfernt von einer derartigen Aussage, Sir, und bitten Sie, nichts in dieser Richtung verlauten zu lassen.«

»Wie kommen Sie dann überhaupt darauf? Sie müssen mir sagen …«

»Bei allem Respekt, Mr Fellinger, aber wir sind nicht Ihre Mitarbeiter.«

»Nein. Das sind Sie nicht. Entschuldigen Sie bitte. Ich mache mir einfach Sorgen um Merry, und Sie springen von einem Thema zum nächsten – wenn ich das so sagen darf. Und sosehr ich Richard für einen Waschlappen halte, so sehr leuchtet mir auch ein, dass er ihren Tod wünschte. Die Krux an den Verhandlungen war, dass ihr Verhältnis so verschachtelt war.«

»Soll heißen?«

»Ohne Ursula kein Geschäft, also warum sollte Richard seine finanzielle Sicherheit aufs Spiel setzen?«

»Sprechen wir über Deirdre Brand«, sagte Milo.

»Wie bitte?« Fellinger erblasste. »Werde ich jetzt hier verhört? Warum sollten Sie …«

»Ms Brand wurde ermordet …«

»Blödsinn. Lächerlich.«

»Keineswegs, Sir.«

»Nein, nein, so meinte ich das nicht. Wenn jemand stirbt, ist das nie … trivial. Ich meine nur, ich hatte keinerlei Verbindung zu ihr, mein Prozess wurde abgebrochen, weil sie die Stadt verlassen hatte, wie mir mitgeteilt wurde. Sie hat nicht mehr auf Vorladungen reagiert und war nicht auffindbar. Ich fand, ich hatte genug für das getan, was ich mir vorgenommen hatte. Damit war die Geschichte für mich erledigt.«

»Was hatten Sie sich denn vorgenommen?«

»Ist das nicht vollkommen klar, Lieutenant? Ich wollte ihr eine Lektion erteilen. Selbst Geisteskranke können nicht einfach tun, was sie wollen.«

»Verhaltensregeln für eine Schizophrene.«

»Sie haben ihren Wahnsinn ja nicht zu spüren bekommen, Doc. Aber ermordet? Das ist das Erste, was ich höre. So, fürs Protokoll: Es tut mir leid, dass das passiert ist. Ja, sie war eine ausfällige Irre, aber ich habe ihr mit Sicherheit nicht den Tod gewünscht.«

»Wer hat Ihnen mitgeteilt, dass sie die Stadt verlassen hat?«

»Das Gericht hat mich informiert, dass sie unauffindbar ist. Ich nahm an, dass sie davongelaufen ist.«

»Ihre Lektion gelernt hat und verschwand«, sagte Milo.

»Sie kapieren offenbar nicht, was das mit ihr war. Versetzen Sie sich mal in meine Lage: Da war eine wildfremde Frau mit einem Dachschaden, die einen völlig irrationalen, krankhaften Hass auf mich entwickelt hatte. Jedes Mal, wenn sie mich sah, kam sie her und baute sich vor mir auf, wenn ich am Mittagstisch saß. Sie schimpfte und zeterte und schüttelte die Faust und benahm sich überhaupt ziemlich bedrohlich. Und das alles, weil ich einmal die Kühnheit besaß, ihr nichts zu geben, als sie mich anbettelte. Irgendwann war es so weit, dass ich mich jedes Mal erst umsah, wenn ich mir einen Kaffee oder etwas zum Mittagessen holte. Ich hatte keine andere Wahl, als zu versuchen, sie wegschließen zu lassen.«

»Sie zielten auf eine Zwangseinweisung ab«, sagte ich.

»Ja von wegen, da läuft ja gar nichts in diesem System. Also dachte ich, vielleicht kann ich mit einer Zivilklage etwas bewegen. Oder sie wird nervös und lässt mich in Ruhe.«

»Um sie zu verklagen, mussten Sie ihr die Klageschrift zustellen. Wie haben Sie das hinbekommen?«

»Wie meinen Sie das?«

»Ich denke, so jemand ist wahrscheinlich schwer zu fassen.«

Fellingers Kinnlade sank herab. »Oh Gott! Jetzt verstehe ich, worauf das hinausläuft. Verdammt.«

»Sir?«, fragte Milo.

»Wo wurde sie ermordet, Lieutenant?«

»In einem Park in Santa Monica.«

»Nein, nein, nein! Ich fasse das nicht!« Fellinger schenkte sich einen doppelten Whiskey ein, leerte das Glas und legte sich die Hand auf die Brust. Sein Gesicht war bleich geworden, Röte und Blässe verwoben sich zu einer kranken Marmorierung.

»Alles in Ordnung, Sir?«, fragte Milo.

»Nein, nichts ist in Ordnung. Das ist verdammt noch mal alles zu viel.« Er presste die Hände auf die Schläfen und atmete schwer. »Das ist Wahnsinn, auf keinen Fall.«

»Was?«

Fellinger sah mich an. »Sie haben recht, die Zustellung war ein Riesenproblem. Zuerst habe ich mehrere professionelle Zusteller ausprobiert, einschließlich County-Marshalls. Keiner war in der Lage, sie ausfindig zu machen. Ich erwähnte Jens gegenüber meinen Ärger. Er meinte: ›Kein Problem, Mr Fellinger, ich kümmere mich darum.‹ Ein paar Tage später berichtete er, dass er die Klage zugestellt habe. Ich fragte ihn, wie er das gemacht habe, und er erzählte, dass er das Einkaufszentrum beobachtet habe, bis er sie entdeckte. Statt sie aber sofort anzusprechen, habe er sie nur im Auge behalten. Irgendwann habe sie einen Bus genommen, und er sei ihr gefolgt. In Santa Monica an einem Park sei sie ausgestiegen.«

Fellinger wischte sich Schweiß von der Stirn. »Er war

ganz stolz auf sich – meinte, er sei in einen Schnapsladen gegangen und habe eine große Flasche Night Train Express gekauft, an die er die Klage geheftet habe. In dem Moment, wo sie den Köder nahm, war die Zustellung erfolgt.«

Er schüttelte den Kopf. »Ich habe mich bei ihm bedankt. Und jetzt ist sie ermordet worden. Himmel. Wann wurde sie getötet?«

»Vor zwei Monaten«, sagte ich.

»Oh Gott, bitte sagen Sie mir nicht, die Frau ist gestorben, weil irgendein Psychopath meine Absichten missdeutet hat.«

»Es gibt keinen Grund, sich Vorwürfe zu machen, es sei denn, Sie haben ausdrücklich erwähnt, dass Sie Deirdre Brand wehtun wollen.«

»Das habe ich natürlich nicht! Ich wollte nur, dass ihr die Klage zugestellt wird.«

»Dann ist Williams vielleicht einfach nur jemand, der sich gern für Menschen aufopfert, die ihm übergeordnet sind.«

»Und jetzt hasst er mich, weil ich ihn gefeuert habe«, sagte Fellinger. »Will er mich bestrafen, indem er Merry entführt? Könnten Sie bitte anfangen, nach ihr zu suchen, statt hier zu stehen und zu reden?«

»Wir werden es versuchen, Sir.«

»Das klingt nicht gerade ermutigend.«

Milo wandte sich zum Gehen, und ich folgte ihm.

Wir trafen uns in seinem Büro. Auf der Fahrt hatte ich Darius Kleffer angerufen und eine SMS geschrieben. Bislang hatte er sich noch nicht zurückgemeldet. Milo schob Papiere auf seinem Schreibtisch herum, einschließlich Werbeflyer von nahe gelegenen Restaurants.

»Essen gehen«, sagte ich. »Dachte früher mal, ich mag das.«

Er ließ John Jensen Williams' Namen durch die Kriminaldatenbank des FBI laufen und fand nicht nur das Urteil zur Körperverletzung, sondern auch einen Fall von Voyeurismus in New Haven, als Williams achtzehn und Erstsemester in Yale gewesen war. Er war dabei ertappt worden, wie er in einen Mädchenschlafraum gespäht hatte; seine Strafe war ausgesetzt worden, stattdessen hatte man ihn von der Universität verwiesen. Die Klage wegen Körperverletzung – er hatte einen Postenkoch in einem Restaurant in Midtown geschlagen – war aus Mangel an Beweisen eingestellt worden.

»Glück für ihn«, sagte Milo. »Pech für die Gesellschaft.«

»Von Yale verwiesen zu werden würde ich nicht gerade als Glück bezeichnen.«

»Dass einer mit so einer massiv lockeren Schraube nicht im Knast landet, schon.«

»Das und dass er gelernt hat, vorsichtig zu sein.«

»Vor Toiletten herumzulungern und Frauen zu erschrecken ist nicht vorsichtig, Alex.«

»Zugegeben. Sagen wir, vorsichtig bis vor Kurzem.«

»Verliert er die Nerven? Super. Meinst du, er hat sich die Santos geschnappt?«

»Ich würde eher sagen, nein, aber im Moment traue ich meiner Intuition nicht mehr.«

»Warum nicht?«

»Von Fellinger über Corey zu Williams? Ich habe mich ganz schön gründlich geirrt.«

»Da sind wir schon zu zweit. Wie um alles in der Welt bist du auf Williams gekommen? Und warum hast du mir das nicht gesagt?«

»Ich habe dich angerufen, bevor wir uns bei Fellinger trafen, aber du hattest selbst Neuigkeiten und hast sofort aufgelegt. Ich hatte gerade das Tattoostudio gefunden, wo sich Frankie zuletzt hatte stechen lassen, und mit dem Inhaber gesprochen. Williams war immer dabei, wenn sie sich stechen ließ, und sagte an, was gemacht werden sollte. Frankie war extrem unterwürfig, saß da wie ein Zombie und wollte keine örtliche Betäubung, weil sie sich unter Schmerzen erst wie ein Mensch fühle, wie sie selbst sagte. Einige Monate zuvor war Williams mit Kathy Hennepin im selben Studio gewesen. Der Künstler meinte, ihr sei mulmig gewesen, doch sie schien entschlossen, sich tätowieren zu lassen. Dann jedoch sei sie aus dem Laden gestürmt und geflohen. Kurz danach war sie tot, und Frankie hatte ihren Platz eingenommen.«

»Sie stirbt, weil sie Williams einen Wunsch abschlägt?«

»Ein Mann und seine Sklavinnen.«

»Jesus.« Er kniff sich in die Nase, atmete geräuschvoll aus, wirkte belustigt darüber, wie sich das anhörte, und lehnte sich zurück, um die Füße hochzulegen. »Dann war also Williams der böse Zauberer, der Frankies Leben beherrschte. Siehst du sie immer noch als Auftragskiller für Ursula?«

»Sieht nicht so aus, als brauchte Williams Hilfe, um jemanden zu töten, aber wer weiß?«

»Kathy stirbt, weil sie ihn abweist, und er bläst Deirdre das Hirn raus, um sich bei seinem Boss einzuschleimen?«

»Sein wahres Motiv ist, dass es ihm Spaß macht, Menschen zu verfolgen und zu verstören und sich Autorität zu widersetzen. Womit wir wieder bei Richard Corey wären. Der ist noch reicher und kann ebenfalls Hilfe gebrauchen. Earl Cohen hat uns erzählt, dass er Ursula in Wahrheit hasste. Die Töchter haben das Gleiche zu Laura Smith gesagt. Psychopathen sind gut darin, die Bedürfnisse anderer zu erraten; das dürfte Williams also nicht entgangen sein, wenn er bei den Verhandlungen dabeisaß und Protokoll führte. Vielleicht hat Richard sogar in seiner Anwesenheit Pheromone ausgeschüttet.«

»Wer, denkst du, hat den ersten Schritt gemacht?«

»Definitiv Williams«, sagte ich. »Menschen wie er sind gut darin, Bedürfnisse zu schaffen, von denen ihre Mitmenschen noch gar nicht ahnen, dass sie sie haben.«

»Er hat Corey überredet?«

»Wahrscheinlich war es eher so, dass er sich in Coreys Bewusstsein geschlichen hat. Vielleicht an einem Tag, als Richard besonders schlecht aussah. Er war der ideale Mandant mit dem idealen Alibi. Und es gab keinerlei sonstige Verbindung zwischen ihm und Williams.«

»Corey fängt ein neues Leben an, und Williams darf tun, was ihm am meisten Spaß macht.«

»Williams ist nicht vorbestraft«, sagte ich, »und wer würde wohl einen Mitarbeiter von Ursulas Anwalt verdächtigten? Hinzu kommt, dass Williams in das Gebäude gehörte, Ursula kannte ihn und vertraute ihm. Er begleitet sie zum Aufzug und darüber hinaus – vielleicht hat er ihr erzählt, er müsse etwas aus seinem Auto holen. Oder sie unterhalten sich einfach so angeregt, und Ursula denkt sich nichts dabei, dass er mitkommt. Williams begleitet sie, lässt sie vorangehen, ruft sie beim Namen, dann legt er sie um, oder Frankie taucht auf und erledigt den Job. Er geht zurück in die Kanzlei, wartet auf die Polizei und gibt sich total entsetzt.«

Milo überlegte lange. »Wie finde ich diesen Schweinehund, wenn noch nicht mal sein Chef weiß, wo er wohnt?«

»Zuerst würde ich mal bei Cousine Sullivan vorbeischauen, vielleicht gewährt sie ihm Unterschlupf, wissentlich oder nicht.«

»Leder-Flora«, sagte er. »Sie hat Frankie ins Gebäude gebracht. Vielleicht habe ich ja Glück, und sie sind nicht nur Cousin und Cousine, sondern auch seelenverwandt.«

Er rief Reed und Binchy an, weihte sie in den neuen Plan ein und wandte sich dann an mich.

»Kathy Hennepin hat es auch auf einem Botengang erwischt.«

»Vielleicht ist sie gar kein Zufallsopfer«, sagte ich. »Williams hat als Koch in New York gearbeitet, wir müssen in Betracht ziehen, dass er Kleffer kennt.«

»Oh Mann, das hast du von Anfang an gesagt – Kleffer hatte einen Kumpel, der Kathy für ihn erledigt hat.«

»Oder Williams hasste Kleffer und hat Kathy deshalb ins Visier genommen. In der Restaurantszene herrscht große Konkurrenz. Was, wenn Williams und Kleffer auf denselben Job scharf waren und Williams den Kürzeren zog? Oder Williams hat aus sonst irgendeinem Grund eine Antipathie gegen Kleffer entwickelt – schließlich ist er wegen Körperverletzung an einem anderen Kollegen festgenommen worden. Aus Rache hat er dann Kathy zumindest verführt.«

»Und ihr Botengang hat sie ganz zufällig in das Gebäude geführt?«

»Maureen Gross hat ausgesagt, dass sie *von sich aus angeboten* hat, die Unterlagen zu überbringen. Was, wenn sie zu dem Zeitpunkt schon mit Williams zusammen war, die Adresse auf dem Umschlag sah und die Chance ergriff, Arbeit und Freizeit zu verbinden?«

»Als Kathy mit Kleffer Schluss machte, hat sie ihm gesagt, sie brauche jemanden, der ihr Stabilität bieten kann. Hat Williams sie mit seinen Kochkünsten verführt?«

»Es ist eher wahrscheinlich, dass er sie auf die gleiche Weise in die Irre geführt hat wie Fellinger.«

Milo legte die Stirn in Falten. »Yale, Drehbuchschreiber. Ja, das klingt logisch.«

»Nach allem, was wir wissen, hat er ihr weisgemacht, dass er ein richtiger Anwalt ist. Als Mitarbeiter der Kanzlei hat er mehr als nur Juristenjargon aufgeschnappt, um das überzeugend vorzubringen. Wir müssen noch mal mit Kleffer reden. Ich habe schon versucht, ihn zu erreichen, leider vergeblich. Aber versuchen wir's einfach noch mal.«

Diesmal nahm der Koch ab, und ich fragte ihn, ob er Jens Williams kenne.

»Dieser Scheißkerl, dieser verdammte Scheißkerl! Sagen Sie mir Bescheid, bevor Sie ihn holen, geben Sie mir verdammt noch mal fünf Minuten allein mit ihm in einem verschlossenen Raum, ich bringe mein japanisches Hackmesser, ich werde ihn zu Pastete verarbeiten, ich werde seine Knochen durch einen verdammten Fleischwolf drehen, ich …!«

Ich hielt Milo das Telefon hin.

Er nahm es entgegen und sagte: »Darius, wann machen Sie das nächste Mal Pause?«

32

Kleffer erwartete uns in der Gasse zwischen *Beppo Bippo* und dem Möbelgeschäft. Mit dem Rücken zu uns rauchte er und stampfte abwechselnd mit den Füßen auf. Eine Hand hatte er an die Wand gelegt und drückte so fest, dass die Sehnen durch die Haut an seinem Arm traten. Kiosk-David gegen die Goliaths dieser Welt. Als er uns entdeckte, streckte er uns sein Handy entgegen. »Hier!«

Das Display zitterte in seiner Hand, ein Miniviereck voller Bewegung und Lärm. Menschen in weißer Kleidung, die mit Messern, Pfannen und Fritteusen hantierten. Dazu Klappern und Zischen.

Kleffer tippte auf das Minivideo. »Sehen Sie?«

»Was?«, fragte Milo.

»Scheiße … sehen Sie … scheiße, jetzt ist es weg, Moment … scheiße, okay, hier bin ich. Mit der Wurst. Und da drüben, im Hintergrund … scheiße, okay … da. Das ist er!«

Er zoomte in eine Ecke des Videos und deutete auf einen großen, dünnen Mann hinter einer Edelstahlarbeitsfläche. Unter seinem Haarnetz quollen dunkle Locken hervor. Eine dickrandige Brille hob sich von der blassen Haut ab, doch Gesichtszüge waren trotz Maximalzoom nicht zu erkennen.

Seine Hände bewegten sich rasch. Schnippel, schnippel.

»Das ist Jens Williams?«, fragte Milo.

»Ja, ja«, bestätigte Kleffer. »Er wurde JJ genannt. Besser passen würde aber Arschloch.«

»Sie haben zusammengearbeitet?«

»In der New Yorker Restaurantszene wechseln die Leute ständig die Anstellung.«

»Welches Restaurant ist das?«

»Nein, nein«, widersprach Kleffer. »Das ist kein Restaurant, das ist eine Show. *Mega-Chef.*«

»Eine Fernsehshow?«

»Ja, Gourmet Network hat das produziert. Das war die Pilotsendung, aber es kam dann nicht zur Serie. Ich war im A-Team, weil ich schon für Mr Luong gearbeitet hatte. Der wusste, was ich kann. *Arschloch* war in Billy Slades Team, er wollte auch Postenkoch sein, durfte dann aber nur zuarbeiten.«

»Was bedeutet …«

»Man schnippelt rohes Gemüse. Heißt, man ist super scheiße.«

»Fleisch ist besser?«

»Proteine?«, sagte Kleffer. »Was meinen Sie denn? Je weiter man vorn steht, umso mehr darf man Proteine umwandeln. Ich habe Kalbsbries bekommen, Mr Luong wusste, was ich daraus machen konnte. Ich habe Würstchen mit Kastaniensoße gemacht, der Jury ging komplett einer ab.«

»Und in der Zwischenzeit musste JJ Salat putzen.«

»Grünkohl. Mangold. Karotten.« Kleffer lachte rau. »Er war so sauer, dass er sich schnitt und die gesamte Mise en place verblutete. Alles war ruiniert, und er wurde mitten in der Show gefeuert. Einfach so! Aber er war eben nur ein Scheißkarottenschnippler. Dass ich derweil meine Kalbsbrieswürstchen mit Kastaniensoße gemacht habe, muss ihn zur Weißglut getrieben haben. Er hat mich gehasst.«

»Wegen der Würstchen.«

»Nicht nur wegen der Würstchen«, sagte Kleffer. »Mein Team hat gewonnen. Und er war ein Scheißloser.«

Milo bat ihn, das Video an seinen Computer und sein Handy zu mailen.

»Sonst noch was, Darius?«

»Ich weiß, er hat Kathy wehgetan, das haben Sie mir am Telefon gesagt.«

»Nicht direkt …«, wandte Milo ein.

»Wenn Sie ihn mir übergeben, werde ich ihm zeigen, wie man mit dem Messer umgeht.«

»Immer langsam, Darius.«

Kleffer rauchte, stampfte auf, schlug gegen die Wand.

»Darius?«

»Ja, ja, ich bin ganz cool.«

»Halten Sie es für möglich, dass Williams Kathy getötet hat, aus Rache, weil Sie beim Kochen besser abgeschnitten haben?«

»Als er die Mise verblutet hat, haben alle darüber geredet, und Billy Slade hat ihn aus dem *Inca Grill* entlassen. Das Letzte, was ich gehört habe, war, dass er in irgendeinem Schuppen in der Delancey Street Burger gebraten hat.«

Kleffer lachte wieder und drehte eine Hand hin und her. »Brat, dreh, brat, dreh. Schmilzt einem auf Dauer das Hirn raus. Aber das Arschloch verdient es nicht besser, der war von Anfang an ein Arsch, hat sich sogar mit den Guatemalteken angelegt.«

»Die Guatemalteken?«

»Die Küchenhilfen. Die sind im Grund so was wie das Rückgrat einer Küche, man legt sich nicht mit ihnen an. Das Arschloch hat einen davon ins Gesicht geschlagen, weil der ihn angeblich verarscht hätte. Was idiotisch ist. Die Guatemalteken sind Vollprofis. Man kann in einer Küche mit allem Möglichen durchkommen, aber man legt sich nicht mit den Guatemalteken an. Die wissen mehr als alle anderen. Aber das war genau sein Problem, er dachte, er wäre schlauer als die anderen, weil er in Harvard war.«

»Ich dachte, in Yale.«

»Oder das«, sagte Kleffer. »Persische Scheißphilosophie, na und? Kann man dann vielleicht eine Soße kochen? Oder Gewürze kombinieren? Die Küche ist der ultimative Test. Der Arsch hat ihn nicht bestanden. Er mochte mich nie, weil ich immer besser abschnitt, wenn wir irgendwo gegeneinander antraten. Deshalb hat er mir Kathy abspenstig gemacht. Ich weiß, dass er es war.«

Er drückte seine Zigarette aus und zündete sich sofort die nächste an. »Also, ich gehe von New York weg und komme hierher. Und raten Sie mal, wer da plötzlich auf der Matte steht? Ich dachte, das darf ja wohl nicht wahr sein.«

»JJ tauchte im *Beppo* auf ...«

»Nein, nein, in einem Lokal im Valley, Fusion italienisch-japanisch, ich bin da zum Essen, nicht zum Arbeiten. Ich sitze mit Kathy beim Abendessen, alles läuft super zwischen uns, ich denke, nichts kann mehr schiefgehen, alles ist prima. Und dann steht auf einmal er da! Ich sage Hallo, bitte ihn aber nicht, sich zu uns zu setzen. Er setzt sich trotzdem, als wären wir beste Kumpel. Total nett und freundlich, völlig anders als der Arsch, der den Guatemalteken geohrfeigt hat. Was soll ich machen, ihn rauswerfen und vor Kathy wie ein Vollidiot dastehen? Also trinkt er zwei Gläser mit uns, und bald redet er schon mehr mit Kathy als mit mir.«

»Worüber hat er geredet?«, fragte ich.

»Im Grunde hat er nur damit angegeben, wie supertoll er ist. Harv-Yale oder was weiß ich. Dass er früher Koch war, dass die Gastronomie ihre ›Reize‹ hat, dass es nichts Schöneres gibt, als Menschen zu verköstigen, dass er eines Tages den Welthunger bekämpfen will, nur jetzt wolle er erst einmal etwas ganz anderes machen, Zeit für etwas Neues, er sei in die Justiz gegangen. Ich wusste, dass er Scheiße redete, na und? Ich wollte ihn nur loswerden, Kathy mit nach Hause nehmen und … Er verabschiedet sich, wir drücken uns wie beste Freunde, und ich sehe ihn nie wieder.«

Er rauchte gierig. »Ich habe nie wieder daran gedacht, warum auch?«

»Sie haben nie überlegt, dass er der Mann sein könnte, der Ihrer Meinung nach mit Kathy zusammen war?«

»Der Scheißkerl, mit dem sie mich betrogen hat?«, sagte Kleffer. »Warum sollte ich ihn dafür halten? Er ist ein Arschloch.«

»Wie viel Zeit verging von da an, bis Kathy mit Ihnen …«

»Etwa zwei Monate.« Er schüttelte den Kopf. »Sie sagt das einfach so zu mir. Du bist raus, Darius. Dass ein anderer Kerl im Spiel ist, das sagt sie nicht, aber ich weiß es. Das hat mich verdammt noch mal fertiggemacht.« Er klopfte sich auf die Brust. »Wieso sollte ich dabei an ihn denken? Sie meinte, sie wollte Stabilität.«

»Jemand, der für die Justiz arbeitet.«

»Ja, ja, aber das ist bei mir nicht hängen geblieben, weil ich wusste, dass es Blödsinn ist. Ein Arsch, der Gemüse schnippelt, und jetzt will er Anwalt sein?«

»Er sagte, er sei Anwalt?«

»Für die Justiz arbeiten, was soll das wohl sonst heißen? Glauben Sie wirklich, er war es?«

»Wir glauben bislang gar nichts, Darius«, sagte Milo. »Wir sammeln Fakten. Haben Sie sonst noch Informationen, die uns helfen könnten, JJ zu finden?«

»Sie glauben, dass er es war«, beharrte Kleffer.

Milo trat näher an ihn heran. Kleffer stand mit dem Rücken zur Wand. »Darius, ich sage das jetzt nur noch einmal …«

»Okay, okay … nein, ich weiß nicht, wo er ist. Habe in New York nichts mit ihm gemacht und hier auch nicht.«

»Mit wem war er denn in New York zusammen?«

»Mit niemandem, das ist das Problem«, sagte Kleffer. »Nach Feierabend sind wir oft noch was trinken gegangen, die Köche, die Guatemalteken, manchmal auch die Kellner. Wir waren müde, aufgedreht und hungrig und wollten einfach noch ein Bier und ein Sandwich.«

»Williams nicht.«

»Nicht ein einziges Mal.«

»Hatte er Freundinnen in New York?«

»Nein«, sagte Kleffer. »Hoffentlich nicht.« Er wippte auf den Füßen. »Wenn das stimmt, was Sie denken.«

Er kehrte an die Arbeit zurück.

»Einem anderen die Freundin ausspannen, um die mangelnden Kochkünste wettzumachen«, sagte Milo.

»Seine Kochkünste waren nicht gut genug fürs Fernsehen«, ergänzte ich, »aber gut genug für seine sonstigen Interessen. Und Kleffer könnte sich irren, wenn er sagt, dass Williams keine Freundin in New York hatte. Es könnte durchaus ein oder zwei Verbrechen in Manhattan gegeben haben …«

»Ich habe nach ähnlichen Tatorten gesucht.«

»Du weißt so gut wie ich, dass die Datenbank nicht immer alle relevanten Details enthält. In einem Einzelfall spielt doch ein für zwei gedeckter Tisch vielleicht gar keine Rolle. Alles, was man davon ableiten könnte, ist, dass das Opfer den Täter gut gekannt hat. Selbst wenn die Ermittler das interessant fanden, wollten sie die Info vielleicht unter Verschluss halten.«

Er überlegte und holte dann sein Handy hervor. »Sean, wie sieht's mit Ihrer Verfügbarkeit aus? … Gut. Sie müssen jedes Revier in Manhattan anrufen, und wenn Sie dort nichts erfahren, versuchen Sie es in Brooklyn. Finden Sie heraus, ob es irgendwelche ungelösten Mordfälle gibt, die was mit Candlelight-Dinner zu tun haben. Also nicht nur Lebensmittel am Tatort, sondern ein richtiger gedeckter Tisch … weil wir einen neuen Verdächtigen haben, der dort ein paar Jahre gelebt hat … Fellingers Assistent, Williams, ich erzähle Ihnen später mehr … versuchen Sie es auch in Connecticut, speziell in New Haven.«

Auf dem Weg zurück zur Polizeistation überprüfte er die letzten Kreditkartenbewegungen der Corey-Schwestern. Sie waren noch in Vancouver. Es gab eine Ausgabe: Tampons.

»Sie geben nicht viel aus, also sind sie definitiv bei jemandem untergekommen. Vielleicht hat Ursula Verwandte in Kanada.«

»Schon möglich, aber Richard werde ich gewiss nicht danach fragen. Apropos, wie siehst du die Dinnerszene in Ursulas Haus? Sie war keine von Williams' Sklavinnen. Sie war ein Auftragsmord.«

»Williams betrachtet sich selbst als Künstler, er signiert seine Werke.«

»Krankes Arschloch«, sagte er. »Und jetzt hat er wahrscheinlich auch noch die Santos ... oder hatte sie. Abgesehen von einer Fahndung nach seinem Transporter – falls er den überhaupt noch fährt – kann ich nichts tun, oder?«

»Williams ist weg, doch soweit wir wissen, ist Corey immer noch in seinem Haus in Oxnard. Gib Nguyen die neuen Fakten durch und bring ihn dazu, dass er dir für Corey einen Durchsuchungsbeschluss ausstellt – das mit den Pferden dürfte Grund genug sein. Dann stellst du das Haus auf den Kopf, und vielleicht findest du nicht nur geheime Geldbestände, sondern auch Beweise für seine Verbindung zu Williams. Anschließend nimmst du dir das Lagerhaus in der Innenstadt vor. Sobald du Beweise in der Hand hast, bekommst du auch aus ihm heraus, wo Williams sich aufhält.«

»Vorausgesetzt, er weiß was darüber.«

»Wir können nur mutmaßen. Wenn du nichts findest, kannst du die Wahrheit immer noch aus ihm herausprügeln.«

Er lachte und rief Nguyen an. »Ich mag Pferde auch, aber das reicht leider bei Weitem nicht«, sagte der stellvertretende Bezirksstaatsanwalt.

In der nächsten Stunde tat Milo alles, was zu guter Polizeiarbeit gehörte: Er schrieb Jens Williams' Transporter und den zehn Jahre alten Lexus, der auf Meredith Santos angemeldet war, zur Fahndung aus und vertiefte sich dann in Behördendokumente.

Die Sozialversicherung lieferte schließlich den Hinweis, dass Williams fast zwei Jahre in Miami gewohnt hatte, ehe er nach New York gegangen war. Milo konnte zurückverfolgen, wo er gearbeitet hatte, nämlich als Büfettkoch in zwei Hotels.

Beide Male hatte er von sich aus gekündigt, keiner der Arbeitgeber hatte irgendetwas Besonderes über ihn zu sagen. Er hatte die ganze Zeit über denselben Wagen gefahren und nicht einmal einen Strafzettel kassiert.

Bei der Polizei in Miami sprach Milo mit einem Lieutenant namens Abel Sorriento und fragte nach Morden mit kulinarischer Note.

»Essen? Hier geht's immer ums Essen«, sagte Sorriento. »Vor Nightclubs und Restaurants passiert jede Menge Blödsinn, aber meistens ist es ein Volltrottel, der einen anderen umlegt, kein Psychokram wie das, was Sie beschreiben.«

»Okay, danke.«

»Bon appétit.«

Eine Nachfrage bei Sean Binchy ergab nur, dass der junge Mann in keinem der New Yorker Reviere bislang etwas erfahren hatte.

»Da ist so ein generelles Misstrauen zu spüren, selbst wenn man seine Markennummer durchgibt. Ein paar Mal haben die mich tatsächlich zurückgerufen, um meine Identität zu überprüfen.«

»Überpopulation, Sean.«

»Wie bitte, Sir?«

»Leben in der Großstadt«, sagte Milo. »Steckt man zu viele Ratten in einen kleinen Käfig, fangen sie an, ihre paar erbärmlichen Quadratmillimeter zu verteidigen.«

»Aha«, meinte Binchy. »Daran werde ich denken, wenn Becky wieder mal das Reisefieber packt. Wenn Sie mich fragen, es geht nichts über Los Angeles an einem warmen Tag.«

Kurz vor vier Uhr rief Milo bei Frank Gonzales an.

»Habe für den Rest des Tages festen Boden unter den Füßen«, sagte der Kollege aus Oxnard, »musste noch Papierkram erledigen. Corey ist aber immer noch zu Hause, einer meiner Grünschnäbel hat Bewegung hinter den Vorhängen gesehen. Außerdem kam der Nachbar mit einem Umschlag vorbei, wahrscheinlich die Miete, und wurde eingelassen.«

»Vielen Dank, dass Sie sich die Zeit nehmen, Frank.«

»Kein Thema. Ich habe über Corey nachgedacht. Der Typ bringt mehrere Frauen um, ohne jegliche kriminelle Vergangenheit? Einfach so? Midlife-Crisis oder was?«

»Kann sein, dass wir eine neue Situation haben, Frank.« Milo berichtete von der möglichen Verbindung zwischen Corey und John Jensen Williams.

»Corey hat den Mord an seiner Frau delegiert, und dieser andere Typ hat die Arbeit erledigt?«

»Sieht so aus.«

»Gibt es Hinweise darauf, dass Corey und Williams immer noch interagieren?«

»Bislang nicht.«

»Wenn dieser Williams ausbezahlt ist, gibt es keinen Grund mehr für ihn, sich bei Corey sehen zu lassen«, sagte Gonzales. »Hat Corey für Sie immer noch höchste Priorität?«

»Allerdings.«

»Gut, wir bleiben an ihm dran.«

Bei seiner Observation von Flora Sullivan war es Moe Reed gelungen, ihr unbemerkt bis zum Eingang ihrer Kanzlei zu folgen. Von Cousin Jens keine Spur. Auch nicht in der Tiefgarage. Nur um ganz sicherzugehen, hatte er Al Bayless gebeten, die Aufnahmen der neuen Kameras durchzusehen. Nada.

»Irgendwelche neuen Eindrücke von Sullivan, Moses?«, fragte Milo.

»Ich habe sie nur vorbeigehen sehen. Sie geht schnell, aber nicht, weil sie nervös wäre, wenn Sie das meinen. Es scheint eher ihre normale Schrittgeschwindigkeit zu sein.«

Ein paar Momente später rief Grant Fellinger an und wollte wissen, ob es Fortschritte bei der Suche nach Meredith Santos gebe. Milo sagte »Noch nicht«, doch Fellinger fiel ihm ins Wort. »Sie müssen das wirklich ernst nehmen«, sagte er und nannte ihm die Nummer von Santos' Eltern in Arizona. »Natürlich müssen Sie mit ihnen Kontakt aufnehmen.«

»Natürlich«, murmelte Milo und wählte die Nummer. Er hörte lange zu und zerrte dabei an seiner Krawatte. Beim Auflegen sagte er: »Nette Leute in einer schrecklichen Lage – okay, Zeit für ein Bier. Oder auch sechs. Ich muss hier raus. Kommst du mit?«

Auf dem Weg zum Treppenhaus rief Sean Binchy an, aufgeregt wie ein kleiner Junge an seinem Geburtstag. »Nichts in New York, Lieutenant, aber ich habe mit einem Detective in New Haven gesprochen, der mich an den Nachbarort West Haven verwiesen hat, wo ich mit dem Polizeichef gesprochen habe. Und der hatte genau so eine Geschichte. In dem Jahr, in dem Williams in Yale war. Fantastisch, oder?«

Milo zog seinen Notizblock hervor. »Gute Arbeit, Sean. Schießen Sie los.«

»Opfer war Loretta Sfiazzi, fünfundzwanzig, Bedienung in einem der gehobeneren Fischrestaurants. Sie tauchte nicht bei der Arbeit auf und wurde von ihrer Vermieterin in ihrer Wohnung gefunden, auf dem Boden liegend, kein Hinweis auf sexuelle Gewalt, aber Würgemale und zahlreiche Stichwunden wie bei Ms Hennepin. Ein für zwei gedeckter Tisch, wenn auch nicht schick wie bei uns, sondern nur Dosenchili und eine ungeöffnete Flasche Rotwein. Zwei Exfreunde waren verhört worden, hatten jedoch ein Alibi, und danach gab es keinen weiteren Verdächtigen mehr. Was Chief Donald Molinaro seltsam vorkam, war das Chili. Loretta arbeitete in einem gehobenen Restaurant, und wenn sie Leute zum Essen nach Hause einlud, nahm sie immer Essen aus der Restaurantküche mit; die Angestellten durften das dort. Ihre Eltern meinten, sie habe nie Chili gegessen, und sie benutzte schönes Geschirr und Besteck, wenn sie den Tisch deckte – Sachen, die sie von ihrer Großmutter geerbt hatte. Nur der Wein passte. Die Eltern sagten aus, dass die Flasche ein Weihnachtsgeschenk von ihnen gewesen sei, Loretta habe sie für eine besondere Gelegenheit aufbewahrt.«

»Er kommt mit einer Konservenbüchse in der Tasche und leiht sich den Rest«, sagte Milo. »Erste Versuche im zarten Alter von achtzehn.«

»Genau das dachte ich auch, Lieutenant. Jedenfalls, in West Haven hatten sie keine Ahnung, was sie damit anfangen sollten, und waren jetzt total entsetzt über das, was ich ihnen erzählte. Nicht, dass ich ihnen viel sagen konnte, nur dass Williams unser Hauptverdächtiger ist.«

Milo brachte ihn auf den neuesten Stand.

»Bizarr«, sagte Binchy. »Ich habe Chief Molinaro gefragt, ob Williams möglicherweise auch in Ms Sfiazzis Restaurant gearbeitet hatte. Leider gibt es das Lokal nicht mehr, und alle, die damit zu tun hatten, sind weggezogen oder verstorben. Aber ich habe das Datum des Mordes mit Williams' Spannergeschichte verglichen – der Mord passierte zehn Tage, nachdem er aufgeflogen war.«

»Von der Uni geflogen, und dann musste eine Frau dran glauben.«

»Nicht direkt, Lieutenant, er war noch eingeschrieben, sie haben sich Zeit gelassen. Chief Molinaro sagte, das sei immer so, Yale versuche immer zu vertuschen. Er sagte auch, das Schwierigste an Yale sei es, überhaupt zugelassen zu werden. Danach sei es locker. Aber ich schätze, Williams war wohl nicht glücklich.«

33

Unser Bier tranken wir in einer Taverne namens *Doc of the Bay* anderthalb Blocks westlich vom *Café Moghul.* Ich war noch nie da gewesen, doch der Barmann begrüßte Milo wie einen alten Freund. Ich dachte immer, ich würde alle seine Lieblingskneipen kennen. Aber man lernt nie aus.

Der Weg dorthin war interessant. Milo überquerte den Santa Monica Boulevard und ging erst einmal an der Kneipe vorbei, um dann umzukehren.

»Wozu die Schleife?«, erkundigte ich mich.

Er deutete auf das indische Restaurant. »Ich möchte ihre Gefühle nicht verletzen.«

»Ihr zwei habt also was Festes?«

»Hey. Berühmt zu sein bringt gewisse Verpflichtungen mit sich.«

»Weißt du, wie sie heißt?«

»Muss der Bär im Zoo irgendwas über seinen Pfleger wissen, solange der ihm regelmäßig was zu fressen hinwirft?«

»Wenn er schlau ist, brüllt er ihn nicht an.«

»So ist es.«

Die Bar war klein und muffig. Die Wände hingen voll mit Sporttrikots in Plastikschachteln; im Zentrum der Ausstellung prangte ein weißer Arztkittel.

»Was für ein Doc?«

»Was denkst du denn? Doc med natürlich. Der Inhaber ist ein Knochenspieler namens Schwartz und hat früher als Teamarzt für die Rams gearbeitet.«

»Die Los Angeles Rams – die sind ja längst Geschichte.«

»Genauso wie Schwartz.«

Eine rundliche junge Kellnerin näherte sich. »Das Übliche, Lieutenant?«

»Danke, Samantha.«

»Und für Sie, Sir?«

»Was ist denn das Übliche?«

»Carlsberg Elephant, runtergespült mit Miller Lite.«

»Haben Sie Sam Adams?«

»Manchmal«, erwiderte sie. »Wenn wir es nicht dahaben, bringe ich Ihnen was anderes.«

Das Bier kam, zusammen mit Wasabi-Erbsen und Käsekrackern, die aussahen wie platte Mini-Basketbälle. Einen großen Schluck und einen Mundvoll Kohlehydrate später sagte Milo: »Was hältst du davon, wenn ich mich noch mal mit Corey unterhalte?«

»Finde ich gut, aber ich würde nicht mit der Tür ins Haus fallen.«

»Wie, so tun, als wäre nichts?«

»Bleib cool, sachlich, bring seine Töchter ins Gespräch.«

»Wie?«

»Du seist ein wenig irritiert, weil sie offenbar verreist seien, ob er dir helfen könne, sie ausfindig zu machen. Er wird lügen, aber vielleicht verrät er sich dabei.«

»Wie viel soll ich über Ursula sagen?«

»Du würdest es inzwischen für möglich halten, dass jemand aus dem Gebäude beteiligt war. Ob er sich das vorstellen könne. Danach kannst du ja sehen, ob er versucht, Williams zu erreichen. Wobei es keinen Sinn hat, seine Telefone zu beschlagnahmen, weil sie beide Prepaid-Handys benutzen werden. Aber vielleicht hast du Glück, und sie treffen sich. Auf jeden Fall solltest du ihn im Auge behalten.«

Er leerte das Elephant und stieß eine große Wolke Bieratem aus.

»Wie viel Alkohol ist da drin?«, fragte ich.

»Sieben Komma zwei, weniger als in Wein.« Er hob die Flasche. »Das ist so etwas wie der Chardonnay der Arbeiterklasse.«

Er öffnete seinen Gürtel. »Zeit für die Nachspeise«, verkündete er und wandte sich dem Leichtbier zu.

»Wann willst du Corey den nächsten Besuch abstatten?«, fragte ich.

»Heute Abend, sobald sich der Feierabendverkehr beruhigt hat, zwischen halb acht und acht.«

»Bis dahin sollten wir versuchen, Cousine Flora zu interviewen. Vielleicht bekommst du aus ihr etwas heraus, das dir hilft, Williams zu finden.«

»Du meinst, sein psychologisches Profil?«

»Das auch«, sagte ich. »Aber ich dachte eher an die letzte bekannte Adresse.«

Zurück nach Century City. Es würde sich allmählich lohnen, dort einen Dauerparkplatz zu mieten.

Um 17.32 Uhr standen wir vor Flora Sullivans Kanzlei. Die Tafel mit den Namen der Partner nahm einen Meter der schwarzen Granitwand in Anspruch. Durch alle drei Glastüren strömten Anwälte und Mitarbeiter in den Feierabend.

Die Tafel wies jedem Namen ein N, E oder W zu. Sullivans Name war mit einem W versehen. Die Frau am Empfang von »W« war dick, weißhaarig und herrisch und verbarrikadierte sich hinter ihrer Theke. Der erste Hinweis darauf, dass sie sich selbst viel zu wichtig nahm, war ein klobiges Namensschild aus Nussholz mit goldfarbenen Lettern: ROSE MARIE GRUHNER.

Der zweite, dass sie uns vollkommen ignorierte.

Milo wartete, bis der Verkehr etwas nachließ, stellte sich dann vor mit »Los Angeles Police Department«, ohne genauer zu werden, und fragte nach Flora Sullivan.

Rose Marie Gruhner ließ Schlüssel in ihre Tasche fallen. »Sie ist beschäftigt.«

»Wie lange noch, Ma'am?«

»So lange sie will.«

»Ich bin von der …«

»Das habe ich beim ersten Mal schon verstanden«, erklärte Gruhner. »Ändert aber nichts.«

Er trat näher an die Theke heran und blieb schweigend dort stehen, bis sie irgendwann doch aufsah. »Sir. Wir haben ständig Polizei hier, die Regeln sind immer gleich. Ohne Termin geht gar nichts.«

»Ständig Polizei?«

»Ziemlich oft«, sagte Gruhner. »Das ist hier eine Kanzlei für Immobilienrecht, da gehen ständig Klagen und Gegenklagen ein.«

»Und die Zusteller der Klagen versuchen, sich hereinzumogeln«, sagte ich.

»Einschließlich Marshalls in Uniform, Sir. Ich sage denen das Gleiche, was ich Ihnen gerade gesagt habe: Ohne Termin kommt hier niemand rein. Wir hätten das reinste Chaos.«

»Ich bin Detective, Ma'am, ich stelle keine Klage zu.«

»Ich mache die Regeln nicht, Sir, ich wende sie nur an.«

»Sagen Sie Ms Sullivan, dass Leon Bonelli uns geschickt hat«, sagte ich.

»Ich werde ihr nichts dergleichen sagen, weil sie mir ausdrücklich …«

»Glauben Sie mir«, sagte ich. »Das wird sie interessieren. Leon Bonelli.« Ich buchstabierte.

»Das klingt verdächtig nach einer Finte.«

»Es ist durchaus keine Finte.«

»Ach, was soll's.« Sie wählte eine Kurzwahlnummer und gab die Information durch. Dann färbte sich ihr Gesicht rot. »Sie ist alles andere als angetan. Sie können reingehen.«

Als wir an ihr vorbeigingen, rief sie uns nach: »Wollen Sie denn nicht wissen, wo es lang geht?«

Wir brauchten keine Wegbeschreibung, denn Flora Sullivan erwartete uns mitten im Flur mit verschränkten Armen. Genau die gleiche Haltung wie Grant Fellinger. Vielleicht bekam man das im Jurastudium beigebracht.

Sie trug einen schwarzen Bleistiftrock und eine weiße Seidenbluse mit Bubikragen. Ihre Absätze brachten sie mit den NBA-Basketballern auf Augenhöhe. Ihre dunklen Locken hatte sie streng aus dem Gesicht gekämmt. An einer Kette um ihren langen Hals baumelte eine Brille mit Silberrand.

Die Ähnlichkeit mit Jens Williams war nicht zu übersehen.

Mit ausdrucksloser Miene sah sie uns entgegen. Der Flur war länger als der von Fellinger und gesäumt von abstrakten

Drucken in Pastell. Aus verborgenen Lautsprechern klang eine weichgespülte Instrumentalversion von »Eleanor Rigby«. Eigentlich ein gruseliger Song.

Als wir uns bis auf ein paar Meter genähert hatten, legte Flora Sullivan los wie ein Rodeopferd, das aus dem Pferch gelassen wird, und stakste auf ihren dürren Beinen auf uns zu, lachsrosa Flecken im Gesicht. Ein Flamingo, der zu viel rosa Plankton zu sich genommen hatte.

Sie baute sich vor uns auf. »Was glauben Sie, wer Sie sind, dass Sie persönliche Informationen vor meinen Mitarbeitern ausposaunen?«

»Ms Sullivan, ich bin Lieutenant Milo Sturgis vom Los Angeles Police Department …«

»Das ist keine Antwort.«

»Tut mir leid, Ma'am, aber der Graben war tief, und wir mussten die Zugbrücke senken.«

Flora Sullivan zwinkerte. Ihre Augen waren groß und dunkelblau. Ihr Mund, der auf dem Foto so mickrig ausgesehen hatte, war blutrot geglosst. Sie war alles andere als schön, doch Präsenz konnte man ihr nicht absprechen.

»Ich interessiere mich nicht für mittelalterliche Baukunst, Officer XY. Sie werden mir jetzt eine Frage beantworten: Was gibt Ihnen das Recht, sich mit dem Namen eines lieben Freundes hier Zugang zu verschaffen?«

»Ihr Privatleben interessiert uns nicht, Ms Sullivan. Wir sind hier, um über Ihren Cousin John Jensen Williams zu sprechen.«

»Jens? Wieso denn das? Er ist ein entfernter Cousin, ich kenne ihn kaum.«

»Sie kannten ihn gut genug, um ihm eine Stelle in diesem Gebäude zu besorgen.«

»Ich habe ihm einen Gefallen getan … ach so, *das*. Man hat mir versichert, dass die Angelegenheit geregelt wird, sobald JJ entlassen ist.«

»Hier geht es um Mord«, sagte Milo.

»Was?«, kreischte sie. Als es hinter ihr laut wurde, schwieg sie abrupt. Eine Gruppe gut gekleideter Leute mit abgespannten Gesichtern bog um eine Ecke und kam auf uns zu. Einer der Männer winkte mit dem Finger. »Hi, Flo.«

»Hallo, Mark.«

Das Grüppchen ging vorbei und warf uns neugierige Blicke über die Schulter zu.

»Scheiße. Gehen wir in mein Büro«, sagte Flora Sullivan.

Was Größe und Schnitt anging, war ihr Büro dem von Fellinger sehr ähnlich, nur die Möbel waren heller und pastelliger. Nur zwei Fotos, beide zeigten Sullivan und ihren Mann, Porträts, die von seiner Behinderung nichts verrieten.

Sie faltete ihre lange Gestalt hinter ihren Schreibtisch. »Ehe ich noch mehr Unsinn über Mord höre, will ich eine klare Antwort von Ihnen: Was hat Mr Bonelli mit Ihrer Angelegenheit zu tun?«

»Nichts«, erwiderte Milo.

»Sie haben gelogen, um sich hier hereinzumogeln. Ist das ordentliche Polizeiarbeit?«

»Ms Gruhner stellte ein gewisses Hindernis dar.«

»Ms Gruhner macht ihre Sache bestens. Ohne sie wäre das hier ein Tollhaus.« Sullivan hob die Brillenkette über den Kopf und legte die Brille auf den Schreibtisch. »Ihre Antwort reicht mir nicht. Was interessiert Sie an Mr Bonelli?«

»Nur, dass er ein Freund von Ihnen ist.«

Einige der lachsrosa Flecken verdunkelten sich zu Karminrot. »Er ist ein lieber Bekannter aus Studientagen. Und weiter?«

»Als wir Sie gegoogelt haben, tauchte Mr Bonellis Name häufig neben Ihrem auf, im Zusammenhang mit Wohltätigkeitsveranstaltungen, solche Dinge. Wir müssen wirklich mit Ihnen sprechen, deshalb haben wir zu solchen Maßnahmen gegriffen. Entschuldigen Sie das bitte.«

Er öffnete ihr eine Tür; sie musste das Streitgespräch nicht fortsetzen.

Sie zielte mit dem Finger auf uns. »Warum spionieren Sie mir nach? Und wehe, Sie drücken sich vor einer ehrlichen Antwort.«

Grundkurs Prozessführung: Beherrschen Sie die Situation.

»Wir sind hier«, begann Milo, »weil Sie J. J. Williams' einzige Verwandte vor Ort sind und er unter Umständen in mehrere Mordfälle verwickelt ist.«

»Lächerlich.« Sullivan lachte, bis sie schnaubte. Mir drängte sich der Vergleich mit einem Pferd auf. »Sie verschwenden Ihre Zeit und was noch schlimmer ist, Sie verschwenden meine.« Sie stand auf. »Bitte verlassen Sie jetzt meine Räume.«

»Wir müssen Mr Williams finden …«

»Da kann ich Ihnen leider nicht behilflich sein.«

»Sie kennen ihn gut genug, um ihn zu empfehlen …«

»Ich wollte nett sein! Und was hat es mir gebracht? Fragen Sie doch die Kollegen, die ihn eingestellt haben.«

»Die Adresse, die er Mr Fellinger gegeben hat, war erfunden.«

Sullivan zwinkerte. »Tatsächlich.«

»Tatsächlich. Wo können wir ihn finden, Ma'am?«

»Ich habe absolut keine Ahnung.«

»Obwohl …«

»Er ist ein entfernter Verwandter, dem ich zu einem Job verholfen habe. Das würde ich auch für jeden Fremden tun, solange er qualifiziert ist.«

»Mr Williams Qualifikation war …«

»Er war in Yale.«

»Sie standen ihm nahe genug, um das zu wissen«, sagte ich.

Sie funkelte mich an. »Das war nicht gerade ein Familiengeheimnis.«

»JJ galt in der Familie als intelligent.«

»Intelligent genug …« Sie sprach mit tiefer Stimme, um Autorität bemüht, doch dann vermasselte sie alles, indem sie blinzelnd den Blick senkte und anfing, mit ihrer Brille zu spielen.

»Er hat Ihnen erzählt, er habe sein Studium in Yale abgeschlossen«, sagte ich.

»Ja und?«

»In Wahrheit ist er nach einem Jahr abgegangen.«

Sie schnippte mit einem schimmernden roten Fingernagel gegen die obere Ecke ihres Hochzeitsfotos. »Offensichtlich bin ich nicht in seine Lebensgeschichte eingeweiht. Ich hatte ihn seit Langem nicht mehr gesehen.«

»Er hat Sie angerufen, als er in Los Angeles ankam?«

»Er rief aus heiterem Himmel an und erzählte mir, dass er nach Los Angeles ziehen wolle. Wir hatten uns seit Jahren nicht mehr gesprochen. Sind Sie sicher, dass er Yale abgebrochen hat?«

»Absolut«, sagte Milo.

»Hm«, meinte Sullivan. »Tja, das ist schade, aber das konnte ich wirklich nicht wissen. Wenn meine Mutter noch ihre Sinne beisammenhätte, würde sie es wahrscheinlich wissen. Sie und JJs Mutter sind zusammen aufgewachsen und standen sich sehr nahe, eher wie Freundinnen. Leticia – das war seine Mutter – ist schon vor Jahren gestorben, und meine Mutter ist geistig nur noch ein Schatten ihrer selbst. Wenn Sie mich jetzt bitte entschuldigen würden …«

»JJ hat also aus heiterem Himmel angerufen und gesagt, er braucht einen Job.«

»Er hat mich gefragt, ob irgendwo ein Anwaltsassistent oder etwas Ähnliches gesucht würde. Ich hatte gerade zufällig mit Fellinger gesprochen, der mir erzählt hatte, dass er jemanden sucht. Da dachte ich, das passt doch perfekt.«

»Weil JJ intelligent war.«

»Intelligent und erfahren«, sagte sie. »Er hat bei Skadden in New York gearbeitet, das ist ein Big Player.«

Milo und ich schwiegen.

Flora Sullivan spielte mit ihrer Brille. »Hat er darüber auch gelogen?«

»Wir werden uns das noch genauer ansehen«, sagte Milo. »Aber ich denke schon.«

Sie seufzte. »Was für ein Schlamassel. Aber Mord? Das hat mit der Familie nichts zu tun. Überhaupt nichts.«

»Sie haben also keine Idee, wo er sich aufhalten könnte.«

Sie schüttelte den Kopf. »Als er zum ersten Mal anrief, habe ich ihn gefragt, wo er wohnt. Er meinte, er habe noch nichts Dauerhaftes gefunden, aber er würde mir Bescheid geben. Was er dann nie getan hat.«

»Und Sie haben nie nachgefragt.«

»Es gab keinen Grund nachzufragen. Unser Deal beschränkte sich auf dieses einzige Telefonat. Ich habe versucht, nett zu sein, und angeboten, dass wir uns mal treffen könnten, sobald er eine feste Bleibe hat, aber er hat sich nie gemeldet. Nachdem Sie schon herumgestochert haben, wissen Sie ja, dass meine sozialen Kontakte eher eingeschränkt sind.«

»Nichts, das uns bekannt wäre.«

Sullivans Blick war lang, durchdringend und erbost. »Nun ja, ich nehme Sie beim Wort. Hin und wieder ein Wohltätigkeitsball, ja, ab und zu eine Runde Golf. Ansonsten konzentriere ich mich voll auf meinen Mann. Er ist querschnittsgelähmt. Ein betrunkener Fahrer.«

»Das tut mir leid, Ma'am …«

»Was vorbei ist, ist vorbei. Man kämpft sich weiter durch.« Sie lehnte sich zurück. »Aber jetzt lassen Sie uns das hier bitte beenden. Es war ein langer Tag.«

»Wir lassen Sie sofort in Ruhe. Haben Sie eine Telefonnummer von JJ?«

»Ich sagte Ihnen doch … Moment, wissen Sie was, vielleicht habe ich doch eine. Nur, weil ich zwanghaft bin und jeden Anruf notiere.«

Sie nahm ein iPad zur Hand, wischte über den Bildschirm und las sieben Ziffern ab.

»Das ist dieselbe, die er Fellinger auch gegeben hat. Die ist ungültig.«

»Oh. Dann haben Sie wohl Pech, fürchte ich.«

»Nachdem Sie im selben Gebäude gearbeitet haben, müssen Sie sich doch gelegentlich gesehen haben.«

»Nicht so oft, wie Sie vielleicht denken«, sagte Sullivan. »In den letzten paar Monaten sind wir uns maximal vier bis fünf Mal über den Weg gelaufen. Immer am Aufzug, wo auch sonst treffen sich Menschen in einem Bürogebäude? Wir haben uns freundlich gegrüßt, aber man unterhält sich ja nicht, wenn man mit lauter Fremden in einer kleinen Kabine eingezwängt ist. Nun, wenn Sie jetzt …«

»Ihr Vater war in der Luftfahrt tätig«, unterbrach ich sie. »Was hat Jens' Vater gearbeitet?«

»Spielt das eine Rolle für sein angeblich mörderisches Verhalten? Ich kann das immer noch nicht glauben. Würde es Ihnen etwas ausmachen, mir mehr darüber zu erzählen?«

»Tut mir leid, das darf ich nicht«, sagte Milo.

»Einbahnstraße?«, fragte Flora Sullivan. »Andererseits klar, Sie sind Männer.«

Ich wiederholte die Frage.

»Ich habe beim ersten Mal nicht geantwortet, weil ich nicht weiß, was JJs Vater gemacht hat, und ich wäre nicht überrascht, wenn JJ das auch nicht wüsste, weil das Schwein nämlich Leticia hat sitzen lassen, als JJ ein Baby war. Meine Mutter hat immer davon gesprochen, wie schwer sie es hatte.«

»Keine Geschwister?«

»Nein.«

»Wann ist sie verstorben?«

»Hm … das ist schon eine ganze Weile her, sie war noch gar nicht alt. Herzinfarkt. Sie rauchte und trank, und ihre Ernährung war auch nicht die beste. Sie hat in einem Diner gearbeitet … eine Art Pommesbude, Sie verstehen. Wahrscheinlich hat sie das Zeug gegessen, das dort auf der Karte stand.«

»Sie war Köchin?«, fragte ich.

»Imbissköchin«, sagte sie. »Die arme Leticia hat ihr Leben buchstäblich damit verbracht, am Imbissgrill zu malochen.«

34

Der Aufzug war voller Menschen. Ich dachte an John Jensen Williams, der die Kabine als Jagdrevier benutzt hatte, und überlegte, wie viele andere Frauen wohl für ihn auch noch als Beute infrage gekommen waren.

Wir stiegen aus und gingen zu der Stelle, wo Ursula Corey den Tod gefunden hatte. Ein Stück Beton. Milo starrte eine Zeitlang ins Leere, dann gingen wir die Treppe hinauf zu dem Deck, wo mein Seville parkte.

»Was hältst du von Sullivan?«

»Ist wahrscheinlich sauber, aber das heißt nicht, dass Williams sich nicht wieder bei ihr meldet.«

»Deshalb habe ich ihr gesagt, dass er wegen Mordes verdächtigt wird. Wenn er auftaucht oder anruft, soll sie sich in die Hosen machen vor Angst und ihn sofort verpfeifen.«

Eine Querstraße weiter sagte er: »Gerissen, wie du Bonelli erst benutzt hast, um uns Zutritt zu verschaffen, und dann auch noch weiter darauf herumgeritten bist.«

»Ich hoffte, sie wäre dankbar für unsere Diskretion.«

»Das war sie wohl, schließlich hast du auch noch Williams' verkorkste Kindheit aus ihr herausbekommen. Und dass die Mama am Grill gestanden hat.«

»Vor allem, dass sie ein Alkoholproblem hatte«, sagte ich. »Dass sie vielleicht wütend und verbittert war, weil Papa sie sitzen gelassen hatte.«

»Ts, ts«, machte er. »Wenn dann noch schlechte Ernährung dazukommt, ist ja alles klar.«

Während wir uns im Schneckentempo eine Abfahrt entlangbewegten, rief ich Robin an, um ihr zu sagen, dass ich nach Oxnard unterwegs sei.

»Um diese Tageszeit?«, fragte sie. »Du wirst auf dem Freeway im Stau enden.«

»Wir besorgen uns vorher einen Happen zu essen.«

»Kommt hierher, dann koch ich euch was.«

»Ich würde dich liebend gern sehen, aber mach dir keinen Stress, wir kommen schon klar.«

»Kein Stress, ich mach was Einfaches«, sagte sie. »Wie wär's mit Reste-Pasta? Diese Bigoli, die du letztes Mal so mochtest, und dazu, was auch immer der Kühlschrank hergibt … okay, wir haben noch Pastrami vom Wochenende. Ein paar Eier rein, ein bisschen Speck, ein Touch von Carbonara.«

»Meine bella Signorina. Wenn du Lust hast, natürlich. Das klingt super.«

»Was?«, wollte Milo wissen.

»Selbst gekochtes Essen.«

»Ja, ja und noch mal ja.«

Robin hörte das und lachte. »Schatz, ich rede den ganzen Tag mit *Holz*. Dein gut aussehendes Gesicht und sein Appetit werden mir wieder das Gefühl geben, ein Mensch zu sein. Außerdem habe ich etwas zu feiern.«

»Was?«

»Ich habe gerade mit Du-weißt-schon-wem gesprochen und ihm gesagt, dass ich keine Kopien mache, weder für ihn noch für sonst wen. Erstaunlicherweise hat er das ganz souverän weggesteckt. Vielleicht weil er gerade aus der Entzugsklinik kommt und besonders klar im Kopf ist. Jedenfalls fühle ich mich richtig befreit.«

Als wir ankamen, stand das Essen schon auf dem Tisch: ein Riesenberg Spaghetti, dreimal so viel, wie wir normalerweise kochten.

Robin trank Wein, Milo und ich blieben beim Wasser und nahmen anschließend einen Kaffee. Blanche ließ sich strategisch günstig rechts neben Milos Stuhl nieder, wo Robin sie nicht sehen konnte, und fing alle Teigfäden auf, die er vor ihrer Schnauze baumeln ließ. Immer wenn Milo sich selbst dem Essen zuwandte, rieb sie ihren Kopf an seinem Bein. Wenn er darauf reagierte, schnurrte sie wie eine Katze.

»Ganz schön was los unter dem Tisch«, sagte Robin.

»Gleich und gleich gesellt sich gern«, erwiderte Milo.

Wir waren bei einer letzten Dosis Koffein. »Darf ich fragen, was ihr euch davon versprecht, da hochzufahren?«, erkundigte sich Robin.

»Alles«, sagte Milo und fasste zusammen.

»Dieser Williams hat zu seinem persönlichen Vergnügen getötet, doch Coreys Frau war ein Auftragsmord?«

»So eine Art Mischtechnik. Er wurde dafür bezahlt, trotzdem war sie seine wichtigste Trophäe, weil sie anders für ihn nie erreichbar gewesen wäre.«

»Dem Chef das Leben vermiesen, eine Exfrau um die Ecke bringen – das verstehe ich alles«, sagte sie. »Aber dass ein Vater seine eigenen Kinder …?«

»Sie sollten Ursulas fünfzig Prozent des Geschäfts erben«, erklärte Milo.

»Er ist doch auch so schon reich genug. Würde er wirklich seine Töchter umbringen, allein wegen des Geldes?«

»Es hat nicht nur mit Geld zu tun. Die Mädchen stehen für sein altes Leben, mit dem er radikal abschließen will. Indem er die Pferde zum Abdecker gebracht hat, hat er ihre Kindheit mit einem Schlag beendet. Zum Glück hat er sich so ungeschickt angestellt, dass die Mädchen gewarnt waren und sich nach Kanada in Sicherheit bringen konnten.«

»Einem Mädchen das Pferd wegzunehmen«, sagte sie. »Das heißt nichts anderes als: Dein Traum ist vorbei.«

»Jetzt geht es nur noch um seinen Traum.«

»Was für Scheißkerle, alle beide. Meint ihr, die sind sich zufällig über den Weg gelaufen?«

»Die zwei sind wie Puzzleteile, die ineinandergreifen«, sagte ich. »Williams erkennt sofort, wenn jemand schwach ist, Corey ist emotional labil. Im Verlauf der Scheidungsabwicklung nahm Williams als Einziger wahr, dass Corey immer wütender wurde. Im passenden Moment hat er sich dann angeboten. Anders als Corey kann er nämlich richtig subtil agieren, wahrscheinlich hat er es so angepackt, dass man ihm niemals etwas hätte vorwerfen können, selbst wenn Corey den Schwanz eingezogen hätte. Deshalb halte ich seinen Anfall in der Kanzlei auch für bedeutend. Er hat aufgehört, so zu tun, als wäre er normal.«

»Vielleicht hat Corey ihm so viel für den Auftrag bezahlt, dass er keinen Job mehr brauchte«, mutmaßte Milo.

»Aber dahinter steht Hass auf Frauen«, sagte Robin.

Ich nickte.

»Darauf läuft es doch immer hinaus, oder?« Sie strich über mein Gesicht. »Mit Holz zu reden kommt mir auf einmal gar nicht mehr so verkehrt vor.«

Kurz vor acht machten wir uns auf den Weg nach Oxnard. Bis zum Highway 101 kamen wir ohne Verkehr durch, und wir waren längst im West Valley, als Milos Handy sich meldete, mit dem ersten Satz aus dem Brandenburgischen Konzert Nr. sechs in digitalen Piepstönen. Was für eine Verstümmelung.

»Hier Sturgis … Wer? Kenn ich nicht – oh, oder doch, stellen Sie sie durch … hier sprich Lieutenant Sturgis, worum geht's … wirklich? Von wo aus haben die beiden … okay, ich höre.«

Er hatte nicht auf Lautsprecher gestellt, und so hörte ich nur eine weibliche Stimme zwitschern.

Als sie geendet hatte, sagte Milo: »Gibt es sonst noch etwas, das Sie … ja, sicher … sagen Sie ihnen, ich stehe zur Verfügung, wenn sie direkt mit mir sprechen wollen … Das verstehe ich … Wie bitte? Ja, natürlich.« Er lachte. »Hoffen wir, dass es dazu nicht kommt … und wenn doch, werde ich mich für Sie einsetzen, versprochen.«

Er starrte das stumme Handy an. »Du wirst es nicht für möglich halten. Das war die freche kleine Laura Smith. Ashley und Marissa haben sie gerade angerufen, sie wollte nicht sagen, von wo, aber das wissen wir ja schon. Der entscheidende Punkt ist, die beiden wollten, dass sie mir eine Nachricht zukommen lässt, obwohl sie der Polizei sonst nicht trauen. Die fürchten um ihr Leben und wollen, dass ihr Vater ›hochgenommen‹ wird. So rasch wie möglich.«

»Auftrag erteilt.«

»Arme reiche Mädchen. Die Realität wird sie hart treffen. Ihrer Version zufolge bekamen sie heraus, dass er derjenige war, der ihre Pferde gestohlen hat, und fuhren sofort zu ihm nach Hause, um ihn zur Rede zu stellen. Offen und direkt, so wie sie sich immer verhalten haben. Diesmal allerdings hat er es nicht passiv über sich ergehen lassen, sondern ihre Handgelenke gepackt und so fest gedrückt, dass es wehtat. Mit einem ›irren Ausdruck in den Augen‹. Als sie versuchten, sich loszureißen, hat er sie gestoßen, und zwar so fest, dass Ashley stürzte. Marissa versuchte, ihrer Schwester zu helfen, doch dann war da wieder Daddy, der sich vor dem Ausgang aufbaute und eine Waffe auf sie richtete. Sie fingen beide an zu weinen, und Marissa gab sogar zu, dass sie sich in die Hose gemacht hat. Sie flehten ihn an, doch Corey stand nur da und grinste irre, als würde er sie gar nicht kennen. Sie glaubten wirklich, ihr Ende wäre nah. Zum Glück klopfte in diesem Moment jemand an der Tür, was ihn aus seiner Trance riss. Sie nutzten die Ablenkung, stürmten an ihm vorbei und machten, dass sie davonkamen.«

»Auf die Idee, die Polizei zu verständigen, sind sie nicht gekommen.«

»Wie gesagt, sie trauen der Polizei nicht. Außerdem waren sie wahrscheinlich so in Panik, dass sie nur noch an Flucht denken konnten. Die beiden sind von Natur aus nicht gerade mit Intelligenz gesegnet, Alex. Schau dir nur an, wie sie weiterhin ihre Kreditkarten benutzt haben. Zum Glück konnte ich die Konten sperren lassen.«

»Daddy mit Waffe«, sagte ich. »Er grenzt sich ab, um Dinge zu tun, von denen er normalerweise nicht mal träumen würde.«

»Wie zum Beispiel seine Kinder umzubringen. Oder einen Killer für seine Exfrau zu engagieren.«

»Ursula hat ihn betrogen, die Mädchen sind frech zu ihm. Seine Toleranzgrenze ist erreicht.«

»Ein Irrer mit einer Waffe«, sagte Milo. »Das ändert alles. Ich werde Gonzales informieren.«

Er erreichte den Kollegen zu Hause. »Danke«, sagte Gonzales, »wir sind auf alles gefasst. Wie lange brauchen Sie noch?«

»Zehn Minuten.«

»Meine Frau sagt, sie würde mich bestimmt immer noch lieben, wenn sie sich nur an mein Gesicht erinnern könnte. Ich brauche so zwanzig, fünfundzwanzig Minuten, um ihre Erinnerung aufzufrischen. Aber meine neue Assistentin nimmt Sie gern in Empfang, Sheila Entell. Hat die Waffe Ihre Pläne durcheinandergebracht?«

»Allerdings«, sagte Milo. »Ich hatte vor, Corey zu besuchen und in aller Höflichkeit über Williams auszufragen.«

»Und jetzt?«

»Ich weiß nicht recht, Frank. Kann ich Entell sofort anrufen?«

»Ich denke schon«, erwiderte Gonzales. »Ach was, vergessen Sie's. Ich bin schneller dort. Das muss ich bei meiner Frau wiedergutmachen, aber was soll's.«

»Ich will keinen Unfrieden stiften, Frank.«

»Moment.« Es herrschte kurz Stille, dann war Gonzales wieder da und sprach mit gedämpfter Stimme weiter. »Bin in ein anderes Zimmer gegangen. Ja, meine Prinzessin wird das sicher nicht friedlich hinnehmen, sie hat Tamales gemacht, die sind schon gedämpft und servierfertig. Gefüllt mit Rind und Huhn, außerdem diese süße Variante, die sie mit Trockenfrüchten macht. Aber sie hat auch ihre Mutter eingeladen, verstehen Sie?«

Milo lachte. »Stets zu Diensten.«

»Eines noch«, sagte Gonzales. »Wird Corey nicht misstrauisch, wenn wir zu so später Stunde vor seiner Tür stehen?«

»Ich wollte meinen ganzen Charme auspacken, aber lassen Sie uns das besprechen, wenn ich da bin.«

»Hm«, sagte Gonzales. »Charme? Das versuche ich mir gerade vorzustellen.«

Milo legte auf. »Was wollte Laura Smith denn im Gegenzug?«, fragte ich.

»Dass ich ihr aus der Klemme helfe, wenn sie mal wieder erwischt wird. Ganz klar.«

»Was für ein Vertrauen. Rührend.«

»Hat keinen Sinn, ihr die Illusion zu rauben«, meinte er. »Es ist schon schwer genug, jung zu sein.«

35

Gonzales' großer GMC-Pick-up parkte einen Block von Richard Coreys Haus entfernt und nahm den Großteil einer Halteverbotszone ein. Gonzales trug eine Jogginghose und Jacke mit Reißverschluss. In der Hand hielt er etwas, das in Alufolie gewickelt war.

»Tamales. Sie hat mir ein paar von den süßen mitgegeben.«

Wir aßen. »Köstlich«, sagte ich.

»Sie sind mit der perfekten Frau verheiratet, Frank«, lobte Milo.

»Das sagt sie mir auch immer. Hübscher alter Caddy. Beschlagnahmt?«

»Gehört ihm«, sagte Milo und deutete auf mich.

»Ehrlich. Originalmotor, Doc?«

»Dritte Ersatzmaschine.«

»Es geht doch nichts über Treue. Aber gut, Sheila wartet dort.« Er deutete auf eine Seitenstraße, die auf den Hafen zulief. »Corey ist noch da, die Lichter sind an, man sieht durch die Vorhänge den Fernsehbildschirm schimmern. Zum Glück ist der direkte Nachbar vor zwei Stunden weggefahren, also wenn die Dinge aus dem Ruder laufen sollten, haben wir wenigstens keine unbeteiligten Dritten in der Nähe.«

»Die Dinge sollten nicht aus dem Ruder laufen, Frank.«

»Ich weiß«, erwiderte Gonzales. »Aber Sie wissen ja.«

Das Doppelhaus zeigte sich als dunkler Schatten unter einem nahezu sternlosen Himmel, durchsetzt von bernsteinfarbenen Quadraten, den Fenstern mit Vorhängen. Gonzales pfiff leise, und eine Frau Anfang zwanzig trat aus dem Dunkel. Aus ihrer Baseballkappe stand ein blonder Pferdeschwanz hervor. Ihr Gesicht war fein geschnitten. Sie trug Jeans und Laufschuhe sowie eine zu große Motorradlederjacke, die reichlich Platz für eine 9-Millimeter-Pistole samt Schulterhalfter bot.

»Officer Entell«, stellte Gonzales sie vor. »Sie macht hier tolle Arbeit.«

»Danke, Sir«, erwiderte Entell und sah an uns vorbei auf das Haus. »Gibt eigentlich nicht viel zu tun.«

»Das nennen wir eine ruhige Lage, Officer«, sagte Milo und stellte mich vor.

»Das Ziel ist ein Geistesgestörter?«

»Ein Geistesgestörter mit einer Waffe, wie ich schon sagte«, meinte Gonzales. »Sie glauben nicht, dass es Probleme geben wird. Es ist nur ein freundschaftlicher Besuch.«

»Aha«, meinte Sheila Entell. »So spät?«

»Das wird ihn unvorbereitet treffen, aber ich werde ihn jetzt gleich anrufen.«

Er rief an. Keine Reaktion. Er überprüfte die Nummer und versuchte es erneut.

»Vielleicht ist er auf der Toilette«, sagte Gonzales.

Wir näherten uns dem Haus. Die Nachbarhäuser in beiden Richtungen waren unbeleuchtet. Wochenenddomizile. Aus der Nähe konnte man erkennen, dass eines von Coreys Fenstern bunt flackerte. Der Fernseher im Wohnzimmer, wie Gonzales gesagt hatte.

Milo versuchte es ein drittes Mal, wieder vergeblich.

Gonzales wandte sich an Entell. »Sind Sie sicher, dass er da drin ist?«

»Sir, ich bin sicher. Ich habe die Frontseite nicht eine Sekunde aus den Augen gelassen, und ich kann mir kaum vorstellen, dass er vom Balkon gesprungen ist.«

»Er könnte wirklich auf der Toilette sein, Frank«, sagte Milo.

»Und meine Schwiegermutter könnte meine beste Freundin sein«, erwiderte Gonzales. »Also gut, versuchen wir's noch mal.«

Zwei weitere Versuche schlugen ebenfalls fehl.

»Ich werde zum Hafen hinuntergehen und sehen, ob ich ihn von der anderen Seite entdecke.« Ein Blick auf Entell.

»Ich bin sicher, dass er da ist, Sir«, wiederholte sie.

»Verdammt«, sagte Gonzales. »Vielleicht ist er doch vom Balkon gesprungen, vielleicht ist er einer von diesen – wie sagt man – Fassadenkletterern.« Er ließ sich pantomimisch an einem Seil herab und verzog dann das Gesicht. »Oder jemand hat mit einer Leiter geholfen.«

»Williams«, sagte Milo.

»Nach allem, was wir wissen, sind die zwei immer noch beste Kumpel.«

Gonzales zog seinen Reißverschluss auf und tätschelte seine Dienstwaffe, als wollte er sich vergewissern, dass sie noch da war. »Ich gehe hintenherum und überprüfe den Steg. Sheila, Sie übernehmen mit Lieutenant Sturgis zusammen den einfachen Teil.«

»Nämlich?«, fragte Entell.

»Die Eingangstür. Ich glaube nicht, dass jemand öffnen wird.«

Entell ging voraus, doch als wir uns Coreys Tür näherten, schob Milo sich vor sie und bedeutete mir zurückzubleiben. Er läutete mehrfach. Keine Reaktion. Er klopfte, zunehmend lauter und fester. Beim dritten Mal gab die Tür nach. Ein Lichtband zerschnitt die Dunkelheit klar und scharf wie ein Skalpell. Fernsehgeplapper drang durch den Spalt.

Eine laszive Frauenstimme warf mit Begriffen wie »Leistungssteigerung« und »Vergrößerung« um sich.

Milo trat zurück und nahm seine Glock heraus. Ein leises Klicken ertönte, als Sheila Entell ihre Waffe entsicherte.

»Bleib hier stehen, Alex«, sagte Milo zu mir und stieß die Tür mit dem Fuß etwas weiter auf. »Mr Corey? Hier ist Lieutenant Sturgis.«

Mehr Licht, mehr kehlige Verkaufsstrategie von der Frau im Fernseher. »*Wir lieben euch, Jungs, aber wir wollen euch größer …*«

Milo stieß die Tür noch weiter auf. Wartete ab. Öffnete sie so weit, dass er eintreten konnte. Er hielt Entell mit der erhobenen Hand zurück und ging mit vorgehaltener Waffe hinein.

Sekunden später hörten wir: »Verdammt.«

Richard Corey lag auf seinem Sofa, das Gesicht auf den Flachbildschirm gerichtet. Rechts von ihm eine Schüssel Popcorn, zu seinen Füßen fünf leere Bierflaschen, ordentlich aufgereiht.

Er trug einen grauen Frotteebademantel und sonst nichts.

Über seinen Schädel zog sich ein diagonal verlaufender Spalt. Der Hieb musste mit voller Wucht ausgeführt worden sein. Von jemandem, der hinter ihm stand.

Die Ränder des Spalts waren gezackt wie eine Krone und ließen rostrot-weiß gefleckte Gehirnmasse sehen.

Sein Mund stand weit offen. An den Stellen, wo seine Haut nicht mit geronnenem Blut bedeckt war, sah sie aus wie graues Plastik. Auf der Küchentheke lag ein schwarzer Teleskop-Gummiknüppel aus Polykarbonat, die Sorte, die bei der Polizei Schlagstock heißt und en gros eingekauft wird, mit getrocknetem Blut verschmiert. Die Waffe war akkurat auf ein Geschirrtuch gebettet, stolz präsentiert. Sofa und Teppich waren blutverschmiert, über die Zimmerdecke verteilten sich großflächige Spritzspuren. An manchen Stellen noch rot, an anderen bereits braun. Jackson Pollock im Blutrausch.

Die Frau im Fernsehen trug einen Bikini und ein Goldkettchen um die Hüften und deutete auf die Zeichnung eines Phallus in der Größe eines Kleinwagens. Das Organ war von Kanälen und Röhren durchzogen (»Liebeskanal«, »Freudentrog«), die in keinem Anatomiebuch zu finden waren.

»Männer, macht uns glücklich«, bat sie. *»Freundet euch an mit eurer wahren Größe.«*

Die Polizeibeamtin Sheila Entell schlug sich die Hand vor den Mund und machte leise Würgegeräusche. Ihr Gesicht hatte eine ungesunde Farbe angenommen. Ihre Hand mit der 9-Millimeter begann, unkontrolliert hin und her zu schwingen.

Milo legte eine Hand auf ihr Handgelenk und entwand ihr mit der anderen vorsichtig die Pistole. Sie wandte sich von der Leiche ab und fing an, rasch und flach zu atmen.

»Haben Sie Ihr Funkgerät dabei, Officer?«, fragte Milo.

Stummes Nicken.

»Rufen Sie Sergeant Gonzales.«

Entell griff unter ihre Lederjacke. Ihre Augen wanderten wieder zu dem Toten auf dem Sofa zurück. »Ist er das?«

»Das war Mr Corey.«

»Oh Gott! Ich habe ihn observiert, ohne ihn je wirklich zu sehen. Wie konnte das denn unter meinen Augen passieren?«

»Wahrscheinlich ist es schon vorher passiert«, sagte Milo. »So, wie er aussieht, liegt er da schon länger.«

»Aber wie?«, wiederholte sie.

»Der Nachbar«, sagte ich. »Wie sah der aus?«

36

Officer Sheila Entell hatte sich auf Richard Corey konzentriert. Dem Besucher, der das Haus verließ und wegfuhr, hatte sie wenig Aufmerksamkeit geschenkt.

Ihre vage Beschreibung war dennoch ausreichend – groß und dünn, eher jung. Und oh, ja, er habe eine Brille getragen, die Spiegelung der Gläser sei zu sehen gewesen.

»Wann genau ist er gefahren?«, wollte Milo wissen.

»Etwa eine Stunde, ehe Sie kamen. Entschuldigen Sie, dass ich Ihnen die genaue Zeit nicht sagen kann, vielleicht waren es auch nur fünfundvierzig Minuten. Ungefähr. Mehr weiß ich nicht, Sir. Er war der Nachbar.«

Wieder Vermutungen, die sich als falsch herausstellten.

Genau darum ging es.

»Erzählen Sie mir davon, wie er wegfuhr, Officer.«

»Er kam aus dem Haus, stieg in sein Auto und fuhr davon.«

»Haben Sie ihn am Steuer gesehen?«

Entell biss sich auf die Lippe. »Er ging zur Fahrerseite, Sir – habe ich jetzt alles vermasselt, weil ich nicht gut genug aufgepasst habe?«

»Nein, Officer, ich versuche nur, Fakten zu sammeln. Deshalb stelle ich Ihnen diese Fragen. Es ist nicht schlimm, wenn Sie sie nicht beantworten können. Wie war er angezogen?«

Entells Blick war leer. »Ich glaube, er trug eine Jacke – aber sicher bin ich da, ehrlich gesagt, nicht.«

»Farbe seiner Kleidung?«, fragte Milo. »Zu Fahndungszwecken.«

Entell schüttelte den Kopf.

»Irgendwas Auffälliges an ihm?«

»Nein, Sir, das ist es ja! Ich meine, ich hatte überhaupt keinen Anlass, ihn überhaupt zur Kenntnis zu nehmen. Ich habe ihn nicht einmal hineingehen sehen, das war Ottmar, und der hat nichts Ungewöhnliches erwähnt. Seit ich hier bin, ist nichts vorgefallen, ich meine, nichts deutete auf Ärger oder einen Kampf hin, Sir. Der Fernseher lief die ganze Zeit. Und als er herauskam und in sein Auto stieg, wirkte er ganz normal.«

»Inwiefern normal?«

»Nicht erregt, sah sich auch nicht um, als hätte er was angestellt, Sir. Er ist einfach weggefahren.«

Ihre Lippen bebten. Milo tätschelte ihr die Schulter. »Sie haben das gut gemacht. Machen Sie sich keine Vorwürfe.«

Frank Gonzales kam herein und betrachtete die Leiche. »Unser Mr Corey.«

»Genau der, Frank.«

»Tja, Scheiße. Okay, ich habe schon bei einem rechtschaffenen Richter einen Durchsuchungsbeschluss für den Tatort beantragt und alle notwendigen Maßnahmen eingeleitet.«

Sheila Entells Schultern hoben sich. »Sir, mir ist gerade etwas eingefallen. Ich habe ihn schon einmal gesehen, bevor er wegfuhr. Er kam aus Coreys Tür und hat etwas in sein Auto gepackt. Aber sonst, ganz normal, ich war wirklich nicht …«

»Was hat er denn ins Auto gepackt, Officer Entell?«

»Kisten, Säcke …« Ihr Körper spannte sich an. »Ich kann Ihnen auch noch mehr Einzelheiten geben! Das Auto. Erstens die Marke: ein grauer Corolla, da bin ich mir ganz sicher. Ich weiß auch noch die ersten Stellen des Kennzeichens, leider, leider nicht die ganze Nummer, aber vielleicht ist das ja auch schon hilfreich.«

Milo zog seinen Notizblock hervor. »Schießen Sie los.«

»Okay«, sagte sie und atmete tief durch. »Ich will ganz sichergehen, dass ich nichts Falsches erzähle … also … zuerst ein S, dann zweimal die Sieben. Nein, nein, falsch, genau umgekehrt. Entschuldigung, okay, so muss es heißen: zweimal die Sieben, dann das S.«

»Also, 77S, dann vier Stellen, die Sie nicht erkennen konnten«, fasste Milo zusammen.

»Ja, Sir. Dass ich mir die Siebener gemerkt habe, kommt nur daher, weil mein Großvater mal für eine Fernsehserie gearbeitet hat: *77 Sunset Strip*. Er war da Kameramann. Heute redet er immer noch davon, dass die Serien früher so viel besser waren als der ganze Mist heutzutage. Er hat außerdem für *Detektiv Rockford* Kamera geführt, aber egal, also, als ich das Kennzeichen sah, dachte ich, schau an, 77S, genau wie *77 Sunset.*«

»Gut gemacht, Sheila«, sagte Milo.

Sie sah ihn an. »Wirklich?«

»Wirklich. Erinnern Sie sich sonst noch an etwas?«

»Nein, Sir, wie gesagt, er trat in aller Ruhe aus dem Haus, und später fuhr er in aller Ruhe weg. Er sah die ganze Zeit über völlig normal aus.« Ihre Augen wanderten ganz kurz zu der Leiche. »Meinen Sie wirklich, er war es?«

»Das wissen wir nicht. Ist er allein gefahren?«

»Ich habe sonst niemanden gesehen.«

»Keine Frau.«

»Nicht während meiner Schicht, Sir, da war nur er. Brian und Ottmar haben auch keine Frau erwähnt. Aber vielleicht fanden sie es auch nicht erwähnenswert. Er war nur der Nachbar. Sie haben Corey observiert.«

»Könnten Sie das mal überprüfen, Frank?«, bat Milo.

Gonzales war schon am Telefon.

Der junge Polizeibeamte Brian Sweeney hatte niemanden kommen oder gehen sehen, auch nicht einen großen Mann mit Brille. Punkt.

Mit dem jungen Polizeibeamten Ottmar Buenavista sprach Gonzales länger. Als er auflegte, klang er verärgert.

»Ein Mann und eine Frau, sie jung, dunkelhaarig, möglicherweise lateinamerikanischer Herkunft, vielleicht aber auch eine brünette Weiße.« Gonzales runzelte die Stirn. »Mit ›Mörderfigur. Wie eine Tänzerin‹.«

Er schüttelte den Kopf. »Das hat er sich gemerkt.«

»Eine junge, attraktive Latina und Kollegin von Williams wird seit drei Tagen vermisst.«

»Na, großartig. Bonnie und Clyde oder eine Entführung?«

»So oder so sieht es für das Mädchen nicht gut aus. Williams hat es nicht so mit langfristigen Beziehungen.«

»Verdammt.« Gonzales zupfte an seinem Schnurrbart. »Fährt er einen Corolla?«

»Das einzige auf ihn zugelassene Fahrzeug, das wir haben, ist ein alter Ford-Transporter.«

»Dann gehört der Corolla vielleicht ihr?«

»Nein, sie fährt einen Lexus.«

»Vielleicht hat einer von beiden zwei Autos. Oder es ist gestohlen, oder die Kennzeichen sind falsch. Sehen wir zu, was wir rausfinden können.«

Unsere bruchstückhaften Informationen mit Automarken und -modellen abzugleichen hätte zu viel Zeit in Anspruch genommen, außerdem hätten wir bis zum nächsten Morgen warten müssen, wenn die Zulassungsstelle wieder geöffnet war und sich auf Frage-Antwort-Spiele einließ. Meredith Santos' Angaben dagegen waren sofort abrufbar. Milo ließ ihren Namen durch das System laufen.

Nur der Lexus.

»Wenn wir es in Oxnard mit Autodiebstahl zu tun haben, sollte ich mir mal die aktuellen Fälle anschauen«, bot Gonzales an.

»Kann ich unterdessen mit dem jungen Beamten sprechen, der sie gesehen hat?«, fragte Milo.

»Gern.« Gonzales wählte Buenavistas Nummer, reichte Milo sein Handy im Austausch für dessen Apparat, mit dem er einen Kollegen beim Raubdezernat in Oxnard anrief.

»Officer, hier ist Lieutenant Sturgis«, meldete sich Milo. »Ich arbeite mit Ihrem Sergeant zusammen und würde Sie gern ein paar Dinge fragen. Können Sie mir mehr zu der Frau sagen, die neben dem Observationsziel wohnt? … Davon hat mir Sergeant Gonzales berichtet. Sonst noch was? … Gut, beschreiben Sie jetzt bitte das Verhältnis zwischen dem Mann und der Frau … Was ich meine, ist, wie sie sich verhalten haben, wenn sie zusammen waren … Hat sie jemals den Eindruck gemacht, als wäre sie angespannt oder hätte Angst vor ihm? … Okay … Körperkontakt … aha, nur umarmt … gut, danke. Rufen Sie mich sofort an, wenn Ihnen noch etwas einfällt.«

Er legte auf. »Jetzt weiß ich außerdem, dass ihre Möpse so groß sind, dass sie wahrscheinlich falsch sind. Wir sollten es in Oben-ohne-Clubs versuchen.« Er lächelte. »Der Junge hat eine strahlende Zukunft als Sherlock Holmes vor sich.«

»Silikon«, sagte ich. »Das kannst du doch in die Fahndungsausschreibung aufnehmen.«

»Ein Busenwunder. Klingt das nach Santos? Ich kann nicht sagen, dass ich sie so genau studiert habe, aber mir ist nichts ins Auge gefallen. Sorry für die Formulierung.«

»Mir auch nicht. Aber sie war auch fürs Büro passend angezogen.«

»Kostüm und Perlenkette«, sagte er. »Frauen können das.«

»Was?«

»Sich tarnen.«

Ich sah zu Coreys Haus hinüber. »Männer auch.«

Gonzales kam zurück. »Keine gestohlenen Corollas, die passen würden, aber manchmal dauert es etwas, bis die Opfer Anzeige erstatten. Der Wagen kann also noch auftauchen. Hatte Buenavista noch etwas beizutragen?«

»Kein Anzeichen von Angst oder Anspannung bei der Frau«, sagte Milo.

»Bonnie wähnt sich bei Clyde noch in Sicherheit.«

»Dann helfe ihr Gott. Oder sie hängt mit drin. Santos' Chef hat uns erzählt, sie war die Letzte, die sich über Williams übergriffiges Verhalten beschwert hat. Das kann aber auch ein Trick gewesen sein.«

»Sie wissen doch, wie das mit Perversen ist«, sagte Gonzales, »sie fangen mit heimlichem Beobachten an, und manche gehen dann weiter. Aber warum sollte sie verschweigen, dass er sie belästigt hat?«

»Gute Frage – vielleicht hat sie Probleme, sie waren zusammen und trennten sich im Streit. Dass sie etwas miteinander anfingen, kann ich nachvollziehen. Sie arbeiteten monatelang zusammen, das ist viel Zeit, um Sympathie zu entwickeln. Als wir dort waren, habe ich aber keinerlei Knistern zwischen den beiden wahrgenommen. Du?«

Ich schüttelte den Kopf.

Nicht, dass ich darauf geachtet hätte.

Ich hatte mich von einem Psychopathen ablenken lassen.

Sheila Entell würde sich noch eine ganze Weile Vorwürfe machen, weil sie dachte, dass sie aus Unerfahrenheit gepatzt hatte. Doch davor ist niemand gefeit, weil wir von Natur aus das sehen, was wir sehen wollen, und uns jederzeit täuschen lassen.

Überlegen ist der, der Autorität ausübt.

Auf alle.

37

Zwanzig Minuten später rief der »rechtschaffene Richter« zurück und versprach, einen Durchsuchungsbeschluss für die andere Hälfte des Doppelhauses auszustellen. Ein sympathischer Jurist, wenn auch pedantisch: Am Telefon würde das nicht gehen, er müsse schon alles schriftlich haben, damit diese »Bürgerrechtler zufrieden sind, die in letzter Zeit ganz schön lästig geworden« seien.

Zum Teil kam diese Haltung sicher daher, dass wir ihn aus dem Bett geholt hatten. Unbedingt noch, ehe er aus dem Haus ginge. Er habe ein Fax, aber er würde nicht auf den Antrag warten.

Frank Gonzales eilte los, um auf seiner Wache anzurufen und den Prozess in Gang zu setzen.

Während wir vor dem Haus warteten, trafen nach und nach Fahrzeuge ein. Uniformierte Beamte, die Absperrbänder spannten und Wache standen, Kriminaltechniker, die ihre Ausrüstung ins Haus schleppten.

Als Letzte erschien die Pathologin, die den Eindruck machte, als könnte sie im Leben nichts mehr erschrecken. Sie untersuchte die Leiche kurz, kam zurück, sagte »Ziemlich offensichtlich« und gab sie für weitere Untersuchungen frei.

Augenblicke später trat ein Kollege von der Spurensicherung zu uns. »Okay, Sie können jetzt reinkommen.«

Milo und Gonzales kehrten an den Tatort zurück, während ich draußen wartete, als der berühmte Zivilist, der da eigentlich nichts verloren hat. Ich rief Robin an, um sie ins Bild zu setzen.

»Oh nein«, sagte sie. »Was war los?«

»Wir hatten recht mit unserer Annahme, dass Williams und Corey unter einer Decke stecken. Williams war sogar Coreys Nachbar und Mieter. Doch dann beschloss Williams, die Partnerschaft aufzulösen. Gründe dafür gibt es viele – Spuren verwischen, Spaß daran haben und vor allem mit Coreys Bargeld abzuhauen.«

»Vor den Augen der Polizei.«

»Das meine ich mit Spaß.«

»Was für ein Monster«, sagte sie. »Wann kommst du nach Hause?«

»Hängt von Milo ab, ich muss ihn mitnehmen. Kannst ruhig schon ins Bett gehen.«

»Das mach ich«, sagte sie. »Aber ich werde bestimmt noch nicht allzu fest schlafen.«

Zwanzig Minuten nachdem er Coreys Haus betreten hatte, kam Milo wieder heraus, eine Asservatentüte in der Hand, mit der er mich zu sich winkte. In der Tüte steckte eine Dollarnote mit Eselsohren.

Der Schein sah echt aus, aber durch Nebel hinter der Folie konnte man den Wert schlecht ablesen.

»Fass mal an«, forderte Milo mich auf.

Kalt. »Kühlschrank?«

»Klemmte hinter der Gemüseschublade. Ich hatte Glück, dass ein Zipfel herausstand.«

»Ein Ausreißer, der unbemerkt blieb. Aus dem großen Haufen, den Corey dort versteckte.«

»Und der natürlich nicht mehr da ist. Williams hat den Jackpot mitgenommen.« Er atmete aus. »Corey, der Schlaumeier, konnte ja kein Bankkonto oder Depot benutzen, weil er seit Ewigkeiten Steuern hinterzogen hat. So hat er seine Gelder buchstäblich eingefroren. Muss ganz schön Platz gebraucht haben. Da war bestimmt sonst nicht viel drin.«

»Hat für Essen nicht viel Sinn gehabt, der Mann.«

»Ja. Ich weiß.«

»Sonst noch was Neues zum Tathergang? Für mich sieht es aus wie ein Überraschungsangriff von hinten.«

»Von hinten oben – die Art des Schädelbruchs deutet auf einen kräftigen Schlag hin, das sollte beim ersten Versuch gleich klappen. Coreys Position lässt annehmen, dass er völlig entspannt und nichts ahnend auf der Couch fläzte.«

»Das nenne ich Nächstenliebe«, sagte ich. »Er bezahlt Williams dafür, dass er in seinem Auftrag Ursula erschießt, und lässt ihn auch noch nebenan mietfrei wohnen.«

»Das Ding ging jedenfalls gründlich daneben. Obwohl er wusste, dass Williams ein Mörder war, hat er ihn nebenan einziehen lassen, und der hat nichts Besseres zu tun, als ihn hinterrücks mit einem Schlagstock zu erledigen. Entell sagte, Williams trug eine Jacke. Er konnte die Tatwaffe leicht verbergen.«

»Interessante Waffenwahl übrigens«, meinte ich.

»Wie meinst du das?«

»Die Polizei benutzt Gummiknüppel.«

Er mahlte mit den Kiefern und strich sich schwungvoll eine Haarsträhne aus dem Gesicht. »Corey war intelligent genug, um ein Vermögen zu machen. Was um alles in der Welt hat ihn da geritten?«

Seine Augen wanderten zu Frank Gonzales, der ein paar

Meter entfernt stand und telefonierte. »Verdammte Durchsuchungsbeschlüsse. Wenn es nach mir ginge, würde ich einfach nebenan reingehen. Williams wurde mit einer weiblichen Person gesehen. Niemand hat beobachtet, wie sie das Haus verließ. Wenn das nicht Grund genug ist, weiß ich es auch nicht.«

Gonzales sah, wie er missmutig das Gesicht verzog, und hielt einen Finger hoch. Milo zog eine Panatela heraus, zündete sie an und ging dann nervös rauchend auf und ab, bis Gonzales vierzehn Minuten später sagte: »Okay, die Beschlüsse sind auf der Wache angekommen.«

Wir folgten ihm zu dem Haus, wo John Jensen Williams mutmaßlich mit einer jungen, dunkelhaarigen Frau mit großer Oberweite gewohnt hatte. Milo senkte den Kopf zum Angriff, während er sich redlich bemühte, nicht die Führung zu übernehmen.

Gonzales klopfte der Form halber an der Tür, rief »Polizei, öffnen Sie!« und schickte dann, als darauf keine Reaktion folgte, einen Beamten los, um einen Rammbock zu holen.

Es dauerte nicht lang, das Haus zu durchsuchen. Es war niemand drinnen, weder tot noch lebendig, die Möblierung bestand aus zwei Futons, einem Klapptisch und zwei Klappstühlen.

Chemiegeruch deutete darauf hin, dass erst kürzlich ein Großputz stattgefunden hatte.

Die Einbauschränke enthielten keine Kleidung. Es gab keinerlei Hinweise auf Bewohner, bis Milo sich die Gummihandschuhe überstreifte und die Küche unter die Lupe nahm.

Der Kühlschrank war bis zum Rand voll mit Lebensmitteln.

In Folie gewickelte Kobe-Steaks, Enten und Kalbsbries. Ebenso verpackt eine Gans und zwei zerlegte Wachteln sowie drei Packungen Wildhack. Alle Etiketten stammten von einem Yuppie-Markt in Brentwood, der seiner öko-gläubigen Kundschaft Wucherpreise abknöpfte.

Die Produkte in diesem Kühlschrank hatten allerdings längst höchst ungesunde biochemische Prozesse durchgemacht. Die Gans hatte sich so lange nicht bewegt, dass ihr Fleisch schon anfing zu verrotten. Die untere Schublade mit Obst und Gemüse verströmte intensiv faulen Geruch. Unbeschadet waren eine Flasche Laurent-Perrier Brut Champagne und ein Sechserpack »Bio-Gourmet«-Wasser von irgendeiner unbekannten Insel im Südpazifik.

»Sieht aus, als hätte jemand hier ein größeres Fest geplant.«

»Das glaube ich nicht«, widersprach ich.

»Warum nicht?«

»Er wusste, dass er ausziehen würde. Das hier ist nur als Werbung gedacht.«

»Als Werbung? Wofür?«

»Für den Mann mit gehobenem Geschmack, der er ist.«

Ein Puzzleteil fehlte uns noch: Wie konnte die Frau, die Streifenpolizist Buenavista mit Williams gesehen hatte, unbemerkt verschwinden? Ein dritter Anruf, diesmal wieder von Gonzales, förderte eine Erklärung zutage, die so banal war, dass er kopfschüttelnd die Faust in seine Handfläche schlug.

»Anfänger«, murmelte er verächtlich. »»Ach, richtig, Sergeant. Sie ist in einem anderen Wagen weggefahren. Genau genommen war es ein Transporter.‹«

»Williams' Ford«, sagte Milo.

»Sie haben die Autos getauscht … oder der Corolla war gestohlen, und Williams hat sie den Ford fahren lassen, damit er den Corolla entsorgen konnte.«

»Klingt logisch, Frank.«

»Verdammt … immerhin hat es das Mädchen lebend herausgeschafft.«

»Ich würde noch keine Wetten auf sie abschließen.«

»Das sicher nicht«, sagte Gonzales. »Er hat Corey aus dem Hinterhalt erledigt, wahrscheinlich hat er das Gleiche mit ihr vor. Sie sagten, die junge Frau war früher bei der Army?«

»Ja.«

»Dann sollten ihre Instinkte doch geschult sein.«

»Er weiß mit Frauen umzugehen. Du weißt ja: Liebe geht durch den Magen.«

»Er kocht für sie?«

»Er deckt für ein Candlelight-Dinner«, sagte Milo. »Und dann bläst er die Lichter aus.«

»Wie clever«, erwiderte Gonzales. »Zu kochen, meine ich. Ich hatte mal eine Freundin, die war schon hin und weg, weil ich ihr simple Tostadas machte.«

Sein Lächeln unter dem Schnurrbart weitete sich. »Meine Frau ist da anders. Die lässt sich nicht blenden. Die hat Geschmack.«

Nachdem die Spurensicherung beendet und die Leiche abtransportiert war, kehrte in der Straße wieder Ruhe ein. Kein Nachbar war gekommen, nicht einmal ein Licht war angegangen.

Kurz vor Mitternacht sagte Milo gähnend: »Machen wir, dass wir hier wegkommen.«

Ich gab mir Mühe, die achtzig Kilometer zurück nach Los Angeles so schnell wie möglich zu überwinden. Nach einem Kilometer waren Milos Augen geschlossen, nach zwei Kilometern fing er an zu schnarchen.

Schwer zu sagen, ob er trotz Unheil und Frust einfach nur verblüffend entspannt blieb oder ob er sich dem allen durch Schlaf zu entziehen versuchte. Jedenfalls bildete er einen gleichmäßig donnernden Soundtrack, der nur hin und wieder von Keuchen und kindlichen Quietschern unterbrochen wurde.

Auch der Klingelton meines Handys schreckte ihn nicht auf.

Es war mein Telefonservice. Ich aktivierte den Autolautsprecher.

Die Telefonistin sagte: »Oh, Doktor, ich habe gar nicht damit gerechnet, dass Sie abnehmen. Ich wollte Ihnen auf Band sprechen, damit Sie es morgen früh abhören können.«

»Sie können es mir aber auch jetzt sagen.«

»Die Polizei hat angerufen«, fuhr sie fort. »Ich weiß, Sie arbeiten mit denen, aber es war nicht der Lieutenant, der sich sonst immer meldet. Der Anrufer meinte, es sei kein Notfall.«

»Wie war sein Name?«

»Moment … ein Detective Bamburger. Wie Hamburger, nur mit ›B‹. Von der Valley Division.«

Ich bedankte mich, stellte wieder auf manuell um und wählte die Nummer.

»Bamburger, Mordkommission.«

»Hier ist Alex Delaware.«

»Wer? Oh. Hätte nicht gedacht, dass Sie so rasch zurückrufen, Mr Delaware.«

»Was kann ich für Sie tun?«

»Oh«, sagte Bamburger. »Hier steht Ph. D. – das ist ein Doktortitel, stimmt's? Also, Verzeihung, *Doktor* Delaware. Also, ich habe angerufen, weil ich hier Ihre Visitenkarte vor mir liegen habe. Sie wurde an einem Tatort gefunden, und ich wollte gern ein paar Dinge mit Ihnen klären.«

»Wer wurde ermordet?«

Kurze Pause. »Hier steht, Sie seien Psychologe.«

»Das bin ich auch. Ich bin aber auch als Berater für die Polizei von Los Angeles tätig und arbeite zufällig an einer Mordserie mit Lieutenant Milo Sturgis von der West Los Angeles Division. Er sitzt hier unmittelbar neben mir, wenn Sie mit ihm sprechen möchten …«

»Wissen Sie was«, sagte Bamburger. »Das klingt nach einer guten Idee.«

Ich stupste Milos Arm an. Er schnarchte, schnappte nach Luft und drehte den Kopf zur Beifahrertür. Bei einem zweiten, festeren Stoß fingen seine Lider an zu flattern. »Hm?«

Ich ließ ihm einen Moment Zeit zum Wachwerden, dann erzählte ich ihm von Bamburger.

»Kenn ich nicht …«, sagte er und fügte dann hinzu: »Was zum …«

Er setzte sich auf und griff zum Telefon. »Sturgis.«

Er hörte Bamburger zu und wandte sich dann an mich. »Kennst du jemanden namens Alvin Brown?«

»Nein.«

»Er sagt Nein.« Wieder zu mir: »Männlich, schwarz, einunddreißig, führt ein Tattoostudio in North Hollywood ... oh nein.«

Jetzt schrillten auch bei mir die Alarmglocken. »Heißt das Studio *Zanzibar*?«

Milo bestätigte.

»Ach du Scheiße, dann ja«, sagte ich. »Brown nannte sich Tigretto. Er hat Frankie DiMargio tätowiert. Und Williams war dabei.«

Milo sprach wieder in das Handy. »Das werden Sie jetzt nicht für möglich halten, Lloyd.«

Das Telefonat der Kollegen nahm einen beträchtlichen Teil der Rückfahrt in Anspruch, und ich wechselte bereits auf den Freeway 405, als Milo mir das Handy zurückgab.

»Wann wurde Brown nach Ansicht deines Kollegen erschossen?«

»Irgendwann im Verlauf der letzten Nacht. Williams ist einfach reinspaziert, ohne sich um die Überwachungskameras zu scheren, und hat sein Ding durchgezogen.«

»Ich habe nicht auf die Öffnungszeiten geachtet, als ich dort war. Hat der Laden so lange offen?«

»Offiziell schließt er um sieben. Sieht so aus, als wäre Mr Brown nach Ladenschluss noch mal zurückgekommen, um eine Tätowierung zu machen, und büßte das mit einer Kugel im Hinterkopf. Auf den ersten Blick ein Überfall, der aus dem Ruder lief, denn die Kasse war ausgeräumt. Doch Bamburger hatte gleich Zweifel – wer würde denn in so einer Gegend über Nacht die Tageseinnahmen in der Kasse lassen? Der Tatort wirkte inszeniert – ein paar Schubladen waren aufgezogen, aber nicht durchwühlt, außerdem lagen ein pralles Tütchen Gras und ein paar Pillen herum. Tathergang: Das Opfer wurde mit einem Schuss von hinten erledigt – eine Hinrichtung ohne Vorankündigung. Kommt dir das bekannt vor?«

»Brown kannte Williams und wusste, dass er gefährlich ist. Er hatte mir versprochen, dass er sich meldet, sollte Williams wieder auftauchen.«

»Dann hat Williams den Termin unter einem anderen Namen ausgemacht. Vielleicht hat das auch seine großbusige Freundin übernommen. Sie kommt rein, setzt sich auf den Stuhl, dann erscheint Romeo und bumm.«

Mein Magen verkrampfte sich. »Ich hoffe, Brown wurde nicht wegen meiner Visitenkarte getötet.«

»Wenn das der Fall wäre, hätte man sie nicht in seiner Hosentasche entdeckt. Williams und seine Gespielin haben sich auf den Mord und die Inszenierung konzentriert. Sie hatten keinen Anlass, ihr Opfer zu durchsuchen.«

»Wozu überhaupt noch ein Opfer?«

»Dasselbe wie bei Corey«, sagte er. »Aufräumarbeiten. Sie planen, sich abzusetzen.«

»Ob Brown noch dazugekommen ist zu stechen?«, überlegte ich. »Wenn man unter der Haut von einem der beiden Tinte finden würde, könnte man das mit einer blutigen Schablone vergleichen und hätte damit einen schönen Beweis.«

Er rief Bamburger noch einmal an und bekam sofort eine Antwort.

»Eine Schablone lag auf dem Stuhl, aber keine Spur von blutigen Tüchern oder Tintenflaschen. Sieht also so aus, als wäre es nicht mehr so weit gekommen. Und rate mal, was das Motiv war: ein Mini-Füllhorn, aus dem Glitzersternchen, Blümchen und anderes Grünzeug herausquillt, wie für ein kleines Mädchen.«

»Ein Füllhorn? Also schon wieder kulinarische Kunst«, sagte ich. »Er hat überlegt, seine neue Freundin zu brandmarken, beschließt dann aber, das Risiko nicht einzugehen. Den Ausführenden tötet er trotzdem.«

Es fiel uns beiden schwer, Williams' Freundin als Meredith Santos zu identifizieren. Sie hatte ihrem Land gedient und war, nach allem, was wir wussten, eine tolle Frau.

Aber man konnte eben nicht immer seinem Instinkt vertrauen.

Ich fuhr weiter, die Hände fest um das Lenkrad gekrallt.

Milo starrte durch die Windschutzscheibe und verstummte, schlief aber nicht wieder ein. Als ich vor der Polizeistation in West Los Angeles hielt, stieg er ohne ein Wort aus.

38

Ich schlief schlecht und sah dem Sonnenaufgang zu, während mein Hirn zwischen Rastlosigkeit und Erschöpfung hin und her zappte.

John Jensen Williams. Er konnte überall sein. Und nirgends.

Zu meiner spontanen gedrückten Stimmungslage gesellte sich jetzt auch noch ein Gefühl des Versagens.

Als ich um elf Uhr in Milos Büro trat, hob er zur Begrüßung kurz zwei Finger und fuhr dann fort zu tippen.

Auf dem Bildschirm hatte er die nationale Kriminalitätsdatenbank des FBI, eine Auflistung aktueller Kapitalverbrechen. Er ließ Meredith Santos durch das gesamte System laufen, ohne zu wissen, ob sie Opfer, Täter oder beides war.

Hochdekorierte Army-Veteranin. Verwaltungsaufgaben. Sie hatte für Nachschub gesorgt, auf einer Militärbasis in der Nähe von Fallujah, Afghanistan, mitten im Kampfgebiet.

Vor drei Jahren in allen Ehren entlassen. Kein Fleck auf der weißen Weste.

Neben dem Computer stand eine fettverschmierte Schachtel. »Lust auf Brunch?«

»Nein, danke.«

Er stärkte sich mit einem Krapfen, einem Donut und einer Bärentatze. Dann wischte er sich das Kinn und verkündete: »Und jetzt zum spaßigen Teil des Tages«, und rief das Ehepaar Santos in Arizona an.

Die Mutter nahm ab. »Hier ist noch mal Lieutenant Sturgis aus Los Angeles.« Er bemühte sich vergeblich, der Frau keine Angst zu machen. Als er schließlich John Jensen Williams' Namen erwähnte, sagte sie: »Nie gehört, Sir.« Dann ein Keuchen. Tränen.

Eine andere Stimme meldete sich, scharf wie ein Teppichmesser. US-Captain außer Dienst Henry Santos nahm seiner Frau den Hörer ab. »Wie lautet der Name?«, bellte er.

Milo wiederholte, was er gesagt hatte. »Er könnte sich auch JJ oder Jens …«

»Negativ in allen Belangen. Der Familie nicht bekannt. Sie sagen, er hat Merry etwas angetan?«

»Das wissen wir nicht, Sir.«

»Aber Sie vermuten es, sonst hätten Sie uns nicht angerufen.«

»Wir sind nicht sicher, aber es wäre möglich, Captain Santos.«

»Das ist absurd, Sir. Ich habe dem Mädchen beigebracht, sich zu verteidigen. Sie kann auf sich aufpassen.«

Ich dachte: Kampfkunst gegen einen Schwarzen Gürtel in Psychopathie? Versprich dir da mal nicht zu viel.

»Soweit wir wissen, ist ihr bislang nichts …«

»Das wird böse enden«, sagte Henry Santos. »Ich habe so ein Gefühl.«

Die Fahrzeugfahndung nach Ford-Transporter, Corolla und Lexus hatte bislang nichts ergeben.

»Ich frage mich«, sagte Milo, »ob die Corey-Mädchen wussten, dass Williams nebenan wohnte. Vielleicht können sie die Frau identifizieren … Ich weiß, weit hergeholt, aber einen Versuch ist es wert.«

Die Schwestern hatten aufgehört, ihre Kreditkarten zu benutzen.

»Wenn sie bei Verwandten in Kanada untergekommen sind«, sagte ich, »kannst du vielleicht herausfinden, wer das ist. Wie lautete Ursulas Mädchenname?«

Er blätterte durch die Corey-Akte und schüttelte den Kopf. »Das hältst du nicht für möglich. Auf ihrem Führerschein steht als zweiter Vorname: Gladys.« Er loggte sich in die Datenbank der County-Finanzbehörde ein. Nichts.

»Darf ich?«, fragte ich.

»Was?«

»Ans Keyboard.«

Dass ein Zivilist einen Polizeicomputer benutzt, ist absolut tabu. Doch wenn Milo und ich zusammenarbeiten, übertreten wir wahrscheinlich jeden Tag ein Dutzend Regeln.

Ich begab mich ohne Umweg auf die Datenautobahn und tippte ein: *Ursula Gladys Britisch Diplomat*, in der Hoffnung, dass die Kombination von Schlüsselwörtern die Zahl der Treffer begrenzen würde.

Bingo.

Ein einziger Treffer – ein elf Jahre alter Nachruf aus der Londoner *Times*.

Lionel P. L. Overland, pensionierter Beamter des diplomatischen Dienstes mit Einsätzen in Bangkok, Singapur und Hongkong, war nach langer Krankheit verstorben.

Eton, Cambridge, London University, treuer Dienst an der Krone und so weiter. Lebensabend versüßt durch seine Liebe zu Orchideen, die er aus dem Fernen Osten mitgebracht hatte.

Im Tode vereint mit seiner Frau Gladys Mae hinterlässt er sein einziges Kind, Ursula Gladys Corey.

Ursula Overland in Kombination mit *Bangkok* und *Singapur* ergab keine Treffer. *Hongkong* jedoch führte zu der Website von Gilbert Overland, Ltd.

Ein Edel-Antiquitätengeschäft im Ocean Terminal, Kowloon.

Die Insel war Los Angeles um sechzehn Stunden voraus, sodass es dort jetzt kurz nach acht Uhr morgens war. Ich schrieb eine E-Mail.

Sekunden später hatte ich bereits eine Antwort.

Gilbert Overland, der Inhaber, schrieb überrascht, aber ohne Scheu:

Die Polizei von Los Angeles? Geht es um Ursulas Ermordung?

Ja.

Schrecklich. Kann es immer noch nicht fassen.

Woher wissen Sie davon?

Ihr Exmann hat mir berichtet.

Sie sind ihr Cousin?

Ja.

Hatten Sie regelmäßig Kontakt?

Wenn sie in HK war, hat sie mich immer besucht. Warum schreiben Sie mir?

Wir versuchen, weitere Verwandte zu finden.

Es gibt keine, U und ich sind beide Einzelkinder. Die Overlands hatten es nicht so mit Kindern. Warum fragen Sie nicht einfach Richard?

Er wusste nichts von weiteren Verwandten.

Tja, da hatte er recht.

Keine Familie in Kanada?

Nein. Warum?

Brauchen Information.

Das beantwortet nicht die Frage, Mr Sturgis.

Im Augenblick gibt es mehr Fragen als Antworten.

Verstehe. Wissen Sie etwas über die Scheidung? Viel böses Blut.

Ursula hat Ihnen davon erzählt.

Häufig, ja. Vor allem bei ihrem letzten Besuch.

Wann war das?

Vor einem Jahr. Was halten Sie von ihm? Richard?

Ich sah Milo an.

Er schrieb:

Interessanter Typ.

Ursula ließ kein gutes Haar an ihm.

Ich meldete mich vom Computer ab.

»Guter Versuch«, sagte er. »Zumindest wissen wir jetzt, dass wir nicht weiter nach Verwandten zu suchen brauchen. Dann vielleicht nach einem Studienkollegen.«

Er rief Laura Smith an und fragte nach Freunden in anderen Städten. Mit erschöpfter Stimme sagte sie: »Nein. Die wohnen alle hier in der Nähe.«

»Danke nochmals, Laura. Haben Sie inzwischen von den beiden etwas gehört?«

»Hm-hm.« Gähn. *Klick.*

»Wenn die Angst groß genug ist, wenden sie sich vielleicht eher an einen Erwachsenen.«

»An eine Freundin von Mommy«, sagte er.

»Die einzige, die wir kennen, ist Phyllis Tranh.«

»Sofern sie nach ihrer Affäre mit Richard noch als Freundin durchgeht.«

»Kann mir nicht vorstellen, dass das etwas geändert hat«, sagte ich.

»Warum nicht?«

»Erstens hat das Techtelmechtel nicht lange gedauert. Vor allem aber war Ursula sowieso froh, dass Richard beschäftigt war.«

Phyllis Tranh zu googeln ergab den Handelsregistereintrag für Diamond Products & Sundries, Inc., ein stattliches Unternehmen mit Sitz in Kalifornien und Zweigstellen in Las Vegas und New Jersey.

Außerdem einem »Warenlager« in Vancouver.

»Klingt logisch«, sagte ich. »Import-Export mit dem Fernen Osten.«

Milo wählte Albert Tranhs Telefonnummer in Beverly Hills.

»Da müssen Sie mit meiner Tochter selbst sprechen«, sagte er.

»Bitte, Sir, wenn Sie irgendetwas über den Verbleib der Mädchen wissen, müssen Sie mir das mitteilen.«

»Selbstverständlich, Lieutenant.«

»Sie haben ein Warenlager in Vancouver. Haben Sie dort auch ein Domizil?«

»Nein.«

»Phyllis?«

»Meine Tochter ist eine erwachsene Frau, ich schnüffele nicht in ihren persönlichen Angelegenheiten.«

»Wo kann ich Ihre Tochter erreichen?«

»Sie ist verreist.«

»Wohin, Mr Tranh?«

»Das muss ich nachsehen.«

»Sie wissen es nicht?«

Stille. »Wie gesagt, Phyllis ist erwachsen, und sie ist extrem aktiv und viel unterwegs.«

»Reist sie allein?«

»Im Allgemeinen schon.«

»Ich werde Ihnen jetzt eine direkte Frage stellen, Sir, und Sie müssen mir wahrheitsgemäß antworten: Wissen Sie, wo die Corey-Mädchen sind?«

»Nein, Lieutenant.«

»Es ist wichtig, dass ich die beiden erreiche, Mr Tranh.«

»Darf ich fragen, warum?«

»Ihr Leben hat erneut eine unschöne Wendung genommen. Ihr Vater wurde kürzlich ermordet.«

»Tatsächlich«, entgegnete Albert Tranh. »Von wem?« Seine Stimme verriet kein Gefühl.

»Unbekannt, Sir.«

»Ich hoffe, das wird noch bekannt. Guten Tag, Lieutenant.«

Milo blickte auf das Telefon. »Klang ja schwer betroffen, der Gute, was?«

»Ruhe in Unfrieden«, bemerkte ich.

»Corey war nicht gerade beliebt. Es ist, wie wenn man mit jemandem Schluss macht, und plötzlich hört man von allen Seiten, was derjenige für ein Blödmann war.«

Er rollte von seinem Schreibtisch zurück und streckte die

Beine von sich. »Zumindest sind die Mädchen außer Gefahr, seit ihr Vater tot ist. Falls Tranh etwas weiß, kommen sie vielleicht zurück, nachdem ich ihn ins Bild gesetzt habe.« Er setzte sich auf. »Williams wird es doch nicht auf sie abgesehen haben, oder?«

»Es sei denn, sie haben etwas gesehen oder gehört.«

»Zum Beispiel?«

»Williams in Coreys Haus. Ein Gespräch zwischen den beiden. Wenn ich so darüber nachdenke – wenn Richard den Verdacht hatte, dass sie von seinem Deal mit Williams wussten, dann könnte das erklären, warum er ihnen gedroht hat.«

»Du meinst, es war mehr als nur ihr aufsässiges Benehmen? Aber warum richtet er die Waffe auf sie? Wenn ich jemanden unter Kontrolle bringen will, versuche ich doch, ihn in Sicherheit zu wiegen. So wie unser Bösewicht das macht.«

»Du bist ja auch vernunftbegabt«, sagte ich, »und Williams ist ein Psychopath mit viel Erfahrung. Doch Richard war ein sozialer Trampel. Die geringe Menschenkenntnis, die er hatte, war durch Angst und Wut ausgeschaltet.«

Er schüttelte die Gebäckschachtel, und die Krümel raschelten. »Also gut, dann lassen wir die Mädels in Ruhe, bis Williams aus dem Verkehr gezogen ist. Was hoffentlich noch in diesem Jahrtausend passiert.«

Er ließ seine Fingerknöchel knacken. »Der Scheißkerl könnte überall sein ... Du hast recht, der Kick treibt ihn an. Wenn es ihm nur um Geld ginge, das hätte er mit Leichtigkeit ausspionieren und damit verschwinden können. Fällt dir sonst noch was zu seiner Psyche ein?«

»Es ist wie bei vielen Psychopathen. Er hält sich für einzigartig, ist aber in Wahrheit eine Luftnummer mit grandioser Selbstüberschätzung. Wäre er imstande, tatsächlich etwas zu leisten und zum Erfolg zu bringen? Sicherlich. Aber dazu wird es nie kommen, weil er glaubt, dass er den Applaus auch so verdient, einfach dafür, dass er Mr Wonderful ist. Wie bei den meisten Psychopathen spielen Angstzustände keine große Rolle in seinem Leben, dennoch ist er nicht immun gegen Anspannung. Hin und wieder – immer wenn ihm auffällt, dass zwischen seinen hochgesteckten Zielen und der Wirklichkeit eine Riesenlücke klafft – wird sie unerträglich.«

»Und er ist beständig auf der Suche nach Sklaven.«

»Nach jemandem, den er als unterlegen betrachtet, sodass er sich überlegen fühlen kann. Er verfolgt, verführt, bindet und kontrolliert – und wenn der Kick nachlässt, zerstört er. Anders als bei manchen Serienmördern ist er nicht an ein festes Muster gebunden. Er tötet auch für Geld, oder um jemandem einen Gefallen zu tun.«

»Ein wahrer Tausendsassa«, sagte Milo. »Meredith Santos erscheint mir nicht unbedingt als Sklavin geeignet, aber wer weiß?«

»Falls wir sie jemals finden, werden wir das sehen.«

»Falls?«, sagte er. »Wo bleibt dein Optimismus?«

Ich erwiderte nichts.

Er runzelte die Stirn. »Dachte mir, dass du das sagen würdest.«

Wir traten aus dem Gebäude und gingen den Gehsteig entlang. Keiner von uns sprach ein Wort.

Die frische Luft trug nichts dazu bei, meine Gedanken zu klären, und Milos Miene verriet, dass es ihm auch nicht anders ging. Auf dem Rückweg sagte er: »Dieser Fall, immer geht es ums Essen, mein ganzer Verdauungstrakt ist im Eimer. Ich darf gar nicht an Mittagessen denken.«

Vor einer Stunde passten noch drei Gebäckstücke rein.

»Die Zeit heilt alle Wunden«, erwiderte ich.

39

Auf dem Weg durchs Treppenhaus zurück in Milos Büro sagte er: »Du hast wie immer recht.«

»Womit?«

Er fasste an seine Gürtelschnalle. »Ich kann mir vorstellen, dass es mir in zwei Stunden schon wieder besser geht. Sagen wir, italienisch.«

Er nahm sich viel Zeit, um gründlich zu überprüfen, ob die Fahndung an alle Flughäfen der Stadt gegangen war: LAX, Burbank und John Wayne. Dann rief Frank Gonzales an.

»Unsere Spurensicherer haben Sperma und alles Mögliche andere aus den Futons in Williams' Haus mitgebracht, es gibt also jede Menge DNA. Waffen wurden keine gefunden, auch nicht bei Corey zu Hause. Die Waffe, die die Mädchen erwähnt haben, ist nicht mehr da, ich nehme an, Williams hat sie mitgenommen.«

»So sehe ich das auch«, sagte Milo.

»Zu schade, dass sie sie nicht beschreiben können, dann wüssten wir, wonach wir suchen sollen.«

»Kommt ja vielleicht noch.«

»Nicht, dass Corey diese Waffe sonst benutzt hätte. Klingt total krank, sie auf seine eigenen Kinder zu richten.«

»Er war nicht gerade ein Paradebeispiel für geistige Gesundheit, Frank.«

»Gibt es was Neues von dem Kollegen aus dem Valley über den Tattoo-Künstler?«

»Noch nicht.«

»Ich habe die letzten Polizeimeldungen überprüft, bevor ich Sie anrief. Immer noch nichts.«

»Ich weiß, Frank.«

»Ich langweile Sie«, sagte Gonzales. »Ich langweile mich selbst.«

Milo wählte Lloyd Bamburgers Nummer.

»Hey, ich wollte Sie gerade anrufen«, sagte der Detective aus dem Valley. »Die Kugel aus Mr Browns Kopf ist Kaliber 9 mm. Passt das zu Ihren Funden?«

»Bei Corey war es .25, doch es könnte zu DiMargio passen.«

»Browns Munition ist im Labor, wo ist die von DiMargio?«

»In der Pathologie; ich werde sie rüberschicken lassen.«

»Haben Sie schon etwas von den Fahndungen gehört? Ich hatte keine Zeit nachzusehen, aber ich nehme an, da ist nichts.«

»Ganz richtig, Lloyd.«

»Wenn Sie was finden, geben Sie mir gewiss Bescheid.«

»Sie gehören zu den Ersten, die es erfahren«, versprach Milo.

»Wer denn noch?«

»Na ja, ich dachte, ich rufe vorher meine Familie in Indiana an. Damit die wissen, dass ich wirklich eine Arbeit habe.«

Bamburger lachte und legte auf.

Den Hörer in der Hand rieb sich Milo die Augen, dann

das ganze Gesicht, um schließlich mit einer frischen Zigarre zu spielen.

»Mir fällt gerade etwas ein«, sagte ich. »Williams ist dabei, Tabula rasa zu machen. Wir müssen Kleffer warnen.«

Die Zigarre zerbrach in seinen Fingern. Er warf sie in den Abfalleimer. »Der hasst den Typ derart, dass er ihm die Freundin erst ausspannt und sie dann umlegt … oh Mann.«

Bei Kleffer zu Hause nahm niemand ab. Ein Anruf bei *Beppo Bippo* wurde von einem übereifrigen Restaurantmanager beantwortet.

»Der Koch ist in der Küche.«

»Sagen Sie dem Koch, dass Lieutenant Sturgis mit ihm reden muss.«

»Das ist nicht möglich …«

»Dann machen Sie es möglich.«

Die Warteschleife strapazierte unsere Nerven mit einem Technoloop aus zwei Takten, die sich in stupider Regelmäßigkeit wiederholten.

Dann ertönte wieder die Stimme des Schnösels. »Er macht ein Miesmuschel-*Soufflé*, das ist eine *heikle Angelegenheit*, da darf er nicht unterbrochen werden.«

»Und wenn sein Leben in Gefahr ist? Wäre das auch eine heikle Angelegenheit?«

Geräusche im Hintergrund. Eine kurze Pause. »Haben Sie etwas gesagt, Sir?«

»Vergessen Sie's.«

»Ich habe ihm Ihre Nachricht ausgerichtet, Sir. Er sagte, es sei ihm egal.«

Milo starrte auf sein Handy.

»Es geht ums Überleben, aber vor allem geht es um das Miesmuschel-Soufflé.«

Er brach in schallendes Gelächter aus und zuckte immer noch belustigt, als er Waffe, Autoschlüssel und Funkgerät zusammensuchte.

»Wohin?«, fragte ich.

»Der Idiot verdient es eigentlich nicht, aber was soll's.«

40

Wir fuhren an dem Restaurant vorbei und kreuzten durch die Nachbarschaft, auf der Suche nach J. J. Williams' Ford-Transporter, den auf Meredith Santos zugelassenen Lexus oder einen grauen Toyota Corolla mit »77S« im Kennzeichen, Besitzer unbekannt.

Bei der vierten Runde meldete sich Frank Gonzales noch einmal am Telefon und klärte zumindest einen Teil des Autorätsels auf.

»Der Toyota wurde gerade als gestohlen gemeldet. Eine Frau hat ihn vor einem Fischrestaurant im Hafen von Ventura geparkt. Sie ging rein, um sich etwas zum Mitnehmen zu besorgen, und ließ den Schlüssel stecken.«

»Schon wieder geht es ums Essen«, sagte Milo. »Haben Sie schon mal Miesmuschel-Soufflé gegessen, Frank?«

»Klingt eklig«, meinte Gonzales. »Ich habe aber auch eine Allergie gegen Meeresfrüchte.«

»Williams hat also die Autos getauscht, aber von seinem Transporter ist weit und breit nichts zu sehen.«

»Noch nicht, die Kollegen in Ventura überprüfen noch den Hafen und fragen in Touristenläden nach. Da ist gerade Whale-Watching-Saison, vielleicht ist der Scheißkerl auf ein Boot und irgendwo anders wieder an Land gegangen, auf Nimmerwiedersehen.«

»Na, hoffentlich nicht, Captain Ahab.«

»Nicht Captain Ahab«, verbesserte Gonzales. »Wenn schon *Moby Dick*, dann bin ich Ishmael. Der Gute.«

Ich kreiste drei weitere Male. Zufrieden darüber, dass keines der Fahrzeuge in der Nähe parkte, ließ mich Milo einen Block nördlich der Melrose Avenue rechts ranfahren.

Er löste seinen Gurt. »Also schön, liebe Fans von National Geographic, jetzt wollen wir mal die Welt der kulinarischen Köstlichkeiten erforschen.«

»Vielleicht sollte ich lieber allein reingehen«, schlug ich vor.

»Warum?«

»Williams kennt uns zwar beide, aber ich könnte mich allein leichter unbemerkt hineinschleichen.«

»Du meinst, Williams ist da drin?«

»Ich meine, nur für alle Fälle.«

»Warum meinst du, es wäre für dich allein leichter?«

»Ich sehe nicht aus wie ein Cop.«

Er musterte meine Kleidung. Schwarzer Rollkragen, Jeans, braune Deckschuhe. Er trug einen grauen Anzug, der längst vor der Schwerkraft kapituliert hatte, ein bügelfreies Hemd, das gebrochen weiß, aber auch verwaschen sein konnte, und eine schmale Krawatte aus nicht näher zu identifizierendem Material.

»Was? Ich gehe nicht als Hipster-Gourmet durch?«

»In solchen Restaurants«, sagte ich, »geht es nicht ums Essen.«

»Sondern?«

»Bin mir nicht sicher.«

Er überlegte eine Weile. »Also gut, aber bleib nicht zu lange drin, und aktiviere meine Kurzwahl, sodass du mich mit einem Fingerdruck anrufen kannst. Gib mir Bescheid, wenn du irgendwas auch nur halbwegs Interessantes entdeckst.«

Ich betrat einen Raum voller Lärm und Gerüche. Jetzt zur Mittagszeit war der Wartebereich des Restaurants voll mit dünnen Leuten, die für kleine Portionen hohe Preise bezahlen wollten.

Ich spähte durch die Menge und erhaschte einen kurzen Blick in die offene Küche. Genau wie beim ersten Mal herrschte hektische Betriebsamkeit.

Anders als beim ersten Mal war Darius Kleffer nicht dabei.

Ich entdeckte ihn an einem Zweiertisch an der linken Wand, mit dem Rücken zu mir, aber unverkennbar durch seine Irokesenfrisur, den tätowierten Arm und seine schwarze Kochmontur.

Seine Begleitung war eine junge Frau Mitte zwanzig mit langen, glänzend schwarzen Haaren. Schräge Ponyfransen verdeckten einen Teil ihres länglichen Gesichts. Riesenkreolen baumelten von ihren Ohren.

Stark geschminkte Augen und viel Rouge auf den Wangen. Große dunkle Augen.

Sie trug ein ärmelloses rotes Jerseytop, silberfarbene Jeans, graue kniehohe Wildlederstiefel mit dicken hohen Absätzen. Auch sie war tätowiert, blau-lila, ihr gesamter linker Arm. Die übrige Haut war fischbauchweiß.

Ein hübsches, aber unauffälliges Gesicht.

Ein bemerkenswerter Körper.

Ihr Busen war enorm und wurde vom Schnitt ihres roten Tops noch betont. Der runde Ausschnitt war so weit, dass er kaum ihre Brustwarzen bedeckte, die sich durch den Stoff abzeichneten. In ihrem Dekolletéspalt hätte man leicht ein Taschenbuch verstecken können.

Kleffer redete, während sie sich darauf beschränkte, lächelnd mit den Wimpern zu klimpern und die Haare zurückzuwerfen.

Beide lehnten sich vor, sodass ihre Gesichter nur Zentimeter von der Weißweinflasche entfernt waren, die zwischen ihnen stand. Ihre Gläser waren zu einem Drittel voll. Auf ihren Tellern lagen nicht identifizierbare Reste.

Eine Stimme am Kopf der Warteschlange sagte: »Bedauere. Noch nicht.« Der Schnösel vom Telefon. In seiner Stimme lag keine Spur von Bedauern. Nur Schadenfreude.

Immer mehr Menschen drängten sich um mich herum im Wartebereich. Der Restaurantmanager nahm das zum Anlass, sein Reservierungsbuch zu studieren und uns zu ignorieren.

Sein Anblick ließ mich zusammenzucken. Beim ersten Hinsehen sah er Jens Williams erschreckend ähnlich.

Beim genaueren Hinsehen stellte sich heraus, dass er etwas älter und fünfzehn Zentimeter kleiner war. Doch alles Übrige passte zusammen: das lange, fettige, bewusst zerzauste dunkle Haar, die dicke Nerdbrille, der billige Anzug, modisch knapp geschnitten, das schwarze Hemd und die dünne rosa Krawatte.

Mir wurde klar, dass Williams sich mit seinem Hipster-Look in jeder Stadt – zumindest in jeder größeren – ins Bild fügte und ungestört neue Wirkungsstätten erkunden konnte.

Der Manager tat weiter so, als würde er lesen.

Die wartende Menge der Tapaistas drängte sich vor mir

zusammen. Jemand stieß mir den Ellbogen in die Rippen. Ein anderer hatte die Kühnheit, unmutig zu grummeln, doch sein Protest erstarb rasch unter den missmutigen Blicken der anderen.

In dieser Welt galt es als Auszeichnung, in der Schlange warten zu dürfen. Maulen war politisch inkorrekt.

Vielleicht war das Muschel-Soufflé wirklich hervorragend.

Als ich erneut gestoßen wurde, drehte ich mich um und verließ das Restaurant.

Jemand schimpfte mir nach: »Das geht aber nicht, da verlieren Sie Ihren Platz.«

Wieder hinter dem Steuer beschrieb ich, was ich gesehen hatte.

»Eine großbusige Lady.«

»Nach einer Brustverkleinerung könnte man sie großbusig nennen.«

»Du meinst, sie ist diejenige, mit der Williams in Oxnard gehaust hat?«

»Oder er hat eine gefunden, die wie sie aussah.«

»Also nicht Santos. Ist das nun gut oder schlecht?«

Ich sagte nichts.

»Verdammt … vielleicht ist es nur Zufall, und Kleffer sitzt da nur mit seiner neuen Flamme.«

»Vielleicht«, sagte ich. »Aber es sah mehr nach ganz frischem Flirt aus als nach einer bestehenden Beziehung.«

»Das heißt, er hat sie gerade erst kennengelernt und umgarnt sie jetzt mit seinen Kochkünsten. Keine Spur von Williams?«

»Nein.«

»Wenn Miss Busenwunder mit Williams zusammenwohnt – benutzt er sie vielleicht als Köder für Kleffer?«

»Was auch immer sie verkauft, Kleffer kauft es ihr ab.«

Seine Lippen vibrierten wie bei einem Trompeter. »Okay, dann lass uns irgendwo in der Straße hier einen Parkplatz finden – irgendwo auf der Restaurantmeile, und zwar so, dass wir den Häuserspalt im Auge behalten können, in den Kleffer sich zum Qualmen und für dramatische Monologe zurückzieht.«

Drei benachbarte Lokale zogen das gleiche Publikum an, und die Parkplätze am Straßenrand waren allesamt für deren Parkservice reserviert.

Ich zirkelte den Seville hinter ein Bentley-Coupé, das niemals hätte orange lackiert werden dürfen, und stellte den Motor ab.

Die ideale Stelle, um den Spalt zwischen den Häusern zu beobachten. »Jetzt warten wir einfach«, sagte Milo.

Ein Mann in roter Jacke, der zum Parkdienst gehörte, kam herübergerannt und versuchte, die Fahrertür zu öffnen, die ich verriegelt hatte. Er blinzelte durch das Fenster. »Isch parrke Wagen firr Sie.«

Hohe Stimme, eifrig, Nahost-Akzent.

»Wir warten einfach hier«, sagte Milo.

»Nein, nein, nur fir Restaurant.«

»Nein, nein, nur wir.«

»Sirr …«

»Kommen Sie näher, mein Freund.«

»Hm?«

»Kommen Sie schon.«

Es gab für den Mann keinen Grund, Milos Aufforderung

zu folgen, doch dessen gekrümmter Finger zog ihn geradezu magnetisch an. Milo zückte einen Zwanzigdollarschein, faltete ihn auf und offenbarte, was er darunter verbarg.

Die Augen des Mannes wanderten vom Geld zu der goldenen Marke.

»Hm?«

»Heute ist Ihr Glückstag, mein Freund. Money for nothing, und das Parken ist umsonst.«

Der Mann zwinkerte. »Das ein Lied?«

»Nein, die Realität.«

41

Los Angeles ist kein Pflaster, auf dem man sich die Sohlen abläuft, schon gar nicht, wenn die Sonne scheint und man lieber herumsitzt. Doch auf dem Abschnitt der Melrose Avenue, wo sich das *Beppo Bippo* und einige weitere Gourmet-Tempel aneinanderreihen, waren heute erstaunlich viele Fußgänger unterwegs.

Einige der Passanten entschieden sich für Darius Kleffers Küche, andere wählten eine andere Speisekarte.

Der Häuserspalt blieb leer. Entweder war Kleffer zu seinen Messern zurückgekehrt, oder er genoss immer noch die Gesellschaft der Frau in dem roten Jerseytop.

»Sieht sie für dich aus wie eine Stripperin?«, fragte Milo. »Verzeihung, Tänzerin.«

Ich wich in gespielter Empörung zurück. »Nur weil ein Mädchen Kurven hat, kann sie keine Hirnchirurgin sein?«

»Kurven mit Tattoos?«

»Um ehrlich zu sein«, sagte ich. »Kürzlich habe ich vor Medizinstudenten eine Vorlesung gehalten. Ein paar davon waren tätowiert.«

»Alles verändert sich.« Er gähnte. »Oder auch nicht. Jedenfalls nicht das, was wichtig wäre.«

Der Parkmann, den Milo geschmiert hatte, nahm den Schlüssel eines Audis entgegen, raste davon und kam dann mit einem Mercedes zurück. Ein zweiter Mann trat an den kleinen Empfangsstand heran, ein schwergewichtiger Weißer mit Schnurrbart in schwarzem Jackett, roter Hose und Fliege.

Der Chefparker. Ob er mit den Lamborghinis spielen durfte?

Er sah zu uns herüber und sprach mit dem Kollegen. Ein kurzer Wortwechsel, dann walzte er zu uns herüber wie ein Panzer auf Kreppsohlen.

»Sie können hier leider nicht stehen bleiben.«

Milo wiederholte sein Marke-im-Dollarrock-Spiel. Fliegengewicht grinste. »Danke sehr.« Die Augen auf den Schein gerichtet rollte er von dannen.

»Was war das denn?«, fragte ich.

»Der Lauf der Welt.«

Vierzig Dollar genügten dem Parkservice, um uns eine halbe Stunde lang in Ruhe zu lassen. Nach fünfundzwanzig Minuten kamen weitere gute Neuigkeiten von Frank Gonzales: John Jensen Williams' Transporter war gefunden worden.

»Gleich dort am Hafen. Er hat sich nicht mal Mühe gegeben, ihn zu verstecken.«

»Hat eine Weile gedauert, das Fahrzeug zu finden.«

»Der Hafen ist groß, er hat den Ford am nördlichen Ende gelassen, nicht weit von einer der Werften. Nein, nicht dort, wo Corey sein Boot hatte; das ist immer noch auf dem Trockendock. Und niemand hat Williams ein Wasserfahrzeug vermietet.«

»Gibt der Transporter etwas Interessantes her, Frank?«

»Auf den ersten Blick nicht, aber warten wir ab, was unsere Schürferpatrouille findet. Ich habe bei der Gemeinde darum gebeten, das Fahrzeug abschleppen und zu unserem Labor bringen zu lassen. War kein Problem. Gibt's bei Ihnen irgendwas Neues?«

Milo erzählte ihm von Kleffers Flirt.

»Klingt wie der steile Zahn, der unseren jungen Kollegen heißgemacht hat«, sagte Gonzales. »Also nicht Santos?«

»Nein.«

»Das könnte ihr Pech sein. Ich habe weiterhin ein Auge auf die Meldungen; die sollten eigentlich unmittelbar auf meinen Computer kommen, aber Sie wissen ja, wie das ist.«

»Allerdings, Frank.«

»Wir können zum Mond fliegen, aber wenn es darum geht, auf der Erde was zu finden, versagen wir.«

Nach vierunddreißig Minuten näherte sich der voluminöse Chefparker zum zweiten Mal, ein gieriges Grinsen im Gesicht.

Unsere Observation war Milos Laune bislang nicht besonders zuträglich gewesen, und sein Blick genügte, um den Mann auf dem Absatz kehrtmachen zu lassen.

»Gierschlund«, sagte er.

»Schau«, forderte ich ihn auf.

Darius Kleffer und die Frau in Rot waren aus dem Restaurant getreten und wandten sich nach links auf den Häuserspalt zu. Kleffer hatte bereits die Zigaretten gezückt.

Trotz hoher Absätze war sie klein, keinen Meter fünfzig groß. Das und eine kurze, schmale Taille samt vorbildlicher Haltung ließen ihren Vorbau umso enormer erscheinen.

Eine kleine Handtasche aus schwarz-weißem Fell über

der Schulter stolzierte sie mit schwingenden Hinterbacken, die sich wie Kugellagerkugeln unabhängig bewegten.

Hervorragende Körperspannung. Gewohnt, sich darzustellen.

Vielleicht wirklich eine »Tänzerin«.

Darius Kleffers Körperhaltung wirkte dagegen traurig.

Er steuerte die Stelle an, wo wir mit ihm gesprochen hatten, und lehnte sich an die Mauer. Die Frau stellte sich ihm gegenüber.

Er hielt ihr eine Zigarette hin, die sie annahm. Er zündete beide an.

Sie rauchten und flirteten weiter. Ein paar Mal warf die Frau ausgelassen lachend den Kopf zurück, was eine brünette Haarkaskade auslöste. Mit einer leichten Berührung von Kleffers Arm schloss sie die kleine Choreografie ab.

Unser Blick auf das Stelldichein wurde nur hin und wieder von Passanten verdeckt.

»Muss Liebe schön sein«, sagte Milo.

Wieder ein paar Minuten freier Blick, dann Passanten. Milo begann, auf dem Armaturenbrett zu trommeln.

»Was für ein Lied ist das jetzt?«

»Der Colonel-Bogey-Marsch.« Er schloss die Augen.

Ich sah weiter zu. Wieder Passanten.

Einer davon blieb einen halben Meter vor dem Häuserspalt stehen.

Ein großer Mann mit schwarzer Baseballkappe und langem schwarzem Regenmantel.

Für einen warmen, sonnigen Nachmittag erschien die Kleiderwahl sonderbar.

Während ich Milo anstieß, schlüpfte der Mann in den Spalt und griff unter seinen Mantel.

Als ich die Fahrertür aufstieß, war Milo schon auf dem Weg über die Straße und bemühte sich, von Flüchen und Hupen begleitet, dem Verkehr auszuweichen. Ich beeilte mich, ihm zu folgen, und bekam ebenfalls mein Fett ab.

Vielleicht lag es am Lärm, vielleicht auch nicht, jedenfalls drehte sich der Mann mit der Baseballkappe um.

Ein langes, knochiges Gesicht.

Große Sonnenbrille mit schwarzen Gläsern.

Ein akkurat quadratisch getrimmter Kinnbart unter der dünnen Unterlippe. Der unter der Kappe sichtbare Hinterkopf war rasiert. Die Fingernägel waren schwarz lackiert.

Trotz allem kein Zweifel: John Jensen Williams. Mit einem Messer in der Hand.

Unvermittelt machte er einen Satz in den Spalt hinein.

Milo erreichte mit gezückter Waffe den Gehsteig. Fußgänger stoben schreiend auseinander. Jemand rief: »Wir müssen die Polizei rufen!«

Williams fuchtelte mit dem Messer. Eine lange, gebogene Klinge. Die Sorte, die Robin und ich benutzen, um Fisch auszunehmen.

Das Metall glänzte hellrot.

Darius Kleffer lag auf dem Boden und hielt sich den Bauch.

Die Frau im roten Top stand mit ausdrucksloser Miene zwischen ihm und Williams, ohne Anzeichen von Überraschung.

Als sie Milo mit der Waffe entdeckte, fing sie an, theatralisch zu schluchzen.

John Jensen Williams blickte auf das Messer und dann auf Kleffer, der jetzt vor Schmerzen stöhnte.

»Fallen lassen! Sofort fallen lassen!«, forderte Milo ihn auf.

»Von wegen«, sagte Williams mit ruhiger Stimme, »das war Notwehr.« Er senkte den Arm. Seine Finger lockerten sich. Das Messer baumelte.

»Fallen lassen!«

»Ich versuche es, aber ich bin ein bisschen nervös.« Williams lächelte leicht. Das Messer zeigte nach unten.

Dann schlossen sich seine Finger, und die Klinge richtete sich nach oben.

Er stürzte sich auf Milo.

Milo schoss auf ihn, genau auf die Körpermitte, wie man es auf der Polizeischule lernt.

Der Regenmantel hatte einen kaum wahrnehmbaren Riss bekommen, doch Williams blieb stehen.

»Oh«, sagte er unbeeindruckt.

Trug er eine Schutzweste?

Milo musste den gleichen Gedanken haben, denn er schoss erneut und trieb John Jensen Williams ein nicht zu übersehendes Loch in die glatte, bleiche Stirn.

Williams sagte: »Wow«, und sackte zusammen, nur knapp neben Kleffer, der wimmerte und immer mehr Gesichtsfarbe verlor.

Die Frau in Rot warf ihr Haar zurück. »Oh, vielen Dank, Sir! Sie haben mir das Leben gerettet.«

Kein Blick auf Darius Kleffer, der jetzt vor Schmerzen schrie. Um seine Finger quoll Blut hervor.

Ich hockte mich neben ihn, während Milo der Frau Handschellen anlegte.

»Sir«, sagte sie. »Ich bin das Opfer.«

»Ihrer eigenen Dummheit.«

»Sie sind dumm. Und außerdem fett und hässlich.«

»Ja, ja, nur die Ruhe.«

42

Sie nannte sich Kashmeer Katte und hatte einen gefälschten Ausweis mit diesem Namen, der ihr Alter mit fünfundzwanzig angab. Die Karte fand sich in ihrer Kaninchen-Handtasche zusammen mit vierhundert Dollar, zwei Kondomen sowie zwei Tütchen mit Kokain und eines mit Meth.

Ihr echter Name war Agnes Brzica, und in Wahrheit war sie einunddreißig. Das ließ sich zweifelsfrei belegen, denn die Kriminaldatenbank hatte fünf Einträge über sie: Festnahmen wegen Prostitution und Drogen sowie eine Körperverletzung.

Trotz der unumstößlichen Fakten log sie das Blaue vom Himmel herunter, unter anderem bei der Frage, wie lange sie Williams kenne.

»Erst seit zwei Wochen, Sir.« Sie hatte es fertiggebracht, sich eine zu kleine Gefängnisuniform zu besorgen, die das Silikon in ihren Brüsten kaum zu bändigen vermochte.

»Ein Mädchen, das mit Ihnen im *Black Velvet* getanzt hat, hat ausgesagt, dass Williams schon seit Monaten dort ein und aus ging und dass Sie beide häufig zusammen nach Hause gegangen seien.«

»Welches Mädchen?«, fragte Brzica.

»Spielt das eine Rolle?«

»Manche von denen lügen.«

Er wartete.

»Okay«, sagte Brzica. »Ja, ich habe mit ihm den Abend verbracht, aber ich wollte keinen Ärger bekommen.«

»Verstehe.«

»Ehrlich, Sir. Ich hatte keine Ahnung, was er war.«

»Sie hielten ihn für einen Musterknaben.«

Lange Pause. »Er war okay.«

»Er hat Sie benutzt, um Darius Kleffer nach draußen zu locken, damit er Kleffer umbringen kann.«

»Auf keinen Fall, Sir.«

»Oh doch, Agnes.«

»Hm-hm. So war das nicht, Sir.«

»Was wollten Sie denn in Kleffers Restaurant? Sagen Sie jetzt nicht: essen.«

»Essen.« Kichern. Haarwerfen. »Also gut. Ich bin rein, weil er meinte, er wäre ein Freund und er wollte ihn überraschen.«

»Williams meinte, Kleffer wäre ein Freund.«

Sie nickte.

»Dann hat er Sie benutzt, um Kleffer herauszulocken.«

Schweigen.

»Agnes?«

»Kann man so nicht sagen, Sir.«

»Wenn Williams Kleffer überraschen wollte, warum ist er dann nicht selbst reingegangen?«

»Hm.«

»Hm?«

»Das müssten Sie ihn selbst fragen.«

»Bisschen schwierig, Agnes.«

Breites Lächeln. Haarwurf.

»Warum hat Williams Sie vorgeschickt, wenn es eine Überraschung sein sollte?«

»War wohl eine größere Überraschung.«

»Kleffer hat gesagt, Sie hätten sich alle Mühe gegeben, ihn aus der Küche zu lotsen, hätten ihm dreimal Komplimente für seine Kochkunst überbringen lassen und den Kellner genervt.«

»Er hat überlebt?«

»Ohne dass Sie etwas dazu beigetragen hätten, Agnes.«

»Wow, das ist super, Sir. Ich war überrascht, als das passierte. Wirklich. Er hat schlimmen Mundgeruch.«

»Kleffer oder Williams?«

»Der Deutsche. Ganz schlimm.«

»Er kann von Glück reden, dass er überhaupt noch atmet, Agnes.«

»Nennen Sie mich Kashmeer, das gefällt mir besser.«

»Von mir aus, Kashmeer. Was haben Sie uns noch zu berichten?«

»Ich habe nichts getan, Sir.«

»Klingt, als müssten Sie sich selbst davon überzeugen.«

»Nein. Ich weiß es, Sir.«

»Okay, Kashmeer. Reden wir über Richard Corey.«

»Wer?« Übertriebene Ahnungslosigkeit.

Milo lächelte. »Kashmeer, Kashmeer.«

»Was?«

»Ihre DNA wurde in dem Haus neben Richard Coreys gefunden. Die Wohneinheiten liegen unmittelbar nebeneinander.«

»Okay«, sagte Brzica. »JJ meinte, er wäre ein Freund. Also.«

»So viele Freunde. JJ war ganz schön beliebt.«

»Ja.«

»Hans Dampf in allen Gassen.«

»So in der Art. Er wohnte nebenan, hat auch keine Miete bezahlt. So was machen Freunde, oder? Man hilft sich gegenseitig.«

»Wann hat Williams Ihnen erzählt, was er mit Corey vorhat?«

»Gar nicht, Sir. Ich wusste nichts davon, bis Sie es mir erzählt haben. Ehrlich.«

»Williams geht zu Corey und kommt mit Säcken voller Geld wieder raus. Das kam Ihnen nicht seltsam vor?«

»Wenn ich es gewusst hätte, vielleicht schon.«

»Er hat Ihnen das Geld also nie gezeigt.«

»Nein, Sir. Obwohl ich das immer gut fand.«

»Was?«

Breites Lächeln. »Wenn sie mir das Geld gezeigt haben.« Sie senkte die Hand in ihren Schritt. »Wenn sie es in den String geschoben haben. Ein tolles Gefühl, Sir.«

»Okay, weiter im Text, Agn… Kashmeer. Meredith Santos.«

»Wer?«

»Eine junge Frau, die mit Williams gearbeitet hat.«

»Kenne ich nicht, Sir. Entschuldigung, Sir.«

»Wofür?«

»Dass ich Sie fett und hässlich genannt habe. Ich hatte Angst.«

»Hey«, erwiderte Milo. »Was wahr ist, darf man sagen.«

»Sie sind total männlich und muskulös, Sir.«

»Wow.«

»Darf ich jetzt gehen? Es ist fast Zeit fürs Mittagessen.«

»Noch nicht, Kashmeer. Wir müssen über Meredith Santos reden. Sie ist verschwunden.«

»Okay.«

»Williams hat sie nie erwähnt?«

»Hm-hm.«

»Meredith Santos, Kashmeer.«

»Nein.«

»Latina, etwas jünger als Sie.«

»Nie von ihr gehört.«

»Ein bildschönes Mädchen«, sagte Milo. »Ich meine, so richtig Beautyqueen-schön.«

Brzicas Miene verzog sich verärgert. »Das hatte der doch gar nicht nötig.«

»Was?«

»So eine Edelschlampe. Hatte doch mich.«

Milo verbrachte zwei weitere Stunden mit ihr, ließ es mich versuchen und anschließend Frank Gonzales. Als sie irgendwann einen Anwalt verlangte, waren wir alle müde, nur Agnes Brzica war noch voller Energie und weigerte sich standhaft zu verraten, wo sie gewohnt hatte, ehe sie Williams kennengelernt hatte.

Es war schwer zu sagen, was davon ihrem Temperament und was dem Crystal Meth zuzuschreiben war, das sie geraucht hatte.

Als wir sie im Vernehmungsraum allein ließen, fing sie an zu tanzen und zu singen, schwang Hüften, Haar und Oberweite, weil sie wusste, dass wir sie beobachteten. Irgendwann zog sie ihre Gefängnispantoffeln aus und schwenkte sie wie Cheerleader-Puschel.

Als ihr Pflichtverteidiger erschien, stand sie auf dem Kopf und wackelte mit den Zehen.

Ihr Rechtsvertreter war ein junger Mann Mitte zwanzig namens Ira Newgrass. Er untersagte ihr jede weitere Aussage und versicherte Milo, dass er ohnehin seine Zeit verschwende, weil »da nichts haltbar« wäre.

Die stellvertretende Bezirksstaatsanwältin von Oxnard, Pam Theroux, stimmte dem im Vertrauen zu. »Alles, was Sie in der Hand haben, ist, dass sie mit Kleffer geflirtet hat.«

»Kommen Sie schon«, wandte Frank Gonzales ein, »wir wissen, dass sie mit Williams gleich neben Corey gewohnt hat, dass sie vor dem Mord an Corey aufbrach und dann in diesem Motel auf Williams gewartet hat. Dass sie außerdem nach Los Angeles kam, um bei einem Mord Beihilfe zu leisten.«

»Wohnen und warten sind nicht strafbar, Detective.«

»Sie ist bösartig«, sagte Gonzales.

»Mit bösartig habe ich nichts am Hut«, erwiderte Theroux. »Nur mit dem Strafgesetzbuch.«

»Können Sie nichts tun?«

»Verabredung zu einer Straftat ist das Äußerste, was wir versuchen können, und das ist schon weit hergeholt. Wir werden keine Zeit auf etwas verschwenden, das keine Aussicht auf Erfolg hat.«

»Was ist mit dem Dope in ihrer Handtasche?«

»Ja, sicher«, sagte Theroux. »Dafür können wir zwei Jahre rausschlagen, von denen ein Teil bestimmt auf Bewährung ausgesetzt wird. Ich dachte, Ihnen geht es darum, sie richtig lange hinter Gitter zu bringen.«

»Mir geht es weniger darum, Agnes zu bestrafen«, sagte Milo, »als vielmehr darum herauszufinden, wo Meredith Santos steckt. Ohne Druckmittel bringen wir sie nie zum Reden.«

»Dann versuchen Sie es mal mit einer Bewährungsstrafe für Drogenbesitz, vielleicht beißt sie an.«

Noch am selben Tag rief Milo Newgrass an und erläuterte den Deal.

Der Pflichtverteidiger sagte: »Ich werde sie fragen.«

Eine Stunde später rief er zurück. »Sie sagt, sie würde liebend gern einen Deal machen, aber sie hat wirklich noch nie von dieser Frau gehört. Wie wär's, wenn Sie trotzdem auf eine Anklage wegen Drogenbesitzes verzichten?«

»Warum?«

»Weil sie ehrlich ist.«

»Genauso wie Sie«, erwiderte Milo und knallte das Telefon auf den Tisch.

Als Frank Gonzales die Nachricht bekam, sagte er: »So ist das. Überall krümeln die Kekse. Ach, streichen Sie das. Keine Essensanalogien mehr.«

Drei Tage nach Williams' Tod rief Milo Albert Tranh an.

»Die Mädchen können jetzt sicher nach Hause kommen, Mr Tranh.«

»Wieso das, Lieutenant?«

»Der Missetäter ist weg.«

»Hinter Gittern?«

»Unter der Erde.«

»Oh«, sagte Tranh. »Verstehe. Tja, das ist schön, aber ich weiß nicht recht, warum Sie mir das erzählen.«

»Falls Sie zufällig die Gelegenheit haben, diese Auskunft weiterzugeben, würden sich die Mädchen sicher freuen.«

»Ich werde das im Hinterkopf behalten, Lieutenant.«

Am nächsten Tag rief Tranh an. »Ashley und Marissa haben sich gefreut, wobei sie im Moment andere Dinge im Sinn haben.«

»Wann kommen sie zurück?«

»Mir wurde gesagt, dass sie möglicherweise bleiben, wo sie im Augenblick sind.«

»In Vancouver.«

»Offenbar haben sie Arbeit gefunden«, sagte Tranh. »Scheint so, als würden sie lernen, Verantwortung zu übernehmen.«

»Das ist immer eine gute Lektion für reiche Mädchen«, sagte Milo.

»Auch das ist ein Grund«, erwiderte Tranh.

»Gibt es dort oben Pferde?«

»Davon war ebenfalls die Rede.«

Acht Tage nach Williams' Tod konnten Milo und Frank Gonzales mit vereinten Kräften eine von Kashmeers Tänzerkolleginnen zum Reden bringen.

Kashmeer hatte die ausgebaute Garage eines schäbigen Bungalows in East Hollywood an drei Stripperinnen schwarz untervermietet.

»Wieder ein Hinterhaus«, sagte ich.

»Unglaublich«, fand Milo. »Eine identische Kopie von Frankies Bude, nur keine ausgestopften Tiere. Dafür drei Handwaffen, einschließlich der .25er, mit der Ursula getötet wurde, die 9-Millimeter, die Frankies Mordwaffe war, und noch eine 9-Millimeter mit Williams' und Coreys Fingerabdrücken, aus der kein Schuss abgegeben wurde.«

»Die Waffe, mit der Corey vor seinen Töchtern herumgefuchtelt hat.«

»Fabrikneu, ungeladen. Der Idiot war bis zum Schluss ein Papiertiger. Wir haben auch das Bargeld gefunden, das Williams bei Corey mitgenommen hat. Einhundertachttausend Dollar. Williams hat sich nicht mal die Mühe gemacht, das Geld zu verstecken. Es lag in Banksäcken unter dem Bett.«

»Er hat mit Kashmeer da gewohnt?«

»Nachdem sie aus Oxnard verschwunden waren. Ich hatte ihren Anwalt informiert, woraufhin er eine Stunde später zurückrief, um zu vermelden, dass seine Mandantin ›gesprächsbereit‹ sei. Ich habe ihm gesagt, dass ich vor allem wissen will, was mit Merry Santos passiert ist. Wenn sie damit nicht rausrücke, könnten wir's vergessen. Seitdem habe ich nichts mehr von ihm gehört. Wir werden sehen.«

»Hat Williams irgendwelche Souvenirs hinterlassen?«

»Dazu kann ich auch nur sagen: möglicherweise. Da war eine Schmuckschatulle auf Brzicas Nachttisch mit interessantem Inhalt, angefangen bei einer Lady-Patek-Armbanduhr mit einer leeren Batterie, die für Brzica viel zu elegant ist.«

»Hat Ursula nicht zwei Uhren zur Reparatur bringen wollen?«

»Ich habe ihren Juwelier angerufen; er hat ihr nie eine Patek verkauft, aber die könnte sie ja von woanders haben. Der übrige Schmuck ist Tand, der für Williams allenfalls ideellen Wert gehabt haben kann. Ich habe Kathy Hennepins Familie Fotos davon geschickt, sie meinen, ein Paar Ohrringe *könnten* ihr gehört haben. Beweiskräftiger war da – du wirst es nicht glauben – eine ausgestopfte Eule, die von Frankie stammte.«

»Tand«, sagte ich. »Die arme Frau drüben in Connecticut konnte sich bestimmt keinen Schmuck von Tiffany leisten. Vielleicht tauchen noch andere Morde auf.«

»Ich bleibe dran, aber nach so vielen Jahren wird das

schwierig. Sean hat in New York etwas entdeckt, das verdächtig gut passt, zweieinhalb Jahre her, als Williams dort lebte. Eine Japanerin namens Yuki Yamada, die mit einem Arbeitsvisum in den Staaten lebte und als Sous-Chef in einem schicken Fischrestaurant in Midtown Manhattan tätig war. Sie wurde erdrosselt und erstochen in ihrer Wohnung an der Lower East Side aufgefunden. Auf dem Tisch ein Dinner für zwei – Sashimi und so weiter –, doch niemand hinterfragte das, weil man annahm, dass sie selbst den Tisch gedeckt hatte. Keine sexuelle Gewalt, keine DNA. Die New Yorker Polizei schien aber auch kein großes Engagement in die Ermittlungen zu legen. Der neue Bürgermeister findet Verkehrstote wichtiger.«

Er bewegte konzentriert die Lippen. »Es muss noch weitere geben, aber ich muss erst mal meinen eigenen Stall ausmisten.«

Pferde-Analogie.

»Klingt vernünftig«, sagte ich.

Zehn Tage nach Williams' Tod rief Al Bayless an. Die Kameras, die wir im Gebäude angebracht hatten, hatten einen potenziellen Autodieb entlarvt sowie einen »pervers aussehenden Typen, der sich hinter einem SUV versteckte«. »Besteht die Chance, dass wir die Ausrüstung behalten können?«

»Klar«, erwiderte Milo. »Betrachten Sie sie als Geschenk.«

»Zwei Übeltäter«, sagte Bayless. »Und das innerhalb von zwei Wochen. Wer weiß, was da noch kommt.«

»Die Vorgesetzten freuen sich, Al?«

»Denen ist das leider völlig egal, Milo, aber ich freue mich – und das Steak geht auf mich.«

»Klingt gut.«

»Ich mein's ernst.«

»Ich weiß.«

Fünfzehn Tage nach Williams' Tod saßen Milo und ich im *Café Moghul* und feierten die Rückkehr seines Appetits.

Agnes Brzica gab weiter vor, über das Schicksal und den Verbleib von Meredith Santos nichts zu wissen.

»Die blöde Kuh ist verdammt zäh, keine Ahnung, warum. Aber ihr Anwalt ist genauso verbohrt, es ist, als würde man gegen eine Wand reden.«

Er spießte ein großes Stück Tandoori-Lamm auf, kaute und schluckte.

»Lecker. Du musst das als Therapie sehen, Alex.«

»Essen?«

»Es ist nicht nur die Nahrungsaufnahme, mein Freund. Es hat damit zu tun, Essen therapeutisch wieder in einen alltäglichen Kontext zu bringen.«

»Selbsthilfe«, sagte ich.

»Gibt es denn auch eine andere?«

Am Abend davor hatte er Robin und mich nach Beverly Hills in ein Steakhouse eingeladen. Zwei Abende davor hatte er Rick zu einem Mexikaner geschleppt, und vierundzwanzig Stunden davor war er von Al Bayless zu einem »T-Bone so groß wie Argentinien« eingeladen worden.

Ich sah zu, wie er sich durch Berge von Lamm, Hummer und Eismeerkrabben futterte. Eine große Schale mit Reispudding wartete bereits, er musste der Frau im Sari nur zuzwinkern.

Er kaute angestrengt an einem Stück Lamm, als sein Handy klingelte.

Er schluckte. »Sturgis.«

Was immer er hörte, brachte ihn zum Lächeln. »Jawohl, Sir!«, sagte er.

Ich griff hinüber und stellte den Lautsprecher an.

Captain Henry Santos' Stimme, messerscharf wie eh und je. »Okay, hier ist sie.«

Eine weibliche Stimme war zu hören. »Lieutenant Sturgis? Hier ist Meredith Santos. Ich habe gehört, Sie suchen nach mir? Es tut mir schrecklich leid.«

»Kein Problem. Freut mich, dass es Ihnen gut geht.«

»Mir geht es besser als gut!«

»Darf ich fragen ...«

»Wo ich war? Moment ... ich bin jetzt in einem anderen Zimmer. Mein Vater kann ziemlich ... er ist ziemlich konservativ.«

»Eltern sind das manchmal.«

»Vor allem Eltern, die beim Militär waren. Wo ich war? Verreist, mit einem Freund. Einem Arzt, besser gesagt, Zahnarzt. Eigentlich ist er Kieferchirurg. Wir haben uns auf einer Party kennengelernt und uns gleich super verstanden und beschlossen, was soll's, wir haben beide viel zu lange viel zu hart gearbeitet, warum nicht? Also flogen wir nach Maui und ... Moment, ich glaube, ich höre Dad ... nein, alles gut ... wo war ich?«

»Maui.«

»Ja, genau, wir waren auf Maui und hatten Spaß.«

»Spaß ist gut«, sagte Milo.

»Ehrlich, Sir«, erwiderte Merry Santos, »es ist sehr lange her, dass ich zuletzt Spaß hatte. Bei Darren – so heißt er – war es das Gleiche. Er war im Irak, genau wie ich. Er hat zwei Jahre als Lazarettarzt praktiziert, dann kam er zurück und hat im Westwood-Veteranen-Hospital gearbeitet, außerdem macht er Überstunden, um sein Studiendarlehen abzubezahlen. Ich habe genauso geschuftet, Sir. Anwälte können richtige Widerlinge sein. Sie denken, wenn sie einen ab und zu zum Essen ausführen, ist das ein gerechter Ausgleich dafür, dass sie einen wie Sklaven behandeln. Aber ich will mich nicht beklagen, man muss tun, was man tun muss.«

»Ich verstehe, was Sie mit Spaß meinen, Meredith.«

»Das glaube ich, Sir. Als Detective bei der Mordkommission und so. Jedenfalls wollte ich mich bei Ihnen bedanken, dass Sie sich so viel Mühe gegeben haben, mich zu finden.«

»Für das Happy End hat sich die Mühe mehr als gelohnt, Meredith.«

»Allerdings, Lieutenant. Jedenfalls, Darren und ich sind einfach abgehauen!«

Leises Lachen. »Es war nur ein Spiel, Lieutenant. Wir haben einfach nur gespielt.«

Jonathan Kellerman

Jonathan Kellerman ist einer der erfolgreichsten amerikanischen Kriminalautoren. Nach dem Studium arbeitete er zunächst als Kinderpsychologe. Seine Reihe mit dem Psychologen Dr. Alex Delaware ist berühmt für höchst einfühlsam entwickelte Figuren und eine raffinierte Handlung, die Hochspannung von der ersten bis zur letzten Seite garantiert. Dafür ist er unter anderem mit dem »Edgar Allan Poe Award«, Amerikas bedeutendstem Krimipreis, ausgezeichnet worden. Jonathan Kellerman lebt mit seiner Frau Faye in Los Angeles.

Die Alex-Delaware-Serie in chronologischer Reihenfolge:

Blackout · Flüchtig · Jamey. Das Kind, das zuviel wußte · Sharon. Die Frau, die zweimal starb · Exit · Säure · Böse Liebe · Narben · Satans Bruder · Wölfe und Schafe · Monster · Gnadentod · Fleisch und Blut · Das Buch der Toten · Blutnacht · Im Sog der Angst · Bluttat · Blutgier · Post Mortem · Mordgier · Knochensplitter · Todesfeuer · Tödliche Lektion · Todesschmerz · Rachenacht · Der Knochenspieler · Killer

(Alle auch als E-Book erhältlich)

GOLDMANN
Lesen erleben